CARAMBAIA

ilimitada

Eudora Welty

As maçãs douradas

Tradução e posfácio
JOSÉ ROBERTO O'SHEA

9	Lista de personagens
11	Chuva de ouro
27	Recital de junho
101	Senhor Coelho
115	Lago da Lua
159	O mundo inteiro sabe
183	Música da Espanha
229	Os errantes

275 Posfácio: Eudora Welty e suas maçãs douradas,
por José Roberto O'Shea

*Para Rosa Farrar Wells
e Frank Hallam Lyell*

A cidade de Morgana e o condado de MacLain, no estado do Mississippi, são fictícios; todos os habitantes desses locais, bem como os personagens localizados em São Francisco e suas respectivas situações, são fruto da imaginação da autora e não pretendem representar pessoas ou acontecimentos reais.

Principais famílias de Morgana, Mississippi

King MACLAIN
Dona MACLAIN (nome de
 solteira Snowdie HUDSON)
Ran e Eugene
Comus STARK
Dona STARK (nome de
 solteira Lizzie MORGAN)
Jinny LOVE
Wilbur MORRISON
Dona MORRISON
Cassie e Loch
Seu CARMICHAEL
Dona CARMICHAEL (Nell)

Nina
Felix SPIGHTS
Dona SPIGHTS (Billy Texas)
Woodrow, Missie e
 Irmãzinha
Velho MOODY
Dona MOODY (Jefferson)
Parnell
Dona Perdita MAYO
Dona Hattie MAYO
Fate RAINEY
Dona Fate RAINEY (Katie)
Victor e Virgie

Também LOOMIS, CARLYLE, HOLIFIELD, NESBITT, BOWLES, SISSUM e SOJOURNER. E ainda Plez, Louella e Tellie MORGAN; Elberta, Twosie e Exu MCLANE; Blackstone e Juba, pessoas de cor.

1. Chuva de ouro

Essa daí é a Dona Snowdie MacLain.

Ela vem aqui buscar a manteiga, não me deixa dar um pulo lá pra fazer a entrega, e olha que é só atravessar a estrada. O marido dela foi embora de casa um dia e deixou o chapéu na beira do rio Big Black. — Isso também poderia dar pano pra manga.

A coisa podia ter sido feita em Morgana, se o desejo fosse esse. O que o King fez, qualquer mico de circo também pode fazer. Pois bem, o King MacLain deixou um chapéu de palha novinho na beirada do Big Black, e tem quem ache que ele foi pro Oeste.

Snowdie sentiu falta dele, mas foi mais do jeito recatado que a gente sente falta dos mortos, e ninguém queria pensar, perto dela, que ele tinha feito aquilo com ela. Mas por quanto tempo a gente pode mimar uma pessoa mimada? Pois bem, pra sempre. Mas eu quase consegui falar no assunto — com um transeunte, que nunca mais vai ver nem ela nem eu. É claro que posso bater manteiga e falar. Eu sou a Dona Rainey.

Você viu que ela não é feia — e aquelas ruguinhas nas pálpebras, quando ela pisca, é de tanto fazer força pra enxergar. Ela é albina, mas ninguém por aqui se atreve a dizer que ela é feia — com aquela pele macia, macia feito a pele de um bebê. Tem quem diga que o King concluiu que, se os bebês começassem a nascer, ele talvez acabasse ficando com um ninho cheio de albino, e que isso fez ele se decidir. Não, eu não digo isso. Eu digo que ele foi é birrento. *Ele* não ia pensar no futuro.

Birrento e desaforado, é o que se comenta. Pois bem: ele casou com a Snowdie.

Muito homem pior que ele não teria casado: falta de bom senso. Aqueles Hudson tinham mais do que os MacLain, mas nenhum deles tinha o suficiente pra valer alguma coisa ou causar preocupação. Não naquela época. O dinheiro dos Hudson construiu aquela casa, e construiu pra *Snowdie*... eles oraram por conta daquilo. Mas vê só o King: deve ter casado um pouco pra se exibir – como se os homens nunca tivessem casado até *ele* entrar na dança, e então ele teve que mostrar pros outros que podia continuar representando seu papel. E tipo "Olha, pessoal, é isso o que eu acho de Morgana e do Tribunal de MacLain e de tudo que tem no meio do caminho" – e mais, pelo que eu sei – "por isso casei com uma garota de olhos cor-de-rosa". "Essa não!", a gente diz. Bem do jeito que ele quer que a gente faça, pilantra. E não tem ninguém tão meiga e tão dócil como a Snowdie. É claro que uma pessoa dócil é a que menos presta pra gente dar ordem, ele devia saber disso, o sabichão. Não, senhor, ela ainda vai desbancar ele, empacando. Enquanto isso, os filhos dele crescendo e entregues ao Juizado de Menores, é o que comentam, filhos conhecidos e desconhecidos, espalhados por aí. Quando ele aparece, é todo bonzinho com a Snowdie. E também gentil. Foi assim desde sempre.

Você já notou que costuma ser assim no mundo em geral? Cuidado com homem de boas maneiras. Ele nunca levantou a voz pra ela, mas um dia foi embora de casa. Ah, e não digo que foi só uma vez!

Ele se foi por um tempão até resolver voltar, daquela vez. Ela inventou uma historinha sobre ele precisar das águas. Da outra vez, foi mais de um ano, foram dois – ah, foram três. Eu mesma tive dois filhos, aguentando a ausência dele, e um morreu. É, e daquela vez ele mandou antes um recado pra ela: "Me encontra lá na mata". Não, ele mais convidou do que falou pra ela ir – "Que tal você me encontrar lá na mata?". E propôs que fosse à noite. E a Snowdie encontrou com ele sem perguntar "Pra quê?", e eu perguntei ao Fate Rainey o que ele achava disso. Afinal de contas, eles eram casados – tinham o direito de sentar dentro de casa e conversar no claro e com conforto, ou ainda deitar numa boa cama com colchão de pena de ganso. Se fosse comigo, eu ia até pensar que ele talvez não fosse estar lá quando eu chegasse. Pois bem, se a Snowdie foi sem fazer nenhuma pergunta, então eu posso contar sem fazer nenhuma pergunta, desde que eu queira bem à Snowdie. A versão dela é que na mata eles se encontraram e decidiram o que seria melhor.

Melhor pra ele, é claro. Todo mundo viu isso.

"A mata" era a mata do Morgan. Qualquer uma de nós ia saber qual era o lugar exato que ele estava falando, de cara – eu podia ter acertado, que nem uma flecha, o próprio carvalho, aquele que fica sozinho e todo esparramado: um lugar que tem uma sombra boa de *dia*, é tudo o que eu sei. Dá pra imaginar o King MacLain recostado naquela árvore, à luz da lua, enquanto a gente vem andando pela mata do Morgan sem ter visto ele em três anos, né? "Que tal você me encontrar lá na mata." Que besteirada. Ah, eu não sei como foi que a pobre da Snowdie aguentou, vindo de longe.

Então, gêmeos.

Foi aí que eu entrei, pude ajudar quando as coisas chegaram naquele ponto. Levei pra ela um pouco de manteiga e leite e fizemos amizade. Fazia pouco tempo que eu estava casada, e a saúde do Seu Rainey já andava meio delicada, então ele achou melhor largar o trabalho pesado. A gente trabalhava duro no começo.

Sempre achei que ter gêmeos podia ser uma coisa boa. E podia ter sido, pra eles, nem que fosse só a ideia. Os MacLain chegaram a Morgana como noivos do condado de MacLain e entraram naquela casa nova. Ele teve formação pra exercer a advocacia – bem necessária aqui. A Snowdie era filha da Dona Lollie Hudson, muito conhecida. O pai dela era o Seu Eugene Hudson, dono de um comércio em Crossroads, depois do tribunal, mas era um homem estimado. A Snowdie era filha única, e eles deram pra ela uma boa educação. E acho que as pessoas mais ou menos esperavam que ela desse aula na escola, não que casasse. Ela não enxergava muito bem, era o único detalhe que atrapalhava, mas o Seu Comus Stark aqui e os supervisores ignoraram o fato, conhecendo a família e o jeito muito bom da Snowdie com as crianças da Escola Dominical. Então, antes mesmo de o ano letivo deslanchar, ela foi de repente conquistada por King MacLain. Acho que foi quando tinha cartaz de abóbora de Halloween na janela que eu vi a charrete dele chegar até os degraus da escola pra esperar por ela. Ele cortejou ela em Morgana e em MacLain também, de cabo a rabo, sem faltar um dia.

Não foi diferente – nem mais depressa nem mais devagar – do que acontece a toda hora, então nem preciso dizer que eles casaram na igreja presbiteriana de MacLain num piscar de olhos, pra surpresa do povo. E depois que vestiram Snowdie toda de branco, quer saber, ela ficou mais branca do que os nossos sonhos.

Daí – ele se formou em direito e viajou pra alguma firma, foi a primeira coisa que ele fez –, daqui a um minuto eu te conto o que ele vendia, e ela ficou em casa cozinhando e cuidando do lar. Não lembro se tinha um negro, ela não ia saber mandar nele se tivesse. E ela quase estragou os olhos, de uma vez por todas, pegando no trabalho e fazendo cortinas pra todos os cômodos e tudo o mais. Tão ocupada. No início, parecia que eles não iam ter filho.

Daí foi do jeito que eu te contei, a coisa correu bem fácil, o povo desde logo deu tudo como certo – ele caindo fora e sendo recebido de volta em casa, ele caindo fora e mandando recado, "Me encontra lá na mata", e voltando pra casa, e no fim das contas deixando o chapéu. Eu falei pro meu marido que ia parar de contar as idas e vindas do King, e foi logo depois disso que ele deixou o chapéu. Ainda não sei se ele fez aquilo por bondade ou maldade. Bondade, eu quero crer. Ou vai ver que ela estava vencendo. Por que é que eu quero saber? Vai ver que é porque o Fate Rainey é incapaz de fazer surpresa, e se orgulha disso. Então o Fate disse: "Pois bem, agora vamos fazer as mulheres ficarem quietas e prestarem atenção na família durante um tempo". Era tudo o que ele tinha pra falar sobre o assunto.

Daí, a gente nem teve que esperar muito. Lá veio a Snowdie, atravessando a estrada, pra trazer a notícia. Eu vi ela cruzando o meu pasto com um andar diferente, era o jeito de alguém que desce pela nave central da igreja. As fitas da touca saltitavam em volta dela: primavera. Você notou a cinturinha delicada que ela ainda tem? Juro que é um mistério pensar que ela teve a força que precisava. Olha só pra mim.

Eu estava no celeiro ordenhando, e ela veio e ficou lá parada, junto da cabeça da vaquinha jérsei, Lady May. A Snowdie tinha um jeito tranquilo, estudado, de dar uma notícia. Ela disse: "Eu também vou ter um bebê, Dona Katie. Pode me dar os parabéns".

Nós duas, a Lady May e eu, tivemos que parar e olhar pra ela. A Snowdie parecia banhada por algo mais do que a notícia. Era como se um tipo de chuva tivesse atingido ela, como se ela tivesse sido atingida por algo brilhante. Era mais do que o dia. Ali, apertando os olhos por conta da luz, ela parecia corajosa que nem um leão, naquele dia, embaixo da aba da touca, e olhando pro meu balde e pra minha baia como se fosse uma visita. Coitada da Snowdie. Eu lembro que era época da Páscoa e que o pasto estava todo salpicado atrás da saia azul dela, com flor de mel. Ele vendia chá e tempero, era isso.

Passaram exatamente nove meses até o dia que os gêmeos chegaram, depois que ele fugiu por aquela mata e aqueles campos e deixou o chapéu na beira do rio, com "King MacLain" escrito nele.

Eu queria ter visto ele! Não acho que *eu* é que ia impedir que ele fosse embora. Não sei te dizer por quê, mas eu queria ter visto! Só que ninguém viu.

Pelo bem da Snowdie – lá vieram eles trazendo o chapéu, e numa baita algazarra –, dragaram o Big Black por 9 milhas rio abaixo, ou foi só 8, e mandaram um aviso pra Bovina, e mais longe, até Vicksburg, pra ficarem atentos a qualquer coisa que aparecesse na margem ou enganchasse nas árvores do rio. Claro, nunca apareceu nada – só o chapéu. Eles encontraram todo mundo nas redondezas que tinha se afogado decentemente ao longo do Big Black. O Seu Sissum, lá da mercearia, ele se afogou depois, e foi encontrado. Eu acho que com o chapéu ele devia ter largado pra trás o relógio, se quisesse deixar uma impressão melhor.

A Snowdie continuou radiante e corajosa, parecia que não ia entregar os pontos. Ela deve ter tido ideias, uma dessas duas opções. A primeira era que ele estava morto – então por que o rosto dela tinha aquele brilho? Tinha um brilho – e a outra era que ele tinha abandonado ela, e estava decidido. E como o povo dizia, se ela sorria *naquele momento*, não tinha sido afetada. Eu não sabia se gostava do brilho. Por que ela não ficou furiosa e não esbravejou um pouco – pelo menos pra mim, só pra Dona Rainey? Os Hudson sempre se controlam. Mas pra mim não parecia, eu entrando e saindo de lá daquele jeito, que a Snowdie já tivesse dado uma boa olhada na vida, quem sabe. Quem sabe desde o começo. Vai ver que ela simplesmente não sabe da *extensão*. Não era o tipo de olhar que eu recebia, e isso faz muito tempo, quando eu tinha mais ou menos 12 anos. Como se alguma coisa fosse esfregada na minha cara.

Ela continuou cuidando da casa e foi ficando cada vez maior, com o que eu já te falei que eram gêmeos, e parecia contente com o que cabia a ela. Que nem uma gatinha branca dentro de uma cesta, fazendo a gente se perguntar se ela não ia esticar a pata e arranhar se alguma coisa, afinal, chegasse perto. Na casa dela todos os dias era como se fosse domingo, mesmo de manhã cedo, daquele jeito arrumadinho. Ela se alegrava com aqueles cômodos novinhos, por onde ninguém tinha passado, e aquele corredor escuro, quieto, muito quieto, que atravessa a casa. E eu adoro a Snowdie. Adoro ela.

Só que nenhum de nós se sentia muito *próximo* dela durante todo aquele tempo. Eu vou te contar o que era, o que fazia ela ser diferente. Era que ela não esperava mais nada, a não ser pelos bebês, e isso é só uma parte da história. A gente ao mesmo tempo tinha raiva e protegia ela, quando não dava pra ficar perto dela.

E ela saía com aquela blusinha limpa pra regar as samambaias, e as flores dela eram fora do comum – a Snowdie tinha aquele jeito de lidar com flores que era igual ao da mãe dela, claro. E dava tantas quanto a mãe dela, só que não era como eu ou você damos. Ela estava sozinha. Ah, a mãe já tinha morrido, e o Seu Hudson morava 14 milhas estrada abaixo, aleijado, e administrava a loja sentado numa cadeira de vime. A gente era tudo que a Snowdie tinha. Todo mundo ficava com ela o máximo de tempo que podia, e não passava um dia sem que um de nós corresse até lá e falasse com ela e dissesse uma palavrinha sobre qualquer coisa à toa. A Dona Lizzie Stark deixou que ela ficasse encarregada de arrecadar dinheiro pros roceiros pobres no Natal daquele ano, e coisas assim. Claro que a gente fez tudo quanto era coisinha pra ela, aquele tipo de costura não era coisa pra ela. Foi bom ela ter conseguido um montão de coisa.

Os gêmeos chegaram no primeiro dia de janeiro. A Dona Lizzie Stark – ela odeia tudo que é homem, e olha que é gente importante: aquela ali é a chaminé dela – mandou o Seu Comus Stark, o marido dela, arrear o cavalo e ir até Vicksburg buscar um médico de lá, e na charrete dela, na véspera, em vez de chamar o dr. Loomis, daqui, enfiou o médico de lá num quarto frio pra dormir na casa dela; ela falou que com certeza a charrete de qualquer médico ia quebrar naquelas pontes. A Dona Stark ficou do lado da Snowdie, e é claro que muitas outras, e eu também, mas a Dona Stark não arredou pé e assumiu o comando quando as dores começaram. A Snowdie teve os dois meninos, e nenhum dos dois era albino. Ambos eram a cara do King, se você quer saber. A Dona Stark tinha esperança que fosse uma menina, ou duas meninas. A Snowdie sapecou neles os nomes Lucius Randall e Eugene Hudson, em homenagem ao pai dela e ao pai da mãe dela.

Foi o único sinal que ela deu pra Morgana que talvez ela não continuasse achando uma beleza o nome King MacLain. Mas não foi um sinal dos grandes; tem mulher que só dá o nome do marido quando não resta mais nome nenhum. Acho que no caso da Snowdie, mesmo que ela tivesse dado *dois* nomes diferentes, isso não significava que ela já tinha mudado, não em relação ao King, aquele pilantra.

O tempo passa feito um sonho, não importa quanto a gente corre, e o tempo todo a gente ouvia coisa do mundo lá fora e prestava atenção, mas isso não queria dizer que a gente acreditava. Você sabe o tipo de coisa. O primo de alguém viu o King MacLain. O Seu Comus Stark, aquele que é o dono do algodão e da madeira, ele anda por aí, e jurou três ou quatro vezes ter visto o King de costas, e uma vez viu ele cortando o cabelo no Texas. Essas coisas que a gente sempre ouve quando alguém cai fora, só pra fazer barulho. Elas podem significar alguma coisa – ou não.

Até que o mais escandaloso aconteceu quando o meu marido foi até Jackson. Ele viu um sujeito na parada que era o King cuspido e escarrado, o meu marido um belo dia me contou, na posse do governador Vardaman. O sujeito estava junto com os mandachuvas e montado num baita animal. Muita gente daqui foi, mas, como a Dona Spights disse, por que eles iam deixar de olhar pro governador? Ou pro Novo Capitólio? Mas o King MacLain era capaz de roubar a glória de qualquer um, era o que ele achava.

Quando perguntei como era o jeitão dele, não consegui arrancar nada do meu marido, que só andou pela cozinha, levantando os pés, como se um cavalo e um homem fossem uma coisa só, e eu parti pra cima dele com a vassoura. Mas eu sabia. Se fosse o King, a postura dele ia parecer de alguém que diz: "Mas todo mundo não anda se perguntando, não anda louco pra saber onde foi que eu me meti!". Eu falei pro meu marido que achava que cabia ao governador Vardaman agarrar o King e arrancar alguma coisa dele, mas o meu marido respondeu: por que implicar com o sujeito, e além disso no meio de uma parada e tudo o mais? Homens! Eu falei que se fosse o governador Vardaman e espiasse o King MacLain de Morgana marchando na minha parada tão importante quanto eu e sem nenhum cabimento, eu tinha interrompido a coisa toda e chamado ele pra prestar conta. "Pois bem, que benefício isso ia trazer pra você?", meu marido perguntou. "Muitos", eu disse. Fiquei exaltada naquela hora. "Era um lugar perfeito pra ele ser exposto, bem na frente do Novo Capitólio, em Jackson, com a banda tocando, e o homem certo pra fazer a coisa."

Pois bem, com certeza, homens assim precisam ser expostos diante do mundo, eu acho — e nenhum de nós ia ficar surpreso. "Você foi atrás dele depois que o governador tomou posse, pra saber?", perguntei ao meu marido. Mas ele disse que não, e me lembrou. Ele tinha que me trazer um balde novo, e trouxe do tamanho errado. Igual aos que tem na loja do Holifield. Mas disse que viu o King ou o gêmeo dele. Que gêmeo, que nada!

Pois bem, ao longo dos anos, a gente ouviu falar dele aqui e ali — às vezes em dois lugares ao mesmo tempo, New Orleans e Mobile. Esse é o jeito desleixado que o povo usa os olhos.

Acho que ele esteve na Califórnia. Não me pergunte por quê. Mas eu vejo ele por lá. Eu vejo o King no Oeste, lá onde tem ouro e tudo o mais. Cada um com a sua própria visão.

II

Pois bem, o que aconteceu acabou acontecendo no Halloween. Foi na semana passada – e já parece até algo que não podia acontecer de jeito nenhum.

A minha bebê, a Virgie, engoliu um botão naquele mesmo dia – mais tarde – e aquilo *aconteceu*, e ainda parece que aconteceu, mas não essa outra coisa. E não foi dita nem uma palavra em voz alta, pelo bem da Snowdie, então acredito que o resto do mundo vai tomar o mesmo cuidado.

A gente pode falar de um bebê que engoliu o botão de uma camisa e precisou ser virado de cabeça pra baixo e levar palmada no bumbum, e a coisa parece razoável, se a gente pode ver o bebê – lá vai ela correndo –, mas é só começar a falar de algo que só *parece* que aconteceu – e aí vamos com calma!

Pois bem, Halloween, mais ou menos três horas, eu estava na casa da Snowdie ajudando ela a cortar moldes – ela continua costurando pra aqueles meninos. Eu, eu só tenho que costurar pra uma garotinha – ela estava lá, dormindo na cama do quarto ao lado – e dói a minha consciência ter mais sorte do que a Snowdie. E os gêmeos não queriam brincar no quintal naquele dia, e pegaram os retalhos, a tesoura e a cartela de alfinete e tudo, e ficaram estorvando, se fantasiando e brincando de fantasma e bicho-papão. Na cabecinha deles o principal era o Halloween.

Estavam usando máscaras, é claro, amarradas por cima do cabelo cortado que nem pajem, com as bordas presas atrás. Eu já tinha me acostumado com a aparência deles – mas não gosto de máscara. As duas são da loja do Spights e custam 1 níquel. Uma era a figura de um chinês, toda amarela e malvada, com os olhos puxados e um bigode medonho e fino de pelo preto de crina de cavalo. A outra era uma dama, com um sorriso dócil e quase assustador nos lábios. Eu nunca me agradei daquele sorriso, por nada deste mundo. O Eugene Hudson quis ser o chinês e então o Lucius Randall teve que ser a dama.

Daí eles ficaram fazendo rabos e coisarada e todo tipo de bobagem, e pendurando na frente e nos bumbunzinhos, aproveitando cada retalho das camisas e das flanelas que eu e a Snowdie estávamos cortando na mesa da sala de jantar. Às vezes a gente pegava um menino e alinhavava alguma coisa nele, mesmo que ele não quisesse, mas a gente não estava ligando muito pra eles, a gente estava falando dos preços das coisas pro inverno e do enterro de uma solteirona.

Daí a gente não ouviu o degrau ranger nem o piso do alpendre ceder. Isso foi uma bênção. E se não fosse por conta de algo que vem de fora da gente pra nos contar, eu não ia ter a fé que tenho de que a coisa aconteceu.

Mas passando pela nossa estrada – como ele faz todos os dias – vinha um preto de toda a confiança. É um dos pretos da mãe da Dona Stark, todo mundo chama ele de velho Plez Morgan. Mora pra baixo de mim. O tipo do preto velho que conhece todo mundo desde o início dos tempos. Ele conhece mais gente que eu, sabe quem são, e toda a gente *fina*. Se você precisar de alguém em Morgana que não vai errar na hora de reconhecer uma pessoa, pode chamar o velho Plez.

Daí ele vinha descendo a estrada, devagar. Ele ainda tem que cuidar do quintal de algumas pessoas, não largam dele, como a Dona Stark, porque ele não arranca nada. Ele não diz quantos anos tem e pega cedo no batente e não tem pressa pra voltar pra casa à noite – sempre parando pra falar com as pessoas e perguntar sobre a saúde delas e desejar boa-noite o tempo todo. Só que naquele dia ele falou que não tinha visto *vivalma* – a não ser... você já vai saber quem num minuto – no caminho, nem nos alpendres nem nos quintais. Eu não sei por quê, a menos que fosse por causa daquelas rajadas de vento norte que tinham dado de soprar. Ninguém gosta daquilo.

Só que na frente dele tinha um sujeito caminhando. O Plez disse que o andar era de homem branco e um andar que ele conhecia – mas ele achava que era de outro ano, de outra época. Não era bem o andar de alguém que parecia estar seguindo pela estrada até MacLain *naquela hora* – mas era também – e, se fosse, ele não fazia ideia do que aquele alguém queria. Era dessa maneira cautelosa que o Plez estava imaginando a coisa.

Quem via o Plez sabia logo que era ele. Ele estava com umas rosas presas no chapéu naquele dia, eu vi ele logo depois que a coisa aconteceu. Eram umas rosas de outono da Dona Lizzie, grandes que nem o punho de um homem e vermelhas que nem sangue — elas balançavam de um lado pro outro na fita daquele velho chapéu preto dele, e da aba pendiam outras coisinhas do jardim, que a Dona Stark tinha jogado fora; ele limpou os canteiros dela naquele dia, estava ameaçando chover. Mais tarde ele falou que não estava com muita pressa, senão talvez tivesse alcançado e passado o homem. Lá na frente ia ele, seguindo na mesma direção que o Plez, e nada interessado numa corrida. E era um verdadeiro estranho conhecido. Daí o Plez disse que de repente o estranho conhecido parou. Foi diante da casa dos MacLain — e afundou o peso numa das pernas e ficou ali, posando feito uma estátua, de mão no quadril. Ora! O velho Plez disse, paciente, que se escorou no portão da igreja presbiteriana e esperou um pouco.

Logo em seguida, o estranho — ah, era o King! Àquela altura, o Plez já estava chamando ele de Seu King consigo mesmo — subiu pelo quintal e depois não entrou direto como qualquer outra pessoa. Primeiro deu uma olhada em volta. Correu os olhos pelo quintal e pelo gazebo, e foi de cedro em cedro ao longo do limite da propriedade onde ele morava, e passou embaixo da figueira nos fundos e da roupa lavada (até parece que ele reparou!) e voltou em direção à frente, como se estivesse farejando, e o Plez falou que, embora não pudesse jurar que dava pra ver lá da igreja presbiteriana exatamente o que Seu King estava fazendo, ele sabia, como se tivesse visto, que ele espiou pela persiana. Ele tinha espiado a sala de jantar — misericórdia. A gente fechava o lado oeste por causa dos olhos da Snowdie, claro.

Por fim, ele voltou direto até chegar à porta da rua, passando pelas flores diante do quarto da frente. Então se aprumou todo e começou a subir os degraus.

O degrau do meio geme quando alguém pisa, mas a gente não ouviu. O Plez falou, ora, ele estava usando um tênis dos bons. Daí ele atravessou o alpendre e você acredita que ele estava prestes a bater naquela porta? Por que ele não se contentou em ficar do lado de fora?

Na porta da frente da casa que era dele. Ele finge dar uma batidinha, como se quisesse ver como seria, e então esconde o presente atrás do paletó. Claro que ele tinha alguma coisa numa caixa pra ela. A gente sabe que ele trazia fielmente pra casa o tipo de presente capaz de partir qualquer coração. Ele fica lá com uma das pernas esticada, todo prosa, pra fazer uma surpresa. E aposto que com um belo sorriso na cara. Ah, não me peça pra continuar!

Imagina só se a Snowdie tivesse a ideia de dar uma olhada pelo corredor — a sala de jantar fica no fim do corredor, e as portas dobráveis estavam abertas — e visse ele, todo do jeito "Vem cá me dar uma beijoca". Eu não sei se ela podia enxergar direito, mas *eu* podia. Mas fui uma bobona e não olhei.

Os gêmeos é que viram ele. Por aqueles buraquinhos nas máscaras, aqueles olhos de águia! Não tem como segurar aqueles gêmeos. E ele não conseguiu bater na porta, e estava com a mão levantada pela segunda vez e as juntas dos dedos à mostra, quando lá vieram as crianças pra cima dele berrando "Buu!" e sacudindo os braços pra cima e pra baixo de um jeito que ia fazer a pessoa morrer de medo, ou quase, se ela não estivesse preparada.

A gente ouviu eles partindo pro ataque, mas achamos que era só algum preto que estava passando e que eles queriam assustar, se é que pensamos em alguma coisa.

O Plez disse — levando em conta que todo ser humano pode se enganar — que viu de um lado do King o Lucius Randall aparecer correndo, todo fantasiado, e do outro lado o Eugene Hudson todo fantasiado. Será que eu esqueci de falar que eles estavam de patins? Ah, aquilo foi a tarde toda. São bons patinadores, os pirralhos, e lá nem tem calçada. Eles ganharam a rua e ficaram rodeando o pai, sacudindo os braços e retorcendo os dedos de um jeito pavoroso, e aqueles cabelos em estilo pajem girando sem parar.

O Lucius Randall estava usando, o Plez falou, uma coisa cor-de-rosa, e estava mesmo, o pijama de ursinhos de flanela alinhavado que a gente vestiu por cima da roupa dele quando ele saiu correndo. E falou que o Eugene era um chinês, e era isso mesmo que ele era. É difícil dizer qual dos dois foi o mais espalhafatoso, mas pra mim foi o Lucius Randall, com aquela cara de menina e as grandes luvas brancas de algodão penduradas nos dedos, e ah! ele estava usando o *meu chapéu*. Esse que eu uso pra ordenhar.

E eles fizeram um estardalhaço com os patins, o Plez contou, e ali não tinha engano, porque eu lembro da dificuldade que a Snowdie e eu tivemos a tarde toda pra ouvir o que a outra dizia.

O Plez contou que o King aguentou um minuto — também ficou rodeando. Eles patinavam em volta dele e falavam com uma voz estridente, de passarinho: "Como vai o senhor, seu Bicho-papão?". Você sabe que, se criança *pode* fazer macaquice, faz. (É certo que sem as máscaras aquelas duas crianças teriam sido mais comportadas — tem bastante de Hudson nelas.) Patinando sem parar em volta do papai, e sem saber de nada! Pobres coitadas. Afinal, não tiveram ninguém pra assustar o dia todo naquele Halloween, a não ser um ou dois pretos que passaram, e assustaram também o trem da Ferrovia do Vale do Mississippi, que apitou às duas e quinze.

Que macaquinhos! Patinando em volta do papai. O Plez falou que, se aquelas crianças fossem pretas, ele não titubeava em dizer que elas iam fazer qualquer alma lembrar os canibaizinhos pretos na selva. Quando eles prenderam o papai na ciranda e ele não conseguiu sair, o Plez disse que aquilo era capaz de deixar qualquer testemunha meio atarantada, e ele invocou uma ou duas vezes o Senhor. E depois que davam uma volta por cima, eles agachavam e davam uma volta por baixo, na altura dos joelhos dele.

Chegou uma hora que simplesmente faltou presteza pro King escapar. Foi difícil pra ele, e precisou de mais de uma tentativa. Ele se recompôs, e o King é um homem de 1,80 metro e tem o peso de um cavalo, mas estava perturbado, eu acho. Conseguiu escapar e saiu como se o diabo estivesse atrás dele — ou no couro dele —, no fim das contas. Por cima do corrimão e das samambaias, e desceu pelo quintal e pulou a vala e se foi. Se embrenhou pelo mato na direção do Big Black, e os salgueiros acenaram depois que ele passou, e pra onde ele correu naquela hora o Plez não sabe e nem eu nem ninguém.

O Plez contou que o King passou direto por ele, naquela vez, e nem deu sinal de reconhecer ele, e a chance de falar já tinha passado. E pra onde ele correu então, ninguém sabe.

Ele devia ter escrito outro bilhete, em vez de vir.

Pois bem, então, as crianças, eu imagino, ficaram lá de boca aberta atrás dele, e então alguma coisa começou a pesar depois que tudo acabou, e elas ficaram assustadas. E voltaram pra sala de jantar. Lá estavam duas senhoras inocentes, uma visitando a outra. Os garotinhos fizeram careta e franziram a testa e arrastaram os patins pelo tapete e nos perseguiram em volta da mesa, onde a gente estava cortando a regata do Eugene Hudson, e puxaram as nossas saias até que a gente viu.

"Pois bem, falem", disse a mãe, e eles contaram que um bicho-papão tinha aparecido no alpendre e quando eles saíram pra olhar ele disse: "Eu vou. Vocês ficam", daí eles correram atrás dele escada abaixo e enxotaram ele. "E ele olhou pra trás bem desse jeito!", Lucius Randall disse, tirando a máscara e mostrando o rostinho pelado e os olhos azuis e redondos. E o Eugene Hudson disse que o bicho-papão ainda catou um punhado de noz-pecã antes de sair pelo portão.

E a Snowdie largou a tesoura no mogno, e a mão dela ficou parada no ar, e ela olhou pra mim, um olhar que durou bem um minuto. E primeiro ela se agarrou no avental e depois começou a tirar ele fora no corredor enquanto corria pra porta – pra não ser pega de avental, eu acho, se ainda tivesse alguém lá. Ela correu e os prisminhas de vidro balançaram na sala – não lembro de outra vez, por causa *dela*. Não parou na porta, passou correndo e saiu no alpendre, e olhou pros dois lados e desceu correndo os degraus. E correu até o quintal e ficou lá se apoiando na árvore, olhando pro campo, mas eu reparei pelo jeito que a cabeça dela pendia que não tinha ninguém.

Quando cheguei na escada – eu não quis ir logo em seguida –, não tinha mesmo ninguém a não ser o velho Plez, que vinha passando e tirando o chapéu.

"Plez, você viu um cavalheiro subir no meu alpendre agorinha mesmo?", ouvi a Snowdie dizer, e lá estava o Plez, caminhando, com o chapéu na mão, como se estivesse passando por ali naquele minuto, como a gente pensava. E o Plez, claro, disse: "Não, madama, não lembro de ver alma nenhuma passar por mim, desde que saí de lá da cidade".

Os garotinhos seguravam em mim, eu sentia eles me puxando. E a minha filhota dormiu o tempo todo, lá dentro, e então acordou e engoliu aquele botão.

Lá fora as folhas murmuravam de um modo diferente de

quando eu entrei. Estava chovendo. O dia tinha um jeito de mão dupla, como acontece com o dia na mudança da estação – nuvens escuras e ar dourado ainda na estrada, e árvores mais claras que o céu. E as folhas de carvalho se espalhando e esparramando, soprando em cima do velho Plez e roçando nele, o velhote.

"Você tem toda a certeza, imagino, né, Plez?", pergunta Snowdie, e ele responde consolando ela: "*A senhora* não tava esperando ninguém aparecer hoje, tava?".

Foi mais tarde que a Dona Stark pegou o Plez e arrancou a verdade dele, e eu fiquei sabendo depois de um tempo, por ela, na igreja. Mas é claro que ele não ia deixar que a Dona Snowdie MacLain ficasse magoada agora, depois que a gente cuidou dela por tanto tempo. Daí ele inventou.

Depois que ele passou, a Snowdie ficou ali no frio e sem casaco, com o rosto virado pro campo e os dedos arrancando fiapos da saia e soltando eles no vento, com pequenos gestos delicados, até que eu fui buscar ela. Ela não chorou.

"É, pode ter sido um fantasma", o Plez disse pra Dona Stark, "mas um fantasma, eu acho, se tivesse vindo ver a dona da casa, tinha esperado pra trocar umas palavrinhas com ela."

E ele disse que não tinha a menor dúvida de que era o Seu King MacLain, que voltava pra casa mais uma vez e depois mudou de opinião. A Dona Lizzie falou pras senhoras da igreja: "Eu, por exemplo, confio no preto. Confio nele do jeito que as senhoras confiam em mim, a cabeça do velho Plez continua batendo muito bem. Eu acredito piamente na história dele", ela disse, "porque *sei* muito bem que é isso que o King MacLain ia fazer… dar no pé". E essa é a única vez que eu concordo com a Dona Lizzie Stark, só que ela não sabe disso, imagino.

E eu vivo na esperança de que *ele* tenha tropeçado numa pedra e se estatelado enquanto corria, antes de se afastar daqui, e que tenha esfolado aquele belo nariz dele, aquele diabo.

E é por isso que agora a Snowdie vem buscar a manteiga, e não me deixa mais levar a manteiga pra ela. Eu acho que ela ficou meio cismada comigo, porque eu estava lá naquele dia que ele veio; e ela não gosta mais da minha bebê.

E você quer saber? O Fate diz que vai ver que o King sabia que era Halloween. Você acha que ele ia se incomodar de ir tão longe só pra dar um susto em alguém? E os dele avançando pra cima dele? O Fate costuma ter mais pé no chão.

Com homens como o King, os pensamentos da gente não têm fim. Ele foi embora que nem o vento, o Plez jurou pra Dona Lizzie Stark; embora ele não pudesse jurar em qual direção – daí ele mudou de ideia e falou.

Mas eu aposto o meu bezerrinho jérsei que o King demorou tempo suficiente pra fazer um filho em algum lugar por aí.

O que me faz dizer uma coisa dessas? Eu não ia falar isso nem pro meu marido, vê se você esquece isso.

2. Recital de junho

Loch estava em guerra com a mãe. Ela o manteria na cama e o forçaria a tomar quinino achocolatado o verão inteiro, se pudesse. Ele deu um grito e a deixou esperando, com a colher cheia, enquanto seus olhos captavam a estampa quadriculada, o tabuleiro de xadrez no avental da mãe – até que o fôlego acabou e ele tomou o gole. A mãe tocou no boné pompadour do filho, friccionou o couro cabeludo, em vez de beijá-lo, e foi tirar um cochilo.

— Louella! – ele chamou baixinho, esperando que ela subisse e ele pudesse infernizá-la para correr até o Loomis's e comprar uma casquinha de sorvete, do bolso dela, mas em resposta a ouviu bater, com toda a razão, uma panela na cozinha. Por fim, suspirou, espichou os dedos dos pés – tão limpos que ele desprezava essa visão – e se apoiou no cotovelo, elevando o corpo à altura da janela.

Ao lado ficava a casa vazia.

A família dele bem que ficaria contente se essa casa pegasse fogo; ele a envolvia com o amor do verão. Para além das folhas do olmeiro e da fileira de cedros e do quintal espraiado, a casa estendia sua lateral desgastada. Ele deixava o olhar se deter ali ou passear por ali, como se fosse algo de fato bastante familiar. Aquele contorno esquecido, aquele prolongamento desmazelado até o fundo do quintal, ele conhecia de cor. O flanco da casa era como o de uma pessoa, se uma pessoa ou um gigante estivesse dormindo ali, dormindo sempre.

Uma chaminé vermelha em forma de garrafa sustentava tudo. O telhado se projetava, caindo para a frente, o alpendre contornava a lateral, cedendo na curva, onde pendia sem corrimãos, como o penhasco de um filme no Bijou. Em vez de *cowboys* em perigo, perambulavam por ali as galinhas de Dona Jefferson Moody, atravessavam a rua, esvoaçavam por cima da balaustrada e encontravam uma sombra mais fresca, uma poeira mais fofa para se aninhar e minhocas mais gordas embaixo do chão enegrecido.

Na lateral da casa tinha seis janelas, duas no andar de cima e quatro no de baixo, e atrás da chaminé uma janelinha na escada, em forma de fechadura — feita para nunca ser aberta; eles tinham uma igual. Havia persianas verdes, suspensas em alturas diferentes, mas sem cortinas. Uma mesa era visível na sala de jantar, mas sem cadeiras. A janela da sala de visitas ficava à sombra do alpendre e de folhas de bambu finas e vibrantes, claras e escuras, como a piscina natural que ele conhecia no rio. Tinha um piano na sala de visitas. Além disso, algumas cadeirinhas elegantes, parecidas com cadeiras de Escola Dominical ou de jardim da infância, viradas para um lado e para outro, e a primeira pessoa pesada que nelas viesse a sentar-se as quebraria, uma após a outra. No lugar de uma porta para o corredor, puseram uma cortina; era feita de miçangas. Sem ventilação, a cortina pendia imóvel feito uma parede e, no entanto, era possível ver através, se alguém passasse pela porta.

Naquela janela diante da janela do quarto do Loch, no quarto dos fundos no primeiro andar, tinha uma cama de frente para a dele. O pé havia sumido, e o colchão estava meio pendente, mas se aguentava. A sombra de uma árvore, um galho e as folhas, percorria lentamente os morros e os vales do colchão.

Na parte da frente do quarto, a janela brilhava à tarde; tinha sido levantada. Exceto por um balaústre, onde pendia um chapéu, a cama ficava fora de vista. É verdade que tinha uma pessoa em casa — Loch cedo ou tarde haveria de lembrar —, mas era apenas Seu Holifield. Era o vigia noturno do cotonifício, sempre dormia o dia todo. Dava para ver um quadro com moldura pendurado na parede, torto o suficiente para parecer ter sido endireitado de vez em quando. Às vezes o vidro da moldura refletia a luz exterior e o voo dos pássaros entre os galhos das árvores, e, enquanto o vidro refletia, Seu Holifield sonhava.

Loch podia ver através dos cedros porque faltava um na fileira e, de um golpe de vista, dava para observar tudo — como se fosse o proprietário —, desde o alpendre até os fundos em formato de galpão e o gazebo escurecido pelas sombras — o qual configurava um amor totalmente diferente, recendendo a folhas escuras que se desintegravam em fuligem; e a sombra de quatro figueiras das quais ele roubaria figos, se é que julho ainda ia chegar. E acima da sombra, que era escura como um barco, cintilava o céu azul — avançando feito uma batalha, e quente feito fogo. A turma com quem sua irmã passeava de carroça à noite (passeava contrariando a vontade do pai, escapava graças à conivência da mãe) cantava: "Ah, não vai mais chover". Mesmo de pálpebras fechadas, ele percebia que aquela luz e aquela sombra continuavam separadas, embora invertidas.

Às vezes durante vários dias, em seus sonhos diurnos e noturnos, ele tinha a sensação de que morava na casa ao lado, arredio que nem um *cowboy*, absolutamente sozinho, sem a mãe ou o pai entrando para medir sua temperatura, ou correr o dedo por baixo do seu topete — sem um dos pais para ligar o ventilador e o outro para desligar, ou os dois juntos para prender um jornal ao redor da luminária, à noite, a fim de isolar o filho da conversa. E ali Cassie nunca poderia levar livros para ele ler, livros infames de meninas e contos de fadas.

Foi a calha gotejante lá que havia acordado Loch, na primavera, quando choveu. Estrondosa feito uma cachoeira na floresta, aquilo o sacudiu com a urgência de quem é *obrigado* a despertar de um sono profundo para ser levado a algum lugar, sendo forçado a ir. Tinha feito o coração dele disparar.

Podiam fazer com ele o que bem quisessem, mas não conseguiriam tirar seu boné pompadour nem o destituir da casa. Ele esticou a mão embaixo da cama e puxou o telescópio.

O telescópio pertencia a seu pai, e ele tinha autorização para utilizá-lo sem ser molestado, desde que estivesse febril. Foi o que lhe deram em vez do estilingue e do revólver de brinquedo. Cheirando a latão e à gaveta da mesa da biblioteca onde ficava guardado, o objeto era apresentado à família para ver os eclipses lunares; e no dia em que um avião sobrevoou levando uma senhora a bordo, e todos esperaram o dia inteiro, descrentes e olhando para o céu, o telescópio ficou na mão do pai do Loch como um grande porrete, uma espécie de arma de proteção contra o que desse e viesse.

Loch ajustou os cilindros de latão e projetou o telescópio pela janela, abrindo a tela e deixando mais mosquitos entrarem, o que era proibido. Examinou o tamanho dos figos ao longe: ontem pareciam bolinhas de gude; hoje, bombons de vinho. Pegar aquilo não seria roubar. Em contrapartida à indignação causada pelo confinamento, uma agradável autocomplacência o visitava na cama. Ele moveu o telescópio delicadamente em direção à casa e alcançou o telhado, onde os passarinhos empertigavam a cabeça.

Com o telescópio no olho, ele até sentia o cheiro forte da casa. Morgana se afundava em odores naquela tarde; as magnólias estavam abertas e cobriam toda a árvore na última esquina. Brilhavam feito luzes na árvore densa que assomava na forma de uma caverna aberta diante do beiral do telhado dos Carmichael, agora aproximado. Ele focou o ninho do tordo, a velha bola do Woodrow Spights no telhado, os folhetos de propaganda eleitoral desbotados no alpendre — de novo a casa vazia, a metade de um prato de porcelana fincado no mato; as galinhas sempre iam até aquele prato, e estava vazio.

Loch apontou o telescópio para os fundos e captou o marinheiro e a garota no momento em que pulavam a vala. Sempre voltavam por ali, balançando as mãos e correndo curvados por baixo das folhas. A garota era a pianista do cinema. Hoje ela levava uma sacola de papel da mercearia de Seu Wiley Bowles.

Loch apertou os olhos; tinha esperado para ver o dia em que o marinheiro pegasse os figos. E para ver o que a garota o instaria a fazer. O nome dela era Virgie Rainey. Foi colega de turma da Cassie durante todo o tempo de escola, então isso significava que tinha 16 anos; ela estragava qualquer boa ideia. Parecia um moleque, mas isso não era verdade. Um dia ela deixou o marinheiro pegá-la nos braços e carregá-la, ela com os dedos erguidos para roçar nas folhas das árvores. Ela é que tinha mostrado a casa ao marinheiro, para começo de conversa, ela é que fez ele começar a vir. Eram figueiras velhas e cascudas, mas os figos eram de um azulzinho doce. Quando abriam, a carne rosa e dourada aparecia, as flores internas e as bolhas douradas de suco pendiam, para depois tocar a língua da gente. Loch deu tempo ao marinheiro, pois era ele, Loch, quem estava no comando da leniência ali; tinha concedido ao marinheiro um dia após o outro.

Ele oscilou sobre os joelhos e viu o marinheiro e Virgie Rainey num mundinho luminoso azul e branco correrem até a porta dos fundos da casa vazia.

E em seguida viria o velhote, passando por ali na carroça azul, subindo até a casa dos Stark e voltando até a esquina dos Carmichael.

> Leite, leite,
> Soro de leite.
> Amoras frescas e...
> Soro de leite.

Esse era Seu Fate Rainey e sua musiquinha. Ele demorava bastante tempo para passar. Loch observava pelo telescópio a flor nova no chapéu do cavalo todos os dias. Ele ia passar pela casa dos Stark e contornar o cemitério e o bairro dos pretos, e voltaria pelo mesmo caminho. O grito dele, com a melodia de uma canção, se aproximava, então se afastava e se aproximava de novo. Era um eco — aquilo era eco? Ou era o último chamado de alguém buscando a saída numa caverna profunda: "Aqui — aqui! Ah, eu estou aqui!".

Ouviu-se um som que poderia ser de um gaio-azul zangado, mas era a porta dos fundos; eles tinham acabado de entrar pelo alpendre dos fundos. Quando viu a porta escancarada — a tela esticada e estufando por ter sido empurrada com descuido — para que as pessoas entrassem, Loch sentiu aumentar a antiga indignação. Mas ao mesmo tempo sentiu alegria. Pois, embora os invasores não o vissem, ele os viu, tanto a olho nu quanto através do telescópio; e cada dia que os guardava para si eles lhe pertenciam.

Louella apareceu nos degraus lá embaixo e despejou sonoramente a água suja da louça em direção à casa vazia. Mas ela nunca falaria, e ele nunca falaria. Ele não tinha compartilhado ninguém em sua vida, nem mesmo com Louella.

Depois que a porta bateu no calcanhar do marinheiro, e a janela do andar de cima foi forçada e escorada, então o silêncio se fechou sobre a casa ao lado. Fechou-se exatamente como o silêncio fazia na casa deles àquela hora do dia; mas, assim como a cachoeira barulhenta, o silêncio o mantinha acordado – lutando contra o sono.

No começo, antes de ver alguém, ele ficava ali deitado e pensava em homens malvados ocupando a casa, ou em algum gigante agachado atrás da janela que correspondia à sua. A grande figueira era muitas vezes uma árvore mágica, com frutos dourados que brilhavam entre os galhos feito uma nuvem de vaga-lumes – uma árvore toda faiscante, ardente, que acendia e apagava, apagava e acendia. O doce suco dourado por vir – no sonho ele esticava a língua, e então sua mãe lhe enfiava aquela colher na boca.

Mais de uma vez ele sonhou que a caverna tinha se mudado para dentro daquela casa, e o leiteiro entrava e saía dos cômodos conduzindo seu cavalo com aquela rosa vermelha e batendo no flanco do animal com um chicote que se desenrolava sozinho; no sonho o homem não cantava. Ou o próprio cavalo, branco e bonito, se aproximava para lhe pedir um favor, um pedido que chegava até ele de maneira suave e compreensível – pedido que ele ainda não tinha decidido se ia conceder ou negar. Aquele chamado pela janela ainda não havia acontecido – na verdade. Mas alguém tinha vindo.

Ele se virou.

— Cassie! – ele gritou.

Cassie entrou no quarto. Ela disse:

— Eu não te falei o que você podia fazer? Recorta aqueles cupons do sabão Octagon e conta eles, direitinho, se você quer aquele canivete.

Então ela saiu e bateu a porta. Ele parecia vê-la com atraso. Ela se vestia, para o que quer que estivesse fazendo no seu quarto, como alguém no circo, com manchas coloridas, e mal parecia ser sua irmã.

— Você entrou aqui parecendo uma palhaça! – ele gritou.

Mas lá na casa vazia o silêncio não era de quem saía e se afastava de Loch, e sim de quem se aproximava. Algo estava chegando bem perto, havia algo que era melhor ele vigiar. Ele tinha a sensação de que algo estava sendo contado. Então também precisava contar. Poderia agir com bastante cautela daquele jeito, contando de um em um, de cinco em cinco, de dez em dez. Às vezes ele tapava os olhos com o braço e contava sem mover os lábios, imaginando que quando chegasse a determinado número poderia gritar algo como "Lá vou eu!", e descer pelo galho da amoreira. Nunca gritou, e o braço pesava sobre o rosto. Muitas vezes era assim que ele adormecia. Acordou ensopado com a chegada da febre da tarde. Então a mãe o puxava e o empurrava, enquanto colocava fronhas limpas nos travesseiros e o aprumava na cama. Ela fazia isso agora.

— Agora o teu pozinho.

A mãe, vestida para uma festa, inclinou o papelote rosado em direção à língua dele, estirada e relutante, e guiou o copo d'água até a mão tateante. Toda vez que ele engolia o pozinho, ela dizia com calma:

— O dr. Loomis só te receita isso pra me convencer que você está sendo medicado.

O pai dele, quando voltasse do escritório, diria:

— Pois bem, se você está com malária, filho... (beijando-o), você está com malária, é só isso. Ha! Ha! Ha!

— Eu fiz coalhada doce pra você – disse ela, prendendo o riso.

Ele fez um ruído calculado para irritá-la, e ela sorriu.

— Quando eu voltar da casa da Dona Nell Carlisle, vou te trazer todas as novidades de Morgana.

Ele não pôde deixar de sorrir para ela – lábios fechados. Era quase uma aliada. Ela acenou para ele com a bolsa e se foi para a festinha de carteado. Debruçando-se, ele viu um desfile indolente, esvoaçante, as damas de Morgana embaixo das sombrinhas, todas tentando se manter fresquinhas, enquanto caminhavam até a casa de Dona Nell. A mãe dele foi absorvida pelas cores flutuantes e transparentes. Dona Perdita Mayo estava falando, e elas estalavam os saltinhos de verão e abafavam algo – abafavam alguma coisa...

Uma musiquinha soava no ar, e vinha do piano na casa vazia.

A música voltou, feito o toque de uma pequenina mão que ele tivesse empurrado sem querer. Loch se recostou e deixou a música continuar. De repente, lágrimas rolaram dos seus olhos. Ele abriu a boca com espanto. Então a melodiazinha parecia ser a única coisa explicável em todo aquele dia, em todo aquele verão, em todo aquele período de febre e calafrio, aquilo era explicável: era pessoal. Mas ele não sabia dizer por que era assim.

Veio como um sinal, ou uma saudação – o tipo de coisa que uma trompa faria soar na mata. Ele quase fechou os olhos. A música surgiu e sumiu e se perdeu no ar da vizinhança. Ele ouviu e então se perguntou como ela se fora.

Isso o levou de volta ao tempo em que sua irmã era muito meiga, a um tempo distante no passado. Quando se amavam num mundo diferente, um país sem limites, confiável, todo deles, onde nem mãe nem pai entravam, fosse por ternura ou impaciência – totalmente diferente do seu mundo solitário de agora, onde ele olhava para todos os lados, como Argos, sempre de guarda.

Uma colher bateu num prato três vezes. Em seu quarto, Cassie estava fazendo alguma coisa de mulher que no mínimo cheirava mal, tão mal como no dia em que ela pintou botões de rosa num pote de porcelana e queimou a peça enquanto a secava. Ele ouviu Louella falando sozinha no corredor do andar de baixo.

— Louella! – ele chamou, deitado de costas, e ela respondeu, pedindo que ele desse um pouco de sossego, senão ela ia cair dura naquele minuto. Quando voltou a elevar o corpo até a altura da janela, a primeira coisa que ele viu foi uma cara nova subindo pela calçada da frente.

Vinha lá uma senhora. Não, era uma velhota, redonda e trôpega – trôpega como ele se sentia quando saía da cama –, não estava a caminho da festinha de carteado. Devia estar voltando de uma caminhada no campo. Ele tinha visto ela parar em frente à casa vazia, virar-se e subir pela calçada da frente.

Havia algo além de roceiro em sua aparência. Talvez fosse por não ter nada nas mãos, nenhuma bolsinha ou leque. Parecia até alguém que morava na casa e tinha saído por um instante para ver se ia chover, e agora, com naturalidade, meio cansada com tanta coisa para fazer, voltava a entrar.

Mas, quando ela apertou o passo, Loch cogitou que poderia ser a mãe do marinheiro vindo atrás do filho. Mas o marinheiro nem era de Morgana. Quem quer que fosse, subiu os degraus, atravessou o alpendre oscilante e levou a mão à porta da rua, a qual abriu com a mesma facilidade com que Virgie Kainey tinha aberto a porta dos fundos. Entrou, e ele a viu através da cortina de miçangas, o que fez a silhueta tremer por um momento.

Vamos supor que portas com fechaduras e chaves ficassem trancadas — então nada disso poderia acontecer. A maneira como as coisas deixavam de acontecer, por um triz, e a possibilidade de evitá-las fizeram Loch apertar os olhos.

Três senhoras que iam à festinha de carteado, atrasadas e ofegantes, correndo juntas em fila como se fossem patas, passaram nesse momento. Por pouco não viram a velha — Dona Jefferson Moody, Dona Mamie Carmichael e Dona Billy Texas Spights. Teriam atrapalhado tudo. Então, no meio do ar vazio atrás delas, borboletas de repente cruzaram e circularam-se umas às outras, as asas brandindo e brilhando feito espadas de duelistas no vácuo.

Embora se sentisse gratificado com aquela crescente afronta — havia agora três pessoas na casa vazia — e pudesse supor que a velha tivesse vindo para desentocar as outras duas e repreendê-las, Loch ficou intrigado quando o candelabro foi aceso no salão. Ele voltou a projetar o telescópio pela janela e nele encostou o olho contraído. Vislumbrou a velha se deslocando de um ponto a outro da sala de visitas, passando pelas cadeirinhas, esgueirando-se ao lado do piano. Não podia ver os pés; ela se comportava quase como um brinquedo de corda com rodinhas, rolando até as quinas e as bordas dos objetos, desviando e seguindo adiante, mas sem sair da sala.

Ele direcionou o olhar para o andar de cima, movendo 1 polegada o telescópio. Ali num colchão deliciosamente pelado — onde ele próprio adoraria se deitar, de lado e nu, para que os tufinhos de algodão o incomodassem, e sentir o colchão como ondas quebrando embaixo do seu corpo, para comer picles deitado de costas —, o marinheiro e a pianista se estiravam e comiam picles, servindo-se de uma embalagem aberta entre eles. Por causa do declive no colchão, a garota precisava vigiar a embalagem, e, quando ela escorregava e saía do alcance, eles riam. Às vezes seguravam talos de picles presos na boca feito charutos e se viravam para olhar um para o outro. Às vezes ficavam deitados em posição idêntica, as pernas formando um *M* e as mãos dadas, exatamente como as bonequinhas de papel que sua irmã costumava recortar de um jornal dobrado e depois desdobrava para ele ver. Se Cassie entrasse agora, ele apontaria para a janela e ela se lembraria.

E então, como se fossem bonequinhas de papel, voltavam a se juntar — as pessoas de carne e osso. Feito uma grande luminária com vários pés, as pernas e os braços formavam um só corpo, aparentemente morto, com camuflagem protetora.

Ele se recostou e apoiou a cabeça no lado friozinho do travesseiro e fechou os olhos, sentindo-se exausto. Pressionou o telescópio frio contra o lado do corpo e com a unha fechou a ocular.

— Pobre velho Telescópio – ele disse.

Quando ele voltou a olhar para fora, todos na casa ao lado estavam mais ocupados do que antes.

No andar de cima, o marinheiro e Virgie Rainey corriam em círculos pelo quarto, saltando com os braços abertos por cima da cama quebrada. Quem perseguia quem não vinha ao caso, porque eles mantinham entre si a mesma distância. Davam voltas e mais voltas, como o policial e Charlie Chaplin, ambos querendo cair.

No andar de baixo, a mãe do marinheiro fazia algo igualmente estranho. Pendurava enfeites. (Cassie ficaria feliz em ver aquilo.) Como se fosse dar uma festa naquele dia, ela enfeitava a sala com tiras de um material branco. Era jornal.

A velha saiu da sala de visitas diversas vezes e depois voltou — entrando e saindo através das miçangas na porta —, todas as vezes com uma braçada de velhos exemplares do *Bugle* que estavam largados no alpendre dos fundos, atrapalhando o trânsito das pessoas havia muito tempo. E pelos gestos que ela fazia, de quem come migalhas ou retira fiapos do peito, Loch reconheceu aquele hábito materno: ela trazia alfinetes ali. Ela juntou longas tirinhas de jornal, primeiro rasgando meticulosa e uniformemente, como uma professora faria. Confeccionou as tirinhas de jornal e as pendurou por toda a sala, começando pelo piano, onde prendeu as pontas embaixo de uma estatueta.

Quando Loch cansava de observar um cômodo animado, observava o outro. Como aqueles dois brincavam, girando e pulando acima da cabeça da velha! Foi assim que a cama tinha desabado.

Enquanto apoiava o queixo na palma da mão na janela e observava, Loch tinha a sensação estranha de já ter visto tudo aquilo antes. A velha enfeitou o piano até ele resplender que nem uma árvore de Natal ou um pau de fitas. Tirinhas de jornal e papel de seda serpenteavam e se cruzavam, do piano até o candelabro, e seguiam feito guirlandas até os quatro cantos da sala, enroladas no espaldar de uma cadeira ou outra. Quando a coisa haveria de começar?

Logo tudo parecia para Loch bastante fantasioso e bonito; ele pensou que ela já podia até parar. Mas a velha continuou. Aquilo era apenas uma parte de algo em sua mente. E naquele esplendor ali arrumado e pendurado ela estava totalmente só. Não se conectava a mais nada, a ninguém. Era uma velha numa casa e não estava inclinada à punição. Embora uma vez, quando Woody Spights e a irmã dele apareceram de patins, é claro que ela saiu e os enxotou.

Em dado momento ela saiu da casa, mas logo retornou. Com seu andar instável, mas decidido, como se estivesse sobre uma roda bamba, atravessou a estrada até o quintal dos Carmichael e voltou com algumas folhas verdes e uma flor de magnólia – carregadas na saia. Ela suspendeu as pontas da saia, como faria uma menina, e era magricela ali por baixo, com aquelas pernocas velhas. E ziguezagueou ao cruzar a estrada – um jeito exibicionista e despojado demais para alguém que era mãe, mas as mães às vezes são assim mesmo. Ela ergueu os cotovelos – como se fosse dar um pulo! Mas ninguém a viu: a testa dele estava úmida. Ele ouviu um grito lá na festinha de carteado, na casa de Dona Nell – parecia Dona Jefferson Moody ganhando uma rodada. Ninguém viu a velha, exceto Loch, e ele não falou nada.

Ela levou o ramo de folhas até a sala e colocou sobre o piano, onde ficaria a coroa que enfeitava o pau de fitas. Então deu um passo para trás e, como se outra pessoa tivesse feito aquilo, ficou admirada – meneando a cabeça.

Mas, depois de ter enfeitado a sala inteira como bem queria, ela continuou e começou a tapar as frestas. Trouxe mais papel e vedou todas as frestas das janelas. Agora Loch percebeu que as janelas da sala estavam ambas abaixadas, o cômodo fora selado feito uma caixa, e ela estava lá dentro no calor sufocante. Uma onda de calor percorreu o corpo dele. Em seguida, ela levou uma pilha de exemplares do *Bugle* até a parte da parede que não estava visível, onde ele sabia que ficava a lareira. Toda a carga foi depositada na lareira.

Quando saiu da sala novamente, ela voltou bem devagar. Arrastava um grande pedaço quadrado de forração de piso; ela se contorcia e se curvava e lutava com aquilo, feito uma aranha lidando com algo maior do que é capaz de comer, empurrando-o pela sala. Loch ficou subitamente sem fôlego e pressionou o corpo para a frente, tenso por dentro, marcando a testa e o nariz no quadriculado da tela. Queria ao mesmo tempo que o esquema funcionasse e falhasse. No instante seguinte ele se desfez de toda a indignação e do sentimento de posse em relação à casa vazia. Aquela casa era algo que a velha pretendia incendiar. E Loch era capaz de pensar em mil maneiras melhores de ela fazer isso.

Ela podia pegar um colchão – ia queimar bem. Vamos supor que ela subisse agora para pegar aquele no qual eles brincavam? Ou puxasse o outro, com lençol e tudo, que estava embaixo de Seu Holifield (cujo chapéu tinha virado imperceptivelmente no balaústre da cama; virava que nem um cata-vento)? Quando ela sumia de vista por um minuto, ele olhava para a janelinha da escada, mas ela não subiu.

Ela trouxe uma velha colcha de retalhos na qual os cachorros costumavam dormir e que ficou pendurada no varal do alpendre dos fundos até se tornar metade clara e metade escura. Subiu na banqueta do piano, do jeito que mulher sobe, desafiando a morte, e pendurou a colcha na janela da frente. A colcha caiu no chão. Mais duas vezes ela subiu e na terceira vez a colcha ficou. Se ao menos não bloqueasse a janela, impedindo a visão dele! Mas, se era essa a intenção, ela esqueceu. E continuou levando uma das mãos à cabeça.

Tudo o que ela fez estava errado, depois de um certo ponto. Tinha perdido o rumo. Ela precisava mesmo era de uma corrente de ar. Em vez disso, estava impedindo que o ar circulasse, e ela que tentasse acender um fogo numa sala sem ar. Aquilo era o tipo de coisa presunçosa que meninas e mulheres tentariam fazer.

Mas agora ela foi até o canto não visível da sala e, quando voltou, trazia nas mãos um objeto novo e misterioso.

Naquele momento Loch ouviu Louella subindo a escada dos fundos, para dar uma espiada nele. Loch se jogou de costas, esticou um braço, a mão no coração e a boca aberta, como fazia quando se fingia de morto numa batalha. Esqueceu de fechar os olhos. Louella ficou ali um minuto e depois saiu na ponta dos pés.

Loch então pulou, ficou de joelhos, engatinhou para fora da janela, passando por baixo da tela levantada, subiu no galho do olmeiro e entrou pela árvore do velho jeito.

Seguiu pelo galho que se estendia até mais perto da casa vazia. Com ele diante da janela, o marinheiro e a moça o viram, mas não o viram. Desceu mais. Encontrou seu lugar de sempre na árvore, uma velha bifurcação áspera e conhecida, onde costumava sentar e contar suas tampinhas de garrafa. Ali ficou olhando, às vezes se segurando pelas mãos, às vezes pelos joelhos e pés.

A velha estava suja. Parada, ela tremia um pouco – as bochechas e as mãos caídas. Ele agora podia ver bem o que ela segurava como se fosse uma luminária. Mas não sabia dizer do que se tratava – uma caixinha de madeira marrom, em formato de obelisco. Tinha uma porta – ela a abriu. Surgiu um som mecânico. Ele ouviu nitidamente através da sala vedada, que funcionava como uma caixa de ressonância; fazia tique-taque.

Ela colocou o obelisco em cima do piano, na coroa de folhas; e empurrou uma estatueta para o lado. Ele ouviu o tique-taque e suas esperanças de repente aumentaram, em benefício da velha. Pendurado pelos joelhos e mergulhando de cabeça, depois balançando no ar ameno e livre, e tonto feito uma maçã numa árvore, ele pensou: é na caixa que ela guarda a dinamite.

Ele abriu os braços e os deixou pender, e piscou os olhos diante da luz de junho, observando a casa, o céu, as folhas, um pássaro voando, tudo e nada.

Irmãzinha Spights, de 2 anos, que Loch nunca tinha visto atravessar a rua, vagou por baixo dele arrastando um patim.

— Oi, coisinha fofa – ele murmurou dentre as folhas. — É melhor você voltar pro lugar de onde você veio.

E então a velha esticou um dedo e tocou a melodia. Ele ficou pendurado e quieto feito um morcego encolhido.

II

Für Elise.

Em seu quarto, quando ouviu a suave abertura, uma breve frase, Cassie ergueu os olhos do que estava fazendo e disse em resposta:

— Virgie Rainey, *danke schoen.*

Surpresa, mas com a lentidão de quem parecia se arrepender, ela parou de misturar o verde-esmeralda. Levantou-se de onde estava agachada no centro do piso e passou por cima das tigelas espalhadas sobre o tapete. Foi em silêncio até a janela sul, onde suspendeu a cortina, manchando-a com os dedos lambuzados. Não havia sequer uma alma à vista na casa dos MacLain, exceto o velho Holifield dormindo com seus toscos sapatos de cano alto e a barriga cheia feito a de um pintarroxo. A presença dele – era o Holifield vigia noturno do cotonifício que dormia ali durante o dia – nunca impediu que a mãe da Cassie continuasse chamando a casa dos MacLain de "casa vazia".

Não importa como fosse chamada, a casa era algo que a gente via sem ver – voltava a fazer parte do mundo. A lateral sem pintura mudava placidamente de acordo com o dia e a estação, assim como qualquer lugar natural mudava, como a margem do rio. No tempo mais frio, as janelas adquiriam o tom das folhas da árvore-do-âmbar, amarronzado quando o sol tardio raiava, e no inverno a parede ficava desnuda e reluzente, mais exposta e mais solitária ainda do que agora. No verão o local era tomado pela vegetação. Folhas e suas sombras o pressionavam, com uma luminosidade em arco, o dia inteiro, penetrante e inerte como o meio-dia. Em todas as épocas dava para ver que nenhuma mulher cuidava daquilo.

Naquele junho sem chuva e sem vento, a atmosfera reluzente e a cidade de Morgana, a própria vida, ensolarada e enluarada, estavam serenas e estáticas feito porcelanas. Cassie sentiu isso naquele momento. No entanto, à sombra da casa vazia, embora tudo parecesse imóvel, havia agitação. Alguma vida palpitava por ali. Vai ver que era uma vida *antiga*.

Desde que os MacLain saíram, aquele telhado tinha se aguentado (e vazado) sobre a cabeça de pessoas que na verdade ali não permaneciam, e uma corrente inquieta parecia fluir escura e livre ao redor da casa (sempre havia algum som ou movimento para assustar os pássaros), uma vida mais palpitante do que a vida dos Morrison, provavelmente mais obstinada, pensou Cassie constrangida.

Era Virgie Rainey quem estava lá agora? Onde tinha se escondido, se entrou de mansinho e tocou naquele piano? Quando tinha chegado? Cassie se sentiu provocada. Duvidou por um momento que tivesse ouvido *Für Elise* – duvidou de si mesma, com facilidade, e bateu no peito com o punho, suspirando, do jeito que Parnell Moody sempre batia no dela.

O verso de um poema tropeçou em seus ouvidos, ou começou a tropeçar.

"Embora eu esteja velho de tanto vagar..."

Ela bateu com as mãos nos quadris, o suficiente para doer, deu meia-volta e retomou sua atividade. Apoiada num pé descalço e com o outro cruzado sobre ele, contemplou as panelas e potes nos quais havia cores suficientes para criar a estampa de um sol espocando. Estava fechada ali dentro para tingir um lenço. "Fora daqui!!!", dizia um envelope preso à porta do quarto, assinado com uma caveira e ossos cruzados.

A pessoa pegava um corte quadrado de crepe da China, formava uma ponta na peça e amarrava um barbante com um nó apertado. Continuava formando pontas e amarrando. Depois imergia nas diversas tintas. A expectativa era que os barbantes produzissem linhas brancas em meio às cores, um desenho como o de uma teia de aranha. Era impossível ter ideia do resultado quando se desamarrava o lenço, mas Missie Spights dizia que nunca tinha saído um que não fosse de tirar o fôlego.

Für Elise. Dessa vez foram duas frases, o mi na segunda frase com muito bemol.

Cassie voltou até a janela, com o coração apertado, rezando para não ver Virgie Rainey ou, principalmente, para que Virgie Rainey não a visse.

Virgie Rainey trabalhava. Não com ensino. Tocava piano durante os filmes exibidos no cinema, duas sessões por noite, e ganhava 6 dólares por semana, mas estava em baixa. Mesmo no último ano de escola — recém-concluído — ela havia trabalhado. Mas, quando Cassie e ela eram pequenas, tiveram aula de música na casa ao lado, dos MacLain, com Dona Eckhart. Virgie Rainey tocava *Für Elise* o tempo todo. E Dona Eckhart costumava dizer: "Virgie Rainey, *danke schoen*". Onde teria ido parar Dona Eckhart? Tinha sido inquilina de Dona Snowdie MacLain.

— Cassie! — Loch chamou novamente.

— O quê?!

— Vem cá!

— Não posso!

— Eu tenho uma coisa pra te mostrar!

— Eu *não tenho tempo*!

A porta do quarto dela ficou fechada a tarde toda. Mas primeiro tinha sido aberta por sua mãe, que entrou só para se espantar e não se deixar tocar, e para sair deixando atrás de si o aroma de gerânio-rosa que o ventilador continuou trazendo. Então Louella tinha entrado direto, sem bater, e durante um bom tempo ficou de pé acima dela, enrolando seu cabelo com papelotes de jornal a fim de deixá-lo armado para o passeio de carroça naquela noite.

— Eu me importo, já que a senhora não se importa.

Com o olhar a uma distância criteriosa das cores em que mergulhava as mãos, Cassie ficou distante por um tempo, talvez estivesse em setembro na faculdade, onde, no entanto, lenços tingidos não fariam parte do uniforme, embora fossem algo para se desdobrar e mostrar.

Mas, com *Für Elise* pela terceira vez naquela tarde de quarta-feira, seu ser acrítico ao presente crucial lentamente se apresentou – como se fosse convocado. Cassie se via sem nem mesmo olhar para o espelho, pois sua figura miúda, solene e desprotegida surgia com nitidez dentro da mente. Lá estava agora, assustada e novamente à janela, de anágua, um pouco de cada cor do arco-íris respingada sobre seu corpo – no corpete e no babado –, apesar de certos cuidados. O cabelo claro estava tomado de papelotes retorcidos, como um chapéu grande demais. Ela equilibrava a cabeça no pescoço frágil. Erguia uma colher feito uma chibata cruel na mão direita, e os pés estavam descalços. Parecia privilegiada e feliz, mas ali permaneceu patética – com o aspecto de um sem-teto –, horrenda. Como uma onda, o passado ressurgente chegou bem perto dela. Da próxima vez haveria uma inundação. A poesia a cercava, translúcida e ondulando, de um lado para outro,

"Embora eu esteja velho de tanto vagar
Por terras baixas e terras montanhosas,
Hei de descobrir para onde ela foi..."

Então a onda subiu, atingiu o ponto máximo e desceu afogando aquela cabeça empinada.

Ao longo dos anos, Cassie tinha aula de música logo antes da Virgie Rainey, ou, de vez em quando, logo depois. Para começar, Cassie era tão ruim em música e Virgie, tão boa (a situação era oposta em outras coisas!) que Dona Eckhart, com sua mente metódica, talvez as aproximasse de propósito. As aulas eram às segundas e quintas-feiras, às 15h30 e 16h, e nas férias e até o recital, às 9h30 e 10h. Dona Eckhart era tão pontual e tão severa que todas as meninas passavam pelas cortinas de miçangas, indo e vindo, como estranhas. Apenas Virgie dispensava um quê de chacota do olhar.

Embora fosse diligente feito uma aranha, Dona Eckhart ficava tão paralisada esperando pelas pupilas que, vista de costas, parecia adormecida em seu estúdio. Quanto tempo depois ocorreu a Cassie que "o estúdio" em si, o único de que se ouviu falar em Morgana, não passava de um cômodo alugado?

Alugado porque a coitada da Dona Snowdie MacLain precisava de dinheiro?

Mas aparentava ser um local adequado. O assoalho pintado de preto não tinha nem tapete, para não abafar o som da música. Havia bem no centro um piano escuro e quadrado (ébano, todos pensavam) com as pernas torcidas feito patas de elefante, carregando nas costas muitos quilos de partituras – só para impressionar pelo peso, pensava Cassie, pois quem tocava aquela música? As teclas amareladas, algumas rachadas e outras, no baixo, cor de café, sempre tinham uma fina camada de suor. Havia uma banqueta giratória cujo assento, mantido alto, estava tão desgastado que formava uma tigela. Ao lado do piano, a cadeira de Dona Eckhart era o tipo de coisa velha que a maioria das pessoas coloca ao lado do telefone.

Com pernas frágeis e bambas, cadeiras douradas deslizavam pelo piso mediante um toque, e eram proibidas – se destinavam à plateia do recital; a fragilidade era de propósito. Havia mesas-tamboretes com estatuetas cor-de-rosa e conchas em tons de hortênsia. Cortinas de miçangas na porta se moviam e estalavam de vez em quando durante uma aula, como se alguém estivesse chegando, mas aquilo não era mais do que o piado vago dos cardeais ao ar livre, se não fosse o horário de alguma aluna. (Os MacLain passavam a maior parte do tempo no andar de cima, exceto quando usavam a cozinha, e costumavam entrar pelo lado.) As miçangas tinham um odor levemente adocicado, e faziam lembrar longos cordões de bombons de vinho e balas em formato de garrafinhas cheias de um líquido violeta, e palitinhos de alcaçuz. O estúdio era, de certa forma, como a casa da bruxa da história de João e Maria, dizia a mãe de Cassie, "com a bruxa e tudo". No canto direito do piano havia um pequeno busto de Beethoven, branco-neve, com as bordas amolecidas e o nariz achatado, como se uma vaca o tivesse lambido.

Dona Eckhart, uma mulher morena corpulenta cuja idade era desconhecida, sentava-se durante as aulas numa cadeira banal, que seu corpo escondia de todo, em aparente desrespeito pelo corpo e pela cadeira. Alternava momentos em que se mantinha muito quieta ou muito atenta, e às vezes isso parecia decorrer do seu ódio às moscas. No colo, inclinado para baixo, ela segurava um mata-moscas, de modo gracioso e delicado feito um leque, com os dedos rígidos, redondos e curtos surpreendentemente relaxados. De repente, enquanto a aluna tocava uma peça, fosse cometendo erros ou prosseguindo com perfeição, isso era indiferente, o mata-moscas descia nas costas da mão dela. Nenhuma palavra era dita, de triunfo ou desculpa por parte de Dona Eckhart, ou de surpresa ou dor por parte da aluna. E doía. Virgie, de rosto contraído por conta do esforço ao avançar na peça em que tocava, conseguia exibir o olhar mais abstraído de todos, embora Dona Eckhart batesse cada vez mais forte nas moscas teimosas. As alunas deixavam as moscas entrar, quando chegavam para as aulas e quando iam embora; sem falar dos meninos MacLain, que deixavam a porta escancarada para o universo quando saíam para brincar.

Dona Eckhart também costumava, de repente, ir até sua pequena cozinha improvisada — ela e a mãe não tinham nenhum negro e não usavam os de Dona Snowdie; ela não dizia "com licença" nem explicava o que estava no fogão. E havia momentos, talvez nos dias chuvosos, em que dava diversas voltas no estúdio, e a aluna percebia que ela parava logo atrás. E, quando a aluna pensava que a professora se esquecera dela, Dona Eckhart se inclinava sobre sua cabeça, a aluna abaixo do peito da mestra feito um viajante ao pé de um penhasco, e com o dedo segurando um lápis tocava a partitura, e acima do compasso sendo tocado escrevia lentamente "Devagar". Ou às vezes, por cima da aluna, ela fazia um círculo encaracolado e com uma ponta comprida, como se fosse desenhar um gato, mas era um P, e a palavra que surgia era "Pratique!!".

Quando acontecia de uma aluna conseguir tocar uma peça, ela prestava pouca atenção e não fazia comentários; seus modos eram muito esquisitos. Era apenas a hora de uma nova peça. Sempre que ela abria o armário, o cheiro de partitura nova escapava feito um espírito aprisionado, algo quase palpável, como um guaxinim de estimação; Dona Eckhart guardava as partituras trancadas e mantinha a chave enfiada no vestido, dentro da gola. Sentava-se e, munida de uma caneta com bico de pena, acrescentava à conta 25 centavos, de imediato. Cassie enxergava as contas nitidamente, em caligrafia elaborada, o z

em Mozart atravessado por um sinal de igual e todos os *y* com a cauda tão pesada que furava o papel. Demorava uma aula inteira para aquelas caudas secarem.

O que ela fazia quando a aluna tocava sem cometer erros? Ah, ela ia até o canário e dizia algo, batendo com o dedo nas barras da gaiola.

— Apenas ouça – ela dizia ao canário. — Pra *você* chega por hoje – dizia, dirigindo-se ao aluno por cima do ombro.

Virgie Rainey passava pelas miçangas carregando uma flor de magnólia que tinha roubado.

Chegava numa bicicleta de menino (pertencia a seu irmão Victor), vindo da casa dos Rainey, com partituras de peças avançadas enroladas e avulsas (as meninas geralmente tinham pastas) e amarradas à barra da bicicleta, a magnólia arrancada da árvore dos Carmichael e largada e machucada na cesta de arame presa no guidom. Ou às vezes Virgie chegava com uma hora de atraso, se tivesse que entregar o leite primeiro, e às vezes passava pela porta dos fundos e entrava descascando um figo maduro com os dentes; e às vezes perdia mesmo a aula. Mas sempre que vinha de bicicleta, ia até o quintal e batia com a roda dianteira na treliça, enquanto Cassie tocava a "Dança do lenço". (Naquela época, a casa era bonita, com treliças e plantas escondendo a fundação, e um suporte com tripé para samambaia no alpendre, a fim de inibir patinadores e frustrar meninos.) Dona Eckhart levava a mão ao peito, como se sentisse a roda descuidada abalar a fundação do estúdio.

Virgie carregava a flor da magnólia que nem uma terrina quente e a oferecia a Dona Eckhart, ambas ignorando o inconveniente: magnólias exalam um cheiro demasiado doce e forte, ainda mais depois do café da manhã. E Virgie fazia tudo com o dedo esticado; gostava de exibir um calo de músico que tinha aparecido no anelar.

Dona Eckhart aceitava a flor, mas em algumas ocasiões Virgie precisava esperar enquanto Cassie lia uma página do catecismo. Às vezes Dona Eckhart assinalava as perguntas respondidas erroneamente, às vezes as respondidas corretamente;

mas cada pergunta assinalada recebia um *V* que cruzava a pequena página feito a cauda de um cometa. Ela franzia as sobrancelhas sempre que Cassie esquecia alguma coisa, a menos que fosse para lembrar algo que ela própria quase esquecera. Quando o relógio marcava a hora (o despertador estampava a cena de uma cachoeira verde e azul no visor), ela dispensava Cassie e inclinava a cabeça em direção a Virgie, como se somente naquele momento a reconhecesse, quando estava pronta para atendê-la; no entanto, durante todo aquele tempo ela havia segurado a flor de magnólia na mão e o perfume forte dominava o recinto.

Virgie ia até o piano, ajeitava as partituras e certificava-se de que estava sentada na banqueta do jeito que gostava. Jogava a saia para trás, com um duplo movimento de nado. Então, sem uma palavra por parte de Dona Eckhart, ela começava a tocar. Tocava com firmeza, com suavidade, o semblante relaxado, o calo de músico, do qual ela tanto se orgulhava na ociosidade, empoleirado feito uma joaninha, cavalgando a canção. Prosseguia às vezes delicada, às vezes vibrante, nunca em volume excessivo.

E, quando ela terminava, Dona Eckhart dizia:

— Virgie Rainey, *danke schoen*.

Cassie, tão empertigada que o peito chegava a doer, sem se atrever a caminhar pelo assoalho rangente do corredor, esperava até o fim para sair correndo dali e voltar para casa. E sussurrava enquanto corria, tal qual o som de um motor: "*Danke schoen, danke schoen, danke schoen*". Não era o significado que a impulsionava; ela não sabia à época o que aquilo queria dizer.

Mas ninguém soube durante anos (até a Segunda Guerra Mundial) o que Dona Eckhart queria dizer com "*Danke schoen*" e "*Mein liebes Kind*" e o resto, e quem ousaria perguntar? Seria o mesmo que amarrar o sino no pescoço do gato. Só Virgie tinha coragem, só ela poderia ter descoberto pelo bem dos demais. Virgie dizia que não sabia e não se importava. Daí acrescentaram aquilo ao nome dela no pátio da escola. Passou a ser Virgie Rainey *Danke schoen* quando pulava corda ou brigava com os meninos, e quando perdeu logo na primeira rodada do jogo de soletrar por dizer "g-u-a-r-d-a, guarda, x-u-v-a, guarda-xuva". O apelido ficou para sempre. Às vezes até mesmo no Bijou alguém a chamava assim, quando ela descia de salto alto o declive íngreme do corredor de tábuas corridas para acender a luz e abrir o piano. Depois que cresceu, ela passou a empinar o nariz. Impassível feito uma estátua de mármore, difamada por seu pega-rapaz, a cabeça de Virgie avançava orgulhosamente, passando diante do pôster na parede, de cada palavra da frase "É fresquinho no Bijou, aproveite os tufões da brisa do Alasca", fixada abaixo do ventilador. Ratos corriam por seus pés, provavelmente; o Bijou tinha sido o estábulo onde Spights alugava cavalos.

— Virgie me traz boa sorte! – Dona Eckhart tinha por hábito dizer, com um sorriso redondo na face. Que a sorte pudesse não ser boa era mais uma ideia inusitada para todos eles.

Virgie Rainey, aos 10 ou 12 anos, tinha o cabelo naturalmente cacheado, sedoso e escuro, em grande quantidade – despenteado. Não era mandada à barbearia com frequência suficiente de modo a agradar às mães das outras crianças, que diziam que provavelmente o cabelo era sujo também – será que as crianças podiam ver o estado da nuca da Virgie, e a pobre Katie Rainey sempre tão atarefada? Sua blusa em estilo marinheiro era debruada em um belo vermelho, a âncora estava sempre meio despregada e os laços de seda vermelhos eram na verdade cadarços de sapatos femininos tingidos com um suco de erva-tintureira. Esbanjava ares de rebeldia, hesitava e cedia a contentamentos e destemperos, aos seus próprios e aos de outras pessoas com igual liberdade – mas nunca aos de Dona Eckhart, é claro.

A escola não diminuiu a vitalidade da Virgie; certa vez, num dia chuvoso, quando o recreio aconteceu no porão, ela disse que ia estourar os miolos contra a parede, e a professora, a velha Dona McGillicuddy, disse:

— Então, estoura – e ela, de fato, tentou. Os colegas da turma da quarta série ficaram esperando, espantados, o cheiro adocicado de garrafas térmicas abertas pesando no ambiente fechado. Virgie trazia os tipos mais estranhos de sanduíches – todo mundo queria trocar com ela –, pêssego cozido ou talvez banana. Aos olhos das outras crianças, ela era tão fascinante quanto uma cigana.

O ar de abandono de Virgie, que era tão estranhamente cativante, fazia até a turma da Escola Dominical pensar nela em termos de futuro — aquela ali iria a algum lugar, algum lugar distante, diziam então, falando com o queixo afundado nas mãos —, seria missionária. (Parnell Moody tinha sido rebelde e agora era carola.) A mãe de Dona Lizzie Stark, a velha Dona Fala-Triste Morgan, dizia que Virgie seria a primeira mulher eleita governadora do Mississippi, era lá que ela haveria de chegar. Parecia algo pior do que as regiões infernais. Para Cassie, Virgie era ao mesmo tempo um amor secreto e um ódio secreto. Para Cassie, ela fazia lembrar uma ilustração de Reginald Birch para a série que saía na publicação infantil *St. Nicholas Magazine*, editada por Etta Carmichael, intitulada *A pedra da sorte*. O cabelo escuro pendia com as mesmas mechas desleixadas — porque estava sujo. Ela muitas vezes adotava a postura daquela heroína miúda, criativa e perseguida, que lidava com pessoas que a seu ver eram bruxas e ogros (melhor até que fossem!) — pés afastados, cabeça inclinada, olhos voltados para cima, ouvidos atentos; mas não dava para saber se Virgie ia conter com ousadia seus inimigos ou buscar refúgio em seus próprios recursos, com um sorriso esquecido nos lábios.

E ela cheirava a aromatizante. Bebia baunilha na garrafa, dizia, o que não lhe causava nenhuma ardência. Fazia isso porque sabia que chamavam sua mãe de Dona Sorvete Rainey, por vender casquinhas em comícios.

Für Elise foi sempre a peça da Virgie Rainey. Durante anos Cassie pensou que Virgie fosse a compositora, e Virgie nunca negou. Era uma espécie de sinal de que Virgie tinha chegado; ela dedilhava aquela breve frase de abertura nas teclas ao passar pelo piano de qualquer pessoa — até mesmo no piano do café. Nunca abandonou *Für Elise*; muito tempo depois de ter passado para composições mais difíceis, ainda tocava essa peça.

Virgie Rainey tinha talento. Todo mundo dizia que isso era inegável. Para demonstrar que era inegável, ela foi autorizada a tocar durante todo o ano letivo, para as crianças entrarem marchando, e para acompanhar os exercícios de calistenia. Às vezes os exercícios eram realizados ao som de "Dorothy, uma antiga dança inglesa", e às vezes ao som de *Für Elise* – todo mundo fora de ritmo.

— Acho que eles se viravam, de algum jeito, pra conseguir dinheiro pras aulas de música – dizia a mãe de Cassie. Cassie, quando ouvia Virgie praticando escalas ao lado, tinha uma visão da sala de jantar dos Rainey – um recinto que ela nunca tinha visto na vida, pois não voltava da escola para casa com os Rainey – e sentados ao redor da mesa Dona Katie Rainey e o velho Fate Rainey e Berry e Bolivar Mayhew, alguns primos, e Victor, que seria morto na guerra, e Virgie servindo; e Dona Katie cavando para juntar cobres e pratas, transformando-os em tabletes, como faz com sua manteiga, e cada vez – à medida que a balança subia – conseguindo apenas o suficiente ou – à medida que baixava – não conseguindo nem isso.

Cassie foi a primeira aluna de Dona Eckhart, e a razão pela qual "fez aula" é que ela morava na casa ao lado, mas nunca obteve nenhuma glória com aquilo. Quando Virgie começou a "fazer aula", foi ela quem pôs em evidência Dona Eckhart, suas aulas e tudo o mais. Dona Eckhart, apesar de tão severa e implacável, apesar do jeito de andar absolutamente rígido, tinha na alma um ponto tímido. Havia um pontinho fraco nela, vulnerável, e Virgie Rainey o detectou e o expôs às pessoas.

Dona Eckhart adorava seu metrônomo. Ela o guardava, como se fosse o segredo mais precioso no ensino da música, num cofre de parede. Jinny Love Stark, que tinha apenas 7 ou 8 anos, mas era linguaruda, disse que aquilo era a única coisa que Dona Eckhart possuía cujo tamanho justificava o uso do cofre. Por que motivo havia um cofre de verdade embutido na sala de visitas, ninguém sabia dizer; Cassie lembrava que Dona Snowdie dizia que o Senhor sabia, em Sua infinita obra e sapiência, e que algum dia alguém chegaria a cavalo a Morgana e precisaria daquele cofre, depois que ela se fosse.

A porta fazia lembrar uma folha de flandres na parede, a extremidade fechada de uma chaminé velha. Dona Eckhart se aproximava do cofre com passos medidos. A rigor, era algo sigiloso, é claro, e só ela sabia que aquilo estava lá, desde que

50

Dona Snowdie o havia alugado; é possível que nem mesmo a mãe de Dona Eckhart pretendesse utilizá-lo. Sim, a mãe morava com ela.

Cassie, por boa índole, desviava o olhar quando chegava o horário da abertura matinal do cofre. Parecia horrível e ainda assim inevitável que, por ser a primeira aluna, ela, Cassie Morrison, fosse aquela que logicamente chamasse atenção para o absurdo de um cofre no qual não havia joias, no qual havia exatamente o oposto de uma joia. Então Virgie, um belo dia, quando o metrônomo estava ligado diante dela — Cassie estava saindo naquele momento —, simplesmente anunciou que não tocaria nenhuma outra nota com aquela coisa na cara.

Depois das palavras de Virgie, Dona Eckhart — até parecia que era isso que ela queria ouvir — mais que depressa parou o ponteiro e bateu a portinha, *bang*. O metrônomo nunca mais foi colocado diante de Virgie.

Claro que todos os demais ainda tinham que lidar com aquilo. O metrônomo era retirado do cofre todas as manhãs, com a mesma regularidade com que o canário era descoberto na gaiola. Dona Eckhart abrira uma exceção para Virgie Rainey; desde o início, respeitara Virgie Rainey, e agora se sujeitava à sua insolência.

Um metrônomo era uma máquina infernal, disse a mãe de Cassie, quando Cassie contou o que tinha acontecido com Virgie.

— Misericórdia, a gente é obrigada a seguir o ritmo, com aquela máquina infernal. Eu gosto de uma música *arrastada*.

— O que a senhora quer dizer com *arrastada*? A senhora chegou a tocar piano, mamãe?

— Menina, eu podia era ter *cantado* — e ela abanou uma das mãos, como se toda e qualquer música pudesse deixar de existir naquele momento.

Com o passar do tempo, Virgie Rainey expôs ainda mais seus maus modos para Dona Eckhart, já que havia ganhado a questão do metrônomo. Uma vez ela tocou um breve rondó do seu jeito, e Dona Eckhart ficou bastante abalada com o fato de a aula não ter transcorrido como uma aula de verdade. Uma vez ela desenrolou a partitura de um novo *Étude*, e quando a partitura voltou a enrolar, como sempre acontecia com o *Étude*, ela jogou a partitura no chão e pulou em cima, antes mesmo que Dona Eckhart visse; aquilo foi falta de compaixão. Depois de tanto exibicionismo, Virgie colocava o cabelo atrás das orelhas e baixava delicadamente as mãos sobre as teclas, como se pegasse uma boneca.

Dona Eckhart sentava-se ali, encobrindo a cadeira como sempre, mas internamente escutava cada nota. Aquele tipo de escuta teria feito Cassie esquecer. E, na metade das vezes, a peça era apenas *Für Elise*, que Dona Eckhart provavelmente poderia tocar de olhos vendados e em pé, de costas para as teclas. Qualquer um podia perceber que Virgie estava tentando atingir Dona Eckhart. Ela a estava transformando de professora em algo menor. E, se não era professora, o que seria Dona Eckhart?

Às vezes ela não conseguia sequer matar uma mosca. E ainda que Virgie, entre todas as alunas, fosse a que menos se importasse de levar uma palmada na mão, Dona Eckhart levantava o mata-moscas com a intenção de desferir o golpe, mas não conseguia. Era possível ver o tormento na maneira que ela contemplava a mosca. A música suave e cristalina se movia feito água, linda e imperturbável, abaixo do mata-moscas em riste e do polegar rosado de Dona Eckhart. Mas até os meninos batiam em Virgie, porque ela gostava de brigar.

Havia momentos em que a personalidade ianque de Dona Eckhart, se não sua própria origem, a última característica a desaparecer, quase desaparecia. Diante de algum capricho de Virgie, ela baixava a cabeça. A menina mantinha a situação pelo cabresto. Cassie via o espírito de Dona Eckhart como a búfala assustadora e meiga na história de "Peasie e Beansie", na cartilha. E cedo ou tarde, depois de domar a professora, Virgie haveria de maltratá-la. A maioria das alunas esperava uma baita cena.

Em breve, uma ocorrência rotineira na própria casa haveria de afligir Dona Eckhart. Havia agora um segundo inquilino na residência de Dona Snowdie. Enquanto Dona Eckhart ouvia uma aluna, Seu Voight passava por cima da cabeça delas e descia até a curva da escada, abria o roupão e abanava as laterais feito um peru velho. Todos sabiam que Dona Snowdie não fazia ideia de que alojava um homem daqueles: ele era vendedor de máquina de costura. Quando abanava o roupão de banho marrom, não usava nenhuma roupa por baixo.

Era evidente para Dona Eckhart, ou para qualquer um, que ele queria, primeiro, que as aulas de música parassem. Não dava para fechar a porta, não havia porta, havia miçangas. Não dava para dizer à Dona Snowdie nem mesmo que ele se sentia incomodado; ela agonizaria. Todas as meninas e o único menino tinham medo de que Seu Voight aparecesse na aula e ficavam nervosos até isso acontecer e acabar. O único menino era Scooter MacLain, o gêmeo que fazia aulas gratuitas; ele ficava de bico calado.

Cassie percebeu que Dona Eckhart, que no passado teria sido severa, em particular, com qualquer homem como Seu Voight, revelava-se impotente diante dele e de suas estripulias – tão impotente quanto teria sido Dona Snowdie MacLain, tão impotente quanto era Dona Snowdie diante dos filhos gêmeos – tudo isso desde que ela começou a ceder para Virgie Rainey. Virgie comandava Dona Eckhart, mesmo no momento em que Seu Voight aparecia para assustá-los. Ela continuava tocando, com mais vigor e clareza, e nunca fingia que ele não tinha aparecido e que ela não sabia de nada, ou que ela própria não contaria nada, por mais que a coitada de Dona Eckhart implorasse.

— Se você, o que viu aqui, pra vivalma contar, eu vou bater nas tuas mãos até você gritar – dissera Dona Eckhart. Os olhos redondos se arregalaram, a boca franziu. Era tudo o que ela diria. Para Cassie era algo tão inútil quanto um alerta da presença de magia numa história; ela debochou da rima. Ela mesma contou tudo sobre Seu Voight, no café da manhã, em pé diante da mesa e abanando os braços, mas seu pai disse que não acreditava; que Seu Voight representava uma grande empresa e abrangia sete estados. Ele acrescentou sua própria ameaça àquela feita pela Eckhart: nada de dinheiro para o cinema.

A risada da mãe, logo em seguida, foi como sempre discreta e brincalhona, mas nada esclarecedora. A risada da mãe, como a luz matinal que entrava pela janela a cada café da manhã no verão e envolvia a cabeça comprida do pai, lentamente formava sua silhueta sólida, ali onde ele estava sentado, contra a luz do dia. Ele se voltou para seu jornal, como se fosse Douglas Fairbanks abrindo grandes portões; era de fato dele; ele publicava o *Morgana-MacLain Weekly Bugle* e Seu Voight não tinha espaço ali.

— Viva e deixe viver, Cassie — a mãe disse com malícia. Não demonstrava nenhum arrependimento, como Cassie sentia, por suas inconsistências. Às vezes dizia enfaticamente: "Ah, eu detesto essa casa velha dos MacLain aqui do meu lado! Detesto ter essa casa aí o tempo todo. Estou cansada da cruz da Dona Snowdie!". Mais tarde, quando Dona Snowdie no fim das contas teve que vender a casa e se mudar, a mãe disse: "Pois bem, vejo que a Snowdie entregou os pontos". Quando dava más notícias, mantinha o rosto totalmente inexpressivo, e a voz era fraca e automática, como a de quem decora uma lição.

Virgie também denunciou Seu Voight, mas não houve quem acreditasse nela, e daí Dona Eckhart não perdeu nenhum aluno por causa disso. Virgie não sabia contar nada direito.

E não havia palavras que dessem conta de definir o que Seu Voight fazia; como seria possível qualificar aquilo? "Digamos que seja combustão espontânea", disse a mãe da Cassie. Alguns atos cometidos pelas pessoas permaneciam meio desconhecidos por falta de denominação, era o que Cassie acreditava, bem como por falta de quem neles acreditasse. Pouco depois, Seu Voight — aconteceu quando Seu MacLain passou um tempo em casa, ela lembrou — foi transferido para viajar por outros sete estados, acabando com o problema; e, no entanto, Seu Voight tinha feito algo que pesava mais do que andar pelado por baixo do roupão e causar alarme feito um velho peru; tratava-se de algo mais beligerante; e a coisa menos descritível de todas era uma expressão em seu rosto; aquilo era estranho. Pensando no assunto agora, ali em seu quarto, Cassie se deu conta de que tinha arreganhado e trincado os dentes, tentando imitar o tal olhar frenético. Não era capaz agora, assim como não pôde antes, de realmente descrever Seu Voight, exceto se pensasse que poderia *ser* Seu Voight, o que era ainda mais assustador.

Como uma sonhadora que, embora com reservas, sonhasse, Cassie se aproximou e alterou a cor de seu lenço e voltou à janela. Esticou a mão para trás, pegou um tablete de chocolate que estava numa bandeja e mordeu a cobertura de marshmallow.

Havia outro homem de quem Dona Eckhart teve medo, até o fim. (Não era Seu King MacLain. Os dois sempre passavam um pelo outro sem se tocar, feito duas estrelas; vai ver que exerciam algum efeito de eclipse um no outro.) Ela sentia uma queda por Seu Hal Sissum, que trabalhava no setor de calçados da loja do Spights.

Cassie se lembrava dele — quem não conhecia Seu Sissum e todos os Sissum? O cabelo cor de areia, repartido de lado, cobria a orelha feito um gorro quando ele caminhava devagar, com sua passada comprida e indolente, para atender as pessoas. Fazia piadinhas com quem vinha comprar sapato, como se merecesse ganhar um prêmio pela ideia mais sem sentido e bizarra que pudesse ocorrer a um ser humano.

Para uma senhora, Dona Eckhart tinha tornozelos bonitos. Dona Stark dizia ser tão surpreendente que, de todas as pessoas, logo Dona Eckhart tivesse tornozelos tão bonitos, que era como se não tivesse. Quando ela entrava, sentava-se e apoiava o pé no banquinho de Seu Sissum, como qualquer outra senhora em Morgana, e ele falava com ela com muita gentileza. De modo geral, ele convidava as senhoras mais avantajadas, como Dona Nell Loomis ou Dona Gert Bowles, a usar as cadeiras das crianças, mas se continha com Dona Eckhart, e falava com muita gentileza com ela sobre seus pés e os tratava com um zelo autêntico; e até trazia opções de calçados. Para a maioria das senhoras, ele trazia uma caixa e dizia:

— Aqui está o sapato da senhora — como se sapatos fossem algo predestinado. Ele conhecia todas muito bem.

Dona Eckhart poderia ir ao setor dele com mais frequência, mas tinha o hábito incompreensível de comprar dois ou mesmo quatro pares de sapatos de cada vez, para não precisar voltar ou por receio de não mais encontrá-los. Não sabia mesmo como lidar com Seu Sissum.

Mas o que eles poderiam ter feito? Não podiam ir à igreja juntos; os Sissum eram presbiterianos desde o início dos tempos, e Dona Eckhart frequentava uma igreja distante com um nome até então desconhecido, a luterana. Ela não podia ir ao cinema com Seu Sissum porque ele já estava no cinema. Ele cuidava da música lá todas as noites, depois que a loja fechava – por necessidade; isso foi antes de o Bijou adquirir um piano e ele poder tocar violoncelo. Ele não podia dizer não a Seu Syd Sissum, que comprou o estábulo e construiu o Bijou.

Dona Eckhart costumava comparecer aos comícios no quintal dos Stark, quando Seu Sissum tocava com a banda visitante. Qualquer um podia vê-lo a noite toda, naquelas ocasiões, no alto do palanque recém-armado e atrás do violoncelo. Dona Eckhart, a verdadeira musicista, sentava-se na relva úmida e escutava. Ninguém os via juntos além dessas ocasiões. Como sabiam que ela tinha uma queda por Seu Sissum? Mas sabiam.

Seu Sissum se afogou no rio Big Black num verão – caiu do barco, sozinho.

Cassie preferia se lembrar das amenas noites de comício no quintal dos Stark. Antes que os discursos começassem, enquanto a música tocava, Virgie e seu irmão mais velho, Victor, corriam à solta, esbarrando na pequena multidão, na qual duplas e trincas e grupos de cinco pessoas de mãos dadas, feito bonequinhas recortadas em papel, perambulavam rindo e rodopiando embaixo dos cinamomos em flor e dos resedás cobertos de madressilva. Que aroma delicioso! Virgie se soltava por completo, como qualquer um gostaria de fazer. O balanço de Jinny Love Stark ficava livre para quem quisesse, e Virgie corria por baixo dos que se balançavam, ou pulava atrás, para chutar e empurrar. Corria por baixo dos braços entrelaçados dos casais de namorados, e ninguém, nem mesmo seu irmão, conseguia pegá-la. Rolava para longe as melancias dos roceiros. Pegava vaga-lumes e arrancava as luzinhas para servirem de joias. Não parava enquanto a música tocasse, exceto quando finalmente caía dura e ofegante no chão, a boca aberta e sorridente em contato com os trevinhos pisoteados. Às vezes fazia Victor trepar na estátua dos Stark. Cassie se lembrava dele, a cara branca em contraste com as folhas escuras, o boné de beisebol virado para trás e, com meias pretas, as pernas compridas em volta dos membros alvos da deusa, lentas e confiantes, escorregando para baixo.

Mas Virgie nem prestava atenção nele. Rodopiava numa direção até cair de tontura, ou girava mais devagar quando tocavam

Bosques de Viena. Empurrava Jinny Love Stark para dentro do seu próprio canteiro de lírios. E o tempo todo ela comia. Comia todo o sorvete que desejava. De vez em quando, nos trechos melodiosos de *Carmen* ou antes da tempestade em *Guilherme Tell* – e até mesmo durante pausas dramáticas no discurso –, podia-se ouvir a Dona Sorvete Rainey dizendo depressa: "Sorvete?". Ela trazia um freezer ou dois na carroça de Seu Rainey até a entrada do quintal. Naquela época do ano seria de figo. Às vezes Virgie rodopiava com uma casquinha de sorvete de figo em cada mão, erguidas feito punhais.

Virgie corria e fechava o círculo ao redor de Dona Eckhart, que ficava sozinha (a mãe dela nunca ia a lugares tão distantes) sentada sobre um exemplar do *Bugle*, todas as quatro páginas desdobradas na grama, ouvindo. Lá em cima, Seu Sissum – que se debruçava sobre o violoncelo no Bijou todas as noites feito uma velha costureira sobre a máquina, feito um vendedor de sapato sobre mais um pé sendo calçado – brilhava num blazer de verão e tocava na banda visitante com as costas eretas e no mesmo ritmo acelerado. A mecha de cabelo já não lhe escondia os olhos e o nariz; assim como o candidato a supervisor, ele olhava para o ambiente.

Virgie colocava um colar de trevinhos por cima da cabeça de Dona Eckhart, por cima do chapéu dela – seu único chapéu – e tudo. Enfeitava Dona Eckhart com flores, enquanto Seu Sissum dedilhava as cordas lá em cima. Dona Eckhart se mantinha sentada, completamente imóvel e submissa. Não dava nenhum sinal. Deixava o colar de trevos escorregar e parar sobre o peito.

Virgie ria encantada e, com o colar comprido na mão, corria ao redor dela, imobilizando-a com os trevinhos. Dona Eckhart deixava a cabeça pender para trás, e então Cassie sentia que a professora estava cheia de pavor, talvez de dor. Achava que era bem fácil – desde que Virgie lhe mostrara – perceber o pavor e a dor num estranho; em alguém que não se conhece muito bem, a dor causa um sentimento de compaixão maravilhoso. Não era tão fácil se doer com o sofrimento de alguém próximo – vinha de má vontade; e como era estranho que a dor – na própria pessoa, em noites como aquelas – mesmo uma dor momentânea – parecesse inconcebível.

Toda a família de Cassie comparecia aos comícios, é claro, seu pai se movimentando por todo lado no meio do povo ou às vezes sentado no palanque junto a Seu Carmichael e Seu Comus Stark, com a cabeça bamba, e Seu Spights. Cassie tentava ficar à vista de sua mãe, mas por menos que se afastasse, mesmo que fosse apenas para seguir Virgie pelo quintal e procurar bolas de *croquet* na grama, ou descer a colina para pegar uma casquinha grátis, quando ela voltava ao local em que a família se reunia sua mãe não estava lá. Cassie sempre se perdia da mãe. Encontrava Loch ali, todo encolhido, dormindo em seu traje de marinheiro, a bochecha pressionando a fita do chapéu que era da mãe, e que tinha sido sutilmente retirado. Quando ela voltava, dizia: "Acabei de dar uma passada por lá, pra falar com o meu candidato". E também: "É você que some, querida, você que escapole".

Cassie tinha a impressão de que a figura de Dona Eckhart, isolada feito um grande receptáculo no espaço de sua ilha, era a única que não se movia nem oscilava quando a banda tocava *Os contos de Hoffmann*.

Certa vez, Seu Sissum deu algo a Dona Eckhart, um Billikin. O Billikin era um boneco engraçado e feio que a loja de Spights oferecia de graça às crianças, com a compra de um par de sapatos Billikin. Nunca Dona Eckhart riu tanto, e com um som tão estranho, como ao ver o presente ofertado por Seu Sissum. Lágrimas escorriam por suas bochechas brilhantes e tortas toda vez que uma das crianças entrava no estúdio e pegava o Billikin. Quando a risada se esgotava, ela suspirava debilmente e pedia o boneco, e então o colocava, com sobriedade, em cima de uma mesinha redonda, como se fosse um vaso de rosas vermelhas. Sua velha mãe pegou o boneco um dia e o quebrou sobre o joelho.

Quando Seu Sissum se afogou, Dona Eckhart foi ao funeral como todo mundo. Os Loomis a convidaram para ir com eles. Ela parecia exatamente a mesma de sempre, redonda e robusta, as costas uma vareta dentro do vestido cujo comprimento era inadequado à estação, e o mesmo chapéu, aquele feito em casa com flores de cambraia espetadas. Mas quando o caixão de Seu Sissum foi baixado à cova, no terreno dos Sissum embaixo de uma magnólia gigantesca, e o pastor que encomendou o corpo de Seu Sissum, dr. Carlyle, fez a prece fúnebre, Dona Eckhart rompeu o círculo.

Abriu caminho entre membros da família Sissum vindos de todos os cantos, e pelo meio de todos os presbiterianos, e se aproximou para dar uma olhada; e, se o dr. Loomis não a tivesse amparado, ela teria caído de cabeça na vala de barro vermelho. O povo disse que ela teria se atirado sobre o caixão se a deixassem; assim como, mais tarde, Dona Katie Rainey fez com o caixão de Victor, quando ele foi trazido de volta da França. Mas Cassie teve a impressão de que Dona Eckhart só queria ver — ver o que estavam fazendo com Seu Sissum.

Enquanto ela resistia, seu rosto redondo aparentava ser mais largo do que comprido, por conta de um sentimento que não combinava com os sentimentos de ninguém mais ali. Não era o mesmo que tristeza. Dona Eckhart, uma estranha naquele cemitério, onde ninguém da sua gente jazia, avançou com a bolsa de inverno e fora de moda balançando no braço, e começou a sacudir a cabeça — bruscamente, para um lado e depois para outro. Parecia quase miúda embaixo da árvore, mas Seu Comus Stark e o dr. Loomis pareciam ainda menores ao lado dela, enquanto — a mando das senhoras — tentavam ampará-la pelos cotovelos. As vigorosas balançadas de cabeça, cada vez mais urgentes, também os incluíam. Era a maneira como ela meneava a cabeça para as alunas, no intuito de acelerar o ritmo, auxiliando o trabalho do metrônomo.

Cassie se lembrava de como Dona Snowdie MacLain tinha apertado sua mão, e continuou apertando até que Dona Eckhart conseguiu superar o momento. Mas Cassie lembrava também que seus bons modos a impediam de fitar Dona Eckhart, depois do primeiro olhar; ela baixou os olhos, para seus sapatos Billikin. E sua mãe tinha escapado.

Era estranho que, enquanto Seu Sissum viveu, Dona Eckhart, como todos diziam, nunca soube o que fazer; e agora agia daquele jeito. Os meneios vigorosos eram como algo para encorajar todos — para dizer que agora ela sabia e que, portanto, agia daquele jeito, e que ninguém precisava falar com ela nem tocar nela, a menos que achassem por bem dar-lhe aquele toquezinho nos cotovelos, o toque da polidez.

— *Pizzicato*.

Certa vez, Dona Eckhart apresentou a palavra que deveria ser definida na aula de catecismo.

— *Pizzicato* era como o Seu Sissum tocava violoncelo antes de se afogar.

Foi ela mesma: Cassie ouviu suas próprias palavras. Sua intenção – estava tão decidida como se tivesse sido desafiada – era ver como aquilo soava, dito assim na cara de Dona Eckhart. Lembrou-se de como Dona Eckhart ouviu o que ela disse e não fez nada, além de ficar sentada, imóvel feito uma estátua, como tinha ficado quando as flores foram colocadas sobre sua cabeça.

Depois do jeito que ela chorou no cemitério – pois decidiram que aquilo devia ser choro –, algumas senhoras proibiram as filhas de continuar tendo aulas de música; Dona Jefferson Moody proibiu Parnell.

Cassie ouviu barulhos – um baque na porta ao lado, o velho som de um trovão. Ela não viu nada, apenas o chapéu do velho Holifield, que deu uma lenta meia-volta no balaústre da cama, como se algo, por meio de um longo cipó, o tivesse feito girar.

Certa vez, numa manhã de verão, desabou um temporal inesperado e três crianças ficaram detidas no estúdio – Virgie Rainey, a pequena Jinny Love Stark e Cassie –, embora as duas garotas maiores pudessem ter corrido para casa com folhas de jornal cobrindo o cabelo.

Dona Eckhart, sem dizer o que estava fazendo, enfiou o dedo com firmeza na pilha de partituras em cima do piano, retirou uma peça e sentou-se na banqueta. Foi a única vez que ela tocou na presença de Cassie, exceto quando faziam um dueto.

Dona Eckhart tocou como se a peça fosse de Beethoven; atacou a música de frente, que ficou em farrapos amarelos e macios, feito cetim velho. A trovoada ribombava e Dona Eckhart franzia a testa e se inclinava para a frente ou para trás enquanto tocava; em dados momentos, seu corpo sólido balançava de um lado para outro como o tronco de uma árvore.

A peça era tão difícil que ela cometeu erros e, para corrigi-los, repetiu trechos, e tão extensa e pungente que logo pareceu mais longa do que o próprio dia, e ao tocá-la Dona Eckhart assumiu um semblante totalmente inusitado. A pele esticava e repuxava em suas bochechas, os lábios se alteraram. O rosto poderia pertencer a outra pessoa – não necessariamente a uma mulher. Era o rosto que uma montanha poderia ter, ou algo que poderia ser visto atrás do véu de uma cachoeira. Ali, na luminosidade chuvosa, era um rosto cego, exclusivo para música – embora os dedos continuassem escorregando e cometendo erros que eles mesmos precisavam corrigir. E se a sonata tinha origem em algum lugar da Terra, era um lugar onde nem mesmo Virgie havia estado e provavelmente jamais haveria de estar.

A música vinha com mais volume – com menos paradas – e Jinny Love avançou na ponta dos pés e começou a virar as páginas da partitura. Dona Eckhart nem sequer a viu – seu braço, correndo pelo teclado, esbarrou na criança. Vindo de Dona Eckhart, a música deixou as alunas nervosas, quase assustadas; algo havia explodido, algo indesejado, emocional, saindo da vida da pessoa errada. Aquilo era algo brilhante, demasiado esplêndido para Dona Eckhart, perfurando e golpeando o ar ao seu redor como um rojão no Natal que quase escapa da mão que, ano após ano, continua a demonstrar inexperiência.

Dona Eckhart era jovem quando aprendeu aquela peça, Cassie sentiu. Depois quase a esqueceu. Mas bastou uma chuva de verão para trazê-la de volta; Dona Eckhart foi picada e a música surgiu feito o sangue vermelho sob a crosta de uma ferida esquecida. As meninas, postadas no estúdio, o aguaceiro lá fora, trocavam olhares, as três de repente em pé de igualdade. Estavam imaginando – maquinando – talvez uma fuga. Um mosquito circulou a cabeça de Cassie, zunindo, e pousou em seu braço, mas ela não ousou se mexer.

O que Dona Eckhart poderia ter dito a elas muito tempo antes era que havia mais do que o ouvido era capaz de ouvir ou o olho ver, mesmo nela. A música era demais para Cassie Morrison. Jazia bem no coração da manhã tempestuosa – havia algo quase violento demais numa tempestade matinal. Cassie ficou no fundo da sala com o corpo em esquiva, como se quisesse evitar os golpes da forte mão esquerda de Dona Eckhart, os olhos fixos no círculo que piscava quase imperceptivelmente no cofre na parede. Começou a pensar num incidente que tinha ocorrido com Dona Eckhart, e não na música que ela tocava; esse era um jeito.

Certa vez, às nove horas da noite, um negro doido pulou de dentro da cerca viva da escola e agarrou Dona Eckhart, derrubou-a e ameaçou matá-la. Isso aconteceu fazia muito tempo. Ela estava caminhando sozinha depois que escureceu; ninguém a prevenira. Depois que o dr. Loomis deu um jeito nela, as pessoas ficaram surpresas que ela e a mãe não tivessem se mudado. Queriam que ela tivesse se mudado, todos menos a pobre Dona Snowdie; porque assim não teriam que lembrar sempre que uma coisa terrível tinha acontecido com ela. Mas Dona Eckhart ficou, como se considerasse uma opção não muito mais apavorante do que a outra. (Afinal, ninguém sabia por que ela veio!) Em todo caso, era por ter vindo de tão longe, as pessoas diziam como desculpa, que ela não conseguia entender; Dona Perdita Mayo, que costurava e fazia os enxovais de todo mundo, disse que por causa das *diferenças* de Dona Eckhart, ela e a mãe não tinham morrido de vergonha; que as diferenças eram a razão.

Cassie pensava enquanto ouvia, tinha que ouvir, a música, que talvez, mais do que qualquer coisa, era por causa do preto da cerca viva, o terrível destino que se abateu sobre ela, que as pessoas não podiam perdoar Dona Eckhart. No entanto, coisas prenunciadas e superadas, momentos espetaculares, coisas medonhas como o negro pulando de dentro da cerca às nove da noite, tudo parecia para Cassie estar por sua própria natureza ascendendo – e tudo tão parecido – e cruzando o céu e descendo, conforme faziam os planetas. Ou eram mais como constelações inteiras, talvez girando em torno do eixo, como Perseu e Órion e Cassiopeia em sua cadeira e a Ursa Maior e a Ursa Menor, vai ver que muitas vezes de cabeça para baixo, mas plenamente reconhecíveis. Não eram apenas o Sol e a Lua que orbitavam. Na calada da noite, o céu enfunava feito uma coberta que Louella fazia pairar no ar quando arrumava a cama.

Todo tipo de coisa surgia e se resolvia na vida da gente, a gente podia agora começar a considerá-las, reclinar a cabeça e sentir os respectivos raios descerem e alcançarem os nossos olhos abertos.

Tocando, Dona Eckhart era incansável. Mesmo depois que o trecho mais difícil da peça já havia passado, seus dedos, feito espuma sobre rochas, puxavam o trecho exaurido com uma persistência irrefreável, insolente, contundente.

Então ela baixou as mãos.

— Toca de novo, Dona Eckhart! – todas exclamaram, com um retraimento assustado, suplicando um último pedido, olhando para aquele corpo avantajado.

— Não.

Jinny Love Stark dirigiu a elas um olhar de adulto e fechou a partitura. Quando fez isso, as outras duas viram que aquela não era a partitura da peça, pois se tratava de canções encadernadas de Hugo Wolf.

— O que a senhora estava tocando, então?

Era Dona Snowdie MacLain, parada na porta, segurando correntes de miçangas da cortina em ambas as mãos.

— Não sei dizer – afirmou Dona Eckhart, levantando-se. — Esqueci.

As alunas saíram correndo na chuva agora fraca sem mais uma palavra, e se espalharam em três direções tão logo chegaram à acácia que àquela época crescia no quintal da casa então vazia, a acácia cujas flores pareciam uma pelagem molhada.

Für Elise. Novamente, mas de um jeito primário, ridículo. Seria um homem, tocando com um dedo?

Assim que começou a ter aula de música, Virgie Rainey foi tocar piano no cinema. Com a agilidade e leveza costumeiras, ela conseguiu pular uma etapa, um mundo intermediário no qual estavam Cassie, Missie e Parnell, todas tingindo lenços. Virgie fora diretamente para o mundo do poder e da emoção, que começava a se revelar ainda maior do que todos pensavam. Ela agora pertencia ao mundo das irmãs Gish e das irmãs Talmadge. Com seu lápis amarelo, ela batia na lata, quando abriam a barraca onde Valentino morava.

Virgie sentava-se todas as noites ao pé da tela de projeção, pronta para o que desse e viesse no Bijou, e acompanhando o ritmo da ação. Nada era demais para ela, nem ficava demasiado à sua frente, como decerto ficava à frente de Seu Sissum. Quando uma barragem se rompia subitamente, ou quando Nazimova cortava os dois pés com um sabre em vez de se submeter à vida com Sinji, Virgie imediatamente tocava *Kamennoi-Ostrow*. Missie Spights dizia que só havia um problema com a atuação de Virgie no Bijou. Ela não se empenhava o suficiente. Algumas noites, recostava na cadeira e deixava uma queimada florestal inteira arder em silêncio sepulcral na tela, e então, quando os namorados se encontravam, ela acendia a luzinha com um clique forte e começava a tocar arpejos menores – talvez *Dança de Anitra*. Mas isso não tinha nada a ver com empenho.

As únicas vezes que ela tocava *Für Elise* agora eram durante os anúncios; tocava de um jeito melancólico enquanto o slide da grande galinha branca surgia no céu rosa-melancia para anunciar a Quitanda do Bowles, ou a trombeta amarela no céu azul e rajado fulgurava em nome do *Bugle*, com a foto do pai de Cassie quando jovem inserida na oscilante onda sonora. *Für Elise* nunca mais era concluída; iniciava, avançava um pouco e era interrompida pela própria mão barulhenta de Virgie. Ela fazia miséria com as canções *You've Got to See Mama Every Night* e *Avalon*.

Àquela altura, era improvável que fosse capaz de tocar o movimento de abertura do concerto de Liszt. Era a peça que nenhuma das outras alunas podia ter a mínima esperança de tocar. O mundo ouviria Virgie tocando tal peça, dizia Dona Eckhart, revelando às crianças com uma exclamação contumaz sua falta de conhecimento do mundo. Como poderia o mundo ouvir falar de Virgie? E "o mundo"! Onde Dona Eckhart pensava estar agora? Virgie Rainey, ela repetia várias vezes, tinha um dom e precisava se afastar de Morgana. De todos. Do estúdio dela. No mundo, ela deveria estudar e praticar música pelo resto da vida. Ao repetir tudo isso, Dona Eckhart sofria.

E o tempo todo era no piano de Dona Eckhart que Virgie tinha que estudar. O velho piano emprestado dos Rainey foi golpeado e mordiscado pelas cabras num dia de verão; algo que só poderia acontecer na casa dos Rainey. Mas todos sabiam que Virgie jamais iria, jamais estudaria, nem ensaiaria em lugar nenhum, nem sequer haveria de possuir seu próprio piano, porque não era o jeito dela. E essa certeza não diminuía quando ouviam, em cada recital, todo mês de junho, Virgie Rainey tocando cada vez melhor uma peça cada vez mais difícil, ou viam tal fato encher Dona Eckhart de uma satisfação austera, uma angústia estranha. O ambiente ideal para comprovar a insanidade de Dona Eckhart era seu próprio assunto, piano: ela não falava coisa com coisa.

Quando os Rainey, depois que o celeiro deles foi destruído por um vendaval, não tinham mais dinheiro para desperdiçar com aulas de piano, Dona Eckhart disse que daria aulas a Virgie de graça, porque a jovem não deveria interromper o aprendizado. Mas depois ela a obrigou a colher figos nas figueiras do quintal durante o verão e nozes-pecãs no chão do jardim da frente durante o inverno, em troca das aulas. Virgie dizia que Dona Eckhart nunca lhe dava nenhuma. No entanto, sempre tinha pecãs no bolso.

Cassie ouviu um baque e alguém correndo na porta ao lado, o barulho óbvio de uma queda. Ela fechou os olhos.

— Virgie Rainey, *danke schoen* — mais uma vez aquilo foi dito com uma voz horrível, condenatória. Havia momentos no estúdio em que a mãe de Dona Eckhart surgia rodando; usava cadeira de rodas. Nos primeiros anos, ela se mantinha discreta, não passava da sala de jantar, dava voltas e mais voltas, com uma roda rangendo. Era idosa e desbotada como uma boneca. De perto, o cabelo amarelado era poeirento feito um solidago dourado esquecido num vaso, com cachos embranquecidos como os de Dona Snowdie. Os cambitos pareciam facas sob a saia comprida, e os pés desajeitados e sofridos se projetavam um pouco no apoio da cadeira, como se ela quisesse que a gente pensasse que eram bonitos.

A mãe começou, com o passar do tempo, a entrar rodando no estúdio sempre que queria; com seus cachos de pastora, surgia entre as miçangas que para ela se abriam com mais facilidade do que uma porta. Avançava rodando sala adentro até certa distância, e então parava e ali esperava. Mais assistia à aula do que a escutava, e, embora não estivesse marcando o ritmo, era perceptível o modo como as mãos tamborilavam na cadeira; usava um dedal de latão enfiado num dedo.

De modo geral, Dona Eckhart jamais aparentava se abalar com as visitas abruptas da mãe. Pareceu mais amável, mais surpresa do que nunca, quando a mãe fez Parnell Moody chorar, só por ter encarado Parnell intensamente. Devem as filhas *perdoar* as mães (quando as mães ficam sob sua total dependência)? Cassie preferia olhar para as duas à noite, separadas pela escuridão e pela distância. Pois, quando da própria mesa a pessoa avistava as Eckhart pela janela à luz de uma lâmpada, e Dona Eckhart, com uma ebulição silenciosa, saltava para servir a mãe, às vezes era possível imaginá-las longe de Morgana, em algum lugar, antes da época em que se encrencaram e antes de terem ido parar ali – gorduchas, brilhantes e meigas.

Certa vez, quando Virgie estava praticando no piano de Dona Eckhart, e antes que ela terminasse, a mãe idosa gritou:

— *Danke schoen, danke schoen, danke schoen!* – Cassie ouviu e viu.

Gritou com um olhar tímido estampado no rosto, como se através de Virgie Rainey ela pudesse gritar para o mundo inteiro, ou pelo menos para toda a música do mundo, e havia nisso algum problema? Então ficou sentada, olhando pela janela da frente, meio que sorrindo, tendo zombado da filha. Virgie, é claro, continuou praticando – era uma das *Cenas da floresta*, de Schumann. Ela usava uma flor de romã (do tipo marmorizado, dos Moody) presa no peito por um alfinete, e a flor nem se mexeu.

Mas, quando a música delicadamente chegou ao fim, Dona Eckhart atravessou o estúdio, passando entre as mesinhas e cadeiras. Cassie pensou que ela fosse buscar água, ou pegar algo. Quando chegou ao lado da mãe, Dona Eckhart deu-lhe um tapa na boca. Ela ficou ali por mais um momento, inclinada sobre a cadeira – embora parecesse a Cassie que, afinal, talvez a mãe tivesse dado um tapa na filha –, a chave tendo escapulido do peito e começado a balançar na corrente, de um lado para outro, captando a luz.

Então Dona Eckhart, de costas, pediu a Cassie e Virgie que ficassem para o jantar.

Pairava, envolvendo tudo o que as alunas faziam – entrar na casa, abrir as cortinas, virar a página da partitura, erguer o pulso para "descansar" –, o cheiro da comida. Mas era o cheiro errado, como o tom de uma nota podia estar errado. Era o cheiro de uma comida que mais ninguém havia provado.

Ali, o repolho não era preparado por um negro, e menos ainda do jeito que era preparado em Morgana. Com vinho. O vinho era trazido a pé por Dago[1] Joe e entregue na porta da frente. Em algumas manhãs agradáveis, o estúdio cheirava a maçã com especiarias. Mas Seu Wiley Bowles, o quitandeiro, sabia que Dona Eckhart e a mãe (cuja boca ficou torta depois do tapa) comiam miolos de porco. Coitada da Dona Snowdie!

Cassie ficou com vontade – queria provar o repolho –, essa era realmente a questão incontornável, e até mesmo os miolos de um porco ela teria enfiado na boca naquele dia. Aquilo talvez causasse inveja em Missie Spights. Mas quando Dona Eckhart disse: "Por favor, por favor, vocês podem ficar pro jantar?", Virgie e Cassie deram os braços e disseram "não" juntas.

Veio a guerra, e o tempo inteiro, e mesmo depois de 1918, as pessoas falavam que Dona Eckhart era alemã e ainda queria que o Kaiser vencesse, e que Dona Snowdie podia passar sem ela. Mas a mãe idosa morreu, e Dona Snowdie disse que Dona Eckhart, mais do que ela, precisava de um teto amigo. Dona Eckhart aumentou o preço das aulas para 6 dólares por mês. Dona Mamie Carmichael suspendeu as aulas das filhas, por isso ou por algum outro motivo, e então Dona Billy Texas Spights suspendeu as aulas de Missie para imitar a amiga. Virgie suspendeu as aulas gratuitas que recebia quando seu irmão Victor foi morto na França, mas pode ter sido coincidência, pois Virgie fez aniversário: completou 14 anos. Vai ver que a suspensão das aulas de Virgie acabou com a sorte de Dona Eckhart de uma vez por todas.

E, quando Virgie suspendeu as aulas, suas mãos perderam o jeito – era o que as pessoas falavam. Talvez ninguém quisesse

---

1 Termo depreciativo para designar alguém que fala espanhol, italiano ou português. [NOTA DO EDITOR]

que Virgie Rainey fosse algo mais do que queriam que Dona Eckhart fosse em Morgana, e que as duas ainda mantivessem um vínculo só porque as pessoas diziam isso. Quanta coisa podia depender do fato de pessoas estarem vinculadas? Até mesmo Dona Snowdie enfrentava mais dificuldade do que antes, com Ran e Scooter, seus filhos rebeldes, por manter vínculos com inquilinos e aulas de música e alemães.

Chegou uma hora em que Dona Eckhart quase não tinha alunas. Depois era só mesmo Cassie.

Cassie sabia havia muito tempo, no fundo do coração, que sua mãe não tinha como não desprezar Dona Eckhart. Era só pelo motivo de viver tão perto dela, ou talvez só por ela viver, a pobre professora indesejada e solteirona. E o instinto de Cassie dizia que sua mãe desprezava a si mesma por desprezar. Foi por isso que ela manteve as aulas de Cassie um pouco mais de tempo, depois que Dona Eckhart foi abandonada por todas as outras mães. Foi mais por isso do que pelo dinheiro que iria para Dona Snowdie na conta do aluguel. A filha tinha que compensar a aversão da mãe, tinha que fazer a mãe parecer tão bondosa quanto realmente era. Enquanto Dona Snowdie podia parecer bondosa por estar sempre distante em seu íntimo.

A própria Cassie era bastante aplaudida quando tocava uma peça. O público do recital sempre aplaudia mais Cassie do que Virgie; mas a pequena Jinny Love Stark era ainda mais aplaudida. Foi Cassie que ganhou a bolsa de estudos de música da Igreja Presbiteriana daquele ano para ir à faculdade – não Virgie. Isso fez Cassie se sentir "um talento natural"; derrotar Virgie e ganhar a bolsa de estudos não a surpreendeu muito. A única razão para a conquista da bolsa, segundo suas próprias palavras, para ser discreta, foi que os Rainey eram metodistas; e, no entanto, ela não via, basicamente, nenhuma falcatrua. E agora se estendendo à sua frente, até onde ela podia enxergar, estavam aqueles livros amarelos da Schirmer: pelo resto da vida.

Mas Dona Eckhart mandou chamar Virgie e deu a ela um presente que Cassie durante vários dias podia ver de olhos fechados. Era um brochezinho em formato de borboleta feito de prata entalhada, como se fosse renda de prata, para usar no ombro; o fecho não prestava.

Mas aquilo não fez Virgie dizer que amava Dona Eckhart nem continuar estudando conforme ela havia aconselhado. Dona Eckhart deu a Virgie um monte de livros escritos em alemão sobre a vida dos mestres, e Virgie não conseguia ler uma palavra; e Seu Fate Rainey arrancou as ilustrações de Venusberg e atirou aos porcos. Dona Eckhart tentou de tudo e se manteve firme até o fim, no modo como oferecia todo o seu amor a Virgie Rainey e a mais ninguém, do mesmo jeito como era firme com a música; e para Dona Eckhart o amor era algo tão arbitrário e unilateral quanto o ensino da música.

O amor dela nunca fez bem a ninguém.

Então, um dia, Dona Eckhart teve que se mudar.

O problema foi que Dona Snowdie precisou vender a casa. Ela se mudou com os dois filhos de volta para MacLain, de onde tinha vindo, a 7 milhas de distância, e de onde a família do marido também tinha vindo. A casa foi vendida para Dona Vince Murphy. Dona Eckhart foi logo despejada, e Dona Vince Murphy ficou com o piano e tudo o que Dona Eckhart possuía ou que Dona Snowdie tivesse deixado para ela.

Não demorou muito para que Dona Vince Murphy fosse atingida por um raio e deixasse a casa para Dona Francine, que sempre pretendeu dar um jeito na casa e ter inquilinos, mas que na época estava com um namorado. Ela contemporizou e mandou Seu Holifield ficar lá, para que ninguém levasse as banheiras e os móveis que restavam. E a casa "pifou" – como diziam tanto de casas quanto de relógios, pensou Cassie, para selar a inferioridade e o descuido e as esperanças desfalecidas, e para todo o sempre.

Então começaram a surgir histórias sobre o que Dona Eckhart realmente tinha feito com a mãe idosa. As pessoas diziam que a mãe idosa padecia de dores havia anos e ninguém foi informado. Que tipo de dores, eles não sabiam. Mas diziam que durante a guerra, quando Dona Eckhart perdeu alunas e as duas não tinham muito o que comer, com medo de perder ainda mais alunas, ela dava elixir paregórico à mãe para que ela dormisse a noite toda e não acordasse a rua, com barulho ou lamúrias. Tinha gente que falava que Dona Eckhart havia matado a mãe com ópio.

Dona Eckhart, morando num quarto na casa velha dos Holifield, lá na estrada da mata do Morgan, ficou cada vez mais velha e mais fraca, embora não visivelmente mais magra, e era vista de vez em quando entrando em Morgana, subindo por um lado da rua e descendo pelo outro, voltando para casa. As pessoas diziam que bastava olhar para ela e ver que ela havia fracassado. No entanto, ainda tinha autoridade. Ainda podia parar crianças desconhecidas como Loch na rua e fazer perguntas imperativas: "Onde você jogou aquela bola?", "Você está querendo quebrar essa árvore?"... É claro que seus únicos contatos, do primeiro ao último, eram crianças, sem contar Dona Snowdie.

De onde veio Dona Eckhart e para onde ela foi, afinal? Em Morgana, a maioria dos destinos era conhecida de todos e nem era preciso dizer nada. Era improvável que alguém, exceto Dona Perdita Mayo, tivesse perguntado a Dona Eckhart de onde vinham os Eckhart, de onde exatamente no mundo, e assim tivesse recebido a resposta. E Dona Perdita não era nada digna de confiança: não ia saber dizer nada agora, nem que fosse para salvar a própria vida. E Dona Eckhart sumiu de vista.

Certa vez, num passeio de domingo, o pai de Cassie disse que apostava um cobre que era a velhota Eckhart que estava colhendo ervilha lá na fazenda do Condado, e apostava outro cobre que ela ainda era capaz de fazer o trabalho de dez negros.

Onde quer que estivesse, ela nunca tinha gente próxima. Com certeza, àquela altura, não tinha mesmo ninguém. A única pessoa que ela sempre quis ter como "gente próxima" era Virgie Rainey *Danke Schoen*.

Missie Spights dizia que, se Dona Eckhart permitisse ser chamada pelo primeiro nome, teria sido como as outras senhoras. Ou se pertencesse a uma igreja da qual alguém já tivesse ouvido falar, e as senhoras tivessem um lugar para convidá-la a frequentar... Ou se tivesse se casado com qualquer um, mesmo o pior dos homens – como Dona Snowdie MacLain –, todo mundo ia sentir pena dela.

Cassie se ajoelhou e, com mãos apressadas, desatou todos os nós do lenço. Ela o ergueu, um quadrado. Embora não estivesse pensando no lenço, aquele a surpreendeu; não conseguia entender como tinha feito aquilo. Bem que as pessoas falavam. Cassie pendurou o lenço no espaldar de uma cadeira para secar e, no momento em que ele caiu delicadamente sobre o encosto, pensou que em algum lugar, até o último instante, talvez houvesse uma saída para Dona Eckhart – uma fresta na porta...

Mas se eu fosse a única a ver a porta entreaberta, pensou devagar, talvez a fechasse para sempre. Talvez.

Seus olhos se ergueram para a janela onde ela viu uma faixa fina e cinzenta descer, feito o risco de um fósforo. O beija-flor! Ela o conhecia, o que voltava todo ano. Cassie se levantou e olhou para ele. Era uma bobininha esmeralda, suspensa como sempre diante das flores da maravilha. Ao mesmo tempo, metálico e enevoado, tangível e intangível, esplêndido e feérico, com aquela bruma misteriosa das asas invisíveis, feito o anel ao redor da Lua – será que alguém já tentou pegá-lo? Ela não. Que ele ficasse ali suspenso por um momento uma vez por ano pelos cem anos seguintes – incrivelmente sedento, ávido por cada gota em cada trompete das maravilhas do quintal, como se as tivesse enumerado – e então zunisse dali.

— Que nem uma operação militar.

O pai de Cassie sempre dizia que o recital era assim planejado, em todas as suas táticas e paramentos. Os preparativos prosseguiam durante várias semanas de calor, sigilosas – todo o mês de maio.

— Vocês não podem contar pra ninguém qual vai ser o programa – advertia Dona Eckhart em todas as aulas e ensaios, como se houvesse outros professores de música, outras turmas, rivalizando, e como se todos os anos o programa não começasse com *The Stubborn Rocking Horse*, tocada pelo único menino, e não terminasse com *Marche militaire* a oito mãos. O que Virgie tocava no recital em determinado ano, Cassie (melhorando aos poucos) tocava no ano seguinte, e para Missie Spights constituía um passo a mais no futuro.

Dona Eckhart decidia no início da primavera a cor que cada criança haveria de vestir, combinando com determinada cor da faixa na cintura e da fita no cabelo, e enviava uma mensagem por escrito à respectiva mãe. Explicava às crianças a importância da sequência de cores.

— Pensem no arco-íris de Deus e na ordem das cores – e sacudia o lápis, com batidinhas abruptas, formando um arco elevado; mas era preciso pensar na loja de Spights. O quarteto, com quatro vestidos à mostra ao mesmo tempo e em estreita proximidade, acotovelando-se, deixava Dona Eckhart mais do que apreensiva.

O registro da cor atribuída a cada criança era feito num caderno de composição; Dona Eckhart marcava um pequeno *V* ao lado do nome, sinalizando a concordância da mãe, e considerava aquilo uma promessa. Quando chegava a informação de que o vestido estava pronto, engomado e passado, uma linha era traçada sobre o respectivo nome.

Em geral, as mães tinham medo de Dona Eckhart naquela época. Dona Lizzie Stark dava risada disso, mas tinha tanto medo quanto qualquer outra mãe. Dona Eckhart contava que cada aluna teria um vestido novo para a noite do recital, que Dona Perdita Mayo o confeccionaria, ou se não fosse Dona Perdita, que mesmo com a ajuda da irmã não era capaz de confeccionar todos, então a própria mãe da aluna. O vestido devia ter acabamento feito com golas postiças rendadas e babados picotados, a faixa também; e – não importava o que acontecesse – o traje só podia ser estreado na noite do recital. E esse era o tipo de coisa que ficava imediatamente claro tanto para Dona Perdita como para a maioria das mães.

E raramente podia ser usado de novo; e claro que jamais em outro recital – pois àquela altura seria um vestido "velho". Um vestido de recital era mais armado e tinha mais enfeites do que um vestido domingueiro. Era como um vestido de dama de honra num casamento; houve uma vez que o vestido da pequena Nina Carmichael *tinha sido* o de uma dama de honra, depois do casamento de Etta, mas aquilo foi uma condescendência. O vestido devia ser de organdi, com babados na saia, gola postiça rendada e mangas; o modelo pedia uma faixa de cetim ou tafetá amarrada num laço atrás com pontas compridas e pontiagudas feito as bases de flechas e que pudessem pender sobre a banqueta chegando, caso o orçamento permitisse, até o chão.

Durante todo o mês de maio, Dona Eckhart perguntava em que fase estava a confecção dos vestidos. Cassie ficava ansiosa, pois sua mãe tinha mania de demorar para perguntar sobre a lista de encomendas de Dona Perdita e resolvia ela mesma fazer o vestido no último minuto; mas Cassie precisava animar Dona Eckhart.

— Ela já está acertando a bainha – relatava, quando o tecido ainda estava dobrado com o molde de jornal emprestado por Dona Jefferson Moody, dentro do guarda-roupa.

Quanto ao programa, isso não era problema; existia sem depender de encomenda e sem discussão. Ainda no inverno, Virgie Rainey era incumbida da peça mais difícil que Dona Eckhart conseguisse encontrar no armário de partituras. Às vezes não era algo tão exibido como Teensie Loomis sempre exigia (antes de passar da idade de fazer aulas), mas era sempre a peça mais difícil de todas. Era o teste da capacidade do aprendizado de Virgie; uma provação era designada para ela a cada ano e a cada ano a proeza era realizada, sem nenhum sinal da parte de Virgie de que havia sido uma luta. O restante do programa era um crescendo que levava a tal peça, e não importava a ponto de precisar ser muito alterado de um ano para outro. Desde que todas tivessem uma peça para tocar, um vestido novo terminado a tempo, e guardassem os segredos, não havia nada mais a fazer senão aguentar o mês de maio.

Uma semana antes da noite marcada, as cadeiras douradas eram dispostas numa fileira sólida de um lado a outro da sala, para parecer que era tudo ouro, e atrás delas as cadeiras extras surgiam uma por uma até que a sala ficasse cheia. Dona Eckhart as trazia da sala de jantar primeiro, e depois de outros locais, à medida que as conseguisse. Ela pegava no andar de cima as de Dona Snowdie, à vontade, é claro, e até mesmo de Seu Voight, pois não importava o que pensasse de Seu Voight, Dona Eckhart não titubeava em entrar lá e pegar as cadeiras dele para o recital.

Um segundo piano precisava ser alugado da Escola Dominical Presbiteriana (por obséquio dos Stark), transportado a tempo de ensaiar o quarteto e, claro, afinado. Havia programas a serem impressos (por obséquio dos Morrison), elaborados de modo a incluir a ordem de apresentação das obras, o nome e o sobrenome de cada aluno e, adornando a parte superior, com letras que se assemelhavam, como se fosse de propósito, à caligrafia de Dona Eckhart quando escrevia as contas mensais, o nome completo de Dona Lotte Elisabeth Eckhart. Um pirralho sem talento entregava os programas na porta, empilhados numa fruteira cor-de-rosa.

No dia, era esperada a chegada de gladíolos ou cravos em cestinhas, para cada criança, devidamente encomendados de algum florista conhecido dos Loomis em Vicksburg e guardados à sombra em baldes de água no alpendre dos fundos da casa dos MacLain. As flores eram apresentadas no momento exato — logo após a reverência de agradecimento — pela própria Dona Eckhart. A aluna podia segurar a cestinha contando até três — isso era ensaiado, usando um guarda-chuva preto — e depois a devolvia a Dona Eckhart, que tinha em mente o desenho de uma meia-lua, a ser por ela formada com cesta após cesta na noite do recital. Jinny Love Stark sempre ganhava um buquê de violetas-de-parma num coração de folhas, e tinha autorização para ficar com ele. Ela dizia "Tchauzinho". E em nenhum ano abriu mão do buquê, o que sempre prejudicava o efeito.

Acontece que o recital era, no fim das contas, uma solenidade. Melhor do que as férias escolares — pois isso tinha a ver com provas finais — ou do que os fogos de artifício que abriam os comícios —, o recital celebrava junho. Tanto o pavor como a felicidade vertiam sobre as meninas naquela noite especial, na qual apenas determinadas faixas e determinadas flores podiam ser usadas, e na qual apenas meninas chiques e bonitas podiam dar conta de tudo.

E Dona Eckhart se esforçava para alcançar um outro nível de vida por causa daquilo. Uma sensibilidade que causava rubor brotava nela todos os anos na hora certa como uma flor da estação, como lírios que surgiam sem folhas e da noite para o dia no quintal de Dona Nell. Dona Eckhart corria para lá e para cá, totalmente arrebatada por assuntos que em outras ocasiões pouco lhe interessavam — vestidos e faixas, proeminência e precedência, sorrisos e reverências. Era estranho, emocionante. Ela recrutava desenhos para aqueles convitinhos quadrados de festas, a "ursa-parda" com saiote de babados e o poodle preto em pé numa cadeira fazendo a barba no espelho...

Finda a noite do recital, a sensibilidade e a energia também chegavam ao fim e desapareciam. Mas então todas as provações acabavam. Chegava a parte ilimitada das férias. Meninas e meninos podiam andar igualmente descalços de manhã.

A noite do recital era sempre clara e quente; todo mundo veio. O público desejado compareceu em total submissão.

Dona Eckhart e as pupilas não ficavam visíveis de pronto. Cabia a Dona Snowdie MacLain ficar à porta, e ela se pôs à porta com determinação, como se tivesse acompanhado tudo o tempo inteiro. Ela acolheu todo o mulherio de Morgana, com perfeita inocência. Às oito horas, o estúdio estava apinhado.

Dona Katie Rainey sempre chegava cedo. Tremia de entusiasmo, como se fosse se apresentar, e tinha feito a ordenha com aquele chapéu. E ria com satisfação, à medida que se acostumava com tudo aquilo, e durante o recital se mantinha bastante em evidência, a primeira a aplaudir quando uma peça terminava, sentindo-se igualmente satisfeita com a música que ouvia e com a cadeira dourada em que se sentava. E o velho Fate Rainey, o homem do soro de leite, foi o único pai que veio. Permaneceu de pé. Dona Perdita Mayo, que fizera a maioria dos vestidos do recital, ficava sempre na primeira fila para ver se todos os alinhavos tinham sido retirados depois que os vestidos foram entregues, e ao lado dela ficava Dona Hattie Mayo, a irmã quieta que a ajudava.

À medida que o estúdio enchia, Cassie, espiando por trás da cortina de lençol (ficavam *todas* arrebanhadas na sala de jantar), tinha receio de que sua mãe não aparecesse. Estava sempre atrasada, vai ver que era porque morava tão perto. Dona Lizzie Stark, a mãe mais importante ali presente, que mal podia esperar que Jinny Love ficasse um pouco mais velha para tocar melhor, virava-se em sua cadeira na frente a fim de checar a presença de cada uma das outras mães. Sabendo disso, e belamente trajada com um vestido florido e perfeito para ser usado pela figura da mãe na noite do recital, a mãe de Cassie não atravessaria aqueles 2 metros a tempo, nem que fosse para salvar a própria vida. E *Murmúrios de primavera*, a ser tocada por Cassie, por exemplo, era muito difícil, mais difícil do que a peça de Missie Spights; mas parecia que a mãe de Cassie podia dispensar gratuitamente tudo o que Dona Eckhart tinha planejado.

No estúdio decorado como se fosse o interior de uma caixa de bombons, com "tecido" debruando a prateleira da lareira e paninhos colocados embaixo de cada objeto móvel, e assim tornado imóvel, com tiras de fita branca e ramalhetes de rosas Maman Cochet cor-de-rosa e brancas e as últimas ervilhas--de-cheiro dos MacLain dividindo e redividindo o ambiente, fazia um calor infernal. Não importava que fosse a primeira noite de junho; nenhum ventilador elétrico haveria de zumbir enquanto a música tocasse. O metrônomo, cerimoniosamente fechado, ficava sobre o piano como se fosse um vaso. Não havia o menor sinal de nenhuma partitura à vista.

Quando o primeiro silêncio irracional — haveria uma série deles — se abateu sobre a plateia, a sala parecia tremer só com a agitação dos leques de palha e de penas, além do ocasional estalido involuntário do metrônomo fechado dentro da caixinha. Havia a mescla de agitação e ornamentação capaz de fazer qualquer criança prestes a surgir empalidecer por conta de uma espécie de tontura terminal. Quem olhasse para o teto em busca de alívio se via enredado numa decoração de papel que pendia do candelabro, tão complicada e fútil quanto um floco de neve feito de papel recortado.

Nesse momento Dona Eckhart entrou na sala toda transformada, com o cabelo castanho-escuro cobrindo a testa, e gesticulou pedindo silêncio. Usava seu vestido de recital que a fazia parecer maior e mais abafada do que nunca. Era um vestido velho: Dona Eckhart desrespeitava as próprias regras. As pessoas se esqueceriam daquele vestido entre um recital e outro, e então ela voltava a aparecer com ele, as pregas desfeitas e não muito limpas juntavam-se em volta do seio e caíam pesadas do lado do corpo como se fossem um casaco; era de crepe acetinado marrom-claro. Tinha um corpete de renda amarronzado. O vestido era tão elaborado e quente e pesado quanto um casaco de pele. A surpreendente pele leitosa dos braços dava a impressão de que ela emergia do traje.

Dona Eckhart, estabelecendo o silêncio, parou no ponto exatamente à sombra do candelabro. Seus pés, com sapatos brancos, sapatos fornecidos por Seu Sissum para todo o sempre, detiveram-se no círculo de giz previamente marcado no piso, e àquela altura, ela acreditava, já apagado de todo. Uma das mãos, com os diversos músculos miúdos e tensos a postos, as unhas manchadas de azul, buscou a outra e as duas se uniram, bastante serenas, sem nada segurar, até que perderam a força apoiadas sobre o peito e formaram uma casinha engraçada, com telhados e frontões. De pé e próxima ao piano, mas não a ponto de poder ajudar, ela presidia os trabalhos, mas sem resguardar o coração contra desastres; e desastre era o que restava na cabecinha das meninas. Iniciando pela mais jovem, ela as chamou.

Daí elas tocaram e, à exceção de Virgie, jamais tocaram tão mal. Ficaram chocadas consigo mesmas. Parnell Moody caiu em prantos no momento já esperado. Mas Dona Eckhart não deu sinal de notar nem de se incomodar. Como parecia despreocupada, justo nos momentos em que deveria agonizar! A aluna esperava o chicote, quase, por esquecer uma repetição antes da segunda finalização, ou por não contar até dez antes de dar a volta na cortina e aparecer; e, em vez disso, era contemplada com um sorriso estranho. Era como se Dona Eckhart, no fim das contas, ficasse grata à aluna por *qualquer coisa*.

Quando chegou a vez de Hilda Ray Bowles e a própria Dona Eckhart precisou abaixar-se para recuar a banqueta 12 polegadas, ela o fez com uma atitude fluida, amável e absorta. Nem parecia que estava recuando a banqueta para uma menina grandalhona, mas destinando um gesto meigo a alguma outra pessoa, alguém que nem estava ali; talvez fosse Beethoven o compositor da peça a ser tocada por Hilda Ray, talvez não.

Cassie tocou, e sua mãe — que, no fim das contas, não a decepcionou — estava sentada junto às demais. No final, ela dobrou o programa e fez um chapeuzinho, e Cassie quase caiu dura por conta disso.

Mas a noite do recital pertencia a Virgie, não importava o que mais fosse. Para Cassie, o momento em que Virgie Rainey ficava mais magnífica na vida era quando surgia – sua vez era logo antes do quarteto – usando uma fita natalina de cetim vermelho no cabelo com rosetas sobre as orelhas e presa atrás por um elástico novo; ela usava uma faixa vermelha embaixo das mangas do vestido tirolês branco todo engomado. Tinha 13 anos. Tocou a *Fantasia sobre temas de "As ruínas de Atenas"*, de Beethoven, e, quando terminou e se levantou e fez a reverência, o vermelho da faixa se espalhava por toda a cintura. Virgie estava encharcada e manchada como se tivesse sido apunhalada no coração, e um suor delirante e invejável escorria de sua testa e das bochechas, e ela o lambeu.

Cassie, que tinha se esgueirado até a frente, ainda estava maravilhada quando Dona Katie Rainey colocou a mão na faixa do vestido de Virgie e, para seu pavor total, disse:

— Ah, como eu gostaria que a Virgie tivesse uma irmã!

Depois só faltava o quarteto, e com o último acorde – a própria desintegração repentina – risos e piadinhas se espalharam. A criançada ganhou um beijo ou uma palmadinha simbólica de parabéns e depois correu solta. As senhoras trocaram acenos e fizeram sinais com os leques, a conversa começou. Flores foram erguidas, exibidas, lançadas, oferecidas e despetaladas em fragmentos zonzos por dedos libertados para o verão. Os gêmeos MacLain, agora escapando da contenção, desceram correndo pela escada em trajes idênticos de *cowboy*, apontando e até disparando suas pistolas de brinquedo. Dois ventiladores foram colocados zumbindo e rondando o piso, de onde os programas descartados alçaram voo feito uma revoada de pássaros, enquanto os enfeites tremulavam e vadiavam por toda parte. Ninguém se aproximava de nenhum dos pianos, exceto para alguém martelar *O bife*. A pequena Jinny Stark, no fim, caiu, esfolou o joelho e sangrou a valer. Era como qualquer outra festa.

— Ponche e *Kuchen*! – Dona Eckhart apareceu anunciando.

A grande sala de jantar dos MacLain, que ficava na parte de trás e Dona Snowdie usava mais para abrigar as flores no inverno, estava aberta naquela noite. O ponche foi servido na tigela de ponche dos MacLain, um dos presentes que Dona Snowdie tinha ganhado do marido – servido de improviso por Dona Billy Texas Spights, que pulou para pegar logo a concha, e todos beberam nas 24 xícaras dos MacLain e nas 12 dos Loomis. Os bolinhos trazidos incansavelmente por Dona Eckhart eram adocicados, leves e ainda estavam mornos, a cobertura salpicada com "balinhas" coloridas que vinham (ou assim todos pensavam) de arminhas de vidro vendidas nos trens. Quando a travessa esvaziava, dava para ver que era decorada com guirlandas de flores meio caídas e estampas de bebês chorões, polvilhadas com ouro e agora com migalhas douradas.

As bochechas de Dona Eckhart coravam quando os convidados iam se servir dos biscoitos açucarados e voltavam para reerguer suas xícaras de ponche, com as frutas afogadas no fundo, diante da concha ávida e cheia. ("*Eu* sirvo mais ponche pra vocês!", ela exclamou, quando Dona Billy Texas começou a regatear.) Seu cabelo já estava tão caído sobre a testa quanto o de Circe alimentando os porcos na parede da quarta série. Ela sorria, não para alguém em particular, mas para todos, e para todos os lados olhava e a todos os lugares ia – pois a festa se espalhara – do estúdio até a sala de jantar e até o alpendre, onde ela gritou:

— O que é isso aí? Vocês, meninas, voltem pra dentro e fiquem quietas até comerem o meu *Kuchen* inteiro! Até a última migalha. – Ouvir Dona Eckhart fazia todos rirem, quando a rigidez era puro fingimento.

Embora às vezes se referisse a Dona Eckhart como "Dona Fútil", Dona Lizzie Stark não deixou de usar seu chapéu mais espalhafatoso, que parecia uma grande coroa de flores ou um bolo de casamento, e que ficava o tempo todo à vista, virado numa direção ou outra, feito um balão flutuando num parque de diversões acima das cabeças da multidão. O canário cantava; a capa tinha sido removida. Aos poucos, as rosas Maman Cochets curvavam suas hastes curtas e verdes sobre a borda do vaso.

No fim da noite, despedindo-se, as pessoas parabenizaram Dona Eckhart e sua mãe. A velha Dona Eckhart tinha ficado sentada perto da porta a noite inteira – sentada à porta ao lado de Dona Snowdie, que recebia os convidados. Também usava um vestido escuro, mas estampado com raminhos. No meio do caminho das mães que conversavam e riam e das crianças que agora corriam soltas, ela ficou sentada e piscando os olhos, mas dócil, como um bebê quando é exposto à luz do sol. Enquanto Dona Snowdie a observava com ternura, ela manteve na boca um sorriso que durou a noite toda; deixava-se ser olhada e, no fim das contas, ser objeto dos agradecimentos.

Dona Eckhart, enfrentando as crianças que se acotovelavam ao sair, passando rente às cestinhas ondulantes e aos leques caídos das mães subitamente esfalfadas, foi ouvida chamando: "Virgie Rainey? Virgie Rainey?". Então olhou com respeito para a criança mais sonolenta e mais pequenina, que naquela noite tinha tocado apenas *Gatinhos brincalhões*. Todas as alunas naquela noite compartilhavam o fascínio por Virgie Rainey. Dona Eckhart as interceptava quando corriam porta afora, falava alemão com elas e as abraçava. No ar parado da noite, seu vestido parecia úmido e manchado, como se ela tivesse corrido uma longa distância.

Cassie apurou o ouvido, mas não houve bis de *Für Elise*. Ela pegou o ukulele, que estava ao pé da cama. Ajustou a afinação e tocou, dedilhando as cordas com habilidade e marcando o ritmo. Caminhou em volta do lenço pendurado para secar, tocando um refrão ou dois, e depois voltou para a janela.

Lá ela viu Loch descendo por um galho do olmeiro, pendurado pelos braços e pelas pernas que nem um macaco. Do outro lado da árvore, ele ficou pendurado pelas mãos, perfeitamente imóvel, como um mergulhador – sem fazer nenhuma das suas estripulias. Era daquele jeito que ele ficava na cama tomando quinino.

Ele não estava interessado em estripulias, mas em espiar alguma coisa dentro da casa vazia. Loch tinha visto. Cassie abriu a boca para gritar, mas o grito não veio.

Exceto numa ocasião, ela não tinha respondido aos chamados de Loch o dia inteiro, e agora a visão das costas dele, com os braços abertos e ceroula branca, parecia tão distante quanto a estrela da manhã. A visão se afastara dela, em todo caso, para proteger a inocência dele, e a inocência dele ficou ali brilhando para ela, cambalhotando – pois Loch inverteu tranquilamente sua posição e se pendurou pelos joelhos; mergulhado de cabeça para baixo, ele olhou através da velha janela do estúdio, e seu boné pompadour caiu no chão e o cabelo ficou espetado em sua cabeça de menino.

Certa vez, Loch vagou de saia pela casa deles, batendo com um lápis numa taça de batismo.

— Mamãe, a senhora acha que eu também vou tocar música?

— Ora, é claro, coração. Você é *meu* filho. Espera que vai chegar a tua hora. — (Era o favorito dela.) Mas ele nunca foi capaz de esperar nem de tocar. Como Cassie o adorava! Ele não sabia distinguir uma melodia da outra.

— *Essa* que é *Jesus me ama*? — ele perguntava, interrompendo seu próprio ruído. Ela olhou para ele naquele momento tão aflita como se o visse ferido, um ferimento antigo, e silenciosamente fazendo estripulias para depois contar. Ela ficou de pé junto à janela. Com delicadeza, tocava e cantava: "Pela luz, luz, luz, luz, luz da lua prateada", sua canção favorita.

Ela mesma jamais poderia ir, jamais poderia se esgueirar pela ponte tremeluzente da árvore, ou alcançar o ímã escuro que atraía as pessoas ali para dentro, continuamente. Não conseguia se ver fazendo algo inusitado. Não era Loch, não era Virgie Rainey; não era sua mãe. Era Cassie em seu quarto, vendo o conhecimento e o tormento além do seu alcance, de pé junto à janela, cantando — com uma voz suave, bastante cheia naquele dia, e quase achando que fosse bonita.

III

Depois de um momento na escuridão, de cabeça para baixo, Loch abriu os olhos. Nada havia acontecido. A casa que ele observava estava em silêncio, exceto por um tique-taque progressivo que era diferente do que faz um relógio. Havia sons externos. Sua irmã estava praticando o ukulele novamente a fim de poder cantar para os meninos. Ele ouviu rua acima os sons fluidos da festinha de carteado das senhoras e, através das árvores, no local onde os meninos maiores estavam jogando, ouviu sons da bola sendo golpeada — sons alegres e distantes feito o canto dos pássaros. Mas o tique-taque era mais marcante e nítido do que tudo o que ele conseguia ouvir naquela hora no mundo, e em alguns momentos parecia soar bem perto, do jeito que seu coração soava quando pressionado contra a cama de onde ele tinha saído.

A mãe dele, se fosse ela que estivesse na casa vazia, teria mandado parar aqueles dois negros que voltavam para casa com as ervilhas não vendidas e os teria obrigado a entrar e fazer tudo aquilo para ela, e terminar tudo bem depressa. Mas a mãe do marinheiro realizava o trabalho sozinha. Queria que as coisas ficassem do seu jeito, e ninguém mais seria capaz de agradar-lhe; e não tinha a menor pressa. Estava montando a fogueira no piano e detonaria a dinamite quando estivesse pronta, e não antes.

Loch viu pelas ações dela que o dispositivo no meio dos fios — a frente do piano havia sido removida — era uma espécie de ninho. Ela o construía como se fosse um pássaro ladrão, tecendo cada pedacinho que encontrava ao seu redor. Ele viu em dois lugares o rosto bigodudo de Seu Drewsie Carmichael, o candidato do seu pai a prefeito — ela encontrou as circulares na porta. Os papéis que estavam na cama dele, os cupons do sabão Octagon, teriam agradado a ela naquele momento, e ele os teria entregado.

Então Loch quase deu um grito; o orgulho percorreu seu corpo, como um segundo grito, por não ter gritado. Ali descendo a rua vinham o velho Moody, que era o delegado, e com ele Seu Fatty Bowles. Tinham tirado o dia de folga para pescar no Lago da Lua e levavam consigo velhos caniços de pesca, mas nenhum peixe. As calças e os sapatos pesavam com a lama. Eram parceiros do velho Seu Holifield e muitas vezes vinham acordá-lo, àquela hora do dia, para enxotá-lo até o cotonifício.

Loch girou no galho e aguardou de cabeça para baixo enquanto os dois, conforme ele já esperava, atravessaram o quintal. Naquela visão especial, ele percebeu que era como se os dois estivessem deitados de costas no céu azul, balançando as pernas, despreocupadamente, nada tendo a ver com a lei e a ordem.

O velho Moody e Seu Fatty Bowles, com uma piadinha, tiveram que se separar para contornar o toco de noz-pecã, voltaram a se juntar, disseram "estamos juntos" e depois subiram os degraus com passadas sonoras. A cortina na janela da frente balançou sinalizando algo diante do rosto deles. Olharam-se novamente. Seus corpos e rostos ficaram lisos feito peixes. Os dois flutuaram pelo alpendre e se achataram feito peixes para colar o nariz na janela. Havia manchas redondas de lama nos fundilhos das calças; eles se agacharam.

Pois bem, pronto, pensou Loch – casa cheia. Dois no andar de cima, um no andar de baixo e os dois no alpendre. E em cima do piano estava a máquina com aquele tique-taque... Diretamente abaixo de Loch, um tordo pintado caminhava fazendo barulho pelo mato, apontando o bico em riste como se fosse uma arma, tão atarefado no mundo quanto as pessoas.

Ele manteve a mão direita absolutamente imóvel quando a velhota, trôpega feito o anjo do Natal no desfile da quarta série de Dona McGillicuddy, avançou com uma vela acesa na mão. Era uma vela de sebo usada na cozinha; ela devia ter pegado na caixa de velas de Seu Holifield, para se prevenir nas tantas vezes que as luzes se apagavam em Morgana. Vinha tão devagar e segurava a vela tão alto que de onde ele estava poderia ter derrubado a vela com um estilingue. O cabelo dela, ele viu, era curto e branco e estava todo iluminado. Da ponta mais projetada e oscilante de um galho capaz de suportar seu peso, ele podia ver como brilhavam os olhos dela, arregalados abaixo das sobrancelhas negras e quase sem piscar. Eram olhos de coruja.

Ela se curvou, sentindo dor, ele pensou, e ajeitou a vela no ninho de papel que havia construído em cima do piano. Ele também prendeu a respiração, protegendo a chama, e, quando ela recuou a mão arqueada, ele recuou a dele. O jornal ardeu em fogo, e a velhota jogou a vela lá dentro. Mãos nas coxas, ela se ergueu, o trabalho estava feito.

As labaredas dispararam silenciosamente. Correram pelas tiras de papel, duas vezes mais rápidas do que as correntes numa valeta tomada pela chuva. A sala foi atravessada por um fogo amarelo, ligeiro e agonizante, cata-ventos caíam do teto e desapareciam. E lá em cima, do outro lado do teto, eles, os dois primeiros, estavam imóveis feito ratos.

A lei continuava sem dar as caras. O pescoço de Seu Fatty e o do velho Moody se esticavam para o lado, o gordo e o magro. Loch poderia ter deixado cair uma lagarta em qualquer das duas cabeças, que roçavam uma na outra como a cabeça da mãe e do filho.

— Vou te contar! Ela *conseguiu* – disse Seu Fatty Bowles com uma voz natural. Suspendeu o braço, que envolvia os ombros do velho Moody, e transferiu para o bolso de trás de sua própria calça uma palmada que teria quebrado os ossos do velhote. — Bendita seja! Ela fez a coisa diante dos nossos olhos. O que você não teria apostado?

— Nadinha – disse o velho Moody. — Olha só. Se o fogo pegar naqueles restos velhos e secos da forração, o Booney Holifield vai ficar quentinho daqui a pouco.

— O Booney! Ora, eu tinha esquecido dele!

O velho Moody explodiu de rir com os lábios fechados.

— Você não acha que já pegou? – perguntou Seu Fatty, apontando para a sala com sua velha faca de pesca.

— A casa está pegando fogo! – Loch gritou a plenos pulmões. Ele cavalgava no galho, para cima e para baixo, e sacudia as folhas.

Parecia até que o velho Moody e Seu Fatty tinham ouvido, pois, como que insultados, levantaram-se, pegaram as varas de pescar e deliberadamente escolheram a janela da sala de jantar em vez da janela da sala de visitas para agir.

Suspenderam a tela e Seu Fatty acidentalmente rasgou-a com o pé. Levantaram a parte inferior da janela algumas polegadas, produzindo um barulho que os fez ranger os dentes. Já podiam entrar: abriram a boca e gargalharam em silêncio. Estavam tão habituados a se exibir que quase convocaram Morgana naquela hora e ali mesmo.

Seu Fatty Bowles começou a se espremer por cima do parapeito, sala adentro, mas o velho Moody já esperava por aquilo, puxou-o para trás pelos suspensórios e foi primeiro. Entrou com um pulo de sapo. Lá dentro, ambos deram um berro.

— Cuidado! Te pegaram em flagrante!

Na sala, a velhota recuou e se escondeu no canto escuro.

O velho Moody e Seu Fatty deram uma corridinha preliminar ao redor da mesa da sala de jantar para se aquecer, e então invadiram a sala de visitas. Desceram pela barreira da forração em centelhas e avançaram. Socaram a fumaça, acertaram um no outro e correram para abrir a janela. Então Loch ouviu a tosse conhecida deles e o rastejar e o estalar do fogo dentro da sala. A maior parte da fumaça ficou dentro, contida e parada.

Loch voltou a se pendurar no galho. Outra pessoa estava chegando. Era um dia e tanto! Logo pensou que reconhecia aquele chapéu-panamá dourado e a escassez elástica do homem sob o chapéu. O sujeito tinha morado na casa vazia e naquela época havia prometido trazer para Loch um pássaro falante, capaz de dizer "Coelhada!". Tinha ido embora e nunca mais voltara. Depois de tantos anos, Loch ainda queria o tal pássaro. Era bem do gosto atual dele.

— Não tem ninguém morando aí agora! — Loch gritou do meio das folhas com uma voz calculada, pois Seu Voight se aproximou da casa vazia como se ainda morasse ali. — Se o senhor entrar, vai voar pelos ares.

Ainda não tinha nenhum pássaro falante no ombro dele. Seu Voight tinha prometido muito tempo atrás. (E quantas vezes, Loch pensou agora com grande surpresa, ele se lembrou e acalentou a tal promessa!)

Seu Voight balançou a cabeça bruscamente, como se uma voz distante no meio das folhas o incomodasse apenas por um momento. Ele subiu os degraus correndo, produzindo um som como o de uma vareta verde roçada contra uma cerca. Porém, em vez de correr de encontro à barreira oscilante acima da porta, deu a volta pelo alpendre até o lado e casualmente olhou pela janela. Tudo tornava o grito dele alarmante.

— A senhora pode, por favor, me dizer por que está invadindo esta propriedade?

— Deus nos ajude! — disse Seu Fatty Bowles, olhando diretamente para ele, segurando um chapéu em chamas.

O velho Moody apenas disse:

— *Boa* noite. Agora eu não posso falar com o senhor.

— Responda! Invadindo, né?

— Ora! A casa está pegando fogo.

— Se a minha casa está pegando fogo, então pra onde foi a minha família?

— Ah, a casa *não é* mais do senhor, esqueci. A casa é de Dona Francine Murphy. O senhor chegou atrasado, capitão.

— Que doideira é essa? Saiam da minha casa. Apaguem esse fogo aí atrás de vocês. Me digam pra onde eles foram. Deixa pra lá; eu sei pra onde eles foram. Tudo bem, queimem tudo; quem vai impedir vocês?

Ele bateu com as mãos nas tábuas da casa, feito um tambor, e deve ter arregalado os olhos para eles, na janela. Tinha se metido entre Loch e o que acontecia e, para falar a verdade, estava sobrando ali.

O velho Moody e Seu Fatty, trocando olhares homicidas, corriam e saltitavam pela sala de visitas, batendo com o chapéu nas chamas tremulantes, trabalhando como uma equipe enfurecida consigo mesma, tal qual duas pessoas tentando cercar galinhas num quintal. Pulavam e atacavam a mesma labareda. Chutavam e pisoteavam uma faísca por ambos encontrada, às vezes imaginária. Talvez porque deixaram o fogo quase se apagar ou porque Seu Voight deu de reclamar, fingiram que o incêndio era maior do que de fato era. Mordiam o lábio inferior com força, como fazem os velhos quando cometem atos de grosseria. E não falavam.

Seu Voight tremia dos pés à cabeça. Estava rindo, Loch constatou. Agora observava a sala como se fosse um show.

— É isso aí! É isso aí! – disse ele.

O velho Moody e Seu Bowles, juntos, apagaram o fogo no piano, lutando com vontade, batendo nas cordas e fazendo-as vibrar. O velho Moody, por mais que sua diversão tivesse sido estragada, se esbaldou, pulando em cima das folhas de magnólia em chamas. Daí eles extinguiram o fogo, cada faísca, até mesmo na forração, que ainda cintilou várias vezes antes de se apagar de vez. Quando uma lingueta de fogo surgiu pela última vez, eles a apagaram juntos; e, com um assobio e mais um pisão de cada um, a desafiaram, e ela continuou apagada.

— É isso aí, rapazes – disse Seu Voight.

Então a velha saiu do canto escuro.

— E quem é essa daí? – gritou Seu Voight. No centro da sala, ela parou. Se não estivesse diante da lei, a velha teria juntado as mãos vazias e se virado para um lado e para outro. Mas não fez isso; estava ainda mais desesperada. Loch gritou de novo, cavalgando a árvore, o galho preso em ambos os punhos.

— Por que o senhor não entra, capitão? – chamou Seu Fatty Bowles, e fez um sinal, indicando à velhota que se aproximasse.

— Vamos cuidar dessa questão aqui. Agora, eu gostaria de saber por que a senhora fez isso, madame – disse o velho Moody, esfregando os olhos e os delineando de preto. — Dando essa trabalheira toda pra gente. Diga, o que é que a senhora tem contra nós?

— O gato comeu a língua dela – disse Seu Fatty.

— Eu sou idoso. E a senhora é idosa. *Eu* é que não sei por que a senhora fez isso. A menos, é claro, que tenha sido por absoluta falta de bom senso.

— De onde a senhora veio? – perguntou Seu Fatty com sua vozinha de tenor.

— Seus palhaços.

Seu Voight, que dissera isso, contornou o alpendre leve feito uma libélula e entrou na casa pela porta da frente: não estava trancada. Era como se ele estivesse esperando até que toda a bateção fosse feita pelos outros – palhaços – ou talvez pensasse ser tão valioso que poderia se queimar rápido demais.

Loch viu quando ele passou, como um clarão, pelas miçangas da porta do corredor e entrou na sala de visitas. Ele correu o olhar com serenidade pelas paredes, detendo-se, de início, por um momento, como se aquilo não tivesse acontecido com eles naquele instante, mas muito tempo atrás. Ele estava ali, mas conseguia se abstrair, pois era o único que não ignorava o que fazer. Pisou com cuidado entre os babados e as lascas de papel queimado e enrugou o nariz pontudo; não por conta do cheiro, ao que parecia, mas por conta de coisas maiores, em dissolução. Nesse instante, ele parou diante da janela. Seus olhos reviravam. Estaria espumando pela boca? Isso tinha acontecido uma vez. Se não espumasse, talvez Loch não tivesse certeza de que era ele; Loch se lembrava melhor de Seu Voight espumando.

— O senhor sabe quem ela é, capitão? – perguntou o velho Moody com uma voz cautelosa. — Quem é essa incendiária aí? O senhor é viajado.

Seu Voight andou pela sala e, pegando o atiçador de brasa, cutucou as cinzas. Fisgou uma concha. A velha avançou e ele se abaixou para largar a concha, e ao se erguer tirou o chapéu. O gesto parecia mais do que educado. Ali perto do rosto da velha, ele suspendeu a cabeça, mas ela olhou através dele, para um ponto muito além de Seu Voight. Era como se fosse uma senhora num penhasco adiante, distante, fora do alcance dos olhos e dos ouvidos, mas prestes a cair.

O som do tique-taque estava agora bastante forte. Assim como Seu Fatty tinha se esquecido de Seu Booney Holifield, Loch tinha se esquecido da dinamite. Agora ele podia voltar a esperar a explosão. O fogo tinha sofrido, mas fogo sempre consegue se conectar com um mecanismo miúdo e eterno, capaz de bater daquele jeito, sem parar, bem no meio da sala.

("O senhor não está ouvindo alguma coisa, Seu Moody?", Loch poderia gritar naquele mesmo instante. "Seu Voight, escute." "Tudo bem, então… você quer aquele pássaro agorinha mesmo?", poderia ser a resposta. "A gente cancela tudo.")

— Cara, o que é isso? – perguntou Seu Fatty Bowles

— Fatty, meu garoto, você não está ouvindo uma coisa estranha? – o velho Moody perguntou no mesmo instante. Por fim, apuraram os ouvidos e perceberam o tique-taque que estivera ali na sala com eles o tempo todo. Trocaram um olhar e, em seguida, com os ombros curvados, marcharam procurando a origem daquilo.

— É uma cascavel! Não, né, não! Mas é por aí – disse Seu Fatty.

Procuraram pela sala inteira, mas não encontraram a coisa, que estava bem diante dos seus olhos e um pouco acima, sobre o piano. Sinceramente, aquele lugar não era lógico, não era onde a maioria das pessoas haveria de colocar alguma coisa. Trocaram um olhar mais intenso e se apressaram ainda mais, mas apenas se atropelaram e derrubaram as cadeiras. Uma das pernas da cadeira quebrou feito um osso de galinha.

Seu Voight só ficou no caminho deles, pois não se moveu um centímetro sequer. Continuou de pé diante do olhar da mãe do marinheiro, olhando para ela com os lábios contraídos. Vai ver que de fato a tinha visto em alguma de suas viagens. Parecia cansado das tais viagens naquele momento.

No fim das contas, o velho Moody, o mais esperto dos dois, avistou o que procuravam, o obelisco com aquela pecinha móvel e a porta aberta. Depois que foi vista, com toda a certeza aquela era *a coisa*, e ele apenas a apontou para Seu Fatty. Seu Fatty foi na ponta dos pés e pegou o obelisco e o largou de imediato. Daí o velho Moody se aproximou e o pegou e o segurou na diagonal, posando, feito um pescador que segura um peixe esquisito fisgado no Lago da Lua.

A velha ergueu a cabeça e contornou Seu Voight e foi até o velho Moody. Estendeu o braço e tirou o tique-taque da mão dele, e ele o soltou de bom grado; parecia que o velho Moody não se deixava surpreender pelas mulheres.

A velhota segurou sua propriedade, colada ao grande seio cinzento. Seu olhar voltou de longe para perto. Então ela encarou os três indivíduos, como se lhes mostrasse suas entranhas, seu coração vivo.

E então um leve zumbido de sua própria voz:

— Vejam... Veja, Seu MacLain.

Nada explodiu, mas Seu Voight (ela o chamou de MacLain) gemeu.

— Não, rapazes. Eu nunca vi essa daí na vida – disse ele.

Ele saiu da sala pisando duro. Saiu de casa e cruzou o quintal em direção à estrada de MacLain. Ao chegar à estrada propriamente dita, pôs o chapéu e já não parecia tão maltrapilho nem tão pobre.

Loch agarrou um galho frondoso da árvore e afundou a cabeça naquele frescor verde.

— Deixa *eu* ver o seu brinquedo – Fatty Bowles disse com seu sorriso de bebê. Ele tomou o obelisco da velhota e, com uma mudança repentina no semblante, jogou-o com toda a força pela janela aberta. O objeto veio reto em direção a Loch e caiu no mato abaixo dele. E o tique-taque continuava.

— Acho que você se precipitou um pouco, meu caro Fatty – disse o velho Moody. — Jogando fora as provas.

— Você devia é pensar na gente. Presta atenção e você vai ver que ele vai explodir. Eu prefiro que ele exploda as galinhas da tua esposa.

— Pois bem, eu não.

E, enquanto eles conversavam, a pobre velhota tentou de novo. Estava de joelhos acalentando o cotoco de vela e no momento seguinte o acendeu. Ela se levantou, agitada agora, e saiu correndo pela sala, segurando a vela no alto, esquivando-se dos homens cada vez que tentavam pegá-la.

Dessa vez, o fogo pegou no cabelo dela. O babadinho curto e branco se transformou em chamas.

O velho Moody foi tão rápido que conseguiu agarrá-la. Pegou um trapo velho em algum lugar, e correu atrás da velha. Ambos correram com uma rapidez extraordinária. Ele precisou dar um pulo. Pôs o pano sobre a cabeça dela por trás, fazendo uma careta, como se todas as pessoas na Terra tivessem que fazer atos vexatórios alguma vez na vida. E bateu na cabeça coberta com a palma da mão.

O velho Moody e Seu Bowles levaram juntos a velha até o alpendre da casa vazia. Ela estava quieta agora, com o pano preto chamuscado cobrindo a cabeça; ela mesma o segurava com as duas mãos.

— Sabe o que eu vou ter que fazer com a senhora? – o velho Moody disse gentilmente e em tom de conversa, mas ela ficou parada ali, coberta pelo pano enrugado com as mãozinhas voltadas para cima, as unhas feito garras, parecendo uma casca de gafanhoto quando era encontrada presa àquela porta lisa em agosto.

— O nome da senhora agora não significa nada, nem o que a senhora pretendia fazer – disse Seu Bowles a ela enquanto pegava os caniços de pesca. — A gente sabe de onde a senhora veio, e foi de Jackson.

— Agora vamos, que nem uma dama. Eu tenho certeza que a senhora sabe como é – disse o velho Moody.

Ela foi, mas não respondeu nada a nenhum dos dois.

— Vai ver que ela queria fazer alguma maldade pro King MacLain, no fim das contas – disse Seu Fatty Bowles. — Ela é mulher, né?

— Você já falou demais por hoje – disse o velho Moody.

Do meio das folhas, Loch os observou descer pela calçada e seguir em direção à cidade. Avançavam devagar, pois a velha dava passos curtos e hesitantes. Para onde a estariam levando naquele momento? Não mais tarde, quando seria levada para Jackson, mas agora? Depois que eles passaram, ele soltou as mãos e pulou da árvore. Foi grande o barulho quando ele bateu no solo. Deu uma cambalhota para a frente e outra para trás, plantou uma bananeira e assim começou a dar a volta no tronco da árvore. Fazia ruídos feito um bode e uma codorna, feito as galinhas abobadas dos Moody, e feito um leão.

Plantando bananeira ele circundou a árvore, e o obelisco esperou no mato, ereto. Ele ficou de pé e olhou para o obelisco. O ponteiro estava do lado de fora.

Sentiu-se encantado como um pássaro, pois o ponteiro mexia feito um rabo, uma língua, uma varinha. Ele pegou a caixa.

— Agora, vai. Explode.

Quando a examinou, viu que a vareta que fazia o tique-taque era um pêndulo que, em vez de pender, apontava para cima. Ele a tocou com a ponta do dedo e a fez parar.

Sentiu a pressão da vareta e o peso do obelisco, que parecia ter cerca de 2 libras. Soltou a vareta, e ela seguiu batendo.

Então ele girou uma chavinha na lateral da caixa, e isso a deteve. A vareta parou e ele a enfiou no lugar dentro da caixa e fechou a porta da coisa.

Vai ver que nem era dinamite, especialmente porque Seu Fatty achava que era.

O que seria?

Ele abriu a camisa e a abotoou por cima da caixa. Pensou em levá-la para o quarto. Era aquilo; não um pássaro que sabia falar.

O monte de areia estava diante dele agora. Ele espalhou a camada superior que estava quente e sentou-se. Ficou parado durante um tempo, enquanto nada fazia tique-taque. Nada além dos grilos. Nada além do trem que passou com o tique-taque dos seus dois vagões sobre a ponte do Big Black.

IV

Cassie foi até a janela da frente, de onde viu o velho Moody e Seu Fatty Bowles conduzindo a velha. A velhota estava meio doente ou zonza. Segurava na cabeça um inominável pano de cozinha; não levava bolsa. Num vestido de ficar em casa cinza e profético de um asilo, ela caminhava, propensa a ser tocada, cutucada, a qualquer minuto, mas sem se preocupar com isso. Calçava sapatos sem meias — e tinha tornozelos brancos, muito brancos. Quando viu os tornozelos, Cassie apareceu de corpo inteiro na janela e deu um grito.

Nenhuma cabeça se ergueu. Cassie correu do quarto, desceu a escada e saiu pela porta da frente.

Para espanto de Loch, sua irmã Cassie surgiu correndo de pé no chão pela calçada da frente, só de anágua, e em plena consciência se virou para a cidade, gritando:

— Os senhores não podem levar ela! Dona Eckhart!

Chegou tarde demais e ninguém a ouviu, é claro, mas ele saiu do monte de areia e correu atrás dela como se eles tivessem escutado. Loch a alcançou e puxou-a pela anágua. Ela se virou, com a cabeça ainda flutuando em pleno ar, e choramingou baixinho:

— Ah, mãe!

Eles olharam um para o outro.

— Doida.

— Doido é você.

— Lá atrás – Loch disse em seguida — eu posso te mostrar como os figos estão maduros.

Eles recuaram até a árvore. Mas foi a tempo de ver o marinheiro e Virgie Rainey saírem correndo, fugindo pelos fundos. Virgie e o marinheiro os viram. Correram de volta até a casa, e então, num ato de total impulsividade, saíram pela frente, o marinheiro primeiro. Os Morrison não tinham para onde ir.

Os que eram conduzidos pelo velho Moody voltaram a avançar, bem naquele momento, pois a velha tinha caído e foi preciso amparála de pé. Mais adiante, as participantes da festinha de carteado saíam da casa de Dona Nell, produzindo o som de algo vertendo. O marinheiro confrontou essas duas fileiras.

O delegado tentou pegá-lo, mas ele correu direto para a parede de senhoras, a maioria das quais gritou: "Ora, Kewpie Moffitt!", o antigo apelido descartado por ele depois de crescido. Ele deu meia-volta e correu na direção oposta, e, como levava a camisa na mão e estava nu da cintura para cima, a gola se destacava atrás como se fossem as asas mais baixas. Na esquina dos Carmichael, ele tentou seguir para leste e virou a oeste, e correu pelas sombras do atalho do rio, onde haveria de se encontrar com Seu King MacLain, se não fosse tarde demais.

— Vejam só! – Dona Billy Texas Spots exclamou nitidamente. — Eu estou te vendo, Virgie Rainey!

— Mãe! – Cassie chamou com a mesma nitidez. Ela e Loch estavam de novo na parte da frente.

A porta da frente da casa vazia bateu com um som fraco atrás de Virgie Rainey. Uma névoa da velha fumaça avançou sem pressa sobre ela, tocou-a e a escondeu por um momento como se fosse uma nuvem transparente. Ela estava saindo, porém, num vestido feito em casa, de voal abricó, carregando uma bolsa de malha numa corrente. Desceu a escada correndo e caminhou estalando os saltos até a calçada – Virgie sempre estalava os saltos como se nada tivesse acontecido no passado ou atrás dela, como se estivesse livre, fosse qual fosse a sua condição. As senhoras se calaram, segurando as prendas e as sombrinhas fechadas. Virgie as encarou quando se voltou para a cidade.

Estava na hora, é claro, de ela ir trabalhar. Depois da esquina seguinte, ela poderia tomar uma Coca-Cola e comer uma caixa de bolinhos na drogaria Loomis, seu jantar de todas as noites; então poderia desaparecer dentro do Bijou.

Ela passou por Cassie e Loch, deixando-os para trás; seguiu em frente e alcançou, como tinha que fazer, o delegado, Fatty Bowles e a velha.

— Você está correndo na direção errada! – Dona Billy Texas Spights chamou em voz alta. — É melhor correr atrás daquele marujo!

— Ele não está visitando os Flewellyn lá na roça? – Dona Perdita Mayo recorria a todos. — O que será que aconteceu com a mãe dele? Eu tinha me esquecido dele!

Prendendo Loch com firmeza pelos braços diante dela, Cassie só conseguia pensar: também fomos espiões. E ninguém mais ficou surpreso com nada – éramos só nós dois. Era assim que as pessoas enxergavam as coisas quando viam Seu MacLain ir e vir. Apenas tinham esperança de situá-las, em sua respectiva hora ou em sua rua ou no nome da família materna. Então Morgana poderia contê-las, e finalmente elas seriam isso e seriam aquilo. E quando a degradação foi prevista desde sempre, mesmo que as pessoas tivessem esquecido que ela estava a caminho, mesmo que não tivessem sentido falta caso ela não tivesse aparecido, ainda assim nunca se surpreendiam quando ela chegava.

— Ela vai parar pra Dona Eckhart – sussurrou Cassie.

Virgie não parou. Houve uma troca de olhares, que Cassie já conhecia, entre a professora e sua antiga aluna. Quando mais tarde tentou se lembrar, não teve certeza se os olhos de Dona Eckhart tinham se fechado – pareciam tão arregalados. A troca se limitou ao momento em que Virgie Rainey passou, na verdade. Ela estalou os saltos ao passar por Dona Eckhart e estalou os saltos ao atravessar o grupo que saía da festinha de carteado, sem dar uma palavra ou pausar um momento.

O velho Moody e Fatty Bowles, sujos, com a cara brilhando feito o peixe que não tinham pescado, aproveitaram o caminho que Virgie abriu entre as senhoras e conduziram Dona Eckhart, sem protestar, adiante. Então as senhoras voltaram a recompor suas fileiras, com toda a segurança, e Dona Billy Texas, de repente fora de si, gritou mais uma vez:

— Ele foi pro *outro* lado, Virgie!

— Já chega, Billy Texas – disse Dona Lizzie Stark. — Até parece que a mãe dela já não tem uma carga suficiente, tendo enterrado o filho.

O barulho de batidas nas panelas veio de longe, depois gritos de crianças e babás negras:

— Doida! Doida!

Cassie se virou para Loch, puxou-o e o sacudiu pelos ombros. Ele estava encharcado feito um pano de prato. Havia uma fileira daqueles mosquitos grandes em cores de sal e pimenta empoleirados na testa dele.

— O que é que você estava fazendo fora de cama, afinal? – ela perguntou com uma voz objetiva, de repreensão. Loch dirigiu a ela um olhar demorado e satisfeito. — O que você tem aí dentro do teu camisolão, seu doido?

— Não é da tua conta.

— Me dá isso aqui.

— É meu.

— Não é, não. Solta.

— Tenta tirar de mim.

— Tudo bem, eu já sei o que é.

— O que é? Você não sabe, não.

— Você não pode ficar com isso.

— Sai de perto de mim.

— Eu vou contar pra mamãe e pro papai... Você me bateu! Você bateu numa garota numa região sensível.

— Pois bem, você sabe que não pode ficar com isso.

— Tudo bem, então... você viu o Seu MacLain? Ele foi embora quando você nasceu.

— Ora, claro – disse Loch. — Eu vi o Seu MacLain.

— Ah, Loch, por que você não espanta esses mosquitos? – ela choramingou. — Mãe! – Loch correu para longe dela, imediatamente.

— Pois bem, aqui estou eu – disse a mãe.

— Ah! – Depois de um momento ela levantou a cabeça para dizer: — E o Seu King MacLain esteve aqui, e agora já se foi.

— Pois bem. Você já viu ele antes – disse a mãe depois de um momento, afastando-se dela. — Isso não é desculpa pra sair aqui fora, de anágua, e choramingar.

— A senhora sabia que seria assim; a senhora estava com eles!

Também não houve resposta, e Cassie atravessou o quintal dando passos pesados. Loch estava perto do monte de areia. Com os lábios contraídos, ele segurava o camisolão protuberante e olhava para o objeto ali escondido. Ela o perseguiu, correndo por baixo da árvore e casa adentro pela porta dos fundos.

— Que crianças com cara de órfãos são essas aqui? – perguntou Louella. — De onde que esse bando de órfão saiu? Vocês não moram aqui, vocês moram é no orfanato do condado. Voltem pra lá.

Cassie empurrou Loch pela cozinha e então o segurou no corredor dos fundos. Era o pai deles voltando para casa.

— O que está acontecendo aqui?! A casa está pegando fogo, a casa dos MacLain! Estou vendo a fumaça!

Eles o viram subindo pela calçada da frente, acenando com o exemplar enrolado do *Bugle* que costumava trazer para casa todas as noites.

— Holifield! Holifield!

Seu Holifield deve ter vindo até a janela, pois eles ouviram:

— Eu ouvi chamarem o meu nome? – e suspiraram por conta do pressentimento.

— Já apagou, Wilbur – disse a mãe deles diante da porta.

— A casa pegou fogo e o fogo *apagou*, meu senhor! – o pai deles falava alto, como fazia no palanque em época de eleição. — Vocês vão ler sobre isso no *Bugle* amanhã.

— Entra, Wilbur.

Eles viram o dedo dela traçando um pequeno desenho na porta telada, a mãe de pé ali trajando seu vestido de festa. — A Cassie falou que o King MacLain esteve aqui e se foi. Isso é tão interessante quanto vinte incêndios.

Cassie sentiu um calafrio.

— Talvez isso force a Francine Murphy a dar um passo. *Eis aí* um guardião público: Booney Holifield.

Cassie ficou feliz por seu pai ter aguentado firme. Se havia uma coisa que o perturbava era que as pessoas não fossem na realidade o que aparentavam ser.

— O MacLain veio pro lugar errado dessa vez. O incêndio podia ter sido na *nossa* casa: Booney Holifield!

A mãe deles riu.

— Aquele macaco velho – disse ela. No seu entendimento, o velho vizinho acabava de renascer, redimindo-se um pouco do fato de ser um Holifield.

A luz do verão, das seis horas, brilhou como de costume no pai e na mãe deles reunidos na porta.

— Entra.

Cassie e Loch, correndo pelos degraus da escada dos fundos, ouviram o suspiro da porta e a velha risada abafada dos pais que surgiu naquele momento. Não importava o que tivesse acontecido, ou começado a acontecer por ali, eles eram capazes de entrar em casa e rir da coisa toda. A risada deles era do tipo que sugeria algum objeto miúdo, mas interessante, uma coisa com a qual até mesmo o prudente pai deles poderia se deparar – algo que poderia ser capturado e segurado, ou encontrado, tão ridículo e proibido para as crianças, tão vivo quanto um gatinho perdido ou um coelho.

Os filhos continuavam subindo a escada dos fundos, íngreme e escura, tão próximos um do outro que se cutucavam e esbarravam, ao mesmo tempo se batendo e acariciando.

— Volta pra cama como se você não tivesse saído — Cassie aconselhou. — Tira esses carrapichos da tua roupa.

— Mas eu acho que a mãe me viu — disse ele por cima do ombro, seguindo.

Cassie não respondeu.

Sentiu um calafrio e entrou em seu quarto. Lá estava o lenço. Era um velho amigo, em parte inimigo. Ela o levou ao rosto, tocou-o com os lábios, inspirou o cheiro defumado da tinta e roçou-o nas bochechas e nos olhos. Pressionou-o contra a testa. Poderia tê-lo perdido, poderia ter fugido com ele... pois tinha visões da coitada de Dona Eckhart usando o lenço na cabeça; de Virgie acenando com ele, descaradamente, na rua; da sabichona Jinny Love Stark perguntando:

— Você não pode ficar com ele?

— Escuta, que eu vou te contar o que a Dona Nell serviu na festinha — a mãe de Loch disse, falando baixo, com breves pausas na voz. Ela não passava de um borrão ao pé da cama dele.

— Sim, senhora.

— Uma laranja oca e cheia de suco de laranja, com a tampa colocada de volta e enfeitada com folhinhas açucaradas, e um canudo enfiado. Uma fatia de abacaxi coberta com um tanto de batata-doce cristalizada e um pedacinho de massa. Uma taça forrada com torrada, cheia de frango ao creme, quentinho. Compota de pêssego e, ao redor, pétalas de flores feitas de diferentes cores de cream cheese. Um cisne criado com folhado de creme. Tinha penas de chantili, o pescoço de massa e olhos verdes de glacê. Um biscoito do tamanho de uma bola de gude com um pinguinho de recheio de tâmara — ela suspirou abruptamente.

— A senhora estava com fome, mamãe? — ele perguntou.

Não era bem com ele que a mãe falava, mas era ele quem ternamente a deixava falar, enquanto observavam e ouviam as andorinhas ao escurecer. Era sempre àquela hora que ela falava com essa voz – não com ele, nem com Cassie, nem com Louella, nem com o pai deles, nem com a noite, mas com a parede mais próxima. Ela se inclinou com seriedade sobre ele e o beijou com força, e saiu do quarto cambaleando.

Havia cantoria na rua. Ele viu Cassie, um brilho menor, mas semelhante, passando pela porta do quarto. A carroça de feno estava subindo a rua para buscá-la. Ouviu os rapazes e as moças chamando, e ela os saudando, como se nada tivesse acontecido até aquele momento, e ouviu quando eles a puxaram para cima da carroça. Ran MacLain, do Tribunal de MacLain, ou seria o irmão dele, Eugene, sempre chamava Dona Morrison, de brincadeira:

— Vem, vem com a gente! – queriam mesmo levá-la? Ouviu a carroça se afastar, rangendo. Cantavam e tocavam no ukulele uma canção que ele não conseguia identificar com certeza.

Logo em seguida Loch se levantou e olhou mais uma vez através das mesmas folhas escuras, e viu a casa vazia com a aparência de sempre. Uma nuvem nova pousou, baixa no céu profundo, uma única asa comprida. O mistério que ele percebeu como se fosse um pássaro dourado e sem rumo tinha esperado até aquele momento para sobrevoar ali. Até aquele momento, depois que tudo o mais tinha sido expulso. O corpo dele estremeceu. Talvez a febre passasse agora e chegasse o frio.

Mas Louella trouxe o jantar e esperou enquanto ele comia, sentada em silêncio. Ela havia lhe preparado um caldo de galinha que cintilava feito diamantes à luz da noite, e depois ainda teria a coalhada doce que ele detestava, ficando líquida embaixo da língua.

— Louella, eu não vou querer coalhada doce hoje. Louella, escuta. Você está ouvindo uma coisa fazendo tique-taque?

— Ouço bem.

Ela recolheu a bandeja e sentou-se novamente, e ele se recostou, olhando para cima. No alto do céu, a lua minguante brilhava.

— Você acha que vai explodir no meio da noite? Pode ver. Olha ali no lavatório – por si só, por vontade própria, a coisa poderia abrir a portinha e sair. Ele achava que estava ouvindo naquele instante. Ou seria o relógio do pai no quarto ao lado, já colocado sobre a cômoda onde passaria a noite?

98

— Eu acho que vai, sim, Loch, se tu quer – disse ela de imediato, e sentou-se no escuro. E acrescentou: — Explodir? Se isso acontece, eu torço o teu pescoço. Da próxima vez que tu descer daquela árvore e voltar trazendo algum troço. Escuta aquele sapo-boi lá do brejo, se tu quer ouvir um troço que pode explodir.

Ele ficou escutando, deitado, todo esticado, e apontando para as quatro direções. Com o coração bombeando a expectativa secreta que separava seus lábios, ele caiu no espaço e flutuou. Mesmo flutuando, sentiu a pressão da sua careta e ouviu sua voz rosnando e os dentes rangendo. Sonhava perto da superfície, e os sonhos eram repletos de uma cor e uma fúria que as horas do dia naquele verão jamais continham.

Mais tarde, em sua cama iluminada pela lua, Cassie ficou pensando. Seu cabelo e as axilas ainda cheiravam a feno; ela sentia na boca a secura adocicada do verão. Nas distâncias da sua mente, a carroça ainda sacolejava, sacolejava o fardo das jovens nela transportadas, a ansiedade provocativa, a cantoria, a lua e as estrelas e o teto de folhas em movimento, o Lago da Lua transbordando e o barco lá, a sonolência sorridente dos rapazes, e a maneira como ela não tinha deixado ninguém tocar sequer em sua mão. E se lembrou do marinheiro correndo rua abaixo, uma visão estranha, parcialmente despido, feito um "sereio" do lago, e voltou para Dona Eckhart e Virgie se encontrando na calçada silenciosa. Se tinha certeza de algo, era da distância que aquelas duas haviam percorrido, como se o tempo todo estivessem fazendo uma viagem (que o marinheiro estava apenas começando). Aquilo as havia modificado. Ficaram propositadamente terríveis. Trocaram um olhar e nenhuma das duas quis falar. Nem sequer assustaram uma à outra. E ninguém agora poderia tocá-las.

Danke schoen... Isso agora estava às claras. A gratidão – como resgate – simplesmente não existia mais. Não era só que tinha ficado no passado; estava desgastada e descartada. Tanto Dona Eckhart como Virgie Rainey eram seres humanos irremediavelmente soltos, vagando pela face da Terra. E havia outros – seres humanos, vagando, como feras perdidas.

Em sua cabeça fluía a totalidade do poema por ela encontrado naquele livro. Corria livremente por sua cabeça, desaparecendo à medida que avançava, um verso cedendo ao outro, feito uma corrida de revezamento de tocha. Tudo isso passou por sua cabeça, por seu corpo. Ela pegou no sono, mas sentou-se na cama uma vez e disse em voz alta:

— *Porque um fogo me ardia na cabeça* — então caiu para trás sem resistir. Não via, exceto em sonhos, que um rosto olhava; que era o rosto grave, aflito e radiante, mais uma vez e sempre, o rosto que estava no poema.

3. Senhor Coelho

Ele olhou ao redor, primeiro de um lado da árvore e depois do outro. E nem uma palavra!

— Ah-ah. Eu conheço o senhor, Seu King MacLain! – Mattie Will exclamou, mas a insolência, que para ela ainda parecia surpreendente, já que nunca o tinha visto de perto nem pensado em abrir a boca diante dele, toda a insolência foi levada pelo vento pulsante da primavera. — Eu conheço o jeito do senhor. – No fim das contas, com ou sem medo, ela queria mostrar que tinha ouvido tudo sobre King MacLain e seu jeito. E, com ou sem medo, o ar a deixou zonza.

Caso fosse Seu King, ele mesmo, de repente, olhando para os dois lados da árvore ao mesmo tempo – dois olhos aqui e dois olhos ali, dois pomos de adão e todas aquelas mãozinhas morenas. Ela fechou os olhos, depois a boca. Apoiou a enxada diante dos dedos dos pés e se manteve firme ao lado da lata de isca, agora estava velha demais – 15 anos – para gritar que tinha alguma coisa acontecendo, então retirou o que disse.

Então, enquanto ela espiava, foram dois MacLain que saíram de trás da nogueira. Os gêmeos de Seu MacLain, os filhos dele, é claro. Quem teria acreditado que eles estivessem tão crescidos? – ou quase; pois estavam com medo. Deviam estar com a mesma idade que ela, pensou Mattie Will. As pessoas não estão preparadas para encarar o fato de que gêmeos crescem como pessoas comuns, os veem sempre em miniatura e crianças, em algum lugar. E lá estavam – a imagem cuspida e escarrada de Seu King, o pai deles. Mattie Will esperou por eles. Ela bocejou – de um modo estranho, pois naquele momento era como se em algum lugar um barquinho estivesse saindo num lago, para nunca mais voltar – ao ver então se aproximando dois malvadinhos com os quais nunca havia sonhado, em vez daquele que a teria aterrorizado pelo resto da vida.

Aqueles gêmeos eram garotos da cidade. Mantinham sua própria banca de refri ao lado da escada dos correios nos sábados durante o verão. Aqui na roça tinham soltado a fivela dos culotes e vinham tilintando. As franjas louras oscilavam à luz suave e felpuda sob a árvore escura, cujas flores eram tão escassas que ainda se podia contá-las, de tão precoce na primavera. Eles desceram e subiram pelo pequeno barranco como uma dupla de pôneis capaz de acompanhar a música dos Irmãos Ringling, ombro a ombro, até o fim.

Formaram um círculo tilintante ao redor dela. Não lhe deram chance de deflagrar sua própria comoção, apenas levantaram a enxada que ela estendeu e a apoiaram nas grandes trepadeiras. Nenhum deles revelava o menor sorriso; em vez disso, carranquinhas idênticas enrugavam-lhes a testa, de modo que ela pensou em empurrá-las dali com a base do dedo.

Um dos gêmeos a agarrou pela faixa do avental e o outro correu por baixo e ela caiu. Um deles prendeu os braços dela e o outro montou em seus pés descalços e à mostra. Mordendo os lábios, sentaram-se em cima dela. Uma das mãozinhas, com cheiro recente de vaga-lume (tão cedo no ano?), vedou os olhos dela. O cheiro forte e fresco do lugar – que ela havia constatado antes – exalou e eles rolaram no humo revirado, de onde minhocas velhas e tontas saíam em sua cegueira.

Em dados momentos o sol continha os braços deles com um dardo ousado de luz, ou descansava em seus cabelos molhados e sacudidos, ou respingava em suas roupas bonitas como se fossem pétalas rasgadas de um girassol. Ela sentia as cabeças fofas e infantis, e o roçar dos narizinhos frios. De quem era cada nariz? Ela poderia ter sentido mais raiva do que perturbação, exceto que manter gêmeos na linha era sua sina. E lhe parecia que, de agora em diante, deixar a visita seguir do jeito que o visitante queria era melhor que arranjar encrenca. Ela que tinha enxotado o velho Flewellyn do canteiro de amoreiras, um velhote sorridente! Ela colou os dentes numa orelhinha pontuda com penugem de pêssego, mas não mordeu. Então virou a cabeça e desafiou o outro gêmeo, com os dentes na orelha dele, pois estavam todos juntos naquilo, igualmente ali, naquele momento, que para ela estava quieto como o nascer da lua, e enquanto isso, um corvo negro atrás do outro batia asas através de um campo arado ali pertinho.

Uma vez sentados em círculo com os joelhos esfolados erguidos sob a luz brincalhona que descia como uma fonte, ela e os gêmeos MacLain comeram doce − tantos pirulitos quanto tiveram vontade, retirados de um mesmo saco de papel para três pessoas. Os gêmeos MacLain tinham levado o saco até ali com antecedência e o deixaram num local seguro, bem longe da cena, no carvalho − nem precisava ter ficado tão longe. A precaução lançou uma mortalha sobre os três enquanto eles chupavam e seguravam o pirulito na boca feito cachimbo de velho. Um corvo grasnou sobre suas cabeças, e eles se puseram de pé como se tivesse soado um relógio.

— Agora.

Importava qual gêmeo tinha falado essa palavra, como um latido? Era a palavra de despedida. Lá estava a enxada presa numa velha trepadeira, um pouco mais afundada na queda, e lá estava o balde que ela carregava. Depois que eles se afastaram − andando de costas, por um trecho −, ela, pulando para persegui-los, gritou para o véu de folhas:

— Eu só fiz isso porque a mãe de vocês é uma pobre albina!

Ela pensaria depois, casada, quando tivesse tempo para sentar-se − batendo manteiga, por exemplo − "Quem teve menos juízo e menos noção de responsabilidade, com 15 anos? Eles. Eu. Mas não foi justo me provocar. Querer me deixar tonta, e correr à minha volta, ou me fazer pensar, no primeiro minuto, que eu seria levada pelo pai deles. Me provocando porque eu tinha que ter aberto a minha boca pra falar do Seu King MacLain antes de saber o que estava por vir". Rolar no chão molhado da primavera com os gêmeos MacLain tão bonzinhos era algo que faria Junior Holifield lhe dar uma surra, só por inventar tal história, supondo que, depois de se casar com Junior, ela tivesse tocado no assunto. Ou ele teria dito que lhe daria uma surra se ela falasse naquilo *de novo*.

Coitado do Junior!

II

— Ah, boa tarde, senhor. Não atire em mim, eu sou o King MacLain. Costumo caçar por estas bandas.

Junior tinha acabado de derrubar uma pinha seca, de duas pontas, e Blackstone estava mirando no fio do telefone, quando do meio das árvores acima de uma vala saiu a voz leve com essas palavras rápidas e atropeladas.

— Eu queria saber se as aves por aqui continuam saborosas como sempre. – E lá estava ele; isto é, apareceu por um minuto e depois sumiu atrás de uma árvore-do-âmbar.

Mas, estivesse ou não chegando o outono, as pobres codornas não eram da conta dele, correndo em volta do tronco das árvores em um terno branco engomado, mesmo que levasse uma arma só para se exibir, Mattie Will pensou. Ela contemplou com um olhar perspicaz o arco vazio entre duas árvores. Se fosse mesmo Seu King MacLain, ninguém haveria de atirar nele. Atirar *nele*? Ele que seguisse adiante, com seu traje domingueiro, de uma árvore para outra, sem dar nenhum aviso ou se mostrar tão preocupado com disparos afoitos partindo da baixa vegetação. Era Seu King, de fato. Lá em cima, atrás das folhas, sua voz ria e debochava naquele instante.

Junior olhou para cima e disse:

— Pois bem, a gente veio pra gastar um pouco da munição velha – ele ergueu o lábio superior. Tinha outra pinha em vista. Ele fez o disparo ressoar.

— Vocês estão me ouvindo? – perguntou a voz.

— Com certeza parecia o Seu MacLain pra mim, Junior – Mattie Will cochichou, fingindo ser tão lerda quanto Junior. Ela apertou os olhos por conta dos pontinhos de sol que atingiam sua face através da trama do chapéu. Então empurrou o marido e avançou.

— Pois bem. E a gente veio pra gastar um pouco de munição velha no sábado – Junior disse a ela. — Hoje *é* sábado – ele a puxou de volta.

— Vocês avistaram alguma ave por aqui? – o brilho branco perguntou educadamente, e então passou por trás de outra árvore. — Viram o meu cachorro, então? – e a boca invisível assobiou; de leste a oeste, eles podiam ouvir o som límpido. Seu King até *assobiava* com educação. E com descontração. E que dois homens no mundo assobiam do mesmo jeito? Mattie Will acreditou que o tinha ouvido e visto mais perto do que pensava. Ninguém precisava ter *dito* a ela como era agradável o assobio do velho pilantra, mas isso não a surpreendia.

Wilbur, o cachorro que pertencia aos Holifield, abanou o rabo e deu um único salto em direção ao barranco. É claro que tinha latido o tempo todo, recebendo uma resposta tolerante de alguns cães da cidade que – como se a gente pudesse vê-los – estavam deitados na frente da barbearia.

— Se vimos alguma ave? Só um cuco – disse então Junior, com a boca de neném puxada para baixo como se ele fosse chorar, o que significava que estava fazendo graça, e então Blackstone, logo atrás no arbusto de ameixa, pulou num pé só, para agradar a Junior, mas Junior disse: — Fica quieto, Blackstone, ainda não está na hora de você começar a se meter.

— Não, senhor. Eu nunca passo por estas bandas sem levar umas aves gordinhas e suculentas pro meu jantar – disse a voz. Estava distante no momento; Seu MacLain deve ter se virado e olhado para a vista do topo do morro. Dava para ver toda Morgana de lá, e dava para ele ver a própria casa.

— Meu nome é Holifield. A gente só estava gastando uma munição velha no sábado, eu e um preto. E, desde que o senhor não se aproxime de nós, a gente não vai te acertar – disse Junior.

Isso ecoou um pouco. Ambos estavam por acaso atrás de eucaliptos naquele momento, Seu MacLain e Junior. *Junior* estava atrás de uma árvore! E Mattie estava entre eles. Mattie Will tapou com a mão a boca risonha. Blackstone, no arbusto, quebrou um graveto e jogou os pedaços no ar.

— E a gente não vai ficar prestando atenção no que o senhor

faz na sua parte da mata – disse Junior, um olhar digno nos fragmentos que caíam.

— Está bem pra mim, senhor!

— A verdade é que... – Junior não parava nunca! Comportava-se do mesmo jeito comendo à mesa, o que para ele era uma tristeza. — Eu não estou querendo acreditar que o senhor veio atrás de pássaro, essa não, Seu MacLain, se for mesmo o senhor. *A gente* é que vem atrás dos pássaros que tem aqui, se é que tem algum pássaro aqui. O senhor está é invadindo a terra dos outros.

— Invadindo – disse a voz agora. — Pois bem... não atirem em mim por causa disso.

— Ai, ai, Seu Junior! O senhor quer saber? *Ele* é que vai atirar *na gente*! Vai atirar na gente! – no êxtase de saber o fim antes da hora, Blackstone voou a céu aberto e cantou feito um pássaro, e bateu nas calças.

— Cala essa tua boca, ou se ele não atirar em você, eu atiro – disse Junior. — Escuta aqui, o que aconteceu com a tua arma, o senhor perdeu de novo?

Seu MacLain avançava sorrateiramente, e às vezes ficava escondido por completo, até mesmo por um mero arbusto de cereja silvestre como se tivesse se fundido nele.

Bang!

— Mais um cardeal! – suspirou Mattie Will.

— Será que nós dois, caçadores, não podemos nos deixar em paz pra cada um cuidar do seu interesse? – perguntou Seu MacLain de repente, falando alto perto deles. Viram parte dele, olhando de lá do fim da vala, uma das mãos no joelho. — Escuta aqui... este sempre foi o meu trecho preferido da mata. Por que vocês não experimentam um outro lugar?

— *Está vendo só?*

Seu MacLain riu de modo cordato da acusação.

— Tem outra coisa que não é o que o senhor está pensando – Junior disse com seu jeito mais Holifield. — Nenhuma mocinha está vindo atrás de mim, que o senhor possa pegar... branca ou negra.

Desengonçado, Wilbur subiu pelo barranco até de repente chegar perto de Seu MacLain, antes que eles percebessem, e ficou abanando o rabo, até que o chamaram de volta. O nome dele era Wilbur em homenagem a Seu Morrison, que tinha anunciado o casamento de Mattie Will e Junior no jornal.

Seu MacLain se afastou, e Junior ficou acariciando Wilbur, dando tapinhas nele como se fosse com um martelo.

— Junior — Mattie Will chamou baixinho através das mãos em formato de concha. — Parece que você espantou mesmo o sujeito. Sabe dizer quem era ele?

— Bendito seja Deus. Pode aparecer, mocinha. Eu estou te ouvindo, mas não estou te vendo — Seu MacLain chamou, surgindo imediatamente da cintura para cima.

Daí o pobre Junior tinha acertado numa coisa. Seu MacLain estava contando com aquilo o tempo todo — que as esposas jovenzinhas, ainda sem muitas amarras, em geral podiam ser encontradas seguindo seus maridos, se os maridos saíssem com uma .22 num dia agradável de outubro.

— Você não quer aparecer e explicar algo misterioso pra mim, mocinha?

Mas parecia que ele tinha acabado de pensar na coisa, e a definia como algo misterioso.

Mattie Will, que estava agachada de joelhos, inclinou a cabeça. Removeu um besouro de uma folha, um besouro tardio. Estava pensando consigo mesma, Seu MacLain devia ter uma idade avançada, e diziam que ele nunca se sentiu constrangido por viver em Morgana como outras pessoas e que só visitava Dona MacLain de vez em quando. Ele percorria o condado de ponta a ponta, morando no Norte e com recursos, tinha dinheiro; e era capaz de aparecer a qualquer momento e depois, da noite para o dia, desaparecer. Quem poderia ter adivinhado que hoje ele estava tão perto?

— Aparece aí, mocinha. Você também é uma Holifield? Acho que não. Vem cá e deixa eu te perguntar uma coisa — mas saiu pulando até outra árvore enquanto a bajulava, luminoso como uma lanterna balançando ao vento.

— Aparece aí e eu estouro os teus miolos, Mattie Will — disse Junior. — Você ouviu quem ele disse que era e você ouviu o que ele era, toda a tua vida, você sabe muito bem. – Junior segurou firme a .22 e a apontou, imediatamente mudando a voz para um tom alto e cantante. — É ele que consegue tudo o que quer atirando por trás das árvores, como os MacLain têm feito desde sempre. Matava gente que invadia as terras deles, quando ele estava crescendo, ou o pai dele matava, se quisesse. Os MacLain começaram a matar quando começaram a se estabelecer aqui. E ninguém sabe quantos filhos ele tem. Não deixem, vocês, ele chegar mais perto de mim do que já está agora.

Mattie Will fez o besouro subir e descer pelo braço e se lembrou de uma ocasião quando era pequena e sua mãe e seu pai tinham sido pegos pela epidemia, e foi Dona MacLain, de Morgana — que antes ela só conhecia de vista —, quem veio até a fazenda para cuidar deles e cozinhar, já que não havia ninguém. Ela serviu torradas leves, mas não biscoito, e não acreditava em melado. Não tinha medo de tanta lama. Estava presente na congregação, sempre, uma meiga senhora albina e presbiteriana. Nada era culpa dela. Dona MacLain frequentava a igreja sozinha, sem menino ou homem, a gola de renda presa por um alfinete de pérola parecido com uma colher de sorvete, cheia. Descendo a nave, ela mantinha a cabeça elevada, para que todos a vissem, enquanto eles pensavam que Seu MacLain estava a mil milhas de distância. E, quando cantavam na igreja com ela, poderiam muito bem ter cantado:

A mil milhas de distância.
A mil milhas de distância.

Isso tornava a igreja mais santificada.

— Eu só vou subir ali naquele barranquinho pra ver o que ele está querendo, Junior — disse Mattie Will, levantando-se.

Junior só olhou para ela, irredutível.

Ela o beliscou.

— Você não ouviu ele me fazer uma pergunta? Não seja tão matuto: eu vou responder. E quem está invadindo terra? Somos nós três e um preto. Você sabe de quem é toda essa mata aqui, é da velha Dona Stark. Ela ia gostar de ver a gente em Coventry neste minuto. — Ela apontou para cima, sem olhar, onde as placas diziam:

Aviso.
Proibido porco com ou sem argola.
Proibido caçar.
É com você mesmo.
STARK

Enquanto ele olhava para as placas, e até mesmo Seu Mac-Lain olhava, Mattie Will subiu o barranco.

— O senhor está vendo? – Junior recomeçou a gritar. — Lá vai a Mattie Will. Ainda bem que eu também estou armado, Seu MacLain. O senhor é muito esperto. Eu nem sabia que o senhor estava tão pertinho que daria pra descarregar, Seu MacLain. O senhor voltou pra ficar? Vamos lá, Blackstone, vamos eu e você fuzilar ele agorinha mesmo se ele se mexer pra pegar a Mattie Will, não importa o que acontecer com a gente ou quem a gente atingir, se nós dois vamos pra cadeira elétrica ou não.

Seu MacLain então olhou por trás de um carvalho e disparou uma carga de chumbo grosso, como quem joga um osso. Mattie Will mostrou a língua, para dizer a Junior como ele tinha agido em público.

Blackstone uivou lá da ameixeira:

— Agora é a vez da gente e eu achei a minha arma velha, e a gente acabou de gastar toda a munição que a gente tinha com pomba e bobagem! O senhor já viu, o senhor já viu.

Mattie Will olhou para Seu MacLain, e ele sorriu para ela. Ele fez outra descarga, essa passou por cima dela, onde ela se agarrava a algumas raízes no barranco, e raspou a cabeça do Junior. Esburacou o chapéu dele. Encheu o chapéu de furinhos, uma vergonha, como se tivesse corado. Junior jogou fora a arma.

Com uma grande mão vermelha aberta sobre a camisa (ele sempre achava que tinha levado um tiro no coração se a arma de alguém, que não fosse a dele, disparasse), Junior pulou no ar e deu um berro. E então – parecia decidido quanto à maneira de cair, como Seu Holifield, escada abaixo; não tinha homem mais fiel às próprias manias do que ele, nem mesmo Seu Holifield – deu um pontapé e caiu de costas. Havia ali uma árvore caída, uma grande magnólia recém-cortada que algum sujeito inútil tinha se divertido em derrubar. Por cima da árvore, Junior resolveu aterrissar, e não no musgo verde – cabeça e corpo de um lado da árvore, pés e pernas do outro. Então ficou todo molengo do meio para a frente, diante dos olhos deles. Estava morto para o mundo; tão protegido como se cochilasse no banco da igreja, mas todo torto.

Seu MacLain apareceu no fim da vala, usando um chapéu-panamá amarelado e um terno de linho branco com as mangas tão duras como duas tábuas de lavar roupa. Parecia o misterioso mês de junho. Aproximou-se com passadas leves e deixou a coronha da arma trilhar despreocupadamente a murta, que a prendia um pouco e depois a soltava.

Ele foi até Junior primeiro, descendo o barranco em três ou quatro passos enfiado na mata até a altura dos joelhos.

Curvou-se e encostou o ouvido em Junior. Deu uma batida nele, como quem testa um melão, e o deixou deitado – verde demais. Como se acendesse um fósforo, ele correu um dedo pela perna da calça marrom de Junior e se afastou. Os ombros de linho de Seu MacLain, brancos feito o dorso de um ganso ao sol, tremeram e brilharam na clareira.

Visto de costas, ele não era tão grande nem tão exuberante e admirável como, por exemplo, um evangelista novinho em folha que chegasse no meio deles. Virou-se e arrancou o chapéu, exibindo uma mecha de cabelo liso cor de biscoito. E sorriu. Seu rosto enrugado parecia o de um menino, com dentes quadrados e marrons.

Mattie Will escorregou barranco abaixo. Seu MacLain se manteve de pé com a cabeça inclinada enquanto o vento aumentava e soprava no topo do morro, virando as folhas verdes e douradas no alto ao redor deles, agitando as suspeitas de folhas queimadas e fumaça de pólvora e seiva de magnólia, e então largou a arma nas trepadeiras. Mattie Will viu que agora ele estava se aproximando.

— Vira de costas aí e começa a colher ameixa! – ela exclamou, juntando as mãos, e Blackstone se virou bem na hora.

Quando pôs os olhos em Seu MacLain de perto, ela cambaleou, tamanha era a grandeza dele, e então foi pega pelos cabelos e levada tão de repente ao solo como se fosse golpeada por um porrete invisível. Em seguida ergueu os olhos com um medo indolente e viu aqueles olhos acima dos seus, tão intensamente brilhantes e implacáveis e distantes de sua vida quanto as flores numa árvore.

Mas ele se impôs sobre ela, com a afronta do seu corpo, a afronta do seu sentido também. Nenhum prazer naquilo! Ela teve que juntar o que ele sabia com o que ele fazia – talvez porque ele fosse tão grandioso, aquilo era um espinho. Como quem se submete a um outro jeito de falar, ela poderia agora responder ao peso dele, a toda a sua existência alegre, sorridente, superior, frenética. E não importava o que acontecesse consigo, ela precisava se lembrar, Seu MacLain não tolera decepções, ou então vai embora de novo.

Agora ele a apertou junto ao ombro, e a língua dela teve gosto de amido adocicado pela última vez. Seus braços tombaram de volta no musgo, e ela era a Perdição de Seu MacLain, ou a Fraqueza de Seu MacLain, como as demais, e não a esposa de Junior Holifield nem Mattie Will Sojourner; agora era algo de que sempre tinha ouvido falar. Não se mexeu.

Então, depois que ele a deixou cair e saiu andando, depois que ele estava fora do alcance do ouvido na mata, e os pássaros e os sons da mata e o corte de madeira pulsavam nitidamente, ela ficou ali apoiada num cotovelo, bem desperta. Uma pena de pomba desceu pela luz, que parecia fumaça dourada. Ela a pegou com a mão feito um dardo, e roçou-a no queixo; nunca ficava descontente quando pegava qualquer coisa. Nada mais caiu.

Mas ela se moveu. Era o motor da família. Deu um pulo e se pôs de pé. Além disso, ouviu o ruído de ameixas caindo no balde – sons de puro protesto àquela altura. Lançou um olhar em direção a Blackstone. Ele colhia ameixas e tinha um lagarto para brincar, e seu boné não resgatado da primeira incursão prazerosa ainda pendia numa árvore. O cão dos Holifield lambeu Blackstone no remendo da calça e depois correu e lambeu Junior na mão que parecia pedra, e olhou para trás por cima do ombro com a expressão de uma solista cuja canção ninguém ouviu de verdade. Por muito tempo ele poderia ficar percorrendo aquela picada, indo e vindo, entre Junior e Blackstone, mas ela não conseguia lembrar o nome dele, ou não queria, assim como Junior não queria voltar a si.

Ela não ia chamar nenhum deles, homem ou cachorro, à razão. Lá estava Junior suspenso e morto para o mundo, atravessado numa árvore grande o suficiente para dois com metade da disposição dele. Estava arqueado no meio como a ponte sobre o Little Chunky. Qualquer tolo podia pisar nele, passar por cima dele. Até uma mulinha poderia correr por cima dele, aquela que ele queria comprar. A velha calça marrom estava arregaçada até o meio das pernas, e ali no meio miúdo do corpo dele brilhava de um jeito lastimável a fivela do cinto pela qual qualquer um o reconheceria, mesmo dali a cem anos. *J* de Junior. Uma pontada de remorso atingiu Mattie e ela deu um passo. Vai ver que ele tinha mesmo morrido de medo – mas não, não com aquele semblante sereno, de quem dormia, com aquela expressão de "como assim?", nem com aqueles cílios úmidos, quietos como a cauda de pássaros empoleirados, à sombra da testa.

— Vamos deixar que os sinos da igreja acordem ele! – disse Mattie Will para Wilbur. — Amanhã não é domingo? Blackstone, você tem que subir lá pra pegar o teu boné.

Na mata ela ouviu sons, o riacho seco começando a correr ou um homem estranho chamando, uma coisa ou a outra, ela pensou, mas voltou para perto de Seu MacLain, que dormia – roncando. Ele dormia sentado e recostado numa árvore, a cabeça se valendo do panamá luminoso como travesseiro, a boca resfolegante formando um coração perfeito aberto para o mundo verde que girava ao redor.

Ela bateu o pé, nada aconteceu, então se aproximou delicadamente, e de quatro o contemplou. O cabelo dela caiu sobre os olhos e ela soprou com vigor uma parte da mecha; a cabeça foi para a frente e para trás, parecendo dizer "não". Claro que ela não estava negando nada neste mundo, mas agora tinha tempo para contemplar e examinar qualquer coisa que quisesse.

Com aquele balanço quase maternal da cabeça e dos braços para ajudá-la, ela olhou para a cabeça sonora e sonolenta, e para o pescoço feito a coluninha de um alpendre na cidade, para uma das mãos, para a outra, para a perna dobrada e a reta, todas aquelas partes parecendo tão inativas quanto as do seu homem agora, tão inúteis quanto um monte de cana descartado pelo moinho e deixado na valeta para secar. Mas estavam ativas, e estariam. Roncava como se todos os sapos da primavera estivessem dentro dele – para ele, no entanto, uma velha canção. Ou para ele bolinhas, sininhos no ar leve, que subiam e desciam entre suas mãos, de onde jamais cairiam.

O paletó pendia meio frouxo, e uma carta de repente caiu de um bolso – branca feito neve.

Mattie Will tombou para a frente, sobre os próprios braços. O traseiro se voltou para o céu, que parecia roçá-lo com pequeninas penas. Ela ficou ali, ouvindo o mundo girar.

Mas de imediato Seu MacLain deu um salto e ficou de pé, totalmente desperto, com um floreio de pernas. Parecia horrorizado – por ter sido visto dormindo? E logo por Mattie Will? E ele não sabia que não havia nada que ela pudesse ou viesse a tirar dele – de Seu King MacLain?

Na calada da noite,
Na hora certa da noite,
Entender só me resta,
É hábito do sr. Coelho
Dançar lá na floresta...

Isso era tudo o que passava pela cabeça de Mattie Will.

— O que você está fazendo aqui, garota? – Seu MacLain bateu os braços nevados para cima e para baixo. — Vai! Vai logo! Vai embora daqui!

Ela se levantou e deu no pé.

Ela passou por um espinheiro e pelas cerejeiras. Produzindo uma gangorra de galhos da altura de uma árvore, um bando de esquilos passou correndo por ela na mata – a mata do Morgan, conforme costumava ser chamada. Aves gordas balançavam no poleiro. Uma codorniz correu pelo solo do matagal. Embaixo de um arco, numa velha alameda de cedro, Mattie Will podia avistar o extenso Oeste. Podia ver a extensão de tudo aquilo, a terra que se estendia abaixo das pequenas colinas, e o Big Black, até o Tribunal de MacLain, quase, a casa dos Stark nitidamente e os campos, a fazenda deles, a casa de todo mundo acima das árvores, a dos MacLain – o pico flutuante e branco – e até a choupana da avozinha de Blackstone, onde uma vez aconteceu um assassinato. E Morgana toda em raios, que nem um girassol gigante na poeira do sábado.

Mas enquanto ela corria pela mata e pelas trepadeiras, por aqui e por ali, para arrumar um jeito de levar Junior para casa, voltaram à sua mente aqueles dois garotos desengonçados, os gêmeos MacLain. Estavam dóceis e saltitantes! Naquele dia, com seus olhos castanhos brilhantes arregalados e piscando, e os pequenos e saudosos pomos de adão – eram filhotes de cervos, ou criaturas ainda mais exóticas… cangurus… Pela primeira vez, Mattie Will achou que eles eram misteriosos e meigos – dançando agora ela não sabia onde.

4. Lago da Lua

Desde o início, a presença martirizada dele as afetou seriamente. Era de uma familiaridade inquietante ouvir a saliva de desprezo com que ele tocava a corneta. Às vezes mal conseguiam reconhecer o que ele achava que estava tocando. Loch Morrison, escoteiro e salva-vidas, passava pela provação de uma semana de acampamento no Lago da Lua com meninas.

Metade das meninas era de órfãs do condado, situação imposta a elas por Seu Nesbitt e pela turma masculina de estudos bíblicos depois da visita de Billy Sunday à cidade; mas todas as meninas, as órfãs e as de Morgana, eram a mesma coisa para Loch; talvez isso se aplicasse aos dois conselheiros também. Ele estava detestando cada um dos sete dias. Mal falava; nunca falava primeiro. Às vezes se balançava nas árvores; Nina Carmichael, em particular, quando ficava deitada, imóvel, durante a sesta, o ouvia esbarrando na folhagem em algum lugar.

Enquanto elas estavam no lago, para um mergulho ou para a hora da natação às cinco da tarde, ele se encostava numa árvore, com os braços cruzados, uma das pernas flexionadas, apoiado no calcanhar, tão tolerante quanto um velhote esperando uma loja abrir, amparado pela parede. Esperando que as meninas saíssem, ele contemplava alguma parte tranquila da água. Desprezava as dificuldades das meninas, sobretudo o fato de não saberem nadar. Às vezes mirava e disparava da bochecha direita uma arma imaginária contra algo distante, onde elas não estivessem. Então voltava à postura anterior. Tinha sido arrastado àquilo pela mãe.

Nas horas em que o calor era demasiado para as garotas, ele recorria ao Lago da Lua. Mergulhava da tábua transversal pregada no grande carvalho, de onde a Legião Americana mergulhava. Voava pelo ar trepidando e vibrando feito um motor, mergulhava espalhando água, saía, cuspia, subia novamente, mergulhava. Usava um traje de banho comprido que esticava cada vez mais, de segunda a terça e de terça a quarta, e assim por diante, bocejando nas cavas em direção ao infinito, e que parecia preto e formal como a roupa de um menestrel, quando ele, magricela, ficava de pé com as nuvens ao fundo, como se estivesse num palco.

Ele pegava sua refeição e se virava de costas e comia tudo sozinho, que nem um cachorro, e ficava numa barraca sozinho, separado feito um preto, e mergulhava sozinho quando não tinha garotas no lago. Desse jeito, parecia capaz de suportar a situação; assim seria sua vida. Ao anoitecer, em serenatas ao luar, o escoteiro e salva-vidas se mantinha distante. Elas cantavam "Quando os barquinhos voltarem pra casa", e ele saía vagando; elas sabiam por onde ele andava. Executava para elas o toque de recolher, sem ser visto em tais momentos, e com tamanha beleza que elas choravam juntas, tendas inteiras algumas noites. Lá com os curiangos e os guaxinins e as corujas e as codornizes – onde o terreno formava um declive, ele armou a barraca e lá dormia. Depois, na alvorada, cuspia naquela corneta.

O toque da alvorada era dele. Ele repreendia a mata enquanto os peixinhos tremulavam e corriam feito seres encantados pela beira da água. E como as árvores ficavam belas e transformadas naquele momento, pesadas de orvalho, apoiadas nos ombros umas das outras e exalando o odor de grandes flores molhadas. Ele soprava a corneta na presença delas – das árvores e das meninas – e então observava o Tchibum.

— Bom dia, Seu Tibum, Tibum, Tibum, com sua água fria feito gelo! – cantava Dona Gruenwald com a voz rouca. Ela as levava para o mergulho, pois Dona Moody dizia que não era capaz, simplesmente não era capaz.

As órfãs costumavam ficar por último e, de vez em quando, paravam com as costas curvadas e os joelhos travados, os ombros dos vestidos simples engomados e formando bicos, e ficavam olhando. Para nadar, não tinham maiôs e entravam na água usando roupa de baixo. Mesmo na água, mantinham as costas curvadas, cada uma fechando o punho diante de si, preso à corda, contemplando a superfície plana como se fosse o topo de uma montanha alta que nenhuma delas jamais conseguiria transpor. Mesmo àquela hora do dia, pareciam esperar pequenas tarefas, algo mais imediato — pequenas tarefas que nunca eram atribuídas.

Dona Gruenwald era do Norte e dizia "Tibum".

— Bom dia, Seu Tibum, Tibum, Tibum, com sua água fria feito gelo! – cantava Dona Gruenwald, gorducha e saltitando, e conduzindo-as numa fila cantante que descia até o lago. Ela fazia uma dancinha meio sacudida em seu incentivo, com o corpo avantajado no roupão de banho. No fim da fila, parecia uma caixa de cereal matinal balançando de um canto para o outro.

Nina Carmichael pensou: Não tem ninguém nem nada chamado Seu Tchibum, não tem nada de bom-dia até a gente tomar café, e a água ficar na temperatura de um biscoito morninho, graças a Deus. Eu odeio esse nosso desfilezinho das meninas, pensou Nina, marchando enfurecida no meio da parada. Estraga a floresta, com certeza. "Puxa, nós achamos o senhor muito legal", elas cantavam para Seu Tchibum, enquanto o escoteiro, esperando no lago, as observava entrar na água.

— Cuidado com a mosquitada! – elas gritavam umas para as outras, liricamente, porque o aviso não adiantava nada, pois, ao despir os roupões e os largar como as pétalas de uma grande flor espalhada na margem, se expunham, sentindo as picadinhas numa centena de lugares ao mesmo tempo. As órfãs arrancavam o vestido por cima da cabeça e ficavam só com a roupa de baixo. Depressa, penduravam e empilhavam os vestidos num galho de cedro, obedecendo a uma delas, como um bando de passarinhos ferozes com topetes pálidos construindo um ninho para si mesmos. A órfã chamada Easter parecia estar no comando. Ela entregou seu vestido pelo avesso a uma amiga, que o virou e pendurou para ela, e ficou aguardando, absolutamente imóvel, com os dedinhos trançados.

— Vamos deixar as órfãs entrarem na água primeiro e espantar as cobras, Dona Gruenwald – Jinny Love Stark logo sugeriu, na voz alegre que adotava quando falava com adultos. — Daí elas vão estar longe na hora que *a gente* entrar.

Isso fez as órfãs se espalharem, em suas calçolas, afastando-se de Easter; as pequenas nuvens de mosquitos através das quais elas correram as obrigaram a bater as mãos no ar. Correram juntas, de volta, até Easter, e ficaram paradas e nervosas, quase saltitando.

— Acho que vamos todas entrar juntas, num grande grupo – disse Dona Gruenwald. Jinny Love protestou e bateu em Dona Gruenwald, e a barriga de Dona Gruenwald, sólida e envolta na corda, quase fez os golpes ricochetearem. — Todas de mãos dadas... marchem! Pra dentro d'água! *Não quebrem* a perna nos tocos e nas raízes de cipreste! Deem o seu melhor! Batam as pernas! Fiquem na superfície, se conseguirem, e agarrem a corda, se necessário!

Dona Gruenwald se afastou abruptamente de Jinny Love, tirou o roupão e entrou no lago provocando um grande deslocamento de água. Ela as deixou na margem com seu conselho ianque.

As meninas de Morgana talvez nunca tivessem entrado se as órfãs não tivessem recuado. Easter estancou diante do Lago da Lua e o contemplou franzindo os olhos como se o lago realmente flutuasse na Lua. E será que não estava na Lua? – era um lugar estranho, Nina pensou, improvável – e a 3 milhas de Morgana, Mississippi, sempre ali. As meninas de Morgana pegaram as órfãs pelas mãos e as arrastaram para dentro da água, ou as empurraram de repente por trás, e no fim das contas as órfãs se agarraram umas nas outras e avançaram em bloco, cantando *Bom dia* com seus lábios rígidos e parecendo lascas. Nenhuma delas sabia nadar nem nadaria, nunca, e todas se limitaram a ficar com água pela cintura e esperar que acabasse a hora do mergulho. Algumas estendiam a mão e pegavam pelas pernas as meninas de Morgana, que se debatiam e espalhavam água, indo de uma estaca de madeira a outra para ver se era mesmo difícil ficar na superfície.

— Dona Gruenwald, olha só, elas querem afogar a gente!

Mas durante todo esse tempo Dona Gruenwald emergia e submergia feito uma baleia; estava num mar de suas próprias ondas e talvez de um frio autogerado, no meio do lago. Pouco lhe importava que as meninas de Morgana que aprendessem a nadar ganhariam 1 dólar da família. Ela as havia abandonado, não, jamais estivera de fato com elas. Não tinha só abandonado as órfãs. Na água, ficava tanto tempo de lado que seu único globo ocular esbugalhado parecia a garrafinha de alguma coisa. Diziam que acreditava na evolução.

Enquanto à luz rosada sob as árvores verdes girava a corneta, fazendo-a cintilar e formar um quebra-cabeça ao sol, e esvaziava a saliva nela acumulada, o escoteiro bocejou, escancarando a boca — como se fosse morder o dia, com a mesma agilidade com que Easter mordeu a mão do diácono Nesbitt no dia da inauguração.

"Puxa, nós achamos o senhor muito legal", elas cantaram para Seu Tchibum, ofegantes, batendo as pernas nele. Se deixassem os pés afundarem, o fundo invisível do lago era como um pelo fofo até a altura dos joelhos. Montículos duros e cortantes surgiam onde menos se esperava. As meninas de Morgana, claro, usavam sapatilhas de banho, que a lama adorava sugar. Os jacarés tinham sido expulsos do lago, mas diziam que cobras-d'água — cobras-piloto — nadavam por ali; elas picavam, mas não matavam; e aquela boca-de-algodão continuava escapando dos negros — se é que os negros estavam no encalço dela; essa matava. Eram esses os riscos de ser sugado, ser picado e morrer a 3 milhas de casa.

Com a água marrom na altura do peito, Easter olhava para a frente, bem desperta, sem sorrir. Para fixar um olhar como aquele, ela precisava ter engolido algo grande — era o que Nina achava. Teria sido algo tão grande que para ela não importava do que era forrada a boca de uma cobra. No outro extremo daquele olhar, o salva-vidas tornou-se quase insignificante. O olhar dela se movia feito um cipozinho ou uma vareta, e o salva-vidas se coçava com a corneta, se arranhando, como se aquilo o aliviasse. Mas o contato de uma mosca-varejeira fez Easter dar um pulo.

Elas nadaram e se agarraram à corda, esfomeadas e esperando. Mas precisavam aguardar até que Loch Morrison tocasse a corneta, antes de poderem sair do Lago da Lua. Dona

Gruenwald, que saltitava antes do café da manhã, acreditava na evolução e enfiava a cara na água, estava um quarto de milha lago adentro. Se dissesse alguma coisa, ninguém a ouviria, por conta dos sapos.

II

Nina e Jinny Love, com a sola dos pés dolorida por causa da caminhada, se depararam com Easter à frente delas na nascente.

Isso porque as órfãs, desde logo, farejavam sozinhas o caminho até a nascente, e podiam chegar lá sem precisar parar para suspender os pés e arrancar espinhos e farpas, podiam correr pelo fundo arenoso sem precisar olhar para baixo, e podiam se firmar com os dedos dos pés na trilha esburacada que subia e descia o morro de pinheiros. Era evidente que nunca se cansavam de correr sobre as agulhas de pinheiro lisas feito seda e de marcar suas pegadas no leito da nascente só para vê-las desaparecer diante dos olhos. Por que se importariam se a nascente estivesse enlameada quando Jinny Love Stark chegasse lá?

A que se chamava Easter era capaz de se estatelar no chão, que nem um garoto, apoiada nos cotovelos, e de beber com as mãos em formato de concha e a cara na nascente. Jinny Love cutucou Nina e, enquanto olhavam para as calçolas de Easter, Nina abria o copo que trouxera e depois o fechava, sentindo-se uma dama com um leque. Ao fazer isso, ela repassou um pensamento, um fato: a metade dessa gente aqui comigo é órfã. Órfã. Órfã. Ela queria sentir uma dorzinha no coração. Mas não sentiu, não a tempo. Easter tinha acabado de beber — enxugando a boca e sacudindo a mão como se fosse quebrar os ossos, a fim de se livrar das gotas, e era a vez de Nina com seu copo.

Nina se posicionou e inclinou o tronco. Com calma, segurou o copo junto à nascente e o observou enchendo. Todos viram como ele reluzia feito uma estrela fria na água borbulhante. A água tinha o gosto fresco da borda prateada pela qual era vertida até os lábios de Nina, e em alguns momentos o copo fazia seus dentes doerem. Nina ouviu sua própria garganta engolindo. Fez uma pausa e lançou um sorriso em volta. Depois de

120

beber, enxugou o copo na gravata e o fechou, colocou a tampinha e enfiou a argola do copo no dedo. Com isso, Easter, com um dos braços em riste, investiu contra o barranco verde e o escalou. Nina a sentiu inspecionando a fonte e tudo o mais lá de cima. Jinny Love estava abaixada, bebendo feito uma galinha, apenas beijando a água.

Easter era a líder entre as órfãs. Não que fosse má. Uma tal de Geneva roubava, por exemplo, mas Easter era líder por conta da própria natureza − por conta do jeito que ela se mantinha firme, às vezes. Todas as órfãs eram ao mesmo tempo hesitantes e estoicas − ora adoravam muito tudo, ora se retraíam, encolhendo feito brotos verdes e duros que crescem na direção errada e aos poucos se fecham. Mas era como se Easter as guiasse. Naquele momento ela apenas ficou lá em cima, observando a nascente, com aquele nome Easter − nome ridículo, como Jinny Love Stark era a primeira a dizer. Tinha estatura mediana, mas seu cabelo parecia se projetar das têmporas, curto e crespo, e essa crista a tornava quase tão alta quanto Jinny Love Stark. As outras órfãs tinham cabelo mais claro do que as testas bronzeadas − liso e fino, no tom amarelo esverdeado da palha de milho que escurecia nas raízes e nas sombras, com franja de aparência desleixada como o cabelo dos meninos e dos velhos; isso era resultado de trabalharem na colheita nos campos. O cabelo de Easter era um ouro resistente. Na nuca, embaixo do cabelo, a pele tinha uma faixa escura, como a marca que uma pulseira de ouro deixa no braço. Aquilo causava nas meninas de Morgana um sentimento de euforia: a marca era pura sujeira. Gostavam de olhar para a marca, ou de lembrar, tarde demais, o que era − como agora, quando Easter já havia se estirado no chão para tomar um gole e deixado a nascente. Gostavam de caminhar atrás dela e contemplar suas costas, que pareciam espetaculares, desde a cabeça com a crista dourada até o calcanhar firme e resistente. Seu Nesbitt, da turma de estudos bíblicos, pegou Easter pelo pulso e a virou e encarou. Os seios dela começavam a surgir. O que Easter fez foi morder a mão direita dele, a mão que ele usava na hora da coleta. Era maravilhoso ter entre elas alguém que fosse um perigo, mas que não era, até aquele momento, ou não comprovadamente, má. Quando o guarda-chuvinha de chumbo de Nina, do tamanho de um trevo, uma prenda da caixa de biscoito, foi roubado na primeira noite do acampamento, tinha sido Geneva, a amiga de Easter.

Jinny Love, depois de enxugar o rosto com um lencinho feito à mão, tirou um baralho de cartas que trouxera escondido no bolso da blusa de marinheiro. E espalhou as cartas, um azul brilhante, num local arenoso perto da nascente.

— Vamos jogar cassino. Elas te chamam de *Easter*?

Easter pulou de lá de cima do barranco. Voltou para perto das demais.

— Cassino, o que é que é isso?

— Tudo bem, o que é que *você* quer jogar?

— Tudo bem, eu jogo finca com vocês.

— Eu não sei jogar isso! – exclamou Nina.

— Quem é que ia se interessar em saber? – perguntou Jinny Love, fechando o círculo.

Easter sacou um canivete e com sua unha aparada puxou três lâminas.

— Você anda com isso aí no orfanato? – Jinny Love perguntou com certo respeito.

Easter caiu sobre os joelhos cobertos de cicatrizes e de coloração coral. Elas viram a sujeira.

— Senta aí, se vocês querem jogar finca comigo – foi tudo o que ela disse –, e cuidado com as mãos e a cara.

Elas se amontoaram na areia do pinheiral. As formigas, ativas e apressadas, estavam por toda parte. Para olhos semicerrados, pareciam pôneis cor de laranja, raivosos, cavalgando nas agulhas de pinheiro. Lá estava Geneva, contornando uma árvore, mas não chegou perto nem tentou entrar no jogo. Fingia estar pegando formigas-leão. O canivete voou e vibrou na arena de areia alisada pela mão de Easter.

— Eu posso não saber jogar, mas aposto que vou ganhar – disse Jinny Love.

Os olhos de Easter, erguendo-se, não eram nem castanhos nem verdes nem de gato; tinham algo de metal, de metal velho e liso, de modo que não dava para ver dentro deles. O avô de Nina tinha uma caixa de moedas da Grécia e de Roma. Os olhos de Easter poderiam ter vindo da Grécia ou de Roma naquele dia. Jinny Love quase percebeu isso, mas estava preocupada em se proteger no momento em que Easter atirasse o canivete. A cor dos olhos de Easter poderia ser encontrada em algum lugar, distante – distante, embaixo de folhas perdidas –, estranha feito a cor com que as formigas estavam pintadas. Em vez de buracos negros e redondos no centro de seus olhos, poderia haver cabeças de mulheres, antigas.

Easter, que já tinha jogado tantas vezes, ganhou. Ela fez que sim e aceitou a presilha de Jinny Love, e de Nina uma pena de gaio-azul que ela transferiu para a própria orelha.

— Eu não vou me espantar se descobrir que você trapaceou, e não sei o que você tem pra perder se perdesse – disse Jinny Love pensativa, mas com uma admiração quase fantástica.

Uma vitória com qualquer observação a reboque não derrotava Easter, de jeito nenhum, e ela mal se deu conta. Tal indiferença fez Nina recuar e ouvir a nascente vertendo com um som sem fim, e ver como a luz de julho, tal qual pássaros lilases e amarelos, tremulava sob as árvores quando o vento batia. Easter virou o rosto e a peninha nova em sua cabeça brilhou, alterando-se. Um funil negro composto de abelhas cruzou o ar, lançando uma sombra afunilada, como um visitante que veio do nada, de outro planeta.

— A gente tem que jogar de novo pra ver quem ganha o copo – disse Easter, de joelhos e balançando o corpo para a frente.

Nina ficou de pé e fez uma estrela. Diante do verde e azul que giravam, seu coração batia com uma intensidade que contrastava com seu toque leve.

— Você estragou o jogo – Jinny Love informou a Easter. — Você não conhece a Nina – ela juntou as cartas. — Parece até que é de ouro de 14 quilates, e não que saiu de dentro de uma mala velha, aquele copo.

— Me desculpem – disse Nina com sinceridade.

Enquanto as três contornavam o lago, um pássaro que voava sobre a margem oposta soltou guinchos e depois despencou vertiginosamente, mergulhando nas árvores e subindo para guinchar de novo.

— Ouviram? – perguntou uma das negras, pescando na margem; era a irmã de Elberta, Twosie, que falava como se uma conversa comprida, bem comprida, estivesse acontecendo, na qual ela só se intrometia com as palavras mais brandas. — Sabem por quê? Sabem por que, no céu, ele fala "Espírito? Espírito"? E depois ele mergulha *bum* e fala "ASSOMBRAÇÃO"?

— Por quê? – perguntou Jinny Love em tom de objeção.

— Vocês que sabem. *Eu* é que não sei – disse Twosie, com sua vozinha estridente e indefesa, e depois fechou os olhos. Não conseguiam se dar bem com ela. Em dias bonitos há o perigo de algum encontro triste, um perigo concreto. — *Eu* é que não sei por que ele fala aquilo – Twosie disse em tom de lamento, como se fosse acusada. Ela suspirou. — Vocês não ficam de olho vivo. Vocês não sabem o que tem aqui na mata com vocês.

— Pois bem, o que é que tem?

— Vocês andam pertinho do homem com a arma grande, que pode até pular em cima de vocês. Nem sentem o cheiro dele.

— Você está falando do Seu Holifield? Aquilo que ele carrega é uma lanterna. – Nina olhou para Jinny Love em busca de confirmação. Seu Holifield era o faz-tudo delas, ou melhor, simplesmente "o homem útil para ter por perto do acampamento". Para encontrá-lo, bastava esmurrar por um bom tempo a porta do alpendre do pequeno hangar de barcos da Legião Americana – ele dormia um sono pesado. — Ele não tem arma nenhuma.

— Eu sei de quem você está falando. Eu escuto aqueles meninos. São só uns garotos grandes, como os gêmeos MacLain ou sei lá quem, e quem vai se importar com eles? – Jinny Love afundou sua vareta na cabeleira crespa de Twosie, cutucando e mexendo com delicadeza. Ela fingia que pescava na carapinha de Twosie. — Por que é que *você* não tem medo, então?

— Eu tenho.

As pálpebras de Twosie tremeram. Ela já parecia estar pescando durante o sono da noite. Enquanto elas olhavam para aquela figura agachada e concentrada, da qual pendia o caniço comprido, uma extensão tão firme e suplicante e aprumada, todas as suas paixões voaram de volta para casa e foram juntas e serenas para o poleiro.

124

De volta ao acampamento, Jinny Love contou a Dona Moody sobre o canivetão. Easter o entregou.

— Eu não quis dizer que você não pode *beber* no meu copinho – disse Nina, esperando por ela. — Só que você tem que segurar ele com cuidado, ele vaza. Tem uma gravação.

Easter nem tentou, embora Nina o balançasse na argola bem diante dos olhos dela. Easter não falou nada, nem mesmo "É bonito". Será que nem sequer pensava no copo? Ou se não, no que ela pensava?

— Tem vezes que órfão age que nem surdo e mudo – disse Jinny Love.

III

— Nina! – Jinny Love sussurrou dentro da barraca, durante a sesta. — O que é isso que você está lendo?

Nina fechou o exemplar de *A recriação de Brian Kent*. Jinny Love já vinha pelos catres quase colados uns aos outros até o de Nina, andando de joelhos e passando por cima de Gertrude, de Etoile e agora de Geneva.

Quando Jinny Love chegou diante dela, Geneva suspirou. Seu rosto adormecido parecia não querer dormir. Ela dormia como nadava, de calçola; estava em posição de corrida e as costelas subiam e desciam freneticamente – uma caixinha dentro do peito que abria e fechava sem um segundo de descanso. A bochecha estava perolada com a umidade da tarde e os dentes de gatinho, ainda mais perolados. No momento em que Jinny Love a encobriu e passou por cima dela, Nina achava que ainda podia vê-la; até a marca da vacina parecia grande demais para ela.

Ninguém acordou por ter sido atropelada, mas, depois que Jinny Love desabou no catre de Nina, Easter emitiu um som tardio, sonhador. Não estava no caminho da marcha; dormia no catre perto da porta, curvada feito uma concha, os dois braços por cima da cabeça. Foi um som interno que ela emitiu – agora veio de novo – com uma conformidade tão sincera e fatídica com a coisa sonhada que Nina e Jinny Love deram as mãos e fizeram caretas uma para a outra.

Para além do catre de Easter, a coroa da tarde cintilava e se elevava com uma intensidade que atravessava as pálpebras. Não havia lá fora nada além de luz. É verdade que os negros a habitavam. Elberta se movia devagar por ela, como se embalasse um bebê nos quadris, carregando um balde de lixo para jogar no lago – mais tarde ia ouvir o diabo por conta disso. Seu chapéu de palha espiralava anéis alaranjados e violetas, feito um pião. Longe, lá longe, numa visão de luz intolerável, um borrifo miúdo de algodão preto, Twosie ficava à margem das coisas, e cochilava e pescava.

Às vezes aparecia Exu perambulando com sua vara de pescar – era um baita pé de valsa, dizia Elberta, havia trabalhado para um cego. Exu era esperto para 12 anos; esperto até demais. Tinha achado aquele chapéu que usava – nem sinal do dono. O chapéu era como novo, com casquinhas de amendoim enfiadas na faixa para corrigir o tamanho, e ele parecia um amendoinzinho torrado com aquele chapéu. O chapéu sobrava para cima e para o lado da cabeça, e parecia até segui-lo – em carris, talvez, como aqueles cartuchos de troco na loja de Spights.

Os suspiros de Easter e suas palavras prolongadas ou fragmentadas, assim como o calor, agora enchiam a barraca. As palavras vinham em trios, observou Nina, como o canto da rolinha-carpideira na mata.

Nina e Jinny Love ficaram deitadas em silêncio, duplicando entre si o já forte odor do óleo repelente Sweet Dreams, num transe de resistência durante a hora da sesta. Entrelaçadas, olhavam – como se elas próprias fossem órfãs – adiante do catre de Easter e através da abertura da barraca, como se com um telescópio comprido direcionassem para uma estrela incandescente, e viram de novo a espiral do chapéu de Elberta, e avistaram Exu pular por cima de uma vara e do outro lado fazer uma dancinha no meio de uma nuvem de poeira. Ouviam o barulho, a água espalhando, enquanto Loch Morrison usava o lago delas, e a voz de Easter emitindo mais uma vez, em pleno sono, aquelas palavras ininteligíveis.

No entanto, por mais que Nina e Jinny Love fizessem caretas para algo que nem sabiam o que era, Easter assentia; concordava plenamente.

A corneta deu o toque da hora de nadar. Geneva levou um susto tão grande que caiu do catre. Nina e Jinny Love estavam grudadas uma na outra, feito folhas prensadas, e se soltaram imediatamente. Quando Easter, que precisou ser sacudida, se sentou zonza e abobada no catre, Nina correu até ela.

— Escuta. Acorda. Olha, você pode entrar com as minhas sapatilhas de banho hoje.

Ela sentiu seus olhos brilharem com esse plano de bondade enquanto estendia as sapatilhas vermelhas e flácidas que pendiam feito bananas diante do olhar de Easter. Mas Easter caiu de costas no catre e esticou as pernas.

— Esquece essas sapatilhas. Eu não preciso entrar no lago, se eu não quiser.

— Você precisa. Eu nunca ouvi falar nisso. Quem deixou você de fora? Você precisa, sim – elas disseram, se amontoando.

— Tentem me obrigar.

Easter bocejou. Piscou os olhos e os revirou – adorava fazer isso. Dona Moody passou e sorriu para elas, que pairavam em torno da figura inerte e rebelde de Easter. O tempo todo tinha medo de algum desafio à sua autoridade de conselheira, a julgar pelo jeito que se apressava agora, quase exagerando na delicadeza.

— Pois bem, *eu* sei – Jinny Love disse, se aproximando. — Eu sei tanto quanto você, Easter – ela entoou um cântico, que a fez saltitar em volta da estaca da barraca com passadas de índio. — Você não precisa ir, se não quiser. E, mesmo que não fosse assim, você não ia precisar ir, se não quisesse – ela beijou a ponta dos dedos e mostrou a mão para as demais.

Easter ficou em silêncio – mas, se gemesse ao acordar, estaria apenas imitando a si mesma.

Jinny Love vestiu a touca de banho, que cedeu e cobriu seus olhos. Mesmo cega, ela gritou:

— Daí você não precisa pensar que é a única, Easter, nem sempre. O que me diz disso?

— Eu devia me preocupar, eu devia chorar – disse Easter, ainda deitada, de braços abertos.

— Vamos cair fora da aula de cestaria — cochichou Jinny Love no ouvido de Nina — um pouco mais adiante na semana.

— Quanto antes, melhor.

— Ótimo. Elas vão pensar que a gente se afogou.

Saíram pelos fundos da barraca, descalças; àquela altura não tinha ninguém com os pés mais resistentes que elas. Na rede, Dona Moody estava lendo *A recriação de Brian Kent*. (Ninguém sabia de quem era o livro; tinha sido encontrado ali, a capa enrolada como um pergaminho. Talvez alguém no Lago da Lua que quisesse ler o livro se sentisse enganado pelo título, pensando que fosse sobre a rotina do acampamento, conforme tinha acontecido com Nina, e o tenha deixado para a pessoa seguinte.) O gato dos pretos, Gato, estava tomando sol numa estaca e quando elas se aproximaram pulou no chão como algo derramado de uma garrafa, e seguiu com elas, na frente.

Elas desceram o barranco, passando pela barraca do Loch Morrison, e pegaram a trilha do brejo. Lá avançaram em fila entre duas paredes; levantando os braços, podiam tocar um dos lados estreitos do brejo. Seus dedos dos pés explodiam a poeira cuja sensação fazia lembrar o pó que os vendedores injetam em luvas de pelica novas, conforme Jinny Love falou duas vezes. À altura dos olhos havia folhas de mamona em forma de dedos, espalmadas feito a mão das ciganas que abrem a cortina de trás das carroças, e enrugadas e rebocadas feito o rosto da cartomante.

Os mosquitos atacaram; o Sweet Dreams não durou. O choramingo se elevou como uma voz, dizendo "Eu não quero...". Na altura dos ombros das meninas, moitas de cenoura-brava, sabugueiro e amora, carregadas de flores e frutas e com cheiro adocicado de cobra, pendiam sobre a vala e tocavam nelas. As valas tinham o fundo seco, verde ou azul, rachado e vitrificado — feito um vaso quebrado.

— Espero que a gente não dê de cara com nenhum negro — Jinny Love disse alegremente.

Magnólia e cipreste e árvore-do-âmbar e carvalho e bordo-vermelho se apinhavam, formando uma parede densa, e ainda restava espaço para a outra parede de trepadeiras; esta se juntava no solo e se amontoava e subia inclinada pelas árvores; e como se fosse uma mesa na árvore o visco pendia lá em cima, escuro no zênite. Abutres flutuavam de um lado para outro do brejo, como se para eles houvesse escolha – cruzando irregularmente o céu e sombreando a trilha, e parados, ombro a ombro, no galho solitário de um sicômoro branco feito a lua. Mais perto do ouvido que dos lábios que pudessem balbuciar palavras, vinham os sons do brejo – mais perto do ouvido e mais próximos da mente sonhadora. Eram uma canção hilária para Jinny Love, que deu de saltitar. Períodos de silêncio pareciam roucos, ou padecendo de rouquidão, de alguma forma inexplicável, como se o mundo pudesse parar. O Gato espreitava algo na beirada escura da vala. As urzes não perturbavam o Gato, de jeito nenhum; pareciam ceder embaixo daquela barriga comprida, fazendo lembrar um bote.

A trilha serpenteou de novo, e caminhando à frente seguia Easter. Geneva e Etoile brincavam ao lado dela, se esquivando da sua sombra, mas, quando viram quem vinha atrás, se viraram e dispararam de volta para o acampamento, correndo em ângulos, feito frangas, deixando uma nuvem de poeira como rastro.

— Olha só! – exclamou Jinny Love.

Easter prosseguia sem preocupação, o vestido manchado de verde na parte de trás; comia algo na mão enquanto avançava.

— A gente vai logo alcançar... não precisa ter pressa.

A principal razão por que as órfãs eram do jeito que eram decorria do fato de que ninguém as vigiava, pensou Nina, pois ela tinha o sentimento obscuro de ser uma invasora. Elas, elas não precisavam prestar contas. Mesmo sendo vigiada, Easter continuava não precisando prestar contas a vivalma na Terra. Ninguém dava a mínima! E daí, nesse estado beatífico, algo saiu *dela*.

— Aonde é que você está indo?

— A gente pode ir contigo, Easter?

Easter, com os lábios manchados de amoras, respondeu:

— Eu é que não sou a dona do caminho.

Elas a acompanharam, uma de cada lado. Embora automaticamente mostrassem a língua para ela, as duas passaram o braço ao redor de sua cintura. Ela tolerou a proximidade por um tempo; cheirava a goma de passar, mas tinha um odor estranho e puro de suor, como um bebê dormindo, e em sua têmpora, agora bem perto dos olhos das duas, a pele era tão transparente que dava para ver uma veiazinha pulsando. Parecia delicada e miúda demais na cintura para ser capaz de caminhar com tamanha obstinação quando a seguravam daquele jeito.

As trepadeiras, de um tom verde magnífico e esfumaçado, cobriam cada vez mais as árvores, brincavam sobre elas como fontes. Havia locais com água sob as árvores, preto-azulados, cobertos por ninfeias semicerradas. Nos galhos horizontais dos ciprestes brotava uma barba cerrada e verde-clara como penugem de ave.

Chegaram a uma fazendola que ficava lá embaixo, a última possível antes que o humo a sugasse – uma lavoura de algodão em flor, uma casa caiada na frente, um quintal bem varrido com uma pequena bomba d'água de ferro no meio, parecendo um galo preto. Era gente branca – uma velha usando chapéu de sol saiu da casa com um balde galvanizado e o encheu no quintal. Era uma desculpa para ver quem estava passando.

Easter, soltando-se do enlace com as outras, ergueu o braço a meia altura e, virando-se por um instante, acenou duas vezes com a mão. Mas a velhota era mais orgulhosa do que ela.

Jinny Love disse:

— Vocês gostariam de morar aí?

O Gato avançava pela orla da mata e, em alguns momentos, sumia num túnel entre as urzes. Emergindo de outros túneis, ele – ou ela – olhava para as meninas com a cara mais parecida do que nunca com uma máscara.

— Tem um atalho pro lago. – Easter, escapando e correndo adiante, de repente caiu de joelhos e escorregou por baixo de determinado ponto na cerca de arame farpado. Pondo-se de pé, ela deu um passo para dentro, afundando enquanto avançava. Nina soltou seu braço do de Jinny Love e foi atrás dela.

— Eu devia saber que você ia querer que a gente passasse por uma cerca de arame farpado. – Jinny Love sentou-se onde estava, na beira da vala, assim como se sentaria num banquinho para bordar. Com um pulo voltou a sentar-se. — Suas bobonas, suas bobonas! – ela gritou. — Agora eu acho que vocês me fizeram torcer o tornozelo. Mesmo que eu quisesse andar pela lama, não ia conseguir.

Nina e Easter, mergulhando por baixo de uma segunda cerca, inesperada, prosseguiram, gingando e sentindo os pés serem puxados para baixo, indo em direção às árvores. Jinny Love foi deixada para trás da maneira impiedosa como indivíduos e incidentes são descartados no curso de um sonho, como flores gratuitas lançadas de um carro alegórico – em comemoração. O brejo agora estava todo envolvente, escuro e ao mesmo tempo vívido, alarmante – era como se ver dentro do peito de algo que respirava e podia virar.

Então lá estava o Lago da Lua, uma visão totalmente diferente. Easter subiu o pequeno aclive à frente e alcançou a borda rosa e relvada e a clareira inocente. Ali estava tudo quieto, até que, no fim das contas, houve um leve barulho de água espalhada.

— Você viu a cobra entrar na água? – perguntou Easter.

— Cobra?

— Saiu daquela árvore.

— Pode ficar com ela pra você.

— Lá vem ela: está chegando! – Easter apontou.

— Aquela deve ser outra – Nina objetou na voz de Jinny Love.

Easter olhou para os dois lados, escolheu um e caminhou pela orla de areia rosada com borda lilás, enquanto sua sombra azul pairava sobre o solo. Fez uma curva e foi direto até um velho bote cinzento. Será que sabia que ele ia estar ali? Estava no meio de uns talos de junco, parecendo misterioso e ainda assim no lugar certo, como seria de esperar de um bote velho. Easter entrou e pulou para o banco mais distante, que estava acima da água, e desabando nele se deitou com os dedos dos pés encolhidos. Parecia prestes a cair para trás. Um braço subiu, fez uma curva por cima da cabeça e ficou pendurado até que o dedo tocou a água.

As sombras das folhas do salgueiro se moviam devagar na areia, azul-escuras e estreitas, meias-luas alongadas. A água estava quieta, cor de estanho, marcada com tocos arroxeados, embora onde o sol brilhasse diretamente o lago parecesse estar em violenta agitação, quase fervendo. Com certeza um graveto haveria de dar voltas e mais voltas ali. Nina desabou no banco de areia, que parecia salpicado. Tremeu as pálpebras, semicerrou-as, e o mundo parecia golpeado pelo luar.

— Aqui vou eu – surgiu a voz de Jinny Love. Não tinha demorado muito. Ela veio se contorcendo sobre os rastros das outras ao longo do banco de areia, o cabelo comprido e sedoso esvoaçando feito uma saia numa brincadeira da brisa ao ar livre. — Mas eu é que não vou querer sentar num bote furado – ela adiantou, de longe. — Prefiro a terra.

Ela sentou-se no mesmo lugar onde Nina estava escrevendo seu nome. Nina moveu o dedo para longe, desenhando uma flecha comprida. A areia era espessa como se fosse feita de miçangas e cheia de conchinhas minúsculas, algumas com o formato perfeito de clarins.

— Quer saber do meu tornozelo? – Jinny Love perguntou. — Não foi tão ruim como eu pensei. Vou te contar, vocês escolheram um lugar esquisito; eu vi uma *coruja*. Pra mim, tem cheiro de porão da escola... pipi e apagador velho – então parou com a boca ligeiramente aberta, e ficou quieta, como se algo tivesse sido desligado dentro dela. Os olhos se tornaram plácidos, o olhar se estendeu até Easter, até o bote, até o lago – o rosto comprido e ovalado ficou inexpressivo.

Easter estava deitada, embalada pelo movimento suave do bote, a cabeça virada de lado. Não disse outro oi para Jinny Love. Teria visto a gota d'água pendente em seu dedo erguido? Teria a gota formado um arco-íris? Não, Easter não tinha visto: os olhos estavam revirados, Nina sentiu. Sua própria mão escrevia na areia. Nina, Nina, Nina. Escrevendo, podia sonhar que seu eu fosse capaz de se afastar dela – que ali naquele lugar distante podia chamar seu eu pelo nome, e mandar que ficasse ou fosse embora. Jinny Love começou a construir um castelo de areia em cima do pé. No céu, as nuvens passavam tão despercebidas quanto animais pastando. No entanto, com um sopro da brisa, o bote sacudiu, subiu e desceu. Easter sentou-se.

— Por que a gente não está lá no bote? – Nina, tomando uma iniciativa estranha e impetuosa, levantou-se. — Lá fora! – uma imagem em sua mente, como se viesse de uma distância futura e benigna, mostrava o bote flutuando para onde ela apontava, ao longe no Lago da Lua, com três garotas sentadas nos três vãos. — Aqui vamos nós, Easter!

— Bem na hora que estou fazendo um castelo. *Eu* é que não

vou – disse Jinny Love. — E, além do mais, tem muito toco no lago. A gente vai virar, ha, ha.

— O que me importa? Eu sei nadar! – Nina gritou na beira da água.

— Você só nada da primeira até a segunda estaca. E isso é lá na frente do acampamento, não aqui.

Firmando os pés na lama grudenta, coberta de peixinhos, Nina empurrou o bote. Logo suas pernas ficaram meio escondidas, a lama sugava seus dedos dos pés como um beijo medonho, e ela se esticou toda e sentiu o suor brotar em seu corpo. Raízes enlaçaram seus pés, nodosas e serpenteantes. Embaixo d'água, o bote também ficou preso, mas Nina estava decidida a libertá-lo. Ela viu uma água lamacenta também dentro do bote, onde as pernas de Easter, agora de um rosado brilhante, estavam escarrapachadas. De repente, tudo pareceu fácil.

— Está soltando!

No último instante, Jinny Love, que havia conseguido libertar o pé do castelo, correu e subiu no assento do meio do bote, gritando. Easter sentou-se, balançando com o movimento do bote; toda a energia aparentava ter escapado de si. A cabeça bamba parecia pálida e inexpressiva feito uma pera, diante do rosto risonho de Jinny Love. Não dissera se queria ir ou não – mas com certeza queria; tinha ficado no bote o tempo todo, tinha encontrado o bote.

Por um momento, com mãos vigorosas, Nina conteve o bote. Mais uma vez ela pensou numa pera – não do tipo comum e com textura granulosa que pendia na árvore do quintal, mas do tipo fino vendido em trens e a preços altos, cada pera embrulhada individualmente num cone de papel – peras bonitas, simétricas e lisas, com casca fina, polpa branca feito neve, tão suculentas e tenras que comer uma era batizar a cara inteira, e tão delicadas que, enquanto a gente comia com pressa a primeira metade, a segunda metade já começava a ficar marrom. Com todas as frutas, e principalmente com aquelas peras finas, algo acontecia – o processo era tão rápido que a gente nunca dava conta a tempo. Não são as flores que são passageiras, pensou Nina, são as frutas – é bem na hora em que ficam prontas que elas não duram. Ela até repetiu o versinho: "Pereira no portão do jardim, quanto tempo vais esperar por mim?" – pensando que eram as peras que faziam a pergunta, não quem estava colhendo.

Então também embarcou, e elas saíram de lado, balançando pela água.

— E agora? – perguntou Jinny Love.

— Pra mim está bom desse jeito – disse Nina.

— Sem remo?... Ha, ha.

— Por que você não me falou, então!... Mas eu é que não me importo agora.

— Você se acha mais esperta do que é.

— Espera até você descobrir aonde a gente vai chegar.

— Acho que você sabe que a Easter não sabe nadar. Ela nem encosta o pé na água.

— Pra que você acha que serve um *bote*?

Mas um solavanco suave já havia detido a flutuação. Com uma careta sombria, Nina se virou e olhou para baixo.

— Uma corrente! Uma corrente velha e malvada!

— Como você é esperta!

Nina puxou o bote de volta – claro que ninguém a ajudou! –, arranhando as mãos na corrente, e, ajoelhada e se inclinando para fora, tentou soltar a outra ponta. Podia ver agora através dos juncos que a corrente estava enrolada num velho toco, e a vegetação quase a encobria em alguns pontos. Vai ver que o bote estava acorrentado à margem desde o verão anterior.

— Não adianta bater – disse Jinny Love.

Uma libélula voou sobre a cabeça delas. Easter esperava na extremidade do bote, parecendo não se importar com a decepção. Se aquele era o navio delas, Easter era a figura de proa, deitada de costas, voltada para o céu. Não seria passageira.

— Você pensou que a gente ia estar no meio do Lago da Lua a essa hora, né? – Jinny Love disse, da banqueta destinada às damas. — Pois bem, olha só onde a gente está.

— Ah, Easter! Easter! Quem dera você ainda tivesse o teu canivete!

— Mas não vamos voltar ainda – disse Jinny Love em terra.
— Eu acho que elas nem sentiram nossa falta. – Ela começou a fazer um castelo de areia em cima do outro pé.

— Vocês fazem o meu estômago revirar – disse Easter de repente.

— Nina, vamos fingir que a Easter não está com a gente.

— Mas era *ela* que estava fingindo isso.

Nina enfiou um pauzinho na areia e escreveu "Nina" e depois "Easter".

Jinny Love parecia atordoada; deixou a areia escorrer de ambos os punhos.

— Mas como é que você pode saber o que a Easter estava fingindo?

A mão de Easter desceu e apagou seu nome; e também apagou "Nina". Ela pegou o pauzinho da mão de Nina e com um gesto formal, como se de outra maneira receasse revelar demais, escreveu algo para si mesma. Em letras claras, altas, a palavra "Esther" foi gravada na areia. Então ela deu um pulo e se pôs de pé.

— Quem é essa daí? – Nina perguntou.

Easter colocou o polegar entre os seios e saiu andando.

— Ora, isso daí pra mim é "Esther".

— Você pode falar "Esther" se quiser, eu falo "Easter".

— Pois bem, senta aí...

— E eu é que escolhi o meu nome.

— Como é que pode? Quem deixou?

— Eu mesma me deixei escolher o meu nome.

— Easter, eu acredito em você – disse Nina. — Mas eu só quero que você escreva certo. Olha só: E-A-S...

— Eu devia me preocupar, eu devia chorar.

Jinny Love apoiou o queixo no telhado do castelo para dizer:

— O meu nome é o mesmo da minha avó materna; então é por isso que eu me chamo Jinny Love. Não podia ser outro. Nenhum nome melhor. Entenderam? O nome Easter não existe. Não importa que ela escreva, Nina, ninguém nunca teve esse nome. Não por essas bandas – ela relaxou com o queixo apoiado.

— Eu tenho.

— Vê só como fica quando é escrito certo – Nina tirou o pauzinho dos dedos de Easter e começou a escrever, mas precisou se atirar em cima do nome para impedir que Easter o apagasse. — Se escrever certo, ele existe! – ela gritou.

— Mas certo ou errado, é esquisito – disse Jinny Love. – Você não vai conseguir me deixar brava por causa disso. Quando estou aqui, a minha cabeça só pensa nos figos lá em casa.

— "Easter" é bem bonito! – Nina disse distraída. De repente, ela jogou o pauzinho no lago, antes que Easter pudesse pegá-lo, e ele saiu trotando, subindo e descendo num cadinho de água cheio de sol. — Eu pensei que era por causa do dia em que você foi achada na porta – ela disse meio sisuda, até mesmo desconfiada.

Easter enfim sentou-se e com movimentos lentos e cuidadosos da palma das mãos esfregou as velhas picadas nas pernas. Sua crista de cabelo pendia e ela balançava ligeiramente o corpo, para cima e para baixo, de um lado para outro, seguindo um ritmo. Easter nunca pretendia explicar nada, a menos que fosse obrigada – nem pretendia exigir explicações de ninguém. Tinha apenas esperanças. Esperava nunca se arrepender. Será mesmo?

— Eu não tenho pai. Nunca tive, ele deu no pé. Eu tenho mãe. Quando comecei a andar, aí a minha mãe me pegou pela mão e me entregou, e eu lembro. Eu vou ser cantora.

Foi Jinny Love, pigarreando, que livrou Nina. Foi Jinny Love, escapando, enfiando o dedo no castelo, que agora deu uma de boazinha, fingindo que Easter não tinha falado nada. Nina deu um soco na cabeça de Jinny Love. Como o cabelo dela estava morno! Feito vidro quente. Ela arrancou o pé macio de dentro do castelo. E se perguntou se a cabeça de Jinny Love tinha quebrado. De jeito nenhum. Não se aprendia nada com a cabeça.

— Ha, ha, ha! – gritou Jinny Love, revidando.

Elas lutaram e socaram-se por um momento. Depois ficaram quietas, recostadas juntas no montículo de areia desmoronado, estiradas e olhando para o céu onde naquele momento subia uma torre branca de nuvens.

Alguém se mexeu; Easter levou aos lábios uma lasca de begônia cortada nos tempos do bom canivete. Ela tirou um fósforo do bolso, acendeu e fumou.

As outras sentaram-se e olharam para ela.

— Se você quer muito ser cantora, não é assim que se começa – disse Jinny Love. — Mesmo com os meninos, atrapalha o crescimento deles.

Easter mais uma vez parecia estar dormindo nas sombras dançantes, exceto pelo que saiu de sua boca, mais misterioso, quase, do que palavras.

— Vão querer? – ela perguntou, e elas aceitaram. Mas o delas apagou.

O olhar de Jinny Love se manteve fixo em Easter, e ela tinha o sonho, o sonho de dedurá-la por fumar, enquanto o sol, mesmo através das folhas, queimava e corava sua pele pálida, e ela parecia a mais bonita de todas: Jinny Love sentiu a tentação. Mas o que disse foi:

— Mesmo depois que tudo isso acabar, Easter, eu sempre vou lembrar de você.

Lá do meio da mata veio um som de fada, seguido por um silêncio trêmulo, uma contenção do ar.

— O que foi isso? – gritou Easter com a voz estridente. Sua garganta tremeu, a pequena veia em sua têmpora saltou.

— É o Seu Loch Morrison. Você não sabe que ele tem uma corneta?

Ouviu-se outro som de fada, e o silêncio dócil, violado. A mata parecia se mover atrás do silêncio, correndo – o mundo desordenado. Nina também podia ver o menino a distância, e a corneta dourada apontando para cima. Alguns minutos antes, seu olhar tinha fugido do presente e daquela cena; agora ela inseriu o corneteiro em seu lugar visionário.

— Para de tocar isso! – Jinny Love gritou dessa vez, se levantando com um pulo e tapando os ouvidos, pisoteando a margem do Lago da Lua. — Cala essa boca! A gente já ouviu!... Vamos lá – acrescentou prosaicamente para as outras duas. — Está na hora de ir. Acho que eles já estão bem preocupados – ela sorriu. — Olha o Gato aí.

O Gato sempre pegava alguma coisa; havia algo na boca dele, ou dela, dois pezinhos ou garras balançavam sob os bigodes suspensos. O Gato não parecia muito triunfante; apenas satisfeito por concluir o trabalho.

Elas marcharam para longe do pequeno bote.

IV

Numa noite clara, as participantes do acampamento acenderam uma fogueira passando a nascente, prepararam uma refeição em espetos ao redor do fogo e, depois das brincadeiras, de Gertrude Bowles ter recitado *Como levaram a boa notícia de Ghent a Aix*, e da história de fantasma sobre o osso, ficaram de pé no topo do morro e lançaram uma derradeira canção mata adentro: *Senhorzinho Eco*.

O fogo foi apagado e não havia nenhum ponto brilhante para olhar, nenhum círculo. A presença da noite estava ao lado delas – uma fera em traje transparente, sem silhueta brilhante, apenas com adornos: anéis, brincos...

— Marchar! – bradou Dona Gruenwald, e desceu pisando duro pela trilha, para que a seguissem. Agora em silêncio, elas passaram em fila indiana sobre as agulhas de pinheiro ainda mornas. Não muito longe havia estalidos de gravetos, estalos pequenos e involuntários; Loch Morrison, pelo que elas sabiam, sem ter jantado, vagava sozinho, amuado, isolado.

Ninguém precisava de luz. O céu noturno estava pálido feito uva verde, transparente feito polpa de uva acima de cada árvore. Todas as meninas avistavam mariposas – as belas pareciam damas, com pernas compridas que eram asas – e as pequeninas, meros fragmentos de cascas. E em dado momento, com a noite como pano de fundo, bem diante dos olhos da Irmãzinha Spights, fazendo-a gritar, surgiu, suspensa, uma aranha – um corpo não menos misterioso que o da uva do ar, só um pouco diferente.

Em toda volta pairavam os vaga-lumes. Nuvens deles, árvores deles, ilhas deles flutuando, uma ordem inferior de brilho – um deles poderia até entrar numa barraca por engano. As estrelas mal exibiam seu posicionamento no céu pálido – pequenas e distantes daquele mundo brilhante. E o mundo permaneceria brilhante enquanto aquelas meninas ficassem acordadas e pudessem evitar que seus olhos se fechassem. E a própria lua cintilava – despercebida.

O Lago da Lua surgia como uma inundação abaixo do barranco; elas desceram pela trilha. Lá, Dona Moody às vezes saía de bote; às vezes tinha um encontro noturno com alguém da cidade, "Rudy" Spights ou "Rudy" Loomis, e então podiam ser vistos à deriva lá longe, depois que a lua estava alta, na superfície lisa e brilhante. ("E ela deixa ele abraçar ela lá fora", Jinny Love as informara. "Bem desse jeito", e entre todo mundo ela pegou Etoile, cujo nome quase rimava com óleo. "Me larga", disse Etoile.) Duas vezes a própria Nina tinha visto o contorno do bote na água reluzente, com uma figura em cada extremidade, feito uma borboleta escura com as asas abertas e imóveis. Não naquela noite!

Naquela noite, só havia os pretos, pescando. Mas o bote deles devia estar cheio de peixes prateados! Nina se perguntou se era a lentidão e a quase fixidez dos botes na água que os tornavam tão mágicos. O barquinho delas no meio dos juncos naquele dia não tinha ficado longe de ser uma daquelas maravilhas, no fim das contas. O movimento da água e do céu, da lua ou do sol, sempre prosseguia, e havia no meio delas aquela hesitação mágica, um bote. E, no bote, não era tanto que elas ficassem à deriva, mas que na presença de um bote o mundo ficava à deriva, esquecido. O sonhado trocava de lugar com o sonhador.

Voltando da mata selvagem e enluarada, a fila de menininhas serpenteou e entrou nas barracas, que estavam quentes como bolsas de pano. As velas foram acesas por Dona Moody, sem encontro naquela noite, em cuja prateleira, no lampejo da revelação noturna, estavam a escova de dentes dentro do copo, a caixa de pó feita de celuloide e pintada à mão, o hidratante à base de mel e amêndoa, o ruge e a pinça de sobrancelha, e no final da fila o frasco de Compound, contendo aletris, falso unicórnio e raiz vital.

Dona Moody, com uma carranca fervorosa que impedia qualquer interrupção, cantava num vibrato suave, enquanto esfregava Sweet Dreams nas crianças alinhadas.

Me perdoa

Ah, por favor, me perdoa.

Eu não queria te fazer chorar!

Eu te amo e preciso de ti...

Elas se retorciam e se curvavam e levantavam a barra da camisola, em silêncio, enquanto ela cantava. Então, quando ela as encarava, as meninas podiam ver de perto os ratos emaranhados e afundados naquele cabelo bufante e as sobrancelhas que pareciam fixas para sempre naquela linha arqueada de súplica adulta.

Faz qualquer coisa, mas não me digas adeus!

E automaticamente elas quase diziam: "Adeus!". As mãos dela as esfregavam e davam palmadinhas enquanto ela cantava, puxando as meninas, todas do mesmo jeito, como se a própria infância fosse um infinito, mas também uma mercadoria. ("Eu sinto cócegas", Jinny Love a informava todas as noites.) Aquele olhar suplicante lhes parecia infinitamente perigoso. A voz tinha o balanço de um equilibrista na corda bamba, mesmo enquanto ela cantava e enfiava a camisola pela cabeça.

Houve beijos, orações. Easter, como se naquela noite pudesse sentir frio, se enfiou na cama com Geneva. Geneva, feito um insetinho de junho, grudou nas costas dela. As velas foram sopradas. Dona Moody pegou logo no sono, ostensivamente. Jinny Love chorou no travesseiro, com saudade da mãe, ou talvez dos figos. Do lado de fora da barraca, citronela queimava num pires no meio do mato – Citronela, que nem nome de menina.

Luminoso, é claro, mas escondido delas, o Lago da Lua fluía na noite. Ao luar, às vezes o lago parecia correr feito um rio. Além do coaxar dos sapos, havia os sons de um bote atracado em algum lugar, do seu jeito vago e desajeitado de bater contra a margem, aqueles sons reconhecidos como sendo produzidos por algo cego. Quando foi que botes tiveram olhos – alguma vez? Ninguém vigiava aquela pequena parte do lago, que permanecia isolada pela corda e protegida; estaria lá agora, a corda esticada e frágil entre estacas que balançavam na lama? Aquela corda marcava até onde as meninas podiam nadar. Adiante ficava a parte funda, algumas partes sem fundo, dizia Dona Moody. Aqui e ali havia uma areia fofa que ondulava as pegadas e beijava os calcanhares. Todas as cobras, inofensivas e ofensivas, agora brincavam livremente; elas inseriam uma divisão serpenteante, lunar, entre junco e junco – reluzente, girando, reluzente e girando.

Nina ainda sonhava, ou teria acordado durante a noite. Ouviu Gertrude Bowles ofegar durante um sonho, começando a sentir sua dor de estômago, e Etoile começando, lentamente, a roncar. Pensou: Agora eu posso pensar, no meio delas. Não conseguia nem sequer sentir Dona Moody toda nervosa.

Órfã!, ela pensou exultante. O outro modo de viver. Havia modos secretos. Ela pensou: O tempo é mesmo curto, e eu tenho apenas pensado como as outras. Só é interessante, só vale a pena, buscar os segredos mais brutais. Escorregar para dentro delas – me transformar. Me transformar por um momento em Gertrude, em Dona Gruenwald, em Twosie – num menino. *Ter sido* órfã.

Nina sentou-se no catre e fitou com intensidade a noite à sua frente – a noite pálida e escura que rugia com suas passadas secretas, a noite dos indígenas. Sentiu que as estrelas da frente, que pendiam feito miçangas, olhavam reflexivas para ela.

A noite pensativa se posicionava sem cerimônia à porta da barraca, a dobra suspensa permitiu que ela se abaixasse e entrasse – ela, a noite –, ela se levantou lá dentro. De braços compridos, ou asas compridas, lá estava ela, no centro, onde a estaca se erguia. Nina se recostou, afastando-se dela em silêncio. Mas a noite sabia de Easter. Tudo sobre ela. Geneva a havia empurrado para a beira do catre. A mão de Easter pendia, aberta. Vem aqui, noite, Easter poderia dizer, se dirigindo com ternura a uma giganta, a uma coisa tão escura. E a noite, obediente e graciosa, se ajoelhou diante dela. A mão calejada de Easter pendia aberta para a noite que havia entrado inteiramente na barraca.

Nina deixou o próprio braço se esticar para a frente, diante do de Easter. Sua mão também se abriu, por si só. Nina ficou ali muito tempo, imóvel, sob o olhar da noite, aquela face negra e imóvel olhando para a mão dela, a única parte do corpo que agora não estava adormecida. O gesto da mão dela era como o de Easter, mas a mão de Easter dormia e sua própria mão sabia — retrocedia e sabia, mas ainda se oferecia.

— Em vez... eu em vez...

Nas mãos em concha, na pele encorpada, no peso transbordante e na imobilidade dos dedos, Nina sentiu: compaixão e uma espécie de competição que eram uma coisa só, um único êxtase, um único desejo. Pois a noite não era imparcial. Não, a noite amava uns mais do que outros, servia uns mais do que outros. A mão de Nina ficou aberta por um longo tempo, como se os dedos fossem seus olhos. Então a mão também dormiu. Nina sonhou que sua mão era incapaz de se defender das presas dilacerantes de animais selvagens. Na alvorada, acordou deitada sobre a mão. Não conseguia movê-la. Bateu na mão e a mordeu até que, feito um enxame de abelhas, ela picasse e voltasse à vida.

V

Elas tinham visto, sem a menor ideia do que ele ia fazer — e ainda assim era bem o jeito dele —, o velho Exuzinho trepando na escada tosca e descascada e sonhando, agarrado ali feito um macaco no meio das folhas, todo olhos e testa enrugada.

Exu ficava à margem também, garoto e preto ainda por cima; vagava constantemente por uma periferia da paisagem, ainda mais distante do que Loch, usando o chapéu duro de palha do homem, brilhante como um floco de neve. Elas costumavam ver Exu de chapéu submergindo e emergindo pela orla do brejo feito a boia de cortiça de pescador, ligeiramente suspenso pelo miasma e pela ilusão da paisagem em que se movia. Lá ia Exu, persistente como um inseto, avançando a pequenos passos ao longo da base do muro do brejo, carregando um caniço de pesca e uma lata com peixinhos, pescando na curva da área do lago por elas utilizada, pegando todo tipo de coisa. Coisas, coisas. Ele reivindicava tudo o que pegava, triunfante — pendurava e adorava a captura, agarrava-a com uma alegria suspeita —, alguma alma contestaria aquilo? O escoteiro perguntou se ele seria capaz de pegar uma enguia elétrica e Exu prometeu de imediato − um presente; o desafio durou uma longa sesta de idas e vindas sobre a água.

Agora, todo olhos revirados, ele se pendurou na escada, demasiado pequeno para ser digno de nota − demasiado ele mesmo para ser digno de qualquer coisa.

Atrás dele no trampolim, Easter estava de pé − bem acima das outras na aula de natação. Estava imóvel, descalça e alta com seu vestido curto e estampado e o céu abaixo de si. Não tinha respondido quando elas chamaram. Elas espalhavam água, fazendo barulho, abaixo do pé de Easter que pendia, calejado, cor de coral.

— Como é que você vai descer daí, Easter! − gritou Gertrude Bowles.

Dona Moody dirigiu a Easter um sorriso compreensivo. A que distância, na água, Dona Parnell Moody poderia deixar de ser professora? Tinham se perguntado. Ela usava uma touca de banho amarelo-canário encalombada sobre o cabelo, com uma borboleta de borracha na frente. Usava sutiã e calçola por baixo do maiô porque, disse Jinny Love, daquele jeito era decente. Ela não queria saber de encrenca, encrencas urgentes, embora aquele fosse o último dia no Lago da Lua.

Exu bateu os dedinhos negros e murchos em seus lábios como se neles tocassem uma melodia. Ele estendeu um braço ridiculamente comprido. Segurava um galho verde de salgueiro. Mais tarde, todas, todas disseram que o viram − mas foi tarde demais. Ele deu no calcanhar de Easter o toque mais meigo, mais discreto, com algo típico da persuasão dos pretos.

Ela caiu como alguém que é golpeado na cabeça pela pedra de um estilingue. Em retrospectiva, o corpo, que nem chegou a se virar, pareceu lânguido por um momento e depois despencou. Foi ao encontro do ar azul e por ele recebido. Caiu como se fosse passado de mão em mão até o fim e admitido à água marrom quase na cabeça de Dona Moody, e sumiu de vista imediatamente. Havia algo de tão inequívoco em seu desaparecimento que apenas o instinto de cautela as fez esperar um momento para que o corpo voltasse à tona; não voltou. Então Exu soltou um uivo de menina e se agarrou à escada como se tivessem acendido uma fogueira embaixo de si.

Ninguém chamou Loch Morrison. Em terra, ele pendurou com todo o zelo sua corneta na árvore. Estava enormemente descalço. Deu um mergulho de sapo e quando passou pelo ar elas notaram que a poeira grudada lhe atribuía solas lilases. Então nadou com determinação água adentro, passou pelo meio das meninas e começou a procurar Easter no local para onde todos os dedos passaram a apontar.

Enquanto ele procurava, elas gritavam, enfiando o queixo naquela coisa marrom e cheia de inseto, que a boca às vezes engolia. Ele não dirigiu a elas nem um olhar sequer. Ficou submergido como se o lago baixasse sobre ele uma tampa a cada mergulho. Às vezes, de boca aberta, surgia com algo horrendo nas mãos, exibindo o achado não a elas, mas ao mundo, ou a si mesmo — longas tiras de coisas verdes e horrendas, matéria negra disforme, um sapato sem dono. Então se aprumava e mergulhava, procurando de novo por ela. Cada mergulho era um chamado para mais um berro de Exu.

— Calem a boca! Saiam do caminho! Vocês estão agitando o lago! – Loch Morrison gritou uma vez, culpando-as. Elas se entreolharam e depois de um grito todas pararam de berrar. De pé naquele marrom que as cortava nos locais onde aguardavam, na altura do tornozelo, na altura da cintura, na altura do joelho, na altura do queixo, elas formavam um pequeno *V*, com Dona Moody no vértice e parcialmente obstruindo a visão delas com sua estranha touca de borboleta. Sentiram o insulto por ele proferido. Ficaram tão imóveis que quase foram levadas pelo corpo morno e sem imagem do lago que as cercava, até que sentiram o peso da água sem correnteza, mas puxando mesmo assim. Apenas suas sombras, como se fossem as bordas enroladas do couro rasgado de um tambor, mostravam onde cada uma se projetava na superfície do Lago da Lua.

Lá em cima, Exu uivava, e mais acima algumas nuvens volumosas e vagas com coração inquieto sopravam parecendo peônias. Exu uivava para cima, para baixo e para todos os lados. Atraiu Elberta, enfurecida, da barraca da cozinheira, e com certeza Dona Gruenwald devia estar desligada do mundo – dormindo ou lendo – ou teria vindo também, agora, saltitando por sua trilha favorita. Era Jinny Love, elas perceberam, que tinha vindo saltitando, e agora estava na margem fazendo sinais estranhos. Resultado do trabalho meticuloso de Dona Moody, bandagens brancas cobriam seus braços e pernas; urtigas tinham aparecido naquela manhã. Como Easter, Jinny Love não tinha intenção de entrar no lago.

— Ahhhhhh! – todas disseram, longa e detidamente, assim que ele a encontrou.

Claro que a encontrou; lá estava o braço dela escorregando pela mão dele. Elas o viram agarrar o cabelo de Easter, feito um menino que agarra qualquer coisa que queira, como se não aceitasse que adversários invisíveis agarrassem primeiro. Embaixo d'água, ele se juntou a ela. Ele esguichou água pela boca, e a trouxe com empurrões, como se fosse um motor.

Lá veio Dona Gruenwald. Com algo semelhante a um pulo, estancou na margem e acenou com as mãos. Sua blusa de marinheiro esvoaçava, mostrando o espartilho solto. Era vermelho. Aquilo tinha muito valor para elas. Mas a voz era preventiva.

— Agora mesmo! Fora do lago! Fora do lago, fora, fora! Parnell! Disciplina! Marche com elas pra fora.

— Uma se afogou! – gritou a pobre Dona Moody.

Loch se posicionou acima de Easter. Ele a sentou, dobrada, na margem, puxou o braço dela sobre a cabeça, e assim a arrastou para longe da água antes de deixá-la cair, um pacote embrulhado na clareira. Ele se sacudiu ao sol como um cachorro, assoou o nariz, cuspiu e abanou as orelhas, tudo numa espécie de transe indolente que manteve Dona Gruenwald afastada — como se ele não tivesse noção de que estava interrompendo a coisa. Exu agora podia ser ouvido gritando por Dona Marybelle Steptoe, a senhora que era proprietária do acampamento no ano passado e agora estava casada e morando no Delta.

Dona Moody e todas as meninas saíram então do lago. Tardiamente, encurvadas, com os cabelos molhados e pesados e as sapatilhas de borracha produzindo sons trêmulos, elas se aproximaram da margem.

Loch voltou até Easter, estendeu-a, e então todas puderam se achegar a ela, e viram a água formar um lago em seu colo. O sol caía sobre elas feito um peso. Dona Moody correu freneticamente e agarrou o tornozelo de Easter e a empurrou, como uma senhora que empurra um carrinho de mão. O escoteiro enrolou os braços de Easter como faixas em cima do corpo e pegou a extremidade que lhe cabia, os ombros. Eles a carregaram, procurando sombra. Um braço pendeu, tocando o chão. Jinny Love, com as bandagens deslumbrantes, correu e tomou em seus braços o braço de Easter. Prosseguiram, em zigue-zague, Jinny Love com a cabeça virada para as demais, correndo abaixada, segurando o braço.

Depositaram Easter na única sombra que havia na área, no fim das contas, a mesa embaixo da árvore. Era onde comiam. A mesa em si ainda era quase toda árvore, assim como a escada e o trampolim também eram quase árvores; uma mesa de acampamento tinha que ser abaulada e cascuda na parte inferior, e aromática por ter sido cortada. Elas conheciam aquela superfície farpada e as formigas que ali passavam. Dona Gruenwald, com suas bochechas fortes, soprou na mesa, mas teria sido melhor colocar uma toalha. Ela ficou entre a mesa e as meninas; seus tênis, como pequenos espartilhos, ali amarravam seus pés; e elas não se aproximaram além do local de onde podiam ver.

— Peguei ela, senhora.

Na água, o semblante do salva-vidas continha toda a sua impaciência; agora estava inteiramente lavado e purificado, inexpressivo. Ele puxou Easter para perto de si, para longe de Dona Moody – que, no entanto, tinha torcido as pontas da faixa de Easter – e então, se virando, escondeu-a de Dona Gruenwald. Segurando-a pela cintura, ergueu-a, e no momento seguinte, com um gesto da mão, deitou-a diante dele sobre a mesa.

Todos ficaram em silêncio. Easter jazia envolta pela umidade do Lago da Lua, deitada de lado; pontudo como um ferro de engomar, seu osso do quadril apontava para cima. Ela jazia, braço com braço e perna com perna, numa dobra comprida, de cor estranha e prensada como folhas fechadas. Seus seios também estavam unidos. Fora da água, o cabelo de Easter havia escurecido e cobria seu rosto em longas formas de samambaia. Dona Moody o ajeitou para trás.

— Dá pra ver que ela não está respirando – disse Jinny Love.

As narinas de Easter estavam afundadas, parecendo as de uma velhota roceira. Seu flanco jazia flácido como um coelho

146

morto na mata, com as flores do vestido de órfã todas juntas em alguma travessura própria, alguma confusão tardia causada pelo evento. O escoteiro só a deixou por um momento, para então pular na mesa junto a ela. Pôs-se de pé, colocou as mãos sobre ela e a rolou de bruços; elas ouviram a batida, como se fosse distante, da testa na mesa sólida, e as batidas do quadril e do joelho.

Ouviu-se Exu sendo surrado na moita de salgueiro; então elas lembraram que Elberta era mãe dele.

— Seu pretinho filho da puta! – eles a ouviram berrar, e ele uivava pela mata.

Escarranchado em cima de Easter, o escoteiro a ergueu entre as pernas e a deixou cair. Fez isso de novo, e ela caiu sobre um braço. Ele meneou a cabeça – não para elas.

Houve um suspiro, um suspiro de Morgana, não das órfãs. As órfãs não se aproximaram mais, nem agiram como se Easter pertencesse a elas, nem como se quisessem protegê-la. Não fizeram nada além de andar de um lado para outro, e ainda assim o grupo estava sutilmente mudado. Na cabeça de Nina, onde o mundo ainda era meio divertido, veio a lembrança de uma cena: pássaros no telhado embaixo de uma cerejeira; estavam bêbados.

O escoteiro, fazendo que sim, pegou Easter pelo cabelo e virou sua cabeça. Deixou o rosto dela olhando para eles. Os olhos não estavam abertos nem completamente fechados, mas como se os ouvidos escutassem um barulhão, que remontava ao momento em que ela caiu; as escleras apareciam embaixo das pálpebras pálidas e lisas, feito sementes de melancia. Os lábios estavam separados no mesmo grau; os dentes podiam ser vistos lambuzados de lama negra.

O escoteiro estendeu a mão e escancarou a boca da menina, um ato inacreditável. Ela não se alterou. Ele se ergueu, contraiu os dedos dos pés e, com um gemido próprio, caiu em cima dela e se moveu para cima e para baixo sobre ela, dentro dela, cravando a palma das mãos em suas costelas diversas vezes. Ela não se alterou, mas deixou escapar da boca um filete d'água, uma nódoa escura na face imóvel. As crianças se juntaram. Salvar vidas era algo muito pior do que elas haviam sonhado. Pior ainda era a prostração do corpo de Easter.

Jinny Love se ofereceu mais uma vez para ajudar. Queria abanar com uma toalha a fim de pelo menos espantar os mosquitos. Escolheu uma toalha branca. Seus braços imaculados se elevavam e cruzavam de um lado para outro. Estava agora de frente para as demais; sua expressão abrandou e se tornou cerimoniosa.

O corpo de Easter jazia sobre a mesa para aceitar qualquer coisa que lhe fosse imposta. Se *ele* era bruto, o eu de Easter, seu corpo, a vida sustada, era igualmente bruto. Enquanto o escoteiro, como se montasse um cavalo fujão, se agarrava momentaneamente e se arqueava nas costas dela, cravava-lhe os joelhos e os punhos e era arremessado para trás por suas próprias táticas, ela jazia ali.

Ele que tentasse mais e mais!

A coisa seguinte que Nina notou foi o cheiro de sua casa, o polegar de um adulto em seu ombro e um grito:

— O que é isso? – Dona Lizzie Stark empurrou quem estava à sua frente, e seus quadris e a bolsa preta balançaram e pararam de supetão, obliterando tudo. Era a mãe de Jinny Love e tinha chegado para fazer sua visita diária e ver como estava o acampamento.

Elas nunca ouviam o carro elétrico chegando, mas geralmente o avistavam, o observavam na paisagem, tão deslocado quanto um piano sacolejando nos buracos e sofrendo solavancos, formando um paredão de poeira.

Ninguém ousava contar a Dona Lizzie; apenas os grunhidos de Loch Morrison podiam ser ouvidos.

— Alguma órfã exagerou na dose? – Então ela falou mais alto: — Mas o que *ele* está fazendo com ela? Pare com isso.

As meninas de Morgana correram até ela e se agarraram à sua saia.

— Me larguem – disse ela. — Agora olhem aqui, todas vocês. Eu tenho um coração fraco. Vocês sabem disso... essa daí é a *Jinny Love*?

— Me deixa em paz, mamãe – disse Jinny Love, abanando a toalha.

Dona Lizzie, com as mãos nos ombros de Nina, a sacudiu.

148

— Jinny Love Stark, venha aqui agora; Loch Morrison, saia de cima dessa mesa e tenha compostura.

Dona Moody foi quem chegou às lágrimas. Ela foi até onde Dona Lizzie estava, segurando uma toalha na frente do peito e chorando.

— Ele é o nosso salva-vidas, Dona Lizzie. Lembra? Nosso escoteiro. Ah, misericórdia, ainda bem que a senhora veio; ele está fazendo isso aí tem um tempão. Fique na sombra, Dona Lizzie.

— Escoteiro? Ora, ele devia ser... ele devia ser... eu não aguento isso, Parnell Moody.

— Nenhuma de nós pôde evitar, Dona Lizzie. Nenhuma de nós. Foi pra isso que ele veio – ela chorou.

— É a Easter – disse Geneva. – Essa daí é ela.

— Ele devia ser despedido – disse Dona Lizzie Stark. Ela parou no meio de todas as meninas, apertando Nina desconfortavelmente, como se ela fosse Jinny Love, que debochava dela lá na frente, e Nina olhou para cima e a viu. O pó de arroz branco que ela usava na cara reluzia no buço ralo. Ela cheirava a pimenta vermelha e limão – estivera fazendo um pouco de maionese para elas. Tentava bravamente compensar tudo o que o escoteiro estava fazendo com o que pensava dele: que era detestável. As palavras descuidadas proferidas por Dona Lizzie para ele logo que o viu – no primeiro dia – tinham sido: "Seu pilantrinha, aposto que você vai correr lá e vai poluir a nascente, né?". "Não, madame", o escoteiro disse, exibindo a primeira evidência de sua sisudez.

— Lágrimas não vão ajudar, Parnell – disse Dona Lizzie. — Embora tenha gente que não saiba o que são lágrimas – ela olhou para Dona Gruenwald, que a encarou, de outro nível; tinha se dado o trabalho de deixar sua cadeira. — E na nossa última tarde. Eu pensei que a gente fosse ter alguma surpresa agradável.

Elas olharam ao redor, pois lá vinha Marvin, o jardineiro de Dona Lizzie, segurando duas melancias feito uma mãe com gêmeos. Ele veio em direção à mesa e parou ali.

— Marvin. Pode largar essas melancias; você não está vendo que tem alguém em cima da mesa? – disse Dona Lizzie. — Coloque elas no chão e espere.

A presença dela fez todo aquele acontecimento parecer mais natural. Estavam contentes que Dona Lizzie tivesse vindo! Foi de alguma forma por isso que tinham dado aqueles gritos de viva, proclamando Dona Lizzie a Mãe do Acampamento. Sob seu olhar, as ações do escoteiro pareciam perder bastante importância. Ele ficou reduzido quase a um estorvo – um mosquito, dotado de probóscide de mosquito.

— Tirem ele de cima dela – Dona Lizzie repetiu com sua voz enfática e ao mesmo tempo indiferente, quase cômica, sabendo que de nada adiantaria. — Ah, tirem ele de cima dela. – Dona Lizzie ficou abraçada às meninas, várias delas, calorosamente. Seu olhar só endureceu diante de Jinny Love; elas a abraçaram com mais força.

Ela as amava. Parecia que quanto mais difícil era chegar até ali, e quanto mais dificuldade ela achasse que as meninas estavam passando, mais ela as apreciava. Elas lembraram agora – enquanto o escoteiro ainda subia e descia sobre as costas enlameadas de Easter – como estavam sempre se preparando para Dona Lizzie; mesmo naquele momento as barracas estavam arrumadas e o chão, limpo e varrido por causa dela, e o chá para o lanche já estava pronto e colocado numa tina no lago; e, com certeza, o cachorro dos negros tinha latido para o carro como sempre, e agora ali estava ela. Dona Lizzie poderia ter impedido tudo; e não tinha impedido. Até seus protestos iniciais pareciam agora corriqueiros – algo que ela deveria dizer. Várias meninas olhavam para Dona Lizzie em vez de olhar para o que jazia em cima da mesa. Os lábios empoados tremiam, as pálpebras cobriam seu olhar, mas ela estava lá.

Em cima da mesa, o escoteiro cuspiu e fez uma nova avaliação de Easter. Agarrou um tufo do cabelo e puxou a cabeça dela para trás. Os lábios já não estavam ligeiramente separados – a boca estava aberta. Escancarada. A dele também. Ele a soltou, a cabeça, por conta do movimento súbito, voltou a descansar sobre uma das faces, e recomeçou.

— A Easter está morta! A Easter está m... – gritou Gertrude Bowles com voz rouca, e levou um tapa brutal na boca pela mão de Dona Lizzie para fechar o bico.

Jinny Love, com uma persistência com a qual elas jamais sonharam, manuseava a toalha. Seria por Jinny Love estar sempre do lado certo que Easter não poderia se atrever a morrer e acabar com tudo aquilo? Nina pensou: Sou eu que estou pensando isso. Easter não está pensando nada. E embora não pense, não está morta, mas inconsciente, o que é ainda mais difícil. Easter havia chegado a elas e se mantido intocável e intacta. Claro, pois um pequeno toque poderia manchá-la, fazê-la cair tão longe, tão fundo. – Só que àquela altura todos estavam dizendo que o preto a empurrara de propósito para a água, querendo que ela se afogasse.

— Não toquem nela – disseram com ternura uma para outra.

— Desista! Desista! Desista! – gritou Dona Moody, ela que as havia besuntado de maneira idêntica, como se besuntasse galinhas para a frigideira. Dona Lizzie, sem hesitação, deu-lhe um tapa também.

— Não toquem nela.

Pois elas estavam se aglomerando e se acercando cada vez mais da mesa.

— Se a Easter está morta, eu vou ficar com o casaco de inverno dela, com certeza – disse Geneva.

— Silêncio, órfã.

— Mas ela está, então?

— Cala essa boca – o escoteiro olhou ao redor e, ofegando, dirigiu-se a Geneva. — Você pode perguntar pra *mim*, quando eu te pedir pra perguntar pra mim.

O cachorro dos negros estava latindo de novo, já fazia algum tempo.

— Agora, quem será?

— Um rapaz. É o Ran MacLain e ele está vindo.

— Tinha que ser ele.

Ele veio direto, usando um boné.

— Fique longe de mim, Ran MacLain – Dona Lizzie gritou para ele. — Você, cachorros e armas, fiquem longe. Nós já temos encrenca demais por aqui.

Ela fincou o pé no intuito de impedir que ele fizesse qualquer pergunta, chegasse perto da mesa ou fosse embora, agora que tinha vindo. Por baixo da viseira do boné, Ran MacLain fixou o olhar – ele tinha 23 anos, um olhar experiente – em Loch e Easter em cima da mesa. Ele não podia ser impedido de observar todos ali. Foi até embaixo da árvore. Trazia a arma debaixo do braço. Deixou dois cães correrem solto, e quase imperceptivelmente mascava chiclete. Mas Dona Moody não se afastou dele.

E, se aproximando da mesa, Nina quase esbarrou no braço de Easter pendurado na beirada. O braço estava virado na altura do cotovelo, e assim a mão se abria para cima. Ficou ali do mesmo jeito que tinha ficado quando a noite chegou e entrou na barraca, quando chegou para Easter e não para Nina. A mão era a mesma, e o momento parecia o mesmo.

— Não toquem nela.

Nina desmaiou. Acordou com o cheiro de cebola cortada nas axilas de Elberta. Estava em cima da mesa com Easter, pé com cabeça. Havia tanta coisa que ela amava em sua casa, mas só deu tempo de se lembrar do jardim da frente. Trilhas prateadas e perfumadas se abriam atrás do cortador de grama, as maravilhas faiscavam. Então Elberta a levantou, ela desceu da mesa e voltou a se juntar às demais.

— Fiquem longe. Fiquem longe, eu disse que é melhor vocês ficarem longe. Me deixem em paz – Loch Morrison disse com a respiração ofegante. — Fui eu que mergulhei pra salvar ela, né?

Elas o detestavam, Nina mais do que todas. Quase todas detestavam Easter.

Olharam para a boca de Easter e para os olhos nos quais contemplavam sem perceber o lado avesso da luz. Embora antes ela as tivesse intimidado e lhes causasse repulsa, elas começaram a especular sobre outro tipo de sedução: haveria o perigo de que Easter, virada sobre si mesma, pudesse afinal chamá-las, do outro lado, do lado pior? Sua voz secreta, embora silenciosa, então possivelmente tornada visível, talvez saísse daquela boca medonha, feito uma trepadeira, enfeitada e cheia de flores. Ou vai que dali saísse uma cobra.

O escoteiro esmagou o corpo e saiu sangue pela boca. Para elas, foi como se alguém lhes dirigisse a palavra.

— Nina, você! Venha ficar bem aqui na barra da minha saia – chamou Dona Lizzie. Nina foi e se posicionou abaixo do grande busto que começava a descer a partir da gola do vestido, como um grande couro branco fendido.

Jinny Love atraía o olhar da mãe. É claro que ela havia dissimulado e aproveitado alguns breves descansos, mas agora seus braços brancos levantavam a toalha branca e a abanavam com bravura. Ela olhava para as demais até atrair os olhares – como se no fim das contas a festa fosse para *ela*.

Marvin tinha voltado ao carro e trazido mais duas melancias, que estava segurando.

— Marvin. Não estamos a fim de comer melancia. Eu já te falei.

— Ah, Ran. Como você pôde fazer isso? Ah, Ran.

Essa era Dona Moody, ainda, numa terceira manifestação.

Àquela altura, parecia que o escoteiro faria parte para sempre de Easter e ela, dele, ele se movendo, para cima e para baixo, e ela estirada. Ele pingava, enquanto a saia dela secava na mesa; daí, de certa forma, eles haviam trocado de lugar. O tempo estaria passando? Sem parar um minuto, os cachorros de Ran MacLain pulavam e brincavam, com o cachorro dos negros no meio.

O tempo estava passando, pois de início o rosto de Easter – a curva da testa, o lábio superior delicado e os olhos leitosos – tinha participado da vertigem da queda – a queda quase esquecida que a tinha banhado tão puramente de azul durante aquele momento demorado. O semblante agora estava fechado, e feio com aquela cor chuvosa de brotos de petúnia, do tipo que ninguém quer. A boca decerto já estava aberta pelo tempo suficiente, pelo tempo que dura qualquer boca escancarada, qualquer mordida, choro, fome, satisfação, o pesar de qualquer pessoa, ou mesmo o protesto.

Nem todas as crianças olhavam, e todas as cabeças começavam a pender, a assentir. Ninguém mais se lembrava de chorar. Nina tinha visto três conchinhas na areia que ela queria pegar assim que pudesse. E de repente aquilo lhe pareceu um daqueles momentos vindos do futuro, assim como ela havia encontrado um momento breve vindo do passado; aquilo estava muito, muito adiante dela – catando conchas, uma, outra,

outra, o tempo estagnado, e Easter abandonada num pequeno edifício, para além da morte e para além de ser lembrada.

— Estou tão cansada! – disse Gertrude Bowles. — E com calor. Vocês não estão cansadas de ver a Easter deitada aí em cima dessa mesa?

— Os meus braços parecem que vão quebrar, pessoal – e Jinny Love levantou e se envolveu nos próprios braços.

— Estou bem cansada de ver a Easter – disse Gertrude.

— Eu queria que ela morresse logo e acabasse de uma vez com isso – disse Irmãzinha Spights, que tinha ficado chupando o dedo a tarde toda sem receber nenhuma repreensão.

— Eu desisto – disse Jinny Love.

Dona Lizzie acenou, e ela veio.

— Eu, a Nina e a Easter fomos até a mata, e eu fui a única que voltei com urtiga – disse ela, beijando a mãe.

Dona Lizzie afundou repreensivamente os dedos nos braços das meninas que estavam na barra da sua saia. Todas ficaram na ponta dos pés. Easter estava morta, então?

Olhando por um instante, a partir de posições precárias, elas contemplaram, pelo bem da lembrança, aquela figura criticada, a máscara formada e fixada em seu rosto, uma das mãos à mostra, outra ciosamente enfiada na cintura, como se contivesse algo secreto conquistado a duras penas, as pernas abertas e enlameadas. Era uma figura traída, a traição tinha acabado, era uma lembrança. E então, quando os golpes, agora automáticos, voltaram a despencar, a figura engasgou.

— Pra trás. Pra trás – Loch Morrison falou entre dentes cruéis e cerrados, dirigindo-se a elas, e se agachou.

E quando as meninas recuaram, os dedos dos pés dela esticaram. A barriga arqueou e se afastou do tampo da mesa. Ela caiu, mas chutou o escoteiro.

De um jeito ridículo, ele rolou para trás, tombando da mesa. Quase caiu em cima da saia de Dona Lizzie; ela se esparramou no mesmo instante e sentou-se no chão com o colo estendido à frente como um chapéu magnífico que acabara de ser esmagado. Ran MacLain correu cortesmente a fim de levantá-la, mas ela o empurrou para longe.

— Por que você não vai pra casa... agora! – ela disse.

Diante dos olhos de todas, Easter ajoelhou, sentou-se e encolheu as pernas. Apoiou a cabeça nos joelhos e olhou para elas, enquanto puxava lentamente para baixo o vestido estragado. O sol estava se pondo. Elas o sentiam diretamente atrás, o calor achatado que nem uma palma da mão. Easter se inclinou um pouco sobre a borda da mesa, como se estivesse olhando para o que poderia se mover, e assoou o nariz; realizou a proeza com a ajuda do dedo, feito gente dos confins da roça. Então parou e se pôs novamente a olhar; no instante seguinte suas pernas baixaram e penderam. As meninas olhavam para ela, através das lufadas amarelas e lilases de poeira – que só agora as alcançavam, vindo do calhambeque de Ran MacLain –, o ar áspero feito aniagem descia dos galhos das árvores. Easter levantou um braço e protegeu os olhos, mas o braço caiu em seu colo como se fosse um torrão de barro.

Houve um som de suspiro delas. Pela primeira vez notaram a presença de uma cesta velha sobre a mesa. Continha as facas, garfos, copos e pratos de alumínio.

— Me carreguem – as palavras de Easter não tinham inflexão. Mais uma vez: — Me carreguem.

Estendeu os braços para elas, meio abobada.

Então Ran MacLain assobiou para seus cães.

As meninas correram todas juntas. Os punhos de Dona Gruenwald se ergueram no ar como se ela suspendesse – não, antes baixasse – uma cortina, e ela começou com um balido:

Pa-a-ack...
Up your troubles in your old kit bag
And smile, smile, smile![2]

Os negros estavam fazendo uma comoção gloriosa, todos surgindo agora, e então Exu escapou deles e correu acenando em direção à mata, faceiro que só um coelho solto.

---

2   Trata-se dos primeiros versos de uma célebre marcha popularizada na Primeira Guerra Mundial, publicada em 1915, em Londres. Em tradução: "Ponha seus problemas na sua velha mochila e sorria, sorria, sorria". [NOTA DO TRADUTOR]

— Quem era ele, aquele rapagão? – Etoile perguntou a Jinny Love.

— O Ran MacLain, fala-mole.

— O que é que ele queria?

— Ele só está esperando o fim do acampamento. *Eles* vêm amanhã, caçar. Eu ouvi tudo o que ele falou pra Dona Moody.

— A Dona Moody *conhece* ele?

— Todo mundo conhece ele, e o irmão gêmeo dele também.

Nina, correndo na linha de frente com as outras, suspirou – o suspiro que ela deu quando entregou a prova final na escola. Então, a cada passo, sentia um desafio próprio. Gritou:

— Easter!

Naquele instante apaixonado, quando chegaram diante de Easter e a levantaram, muitos sentimentos voltaram para Nina, alguns unificantes e outros conflitantes. Pelo menos o ocorrido com Easter estava às claras, como a própria mesa. Ali ficou – mistério, mesmo que apenas por ser duro e cruel e, por conta de algo que Nina sentia dentro do corpo, assassino.

Agora elas pegaram Easter e a carregaram até a barraca, Dona Gruenwald ainda saltitando e comandando:

— in your old kit bag!
Sorriam, meninas em vez de meninos, é assim que se faz!

Dona Lizzie se elevou com um jeito sombrio, gemendo. Agarrou a Irmãzinha Spights e disse:

— *Você* vai me dispensar?! – Assumiria o comando em breve, mas por enquanto pediu um lugar para sentar e um copo de água fresca. Ainda não tinha falado com Marvin; ele estava empurrando as melancias para cima da mesa.

A mente das meninas dificilmente poderia recapturar a cena de Easter livre no espaço, depois manuseada e virada pelo próprio ar azul. Algumas olharam para trás e avistaram o lago, cercado pela mata que formava muros dentro de muros, aonde a escuridão já havia chegado. Lá estavam as asinhas aquáticas da Irmãzinha Spights, ainda boiando, brancas feito uma ave. "Eu conheço um outro Lago da Lua", uma menina tinha falado no dia anterior. "Ah, minha filha, tem Lago da Lua pelo mundo inteiro", Dona Gruenwald interrompera. "Eu conheço um na Áustria..." E em cada um tinha caído uma menina, elas agora ousavam pensar.

O lago escureceu, depois reluziu, feito a água de um poço cercado. Easter foi posta na cama, elas ficaram sentadas, quietas, no chão, do lado de fora da barraca, e Dona Lizzie bebericou água no copo de Nina. As nuvens que subiam pelo céu iluminavam tudo, como uma árvore de mimosa espraiada e florida que podia ser vista de onde o próprio tronco deveria se erguer.

VI

Nina e Jinny Love, andando de braços dados pela trilha de baixo, avistaram a barraca do escoteiro. Isso foi depois do banquete de melancia e da partida de Dona Lizzie. Dona Moody, de voal e tênis, tinha um encontro com o velho "Rudy" Loomis, e Dona Gruenwald tentava segurar as garotas com uma cantoria antes de dormir. Easter dormia; Twosie a observava.

Nina e Jinny Love podiam ouvir as canções flutuantes, como despedidas, os aplausos e os gritos entre uma toada e outra. Uma coruja piou numa árvore, mais perto. O vento se agitou.

No interior da barraca, as ripas das pernas do escoteiro abriam e fechavam feito um leque quando ele se deslocava para a frente e para trás. Ele tinha uma lamparina lá dentro, ou vai ver que era só uma vela. Ele extinguiu a própria sombra abrindo a lona que servia de porta à barraca. Jinny Love e Nina pararam na trilha, silenciosas feito campistas veteranas.

O escoteiro, o pequeno Loch Morrison, estava se despindo em sua barraca para o mundo inteiro ver. Não se apressou em arrancar cada peça de roupa; depois a jogava no chão com a mesma força com que jogaria uma bola; no entanto, aquilo parecia, nele, meditativo.

Com a vela – pois era só isso mesmo – oscilando um pouco agora, ele parou lá, analisando e tocando suas queimaduras de sol diante de um espelho pendurado igual ao delas. Estava nu com aquela coisinha que faz cócegas dele pendurada como a última gota no bico de uma jarra. Ele interrompeu ou concluiu a análise, voltou até a porta da barraca e parou, apoiado num braço erguido, com o peso do corpo sobre um dos pés – só contemplando a noite, que estava clamorosa.

Elas acharam que ele tinha pouco a fazer!

Não estaria ele, com certeza, pouco antes de elas o pegarem, batendo no peito com os punhos? Gabando-se de si mesmo? Elas achavam que ainda podiam ouvir no ar pulsante da noite a selvagem tatuagem de orgulho que ele teria golpeado. O showzinho bobo, breve, poderoso, elas bem podiam imaginar ali naquela barraca isolada no meio do mato, à noite. Aquela coisinha insignificante bruxuleando como a chama da vela, ele pelado daquele jeito, achando que ela também cintilava. Não achava?

No entanto, parado ali com a barraca inclinada acima, o braço encalombado quando erguido e a cabeça meio de lado, ele parecia um tanto perdido.

— A gente podia era piar que nem uma coruja – Nina sugeriu. Mas Jinny Love pensava em termos do futuro. — Eu vou dedurar ele, amanhã, em Morgana. Ele é o escoteiro mais metido de toda a tropa; e tem perna torta.

— Você e eu vamos ser solteironas pra sempre – ela acrescentou.

Então elas subiram e se juntaram à cantoria.

5. O mundo inteiro sabe

Pai, eu queria poder falar com o senhor, onde quer que esteja agora.

A mãe disse: *Onde você esteve, filho?* — Em lugar nenhum, mãe. — *Eu queria que você não parecesse tão triste, filho. Você podia voltar pra MacLain e morar comigo agora.* — Eu não posso fazer isso, mãe. A senhora sabe que eu tenho que ficar em Morgana.

Quando bati a porta do banco, desenrolei as mangas e fiquei algum tempo olhando pro campo de algodão atrás da casa do Seu Wiley Bowles do outro lado da rua, até que aquilo quase me fez cochilar e então me despertou feito uma luz acesa na minha cara. O Woodrow Spights tinha ido embora fazia só alguns minutos. Entrei no carro e subi a rua, virei ao pé da entrada da garagem da Jinny (lá ia o Woody) e desci de novo. Dei meia-volta na nossa antiga entrada de carro, onde a Dona Francine tinha ligado o esguicho, e fiz o mesmo trajeto. Coisa que todo mundo faz todos os dias, mas não sozinho.

Lá estava a Maideen Sumrall no degrau da farmácia acenando com um lencinho verde. Depois que não lembrei de parar, vi o lenço baixar. Dei meia-volta de novo, pra buscar ela, mas ela pegou carona com o Red Ferguson.

Então fui pro meu quarto. Bella, a cadelinha da Dona Francine Murphy, não parava de ofegar – estava doente. Eu sempre saía no quintal e falava com ela. Coitadinha da Bella, como vai, madame? Está calor, eles te deixaram sozinha?

A mãe disse ao telefone: *Você foi a algum lugar, filho?* — Só saí pra tomar um pouco de ar. — *Dá pra perceber que você está meio abatido. E você esconde alguma coisa de mim, eu não entendo. Você é tão malvado quanto o Eugene Hudson. Agora eu tenho dois filhos escondendo coisa de mim.* — Eu não fui a lugar nenhum, pra onde eu iria? — *Se você voltasse comigo, pro Tribunal de Mac-Lain, tudo ia ficar bem. Eu sei que você não vai comer na mesa da Dona Francine, nem o biscoito dela.* — É tão bom quanto o da Jinny, mãe.

Mas o Eugene está seguro na Califórnia, é o que a gente acha.

Quando o banco abriu, a Dona Perdita Mayo veio até o meu guichê e gritou:

— Randall, quando é que você vai voltar pra tua querida esposa? Você vai perdoar ela, ouviu? Isso não se faz, guardar rancor. A tua mãe nunca guardou nenhum rancor do teu pai, e ele complicou bem a vida dela. Eu vou te contar, você quer saber como ele complicou a vida dela? Ela não guarda nenhum rancor dele. Somos todos seres humanos nesta Terra. Aonde foi o Woodrow agora de manhã, ele está atrasado pro trabalho ou você fez alguma coisa com ele? Eu ainda penso nele como um garoto de calça curta e cabelo de pajem, montado naquele pônei, aquele pônei extravagante custou 100 dólares. Woodrow: meio ralé, mas tão esperto. O Felix Spights nunca explorou um freguês, e a Dona Billy Texas foi um bom negócio antes de ficar do jeito que está agora; e a Missie sempre tocou piano acima da média; a Irmãzinha ainda é jovem demais pra gente saber. Ah, eu sou uma mulher que deu a volta ao mundo na cadeira de balanço, e vou te contar que todos nós temos surpresas de vez em quando. Mas pode tratar de voltar pra tua esposa, Ran MacLain. Ouviu? É coisa da carne, não do espírito, vai passar. A Jinny vai superar isso em três, quatro meses. Você está me ouvindo? E volta *bonitinho*.

— Hoje está mais quente ainda, né?

Peguei a Maideen Sumrall e subimos e descemos a rua. Ela era da comunidade Sissum. Tinha 18 anos.

— Olha só! Da cidade — disse ela, e exibiu as duas mãos pra mim; usava luvas brancas de algodão, novinhas. Maideen viajava ali do meu lado e falava de coisas que eu não me importava de ouvir: da Seed & Feed, onde ela trabalhava e cuidava da contabilidade, do velho Moody, de quem era funcionária, de como era trabalhar em Morgana depois da roça e da faculdade. Seu primeiro emprego: a mãe ainda não gostava da ideia. E as pessoas podiam ser tão boazinhas: pegando carona pra casa comigo às vezes, desse jeito, em vez de pegar com o Red Ferguson no caminhão da Coca-Cola. Foi o que ela me disse então.

— E primeiro eu não pensei que você fosse me ver, Ran. Eu guardei as luvas pra usar voltando pra casa de carro.

Eu disse que a minha vista tinha ficado ruim. Ela falou que sentia muito. Era uma interiorana pudica e gostava de ter algo pra poder dizer que sentia muito. Eu dirigi, em marcha lenta, pra cima e pra baixo mais algumas vezes. O Seu Steptoe estava arrastando o saco de correspondência pra dentro da agência dos correios — ele e a Maideen trocaram um aceno. Na igreja presbiteriana, a Missie Spights estava tocando *Haverá estrelas na minha coroa?*, e a Maideen ouviu. E na rua os mesmos de sempre ficavam nas portas ou rodavam no carro, e acenavam pro meu carro. O lencinho azul da Maideen ficou bem ocupado acenando de volta. Ela acenou pra eles como tinha feito pra mim.

— Eu ia ficar surpresa se *não fizesse* mal pra vista ficar engaiolado e só contar dinheiro o dia todo, Ran — ela puxou assunto.

Ela assimilava o que qualquer pessoa em Morgana contasse; e, por quatro ou cinco tardes depois da primeira, eu peguei e rodei com ela pra cima e pra baixo na rua, comprei uma coca pra ela no Johnny Loomis's, e levei ela pra casa lá pros lados de Old Forks, e ela saiu, e nunca falou nem uma palavra que não fosse educada, como aquela coisa de contar dinheiro. Era educada; a companhia dela era um tico melhor que ficar sozinho.

Levei ela até em casa e depois voltei pra Morgana, pro quarto que eu tinha na casa da Dona Francine Murphy.

Na vez seguinte, ali no final da calçada, peguei o atalho pra casa dos Stark. Eu não aguentava mais.

A Maideen não disse uma palavra até que chegamos à entrada da garagem e paramos.

— Ran? – ela disse. Não estava perguntando nada. Só queria me lembrar que eu tinha companhia, mas disso eu já sabia. Saí, dei a volta e abri a porta.

— Você quer entrar lá comigo? – ela perguntou. — Por favor, eu até preferia que você não entrasse. – A cabeça dela pendeu. Eu vi a mecha branquíssima do cabelo.

Eu disse:

— Claro. Vamos entrar e ver a Jinny. Por que não?

Eu não aguentava mais, foi por isso.

— Eu entro e te levo.

Não é que o Seu Drewsie Carmichael não me dissesse todas as tardes: "Venha pra casa comigo, garoto", ele dizia enquanto enfiava aquele panamá grandão – como o seu, pai – na cabeça, "não tem cabimento você deixar de dormir no fresquinho, com um dos nossos ventiladores ligados em cima de você. A Mamie está brava com você por ficar assando naquele quarto do outro lado da rua... você podia se mudar em cinco minutos. Pois bem, Ran, olha só: a Mamie tem uma coisa pra te falar: eu não". E ele esperava um minuto na porta antes de ir embora. Ficava parado e segurava a bengala – aquela que o Woody Spights e eu compramos juntos quando ele se elegeu prefeito – em riste ao lado da cabeça, pra me ameaçar com conforto, até que eu respondesse: "Não, obrigado, senhor".

A Maideen estava ao meu lado. Atravessamos a pé o jardim esturricado dos Stark até o alpendre da frente, passando por baixo da cabeça pesada daqueles resedás, as flores tão brilhantes pendendo feito frutas prestes a cair. A mãe da minha esposa – a Dona Lizzie Morgan, pai – cuidou de grudar a cara na janela do quarto. Ela seria a primeira a saber se eu voltasse, certeza. Abrindo a cortina com uma agulha de crochê de aço, ela olhou pro Randall MacLain se aproximando da porta, e trazendo logo quem com ele.

— O que você está fazendo aqui, Ran MacLain?

Quando eu não olhei pra cima, ela bateu no parapeito da janela com a agulha.

— Eu nunca entrei na casa dos Stark – disse a Maideen, e comecei a sorrir. Senti uma leveza estranha. Devia ter lírio florescendo em algum lugar por ali, e inspirei fundo o cheiro de éter: não importava se desmaiasse ou não. Abri a porta telada. De cima, em algum lugar lá dentro, a Dona Lizzie chamou:

— Jinny Love! – como se a Jinny tivesse um encontro.

A Jinny – não tinha saído para jogar *croquet* – estava com as pernas afastadas, cortando mechas de cabelo diante do espelho do corredor. As mechas caíam a seus pés. Ela usava sandálias de palha, do tipo que precisava ser encomendado, shorts de menino. Olhou pra mim, de perto, e disse: "Bem na hora, pra me dizer quando parar". Tinha cortado uma franja. O sorriso dela me lembrou o que uma criança faz quando abre a boca, mas só cai no choro depois que vê a pessoa certa.

E virando pro espelho cortou mais.

— Obedeça ao impulso... – àquela altura tinha visto a Maideen, e continuou cortando o cabelo com uma tesoura em formato de bico de cegonha. — Entre *também*, tire as luvas.

Isso mesmo: ela sabia, com sua esperteza do tipo premonição, primeiro, que eu ia voltar quando o verão fosse demais pra mim, e segundo que eu ia trazer um estranho se pudesse encontrar um, alguém que não soubesse de nada, pra entrar em casa comigo quando eu viesse.

Pai, eu queria poder voltar.

Olhei pra cabeça da Jinny, cheia de pontas irregulares, e lá estava a Dona Lizzie descendo; tinha acabado de parar pra trocar o sapato, é claro. Por um do tipo que desce uma escada como quem desfila. Assim que nos defrontamos, saímos do local onde nos encontramos, descendo em fila pelo corredor, e, passando por cima das menções dos nossos nomes ou seja lá do que estávamos falando, a voz de Jinny gritou pra Tellie, pedindo cocas. Ela contou a gente com o dedo. A tal sensação de leveza logo voltou. Só de pisar no tapete, que na verdade ondula um pouco, e com o cabelo da Jinny nele espalhado feito penas, era como se eu flutuasse, subisse e flutuasse.

Sentados em cadeiras de balanço – no alpendre dos fundos –, não estávamos balançando. As cadeiras, de vime branco, tinham uma nova camada de tinta – a milésima primeira, mas uma nova camada desde que larguei a Jinny. O lado de fora — um lençol de luz branca — batia nos meus olhos. As samambaias ao nosso redor estavam quietas no suporte; tinham acabado de ser regadas. Eu podia ouvir as mulheres e captava fragmentos da história, do que tinha acontecido conosco, é claro — mas ouvi as samambaias.

Mesmo assim, a história estava sendo contada. Não na voz da Dona Lizzie, que jamais faria isso, com certeza tampouco na da Jinny, mas na voz cristalina da Maideen, na qual a história nunca tinha existido — pior ainda, pois a voz nem sequer questionava o que dizia — apenas repetia, apenas fluía — as palavras da cidade.

Contando o que lhe disseram que ela viu, repetindo o que ouviu — as jovens são passarinhos estranhos que falam. Podem ser ensinadas, algumas todos os dias, a cantar uma canção composta pelo *povo*... A própria Dona Lizzie fez a cabeça pender de lado, pra deixar a Maideen falar.

Ele a largou e levou as roupas pro outro lado da rua. Agora todo mundo está esperando pra ver quanto tempo ele vai demorar pra voltar. Dizem que a Jinny MacLain convida o Woody pra comer lá, um ano mais novo do que ela, o senhor lembra quando eles nasceram. Convida, bem na cara da mãe. Claro, é o Woodrow Spights que ela convida. Pra Jinny Stark, quem mais haveria em Morgana depois do Ran, se até mesmo o Eugene MacLain tinha ido embora? Ela é parente dos Nesbitt. Ninguém fala quando começou, será que alguém sabe? No Círculo, na casa da Dona Francine, na Escola Dominical, dizem, dizem que ela vai casar com o Woodrow: o Woodrow não ia perder tempo, mas o Ran mata alguém primeiro. E tem o papai do Ran e o jeito que ele era e é, o senhor lembra, lembra? E o Eugene se foi, às vezes era quem conseguia segurar ele. Coitada da Snowdie, é o fardo dela. Ele costumava ser meigo, mas tinha muito do diabo nele, desde sempre, assim é o Ran. Ele vai fazer alguma ruindade. Ele não vai se divorciar da Jinny, mas vai fazer alguma ruindade. Talvez mate todos eles. Dizem que a Jinny não tem medo disso. Vai ver que ela bebe e esconde a garrafa, o senhor conhece o lado do pai dela. E como sempre toda certinha na rua. E, ah, o senhor quer saber, eles se esbarram todos os dias do ano, os três. Claro, como eles poderiam evitar, se quisessem evitar, como ia ser possível escapar da coisa, bem em Morgana? A gente não pode escapar em Morgana. De nadinha, o senhor sabe disso!

Pai! O senhor não está ouvindo.

E a Tellie estava zangada com todos nós. Ainda segurava a bandeja, segurava um pouco alta demais. Quando pegou a coca com a luva branca, a Maideen falou pra Dona Lizzie:

— Depois de trabalhar na loja o dia todo, eu estou um caco e toda esculachada, e não dá pra entrar na casa de alguém estranho.

— Você é de longe a mais arrumadinha aqui, minha querida.

De quem mais a Maideen sabia falar, a não ser de si mesma?

Mas era parecida com a Jinny. Era a cópia da Jinny feita por uma criança. A primeira vez que a Jinny me encarou, bem naquele momento, deixou logo isso evidente. (Ah, esse jeito dela de encarar sempre deixava evidente a contaminação. Ou mais evidente.) Tal semelhança eu conhecia *post-mortem*, por assim dizer – e isso me deixou bastante satisfeito comigo mesmo. Não quero dizer que tinha qualquer deboche no rostinho da Maideen – não –, mas tinha algo da Maideen no rosto da Jinny, que remontava a muito antes – a um tempo que, eu sabia, não voltaria jamais para a minha Jinny.

A brisa lenta daquele ventilador de teto – as velhas lâminas brancas cobertas de algo feito glacê de bolo, com moscas pousadas – levantava o cabelo das meninas como se fossem mãos passando por ele, o cabelo castanho da Maideen na altura dos ombros e o cabelo castanho da Jinny curto, estragado – estragado por ela mesma, conforme gostava de fazer. A Maideen foi mais educada do que nunca comigo e, quebrando o silêncio, como as samambaias pingando, falou sobre si mesma e a Seed & Feed; mas brilhava com algo que ela própria não sabia, ainda, bem ali, na sala com a Jinny. E a Jinny não estava balançando o corpo, ainda, com seu sorriso inteligente e de quem não ouvia nada.

Olhei da Jinny pra Maideen e de volta pra Jinny, e quase escutei um elogio – um elogio de algum lugar – pai! – aos meus bons olhos, à minha visão. Coube a mim, no fim das contas, trazer a coisa à tona. Não tinha entre elas nada além do tempo.

Aqueles sons irritantes continuavam lá fora – gente e *croquet*. Terminamos de tomar as cocas. A Dona Lizzie continuava ali, sentada – com calor. Ainda segurava a agulha de crochê, reta que nem uma régua, mas ninguém foi agredido, aniquilado. A Jinny se pôs de pé, nos convidando pra jogar *croquet*.

Mas já passava da hora.

Avançavam lentamente pela sombra do quintal dos fundos – o Woody, o Johnnie e a Etta Loomis, a Nina Carmichael e o primo da Jinny, o Junior Nesbitt, e a menina de 14 anos que eles deixavam jogar – com o Woody Spights jogando a bola através de um dos arcos. Ele era jovem demais pra mim – eu nunca tinha olhado pra ele antes desse ano; estava surgindo no mundo. Olhei pro quintal e o grupo parecia ter diminuído um pouco, não consegui perceber quem estava de fora. A Jinny foi até lá. Era eu mesmo.

A mãe disse: *Filho, você está vagando num sonho.*

A Dona Perdita chegou e disse:

— Ouvi falar que você voltou ontem e não abriu a boca, e foi embora de novo. É melhor nem ir. Mas nada de se empinar todo agora e fazer alguma coisa que a gente vai lamentar. Eu sei que você não vai. Eu conheci o teu pai, era louca pelo teu pai, ficava contente toda vez que via ele chegar, triste quando via ele ir embora, e adoro a tua mãe. As pessoas mais meigas do mundo, o casal mais feliz do mundo, desde que ele estivesse em casa. Diz pra tua mãe que eu falei isso, da próxima vez que você encontrar com ela. E você trate de voltar pra aquela tua esposa preciosa. Trate de voltar e ter filhos. O meu Círculo garante que a Jinny vai se divorciar de você, vai casar com o Woodrow. Eu disse: Por quê? Coisa da carne, eu disse pro Círculo, não vai durar. A Mana falou que você ia matar ele, e eu falei: Mana, de quem você está falando? Se é o Ran MacLain que *eu* conheci no carrinho de bebê, eu disse, não tem a menor chance de ele chegar a esse ponto. E a pequena Jinny. Quem vai falar pra Lizzie dar umas palmadas nela? Eu não pude deixar de rir da Jinny; ela disse: Isso é da minha conta! A gente estava na loja de ferragens, o velho Holifield franziu a testa até não poder mais. Eu falei: Como foi que aconteceu, Jinny, conta pra velha Dona Perdita, sua danadinha, e ela falou: Ah, Dona Perdita, faz como *eu*. Faz como *eu*, ela falou, e continua como se nada tivesse acontecido.

166

Vou te falar, e ela disse que eu tenho que descontar os meus cheques no banco de Morgana, e o Woody Spights trabalha lá, só tem ele e o Ran, então eu vou até o Woody e desconto os cheques. E eu digo: Menina... como é que vocês podem ficar longe um do outro? Vocês não podem fazer isso. Mas é uma pena que você precisou correr pra um Spights. Ah, se existisse apenas alguns *garotos* Carmichael, eu sempre falo! Mas não importa quem é, o círculo não tem fim. Coisa da carne é isso mesmo, um círculo que não tem fim. E você não vai fugir disso em Morgana. Mesmo na nossa cidadezinha.

Tudo bem, eu falei pro velho Moody agora há pouco, olha só. A Jinny traiu o Ran... esse é o *x* da questão. Aí está a *coisa toda*. Esse foi o baque. Encara, eu falei pro Dave Moody. Assim como a Lizzie Stark, ela é corajosa. Embora esteja 7 milhas ao sul daqui, a Snowdie MacLain é outra corajosa. A pobre da Billy Texas Spights não dá pra avaliar. Você é apenas o sujeito das sementes e das rações e o delegado aqui; pro meu gosto, você não é bem um formador de opiniões.

A Jinny nunca teve medo nem do próprio diabo, quando ainda era menina, então é evidente que não vai ter agora, com 25 anos. Ela é da Lizzie. E o Woodrow Spights nunca vai sair do banco, vai? É muito mais limpo do que a loja, e ele vai ficar com a loja também. Então depende de você, Ran, é o que parece.

E se fosse eu, eu voltava pra minha legítima esposa! – a Dona Perdita coloca as duas mãos nas barras do meu guichê e levanta a voz. — Nem você, nem eu, nem o Homem da Lua tem que dormir naquele quartinho virado pro sol da tarde na casa da Dona Francine Murphy, nem por todo o orgulho do mundo, não em agosto! E mesmo que seja a casa onde você cresceu, o quarto é outro. E escuta bem. Não vai estragar uma mocinha *da roça*, de quebra. Tire as conclusões que quiser.

Ela se afasta, andando de costas, estendendo as mãos, como se puxasse o ar, como se eu estivesse flutuando, suspenso, hipnotizado, e ela pudesse ir embora. Mas só vai até o guichê seguinte – do Woody Spights.

Eu voltei pro meu quarto na casa da Dona Francine Murphy. Pai, lá costumava ser o quarto de depósito. Guardava as colchas de retalhos da mamãe e o vestido de noiva dela e um amontoado medonho de coisa acumulada por tanto tempo que o senhor nem imagina.

Depois do trabalho eu cortava a grama ou fazia qualquer coisa no quintal da Dona Francine pra que ficasse mais fresquinho para a Bella. Isso mantinha as pulgas longe dela, até certo ponto. Não adiantava muito. O calor continuava.

Tentei ir até a casa da Jinny depois naquela mesma tarde. Os homens estavam jogando, ainda jogavam *croquet* com uma menina, e as mulheres tinham se recolhido no alpendre. Tentei sem a Maideen.

Era a longa noite do Mississippi, a espera até esfriar o suficiente pra cear. A voz da Dona Lizzie se projetava. Feito o zumbido do cotonifício, a voz seguia, mas a noite ainda estava quieta, ainda muito quente e silenciosa.

Alguém me disse:

— Você tem que pegar o Woody – era só uma garotinha dos Williams, de tranças.

Eu podia ter respondido com uma piadinha. Eu me sentia leve, nada sisudo, fazendo a coisa para uma criança, quando levantei o taco — aquele com a faixa vermelha que sempre era meu. Mas derrubei o Woody Spights com ele. Ele tombou e fez o chão tremer. Eu senti o ar subir. Então bati nele. Percorri todo o comprimento do corpo dele, e rachei a cabeça cheia daquele cabelo sedoso de menina e de todas aquelas ideias, bati nele sem parar até que todos os ossos, inclusive os tantos ossinhos do pé, estivessem partidos em dois. Eu não tinha lidado com o Woody Spights até aquela hora. E provei que o corpo humano masculino — tem uma forma muito positiva, muito especial, o senhor sabe, que não deve ser danificada — pode ser exterminado bem depressa. Bastam uns golpes sonoros e dos bons, um atrás do outro — alguém devia ensinar isso pra Jinny.

Olhei pro Woodrow no chão. E os olhos azuis dele estavam ilesos. Tão ilesos quanto bolhas que uma criança sopra, as coisas mais impenetráveis — o senhor já viu folhas de relva atravessarem bolhas e elas ainda refletem o mundo, espelham tudo intactas. Afirmo que o Woodrow Spights estava morto.

— Agora você vai ver — disse ele.

Ele falou sem nenhum sinal de dor. Só com aquela pontinha de competitividade na voz. Ele sempre foi o bobão mais ambicioso. Pra mim, a ambição sempre foi um mistério, mas agora era a vez dele de nos enganar — a mim e a ele. Eu não sabia como o maxilar quebrado do Woody Spights pôde voltar a abrir, mas abriu. Eu ouvi ele dizer:

— Agora você vai ver.

Ele jazia morto na grama amassada. Mas tinha levantado. Só pra chamar atenção, deu uma palmada na gordinha Williams. Eu vi a palmada, mas não consegui ouvir — o som mais conhecido desse mundo.

E eu devia ter exclamado *naquele momento* "Tudo é desgraça!". Os gritos dos seres humanos podiam ecoar, se os dos gafanhotos também podiam, no fim de um entardecer como aquele, e atravessar a grama num quintal, se um número suficiente deles gritasse. Aos nossos pés, as sombras desapareciam até não restar sombras e os gafanhotos cantavam em longas ondas, O-E, O-E, e o cotonifício prosseguia. A nossa grama em agosto é que nem o fundo do mar, e a gente caminha sobre ela jogando o corpo, e o céu fica verde antes de escurecer, pai, como o senhor sabe. O suor escorria pelas minhas costas e pelos meus braços e pernas, estendendo galhos feito uma árvore de cabeça pra baixo.

Então, "Venham todos!", elas chamaram do alpendre — as lâmpadas conhecidas de repente acenderam. Elas nos chamaram com suas vozes femininas, dissimuladas, todas menos a Jinny.

— Seus bobões, vocês estão jogando *croquet* no escuro! — ela disse. — A ceia está pronta, se querem saber.

O alpendre luminoso do outro lado da escuridão era como um barco no rio pra mim; um barco de passeio no qual eu não ia embarcar. Eu ia pra casa da Dona Francine Murphy, como todo mundo sabia.

Todas as noites, pra escapar da Dona Francine e das três professorinhas, eu passava correndo pelo alpendre e pelo corredor como um homem que atravessa um prédio em chamas. No quintal, com figueiras escuras, ou então ao luar, a Bella abriu os olhos e me fitou. Os dois olhos mostravam a lua. Se bebesse água, ela vomitava – mas ela ia com esforço até a tigela e bebia de novo, por mim. Eu a abracei. Coitada da Bella. Achei que estava sofrendo por conta de um tumor e fiquei com ela quase a noite inteira.

A mãe disse: *Filho, fiquei feliz em te ver, mas notei que aquela pistola velha do teu pai está no bolso do teu belo paletó, o que você quer com isso? O teu pai nunca se importou com ela, foi embora e deixou ela pra trás. Não tem nenhum ladrão vindo pro banco de Morgana que eu saiba. Filho, se você poupasse o teu dinheiro, ia poder fazer uma viagenzinha até o litoral. Eu até ia com você. Tem sempre uma brisa lá em Gulfport, quase sempre.*

No fim da entrada de carros da casa da Jinny, tem punhais espanhóis e um pátio sem jardim na frente, com uma árvore bifurcada cercada por um banco – como se fosse o velho parquinho de uma escola, com a escola nos fundos e fora de vista. Só os imensos punhais espanhóis e as teias de aranha penduradas nas folhas que nem trapos de roupa. É possível chegar até a casa passando embaixo das árvores, dando a volta no quintal e abrindo o velho portão perto do gazebo. Em algum lugar na sombra tem uma estátua do tempo dos Morgan, de uma jovem bailarina com o dedo no queixo, toda manchada, com algumas iniciais nas pernas.

A Maideen gostou da estátua, mas disse:

— Você vai me levar lá dentro de novo? Achei que talvez não fosse.

Vi a minha mão no portão e disse:

— Espera um minuto. Perdi um botão – mostrei a minha manga pra Maideen. De repente, me senti tão estranho que quase chorei.

— Um botão? Ora, eu costuro pra você, se você me levar pra casa – disse a Maideen. Isso é o que eu queria que ela dissesse, mas ela tocou a minha manga. Um camaleão subiu por uma folha e parou, ofegante. — Então a mamãe vai te conhecer. Ela vai ficar contente se você ficar pro jantar.

Destranquei o velho portãozinho. Senti o cheiro das peras azedas no chão, o odor de agosto. Eu nunca falei pra Maideen que ia jantar lá, qualquer dia que fosse, ou que queria conhecer a mãe dela, é claro; mas também eu sempre esquecia os velhos costumes, a eterna polidez das pessoas que você espera jamais conhecer.

— Ah, a Jinny pode costurar o botão – eu disse.

— Ah, eu posso? – disse a Jinny. É claro que ela estava escutando o tempo todo, dentro do gazebo. Ela saiu, sozinha, com a velha cesta de vime quebrada cheia de peras sardentas. Ela não me mandou voltar e fechar o portão.

Carreguei a cesta pra ela e fomos na frente da Maideen, mas eu sabia que ela vinha atrás; ela não ia saber muito bem como deixar de seguir a gente. Nos canteiros de flor, os mesmos tordos caminhavam. O esguicho pingava agora. Mais uma vez, entramos na casa pela porta dos fundos. As nossas mãos se tocaram. Tínhamos pisado no canteiro de hortelã da Tellie. O gato amarelo esperou pra entrar com a gente, a maçaneta da porta estava tão morna quanto a mão, e no degrau, no caminho de duas pessoas que entravam juntas, os potes de vidro cheios de brotos dentro d'água — "Cuidado com os potes da mamãe!". Mil vezes tínhamos entrado desse jeito. Enquanto mil abelhas zumbiam e se enterravam nas peras espalhadas pelo solo.

A Dona Lizzie se encolheu dando um grito e subiu correndo a escada dos fundos – peito erguido –, a sombra trotou pelo assoalho ao lado dela que nem um urso dotado de nariz. Mas ela não conseguiu chegar ao topo; deu meia-volta. Desceu, com cuidado, e ergueu um dedo pra mim. Precisava ter cautela. Foi naquela escada que numa noite o Seu Comus Stark caiu e quebrou o pescoço, quando subiu bêbado pelos fundos. Eu chamei atenção? – a Jinny escapou.

— Randall. Não posso deixar de te contar uma cartada que eu joguei ontem. A minha parceira era a Mamie Carmichael e você sabe que ela sempre faz o jogo dela sem mais consideração pela parceira do que você pela sua. Pois bem, ela abriu com espadas, e a Etta Loomis dobrou. Eu tinha: só uma espada, cinco paus com rei e dama, cinco copas com rei e dois ouros menores. Eu cantei dois paus. A Parnell Moody cantou dois ouros, a Mamie, duas espadas, todas passaram. E, quando eu baixei a minha mão, a Mamie disse: "Ah, *parceira*! Por que você não apostou nas tuas copas!". Eu disse: "Nada disso". No nível de três, com as adversárias dobrando pra levar tudo. Ela, é claro, tinha dois naipes: seis espadas com ás e valete e quatro copas com ás, valete e dez, e eu com um ás de paus. Agora, Randall. Teria sido bem fácil pra Mamie apostar três copas naquela segunda rodada. Mas não! Ela só enxergou o jogo dela e nos derrubou em duas, e a gente poderia ter feito cinco copas. Agora *você* acha que eu devia ter apostado três copas?

Eu disse: "A senhora tinha motivos pra não fazer isso, Dona Lizzie".

Ela deu de chorar na escada. Lágrimas colaram em seu rosto empoado.

— Vocês, homens. Vocês sempre nos derrotam no final. Talvez eu esteja ficando velha. Ah não, não é isso. Porque eu sei onde é que vocês nos derrotam. A gente poderia conhecer vocês a fundo, mas é que a gente nunca sabe o que aflige vocês. Não me olhe desse jeito. Claro que eu estou vendo o que a Jinny está fazendo, a bobona, mas você sofreu primeiro. Você só fez com que ela reagisse, Ran — então ela olhou novamente, virou de costas e voltou pra cima.

E o que me aflige eu não sei, pai, a menos que talvez o senhor saiba. O tempo todo que ela ficou falando, eu fiquei segurando as peras quentes. Então coloquei a cesta na mesa.

A Jinny estava no pequeno escritório dos fundos, o "escritório da mamãe", com aquele papel de parede com estampa de paisagem e a velha escrivaninha do Seu Comus cheia de correspondência da UDC[3] e mapas cadastrais que estalavam feito trovão quando o ventilador soprava. Ela estava gritando pra Tellie. A Tellie entrou com a cesta de costura na mão e só ficou esperando, olhando pra ela.

— Deixa isso aí, Tellie, eu vou usar quando estiver pronta. Agora vai embora. E para de fazer bico, ouviu?

---

3 Referência à United Daugthers of the Confederacy [Filhas Unidas da Confederação], associação que congrega descendentes femininas de soldados que lutaram pelos Confederados na Guerra Civil nos Estados Unidos. [N. T.]

A Tellie largou a cesta e a Jinny a abriu e vasculhou o interior. A tesoura de cegonha caiu. Encontrou um botão que pertencia a mim e voltou a atenção pra Tellie.

— Ouvi contar que a senhora tá na pior.

A Tellie saiu.

A Jinny olhou pra mim e não se importou. Eu me importei. Disparei à queima-roupa contra a Jinny – mais de uma vez. Foi de perto – mal havia espaço entre nós de repente pra pistola subir. E ela só ficou franzindo a testa pra agulha, eu tinha esquecido para que era. A mão não chegou a desviar, não chegou a tremer por conta do barulho. O relógio no console da lareira estava batendo – a pistola não tinha abafado as batidas. Fiquei observando a Jinny e vi seus seios infantis fazendo beicinho, projeto de seios, repletos de buracos brilhantes onde as minhas balas tinham entrado. Mas a Jinny não sentiu. Estava enfiando a linha na agulha. Fez sua carinha de sucesso. Com ela, a linha sempre entrava direto no buraco da agulha.

— Você quer parar quieta!

Ela não costumava reconhecer sofrimento – qualquer coisa menos tristeza e sofrimento. Quando eu não podia dar algo que ela queria, ela cantarolava uma musiquinha. No nosso quarto, a voz dela se tornava baixa e suave, em total descrédito. Naquele momento eu a amava muito. A traidorazinha. Esperei, enquanto ela enfiava a agulha e puxava a minha manga, a manga da minha mão inerte. Foi como contar minhas respirações. Expirei minha fúria e inspirei a pura decepção: ela não estava morta na terra. Ela lambeu a linha – magnificamente. Quando afastou a boca, eu quase caí. A traidora.

Não ousei me despedir da Jinny.

— Tudo bem, agora você está pronto pro *croquet* – ela disse. E subiu também.

A velha Tellie cuspiu uma gotinha de nada no fogão e bateu a tampa enquanto eu saía pela cozinha. A Maideen estava sentada no balanço. Eu falei pra ela ir até o campo de *croquet*, onde todos jogávamos o jogo da Jinny, sem a Jinny.

A caminho do meu quarto, avistei a Dona Billy Texas Spights do lado de fora, de roupão, sacudindo as flores pra fazê-las desabrochar.

Pai! Bom Deus, acaba com isso. Acaba com isso, acaba com tudo. Não permita isso.

Por fim, a Dona Francine me pegou no corredor.

— Me faz um favor, Ran. Me faz o favor de acabar com o sofrimento da Bella. Essas professoras são tão incapazes de fazer a coisa quanto eu. E o meu amigo que vem pra jantar tem o coração mole. Você pode. Faz e não conta como foi, ouviu?

Onde você esteve, filho, já é tão tarde. — Em lugar nenhum, mãe, em lugar nenhum. — *Se você estivesse de volta debaixo do meu teto*, a mãe disse, *se o Eugene não tivesse ido embora também. Ele se foi e você não ouve ninguém.* — Está quente demais pra dormir, mãe. — *Eu fiquei acordada ao lado do telefone. O Senhor nunca quis que a gente se separasse. Um do outro, num quartinho.*

— Eu lembro do teu casamento – disse a velha Dona Jefferson Moody diante do meu guichê, balançando a cabeça do outro lado das barras. — Nunca imaginei que ia acabar assim, a cerimônia de casamento mais bonita e mais longa que eu já vi. Olha só! Se todo esse dinheiro fosse teu, você podia sair da cidade.

E eu estava ficando farto, ah, tão farto, da Maideen esperando por mim. Eu me sentia encurralado quando ela me falava, gentil como sempre, sobre a Seed & Feed. Porque desde que eu nasci, o velho Moody enchia a calçada com fôrmas de torta cheias de milho descascado e coisas como chumbo miúdo. A vitrine costumava estar tão embaçada que parecia um vitral. Ela esfregava a vitrine pra ele, e deixava visíveis os barris e as latas e as sacas e os nichos de coisarada lá dentro, e o velho Moody de viseira sentado numa banqueta, brincando de cama de gato com um barbante; e ela empurrando comida pro pássaro. Havia flores de algodão na janela e na porta, e depois seria cana--de-açúcar, e ela me disse que já estava pensando na árvore de Natal. Sabe lá o que ela ia pendurar na árvore de Natal do velho Moody. E agora ela me informou o sobrenome de solteira da mãe. Deus me ajude, o nome Sojourner foi colocado na minha cabeça que nem uma coroa frouxa em cima de uma pilha de coisa pra lembrar. Pra não esquecer, pra nunca esquecer o nome Sojourner.

E sempre obrigado a levar a pequena Williams em casa à noite. Ela jogava bridge. Eis o jogo que a Maideen nunca tinha aprendido a jogar. Maideen: nunca beijei ela.

Mas chegou o domingo em que levei ela a Vicksburg.

Ainda na estrada comecei a sentir falta do meu bridge. A gente podia retomar o nosso velho carteado agora, a Jinny, o Woody, eu e a Nina Carmichael ou o Junior Nesbitt, ou ambos, esperando a vez. É claro que a Dona Lizzie agora ia nos abandonar, nunca pra ser a nossa quarta parceira, sem dizer o que nenhum de nós tinha feito; ela não suportava os Nesbitt, pra começo de conversa. Eu sempre ganhava — a Nina costumava ganhar, mas qualquer um podia ver que era muito pressionada pelo Nesbitt na hora de descartar, e tinha vez que ela nem vinha pra jogar, e nem o Nesbitt, e a gente precisava buscar a menina dos Williams e levar ela de volta pra casa.

A Maideen agora não dizia uma palavra pra quebrar o nosso silêncio. Ficava sentada segurando uma revista feminina. De vez em quando virava uma página, primeiro umedecendo o dedo, que nem a minha mãe. Quando erguia os olhos pra mim, eu não olhava. Todas as noites eu ganhava dinheiro em cima delas. Então, na casa da Dona Francine, eu ficava doente, saindo porta afora, pra que as professoras não ficassem cismadas.

— Agora você precisa mesmo levar essas duas pra casa. As mães vão ficar se perguntando onde elas andam — a voz da Jinny.

A Maideen levantava com a pequena Williams pra ir embora, e eu achava que podia confiar nela, se confidenciasse qualquer coisa.

Ela ficava embotada de sono. Se recostava cada vez mais na poltrona dos Stark. Nunca nos acompanhava no rum com coca, mas simplesmente morria de sono. Dormia sentada no carro a caminho de casa, onde sua mãe, cujo sobrenome de solteira era Sojourner, agora ficava de olhos arregalados, à espreita. Eu acordava a Maideen e dizia onde a gente estava. A pequena Williams tagarelava no banco de trás, de lá e até sua casa, desperta que só uma coruja.

Vicksburg: 19 milhas sobre cascalho e treze pontezinhas e o Big Black. E de repente toda a sensação voltou.

A Morgana que eu contemplava por tempo demais. Até que a rua se tornou um traço a lápis no céu. A rua estava lá do mesmo jeito, tijolos de borda arredondada, dois campanários e a caixa-d'água e as árvores frondosas, mas, se vi, não foi com amor, era só um traço a lápis no céu que sacolejava com o tremor do cotonifício. Se algumas fachadas falsas de um vermelho indelével se uniam umas às outras passando feito um trenzinho de brinquedo, eu já não pensava na minha infância. Vi o velho Holifield virar de costas, seus suspensórios pareciam tortos, muito tortos.

Em Vicksburg, parei o carro ao pé da rua abaixo do muro, perto do canal. Havia aquela luz ofuscante, luz com marca-d'água. Acordei a Maideen e perguntei se estava com sede. Ela alisou o vestido e ergueu a cabeça ao som da cidade, o tráfego nos paralelepípedos logo atrás do muro. Avistei o táxi aquático vindo nos buscar, cortando a faixa do canal, infantil feito um cavalinho de balanço.

— Abaixa a cabeça — eu falei pra Maideen.

— Aqui dentro?

Era o pôr do sol. A ilha estava bem perto do outro lado da água — um local ermo com salgueiros, fios amarelos e verdes, frouxos e entrelaçados, como um cesto que deixava a luz escapar sem controle. Todos ficamos de pé e curvamos a cabeça sob o teto da pequena cabine, e protegemos os olhos. O negro que conduzia o bote a motor não disse uma palavra: nem "Entrem" nem "Saiam".

— Aonde é que a gente está indo? — perguntou a Maideen. Em dois minutos tocamos na barca.

Não havia ninguém lá dentro além do barman — um lugar silencioso e esquecido como um celeiro, velho e cansado. Deixei que ele trouxesse duas coca-colas com rum até a mesa de jogo na parte de trás, onde havia duas cadeiras de vime. Não era coberto lá atrás. O sol estava se pondo do lado da ilha enquanto ficamos ali sentados, e deixava Vicksburg toda delineada do outro lado. O leste e o oeste estavam nos nossos olhos.

— Não me faça beber. Eu não quero beber — disse a Maideen.

— Vai, bebe.

— Pode beber, se você gosta. Não me faça beber.

— Bebe você também.

Observei-a enquanto ela bebia um pouco, sentada e protegendo os olhos. Vespas mergulhavam de um ninho acima da velha porta telada e roçavam seu cabelo. Havia um cheiro de peixe e das raízes flutuantes que margeavam a ilha, e do oleado que cobria a nossa mesa, e de carteados infindáveis. Uma carga de negros chegou no táxi aquático e desembarcou toda amarelo-enxofre, coberta com farinha de caroço de algodão. Desapareceram na barca colorida do outro lado, em fila indiana, carregando seus baldes, como se estivessem condenados àquilo.

— Com certeza! Não quero beber.

— Olha só, você bebe e depois me diz se está com gosto ruim, e eu jogo as duas no rio.

— Vai ser tarde demais.

Através da porta telada eu podia ver o salão escuro. Tinham entrado dois homens carregando galos pretos debaixo dos braços. Sem barulho, cada um acomodou uma bota enlameada no apoio pros pés e bebeu, os galos absolutamente imóveis. Desembarcaram do lado da ilha e sumiram num minuto, em meio a um borrão quente de salgueiros. Talvez nunca mais fossem vistos.

O calor tremulava na água, e no outro lado tremulava nas bordas dos antigos prédios brancos e nas lajes de concreto e no muro. Da barca, Vicksburg parecia o reflexo de si mesma num espelho velho – como um retrato num momento triste da vida.

Um *cowboy* baixote e a namorada entraram, andando do mesmo jeito. Colocaram uma moeda na *jukebox* e se abraçaram.

Não havia ondas visíveis, mas a água tremia embaixo das nossas cadeiras. Eu estava ciente daquilo como o som de um fogo de inverno na sala.

— Você nunca dança, né – afirmou a Maideen.

Só fomos embora muito tempo depois. Um bom número de pessoas tinha vindo até a barca. Lá estava o velho Gordon Nesbitt, dançando. Quando saímos, a barca dos brancos e a barca dos pretos tinham lotado, e já estava escuro.

As luzes eram escassas na margem – galpões e armazéns,

muros extensos que careciam de sustentação. No alto das muralhas da cidade velhos sinos de ferro badalavam.

— Você é católica? – perguntei a ela de repente, e ela balançou a cabeça.

Ninguém era católico, mas eu olhei pra ela – deixei claro que ela havia frustrado alguma esperança minha, e havia mesmo, ali parada enquanto um sino estrangeiro soava no ar.

— Somos todos batistas. Por quê? Você é católico? É isso que você é?

Sem encostar nela, a não ser por acaso com meu joelho, caminhei com ela à minha frente pela calçada íngreme e irregular até onde o meu carro estava estacionado, descendo a ladeira. Uma vez lá dentro, ela não conseguia fechar a porta. Fiquei do lado de fora e esperei, a porta pesava, e ela havia bebido tudo o que eu a fiz beber. Agora não conseguia fechar a porta.

— Fecha.

— Eu vou cair. Vou cair nos teus braços. Se eu cair, me segura.

— Não. Fecha a porta. Você tem que fechar. Eu não posso. Usa toda a tua força.

Finalmente. Eu me inclinei sobre a porta fechada, e esperei um momento.

Subi os morros íngremes, virei e segui a estrada do rio ao longo da ribanceira, virei de novo e saí por uma estrada de terra e esburacada abaixo de barrancos irregulares, pai, sombrios, fazendo curvas e descendo em velocidade.

— Não se apoia em mim – eu disse. — É melhor sentar e pegar ar.

— Não quero.

— Levanta a cabeça. – Agora eu mal podia entender o que ela dizia. — Você quer deitar?

— Não quero deitar.

— Vê se pega um pouco de ar.

— Não queremos fazer nada, Ran, queremos? Nem agora nem nunca.

Descemos pelas curvas. Os sons do rio sacudindo e arrastando sua grande carga, sua carga de lixo, eu agora podia ouvir no escuro. Era o barulho de um muro em movimento e, muro acima, peixes e répteis e árvores arrancadas e o lixo dos homens brincavam e escalavam espraiando inocência. Uma grande onda de cheiro bateu no meu rosto. A estrada descia ali como se fosse um túnel. Estávamos no chão do mundo. As árvores se encontravam e seus galhos se entrelaçavam no alto, os cedros juntavam, e através deles as estrelas de Morgana pareciam peneiradas e finas feito sementes, tão altas, tão distantes. Ao longe, deu pra ouvir o som de um disparo.

— Olha lá o rio – disse ela, e sentou-se. — Tô vendo o rio Mississippi.

— Você não está vendo. Você só está ouvindo.

— Eu tô vendo, eu tô vendo.

— Você nunca viu o rio? Sua bebezinha.

— Eu achei que a gente estava nele, no barco. Que lugar é este?

— A estrada acabou. Isso você está vendo.

— Sim, estou. Por que ela vai até tão longe e para?

— Como é que eu vou saber?

— Por que as pessoas vêm aqui embaixo?

— Tem todo tipo de gente no mundo – ao longe, alguém estava queimando alguma coisa.

— Você quer dizer gente ruim? Pretos?

— Ah, pescadores. Ribeirinhos. Vê só, você acordou.

— Acho que a gente se perdeu – disse ela.

A mãe disse: *Se eu achasse que você ia voltar pra aquela Jinny Stark, eu não aguentava.* — Não, mãe, eu não vou voltar. — *O mundo inteiro sabe o que ela fez contigo. É diferente quando é o homem que faz.*

— Você sonhou que a gente se perdeu. Tudo bem, pode deitar um pouco.

— Ninguém pode se perder em Morgana.

— Depois que você deitar um pouco, vai ficar boa de novo. Vamos pra algum lugar onde você possa deitar direito.

— Não quero deitar.

— Você sabia que o meu carro era capaz de subir de ré uma elevação tão íngreme como esta?

— Você vai ser morto.

— Aposto que ninguém nunca viu uma coisa tão louca. Você acha que alguém já viu uma coisa tão louca assim?

Estávamos quase na vertical, pai, pendurados na parede do barranco, e a traseira do carro batia e subia como algo que queria voar, fazendo a gente subir e despencar. No fim das contas, contornamos de ré a beirada do barranco, feito uma abelha que sai de dentro de uma flor, e derrapamos um pouco. Sem aquele último trago, vai ver que eu nem tinha conseguido.

Então a gente rodou por um longo caminho. Por toda a área escura, as mesmas velhas estátuas e poses, todos aqueles rifles de pedra apontados nos morros, perdidos e os mesmos. As torres condenadas, as torres de vigia, perdidas e as mesmas.

Talvez eu não soubesse onde estava, mas procurei a lua, que devia estar no último quarto. Lá estava ela. O ar não era um breu, mas luz fraca e som flutuante. Era a respiração de todas as pessoas do mundo que expiravam tarde da noite olhando pra lua, identificando o quarto. E o tempo todo eu sabia que rodava a céu aberto e me orientava pelas estrelas.

Dirigimos por um local ermo sob a lua ascendente. A Maideen estava acordada porque ouvi quando ela suspirou, levemente, como se ansiasse por algo pra si mesma. Um guaxinim, branco como um fantasma, rastejando como um inimigo, cruzou a via.

Atravessamos uma autoestrada e ali uma luz ardia numa árvore caiada. Abaixo do musgo pendente, dava pra ver um semicírculo de cabanas caiadas, escuras, e ao longo do semicírculo havia uma cerca de paliçadas claras. Um pretinho estava encostado no portão onde os nossos faróis o encontraram; estava usando um boné de maquinista. Sunset Oaks.

O pretinho pulou no estribo do carro e eu paguei. Conduzi a Maideen pelos ombros. No fim das contas, ela havia pegado no sono.

— Um degrau – eu falei pra ela diante da porta.

Caímos no sono de roupa e tudo, atravessados na cama de ferro.

A luz direta penetrava o quarto e o nosso sono, um fio comprido com os filamentos quase destorcidos. A Maideen levantou depois de algum tempo e apagou a luz, e a noite desceu feito um balde dentro de um poço, e eu acordei. Não chegou a ficar escuro demais, o céu imenso brilhava com a luz de agosto que invadia os quartos mais vazios, as janelas mais solitárias. O mês das estrelas cadentes. Eu detesto essa época do ano, pai.

Eu vi a Maideen tirando o vestido. Ela se inclinou toda carinhosa, alisando a parte da saia e sacudindo e colocando o vestido, por fim, na cadeira do quarto; e fez isso carinhosamente como se fosse qualquer cadeira, não aquela. Eu me aprumei sobre as ripas da cabeceira da cama, pressionando elas com as costas. Eu suspirava – um suspiro profundo após o outro. Eu me ouvia. Quando ela virou pra cama, falei: — Não chega perto de mim.

E mostrei que tinha a pistola. Eu falei:

— Eu quero a cama inteira. – Disse que ela não precisava estar ali. Escorreguei mais pra baixo na cama e apontei a pistola pra ela, sem muita esperança, do jeito que eu costumava ficar deitado acalentando um sonho de manhã, e ela do jeito que a Jinny vinha pra me tirar do sonho.

A Maideen entrou no espaço diante dos meus olhos, clara na noite iluminada. Estendeu os braços nus. Estava desgrenhada. Havia sangue nela, sangue e desgraça. Ou talvez não. Por um minuto tive uma visão dupla. Mas apontei a arma pra ela o melhor que pude.

— Não chega perto de mim – eu disse.

Então, enquanto ela falava comigo, pude ouvir todos os barulhos do lugar em que a gente estava – os sapos e os pássaros noturnos de Sunset Oaks, e o pretinho idiota correndo pra cima e pra baixo na cerca, pra cima e pra baixo, até o fim e voltando, batendo nos mourões com um pau.

— Não, Ran. Não faz isso, Ran. Não faz isso, por favor, não faz isso – ela se aproximou, mas quando falou eu não estava ouvindo o que dizia. Eu estava lendo seus lábios, do jeito consciencioso que as pessoas fazem através das janelas de um trem. Pensei que o pretinho no portão lá fora ia continuar a fazer aquilo pra sempre, não importava o que eu fizesse, ou o que qualquer pessoa fizesse – batendo com o pau na cerca, pra cima e pra baixo, até o fim e voltando.

Então o barulho parou. Eu pensei: ele ainda está correndo. A cerca acabou e ele continuou correndo sem se dar conta.

Puxei a pistola pra trás e virei. Levei o cano da pistola à minha boca. Meu instinto é sempre rápido, ardente e faminto e não perde tempo. Lá estava a Maideen ainda, vindo, de anágua.

— Não faz isso, Ran. Por favor, não faz isso – a mesma coisa.

Eu fiz – produzi o som medonho.

E *ela* disse:

— Agora você viu. Não disparou. Me dá isso. Me dá essa coisa velha, eu cuido disso.

Ela a tomou de mim. Delicada como sempre, ela a levou até a cadeira; e certinha que era, como se conhecesse um jeito muito bem treinado de lidar com uma arma, ela a embrulhou no vestido. Voltou pra cama, e desabou.

No minuto seguinte ela estendeu a mão de novo, de um modo diferente, e a colocou, fria, no meu ombro. E eu a possuí depressa.

Era como se eu estivesse dormindo naquele momento. Estava lá estirado.

— Você é tão metido – disse ela.

Fiquei lá deitado e depois de um tempo a ouvi novamente. Ela estava lá deitada ao meu lado, choramingando. O tipo de soluço suave, paciente e melancólico que uma criança arrisca, bem depois do castigo.

Daí peguei no sono.

Como é que eu podia saber que ela ia se ferir? Ela traiu, ela também traiu.

Pai, o Eugene! O que o senhor encontrou era melhor do que isso?

E cadê a Jinny?

6. Música da Espanha

Certa manhã, durante o café, Eugene MacLain estava abrindo o jornal e, sem ter a menor ideia do motivo por que fez aquilo, quando a esposa disse algo inocente – "Migalha no queixo" ou algo assim –, ele se inclinou sobre a mesa e lhe deu uma bofetada. Estavam na faixa dos 40, casados havia doze anos – ela era mais velha: e assim aparentava agora.

Ele esperou que ela dissesse "Eugene MacLain!". O forno rugia atrás dela – a segunda frigideira com torradas estava ao fogo. Quase sem pressa – isto é, ele suspirou –, Eugene levantou-se e saiu da cozinha, levando o jornal; geralmente o colocava na mão de Emma enquanto lhe dava um beijo de despedida.

Ouviria "Eugene?", seguindo atrás dele pelo frio do corredor e esperando pelo "Sim, querida?". Ele viu seu rosto passar pelo espelho com um sorriso; aquilo era uma lembrança do modo descontraído da pequena Fan ao responder à mãe – e as duas tranças se projetando para atrás enquanto ela escapava, o cabelo louro amarrado de acordo com as primeiras exigências da vaidade – "Esse é o meu nome". Já fazia um ano que ela havia morrido.

Ele vestiu a capa de chuva e pôs o chapéu e prendeu o jornal dobrado embaixo do braço. Emma continuava sentada e empertigada na cadeira entre a mesa e o fogão, o roupão com cauda de papagaio ainda se acomodando numa série de ondas infladas em volta dela, e os pés miúdos demais e gordos, como se *eles* tivessem sido os mais insultados, esticados para fora. Sabia o jeito que Emma estava olhando na cozinha por trás dele, não porque já tivesse batido em alguém antes, mas porque, no caso dela, era como ter olhos na nuca. (*Só que* na nuca dele!) Ora, naquele momento, ofegante no único ambiente aquecido, ela ficou sentada e auto-hipnotizada em seu próprio território, com aquele seu "Sai-da-minha-cozinha" e "Volta-aqui-você-viu-o-que-você-fez", com todo o seu próprio glacê duro e conjugal escorrendo doce e fino que nem fios de açúcar sobre ela.

Mas Eugene seguiu pelo corredor – agora ouviu como um eco o grito ferido dela e o guincho da frigideira – e fechou e trancou a porta do apartamento atrás de si. Não tolerava ouvir o som do próprio nome sendo chamado em público, e ela ainda poderia escancarar a porta e berrar "Eugene Hudson MacLain, volta aqui pra falar comigo!" – escada abaixo.

Um tremor percorreu seu braço, que lutou com a porta da frente, e ele saiu na manhã perfeitamente silenciosa, nebulosa. Expirou e lá estava: ele viu. O ar, a rua, uma gaivota, tudo o mesmo cinza suave, estavam visíveis no mesmo grau e pareciam de repente tão puros quanto sua própria respiração.

A gaivota feito uma pérola balançando veio andando pela Jones Street como se fosse se juntar a ele.

— As nossas gaivotas se acostumaram tanto à vida de São Francisco – ele comentou ao entrar na Bertsingers', pois a pessoa pegava no trabalho com algum comentário bem-humorado – que agora elas só atravessam as ruas nos cruzamentos. – Não era possível que tivesse machucado Emma. Não haveria marcas nela.

Ela era mais forte do que ele, 150 contra 139 libras, ele poderia informar ao velho Seu Bertsinger, que gostava de exigir números. Ele e Emma MacLain podiam a qualquer momento aparecer no jornal onde todos iam ver, lado a lado expostos e comparados, naqueles retratos de testemunha; vai ver que já tinham aparecido. Emma sabia que ele não a tinha machucado; melhor do que ele, Emma sabia.

Ele suspirou suavemente. Àquela altura – pois ela assimilava as coisas devagar – a verruga rosada talvez estivesse pulsando na garganta dela, como ainda pulsou muito tempo depois que o telefone tocou tarde da noite e era o número errado. "Ora, podiam ter sido *mil* coisas." Muito em breve, com o dedo médio ela começaria a tocar os grampos no cabelo, um a um, percorrendo a cabeça como se ao concluir suas meditações estivesse costurando uma touca protetora.

Eugene estava descendo a pé as ladeiras habituais até a Bertsingers', a joalheria, e, com as fungadas vigorosas que costumavam lhe doer depois do café da manhã, observava o dia, a temperatura, a condição da neblina e as perspectivas de o tempo clarear e esquentar, tudo o que lhe seria perguntado pelo velho Seu Bertsinger, que então lhe diria se ele estava certo ou não. Por que, em nome de toda a sensatez, tinha batido em Emma? O ato – com isso, provando que fazia parte dele – escapou, se virou e olhou para ele em forma de pergunta. Na Sacramento Street, o ato se esquivou do trânsito ao lado dele com súbita dependência, quase como um comediante imitando um velhote.

Se Eugene não sabia que era capaz de bater em Emma, estava ainda menos preparado para fazer o que fez. Ao pé da ladeira, os eucaliptos pareciam maiores na neblina do que quando o sol brilhava através deles, exibiam a leveza dos pássaros no frio; ele teve a sensação totalmente estranha e desagradável de que podia ouvir o coração deles batendo. Descer uma ladeira muito íngreme era um ato de contenção; ele nunca tinha visto aquilo daquele jeito, nem notado sua própria imagem refletida nas janelas daquela gente. A cabeça e o pescoço balançavam com movimentos semelhantes aos de um pombo; ele olhou para baixo e, quando viu as folhas de eucalipto caídas e roxas sob os pés, seus sapatos, como se fossem cascos, de repente as pisotearam com força.

Uma briga jamais chegava a se insuflar entre ele e Emma. Pois ela apelava, distorcia a questão, se uma briga surgisse; chorava. Eis uma coisa que um estranho podia sentir ao ser apresentado a Emma, embora Emma nunca houvesse provado isso a ninguém: ela guardava dentro de si uma cachoeira de lágrimas. Ele continuou andando. O sol, menor que a lua, rolava feito uma rodinha através da neblina, mas ainda não emitia luz.

Por que bater nela, mesmo de leve? Eles não estavam muito inclinados ao amor naquele tempo, desanimados pela tristeza; violência era algo fora de propósito, para começo de conversa.

Por que não bater nela? E, se ela achava que ele ficaria por perto só para ouvi-la começar a criar caso, haveria de se surpreender com outra ideia. Ela que ficasse atenta e cuidasse do que era da sua conta, ele talvez fizesse aquilo de novo e não tão de leve.

Se tivesse tido tempo para pensar no assunto, ele poderia simplesmente ter se recusado a tomar o café da manhã. Sabia que aquilo era importante para ela. Desde quando Emma se tornou a senhoria que chamava "Vem depressa, Seu MacLain!" e ele, o inquilino ansioso, ele conhecia seu *ponto fraco*. Na verdade, é claro, ele não ousaria deixar de comer — fossem quais fossem as circunstâncias. Se quisesse matá-la, teria primeiro que comer tudo o que estivesse na mesa e elogiar a comida. Ela teve um primeiro marido, o poderoso Seu Gaines, e para sempre haveria de adorar um elogio à sua comida. "Senta e me fala o que você está vendo", era o que Emma dizia.

O fato presente é que ela havia dito algo inocente – inocente, mas íntimo, íntimo, mas desagradável – para ele, algo que ela poderia ter dito mil vezes em doze anos de casamento, e simplesmente assumindo a prerrogativa de esposa se inclinou para remover um agravo com seu próprio dedo maternal, e ele hoje lhe dera um tapa na cara. Por que bater nela hoje? A pergunta o cutucava num ponto específico agora, na parte de trás de um dos joelhos, até onde ele era capaz de perceber. Alojava-se feito a batida de um sininho sob o puxão firme das canelas.

Bateu nela porque ela era uma coisa gorda. Absurdo, ela sempre foi gorda, pelo menos gorducha ("A tua senhoriazinha está sempre atracada em alguma coisa gostosa!"), gorducha quando ele se casou com ela. *Sempre foi não é motivo para ainda ser um absurdo.* Mas não poderia ser para ele o motivo para bater nela, e não o dela? *Bateu nela porque queria outro amor. A casa dos 40. Psicologia.*

No entanto, um rosto flutuou do nada diretamente para dentro daquela ironia impotente e contemplou o mundo do olhar interior dele, um rosto moreno e cheio, obscuro e de aparência obediente como se fosse um rosto no jornal, olhando com sua touca de cabelo escuro e fundo escuro – tudo sombra e suavidade, que nem um borrão na Jones Street. *Dona Miolomole Dumwiddie*, era como se ele pudesse ler abaixo, no itálico da poesia. Um olhar respeitoso. Ele deveria suspeitar? Ela havia morrido, era essa a história? *Então tarde demais para te amar agora. Tarde demais para verificar essa tua história...* no jornal, embora ele estivesse carregando o jornal para qualquer referência possível, preso ali sob o braço direito. Naquela manhã já era tarde demais para amar a jovem e morta Dona Dumwiddie, e ele tinha esbofeteado a esposa com a palma da mão.

Eugene diminuiu o passo obedientemente ali; no açougue, ele costumava ser pego. Sem aviso, cortes vermelhos e brancos eram lançados de um lado a outro da calçada em ganchos, saindo de um furgão. Os açougueiros, aparecendo na rua por um instante com seus aventais ensanguentados, às vezes faziam uma pausa para as senhoras, mas nunca para os homens. Os cortes ficavam em movimento, com certeza, e do outro lado um vagabundo se apoiava numa bengala para observar, olhando enviesado feito um dândi para cada uma das carcaças que passavam; era como se em tal ato ele surpreendesse uma mulher arrogante e debochada.

Ao sinal verde do açougueiro, feito com uma faca, Eugene deu um passo, mas estancou. Estava fora de questão — de repente ficou muito claro — ir trabalhar naquele dia.

E as coisas eram muito mais sérias do que ele achava.

Delicada e lentamente como se tivesse sido desafiado, Eugene tateou a parte interna da capa de chuva, tocando o paletó, o colete e o lápis prateado. Agarrou-se a uma pequena revelação: hoje não ia conseguir desmontar aqueles relógios.

Tinha chegado só até a California Street. Ficou estático no topo da ladeira íngreme, olhando para baixo. Tinha batido em Emma e, quando bateu, o rosto dela reagiu ao golpe com um vazio, um olho esbugalhado. Foi como beijar a face de um morto. *Ela ainda podia morder o dedo dele, não podia?* e um espírito travesso e provocador olhou para ele, expressando contentamento antes de correr adiante. Mas ele olhou para o declive íngreme, em estado de choque e quase entorpecido. Um transeunte passou por ele deixando uma distância silenciosa. O tapa foi como beijar a face de um morto.

O que o velho Seu Bertsinger, lá embaixo na loja, teria a dizer sobre a questão, Eugene se perguntou, muita coisa? O relógio abriu na palma da sua mão, e então com firmeza e velocidade ele voltou a andar, ladeira abaixo, a rua feito a barriga de uma corda que desaparecia na neblina. O mundo era o assunto do velho, e ele conhecia o mundo da gente.

II

Abaixo, na Market Street, a neblina corria alta e a agitação da vida ficava exposta. Eugene podia simular pressa. Será que para os outros pareceria triste ou absurdo, ele se perguntou — com a cabeça como que flutuando acima de suas passadas longas —, que a Market no decorrer dos anos tivesse se tornado uma rua de bolsas, enchimentos, espartilhos, seios falsos, dentaduras e olhos de vidro? E, claro, joalherias. Ele passou pela loja de alimentos naturais onde as cápsulas de óleo de fígado de tubarão eram expostas (de modo bastante atraente, para dizer a verdade) num papel rendado feito o de um cartão do Dia dos Namorados. Tudo aquilo era incrível. Não era? Um marinheiro no fliperama fotografava sua garota nos braços de um gorila de pelúcia. Eugene gostaria de mostrar aquilo a alguém.

Ele leu o segundo andar de placas do outro lado da rua, Joltz Produtos Naturais, Honest John — Bolsas de Qualidade, Nem Mais Um Dia Sem Dentes. Uma senhora segurando uma passagem integrada de bonde e um buquê de margaridas embrulhadas em jornal descia a escada diante da porta da Nem Mais Um Dia Sem Dentes; será que ousaria sorrir, supondo que tivesse ouvido uma piadinha, brincadeira de mau gosto, será que valia a pena contar a ela?

Na vitrine suja de uma livraria, uma foto escura que à primeira vista fazia lembrar Emma (Emma, ele era capaz de apostar, continuava sentada à mesa, se recompondo, com o mesmo cuidado como se tivesse voado pelos ares) estampava, ele leu abaixo, Madame Blavatsky. A cada duas lojas da Market Street, por alguma necessidade, uma era joalheria; de modo que, se alguém usasse um Espartilho Modelador Que Não Cede, podia usar ao mesmo tempo um broche de borboleta ou uma pulseira de relógio Joy, "Somente Ouro Tocando a Pele". Aquilo podia fazer um homem sentir vergonha. O tipo de vergonha que para ser expressa a pessoa tem que pular, bater um calcanhar no outro – fazer pirueta no ar!

Bem em frente à Bertsingers' havia um mercado movimentado. Eugene ouvia o dia todo, enquanto trabalhava em seus relógios complicados, o martelo alegre do homem que quebrava caranguejos. Pôde agora ouvir o martelo com mais nitidez, misturado com os barulhos da rua, como se fosse o estalo e o grasnado de um pássaro tropical, e a porta lá brilhava com o azul da íris-holandesa e a mescla de rosa e branco de cravos em vasilhas, e o impacto brilhante das azaleias rosadas, vermelhas e alaranjadas lado a lado dentro dos vasos. Ah, se tivesse dado um passo adiante e cultivado flores!

Lá estava a Bertsingers'.

O remorso deu um tapinha de velho em Eugene, e ele reconheceu que a Bertsingers' tinha mais prestígio do que a maioria das joalherias: o velho Seu Bertsinger estava sempre disponível. A Bertsingers' carregava sua marca do Pégaso de strass e do peixe-espada de rubi, sua bandeja de amuletos; e os anéis de brilhante que ocupavam a vitrine traziam, cada um, um cartão elegante com os dizeres "Oferecemos total privilégio de troca pela sua pedra usada". E os cartões exibiam a caligrafia do velho Seu Bertsinger – fina e com volteios sombreados. E a Bertsingers' nunca teve uma placa de neon acima do seu guichê no departamento de reparos. Restava alguma dignidade em tudo, se a pessoa soubesse onde procurar. E Eugene cruzou a porta.

Bertie Junior estava na frente e atento para não perder nada, é claro – Eugene se arriscou. Os polegares do Bertie Junior se curvavam levemente para trás, o cabelo era cortado em camadas, e ele parecia privilegiado, além de jovem. Tinha fixado um caquinho de brilhante no seu distintivo de dispensa do Exército, só por gosto, ele dizia. Mesmo nos fundos escuros da loja, o brilho e a ansiedade dele podiam ser detectados da rua, e havia uma chance igual de ele detectar Eugene passando, seu alvo em qualquer ocasião. Mas naquele momento ele tinha vindo até a porta, com a cabeça erguida, vendo uma briga na saída de uma barbearia. Ele brilhava mesmo quando olhava de lado, com duas canetas-tinteiro cujos clipes se projetavam do peito ainda militarizado, feito línguas. Eugene escapou.

E não foi chamado, nem visto ali parado tão perto, no mercado. As vitrines dos peixes estavam decoradas como em dia de festa. Havia uma fileira dupla de filés de salmão dispostos em formato de leque numa bandeja, e filés de linguado cruzados em outra bandeja feito uma trança de cabelo louro cortado. Quando Eugene pôs os olhos num arranjo de caviar vermelho-âmbar no formato de uma grande âncora, "São ovas de peixe, senhor", disse um jovem balconista de avental, "e sinceramente eu acho uma *pena* que possam ser levadas". Ele ficou de braços cruzados na entrada do mercado e não reconheceu Seu MacLain, que mal havia consertado seu relógio, aquele *burrinho de carga*. Um anseio por leviandade tomou conta do burrinho de carga, ele tirou o chapéu e como um sulista se curvou diante das ovas de peixe.

Havia um brilho suave. Acima, lâminas do céu azul cortavam a neblina. O sol, feito um jorro de ação, saiu. Os bondes, adquirindo cores de banana, subiam e desciam, os cinemas enfileirados desfraldavam bandeirolas e flâmulas como se estivessem zarpando para o mar. Eugene ingressou na multidão central, que parecia na verdade aumentar sua agitação mais por conta do sol, como o mar com o vento.

Um velho vagabundinho acordou na rua e esfregou os olhos. Começou a jogar migalhas para os pombos e as gaivotas que pousavam. Estas andavam agitadas em volta dele feito galinhas no terreiro, e ele ficou como que lisonjeado pela transformação e ganância das aves, com os joelhos unidos na postura de um santo ou uma dona de casa e com os olhos erguidos a fim de sorrir para o mundo. Eugene caminhou entre as migalhas e os pombos e atravessou a rua larga e suja e quando olhou para a direita pôde ver, nitidamente e naquele momento exato, os dois cumes marrom-esverdeados ao longe, as casas brilhantes em cada lado deles, enquanto a massa suspensa da neblina azul e cinzenta balançava suavemente acima feito uma árvore que dá sombra.

A elevação da neblina que encobria a cidade, aquele ato diário de revelação, lhe trouxe agora um desejo parecido com aquele de tempos vagos no passado, de muito tempo atrás no Mississippi, de conhecer o mundo — havia lugares que ele ansiava conhecer e cujo nome havia esquecido. E ainda que agora fosse duvidoso que algum dia viesse a conhecer as Sete Maravilhas do Mundo, ele havia sugerido a Emma que os dois fizessem uma simples viagenzinha de lazer — modesta, de ônibus — pelo lado mais barato da península; mas teve a sorte de mencionar o assunto no aniversário da morte de Fan e ela bateu a porta na cara dele.

Era coisa de mulher; ele agora entendia. A dor inviolável que ela havia sentido por algo grandioso apenas ampliou sua capacidade de levar a mal pequenas questões. Enlutado pelo mesmo motivo que ela, ele não seria admitido. Pois ser admitido era algo diferente. Como o sofrimento era capaz de tornar alguém frio em relação à vida em curso! O olho dela parecia de mármore na fresta da porta.

Assim como ele tinha sido um homem gentil, houve um tempo, também, em que ela era uma mulher dócil, dócil até a inocência — dócil como a pequena Fan, e ele via a criança na hora de dormir soltar o cabelo ondulado que quase encostava embaixo do queixo feito um chapeuzinho de chuva dourado, e ele queria dizer: "Ah, fica, espera". Assim como a outra coisa estava lá também: Fan, desde a idade em que começou a andar até lá, ficava de costas para o fogo (eles mantinham a lareira acesa na época) e com aquele gesto, como se fosse uma reverência, levantava o vestido para aquecer o traseiro, que nem qualquer mulher no mundo.

Agora, tarde demais, quando a cidade se abria com tamanha ternura em beleza e a tais distâncias, surgia o desejo por aquela terra descuidada e remendada do inverno do Mississippi, árvores com seus invólucros enferrujados, árvores que cresciam devagar, as ruínas perdidas da cana velha, o brejo no inverno onde seu próprio irmão gêmeo, ele supunha, ainda caçava. Eugene olhou enviesado para um vendedor de flores: aonde tinham ido as estações? Baratas demais, misturadas de um jeito estranho, as flores de verão, inverno, primavera, amarradas em buquês, o fizeram dirigir um olhar descabido para o velho que baixava o preço de um jarro de tulipas e para três hindus de turbante que não compravam nada, mas em serena alternância cheiravam os buquês e então ficaram com os seis olhos fechados, transladados para outro mundo.

— *Abre essa porta, Richard!* — entoou uma voz rouca e preta saindo de um bar escuro como breu. Uma menina chinesa, sozinha, com o cabelo preso em rolos de alumínio, deu a volta em Eugene, balançando uma bolsinha de seda. Ele quase estendeu a mão para detê-la. Quando um garoto atarracado com um boné pompadour preto passou por ele usando sapatos com chapinhas nas solas, uma palavra ficou sem ser pronunciada nos lábios de Eugene. A chance de falar passou sapateando ritmadamente. Ele franziu a testa na rua, ainda mais fascinado, de alguma forma, ao ver no último instante que o estranho tinha a tatuagem de uma borboleta na parte interna do pulso; um ponto íntimo, o pulso parecia ser. Eugene viu a borboleta com nitidez suficiente para reconhecê-la, quando aquela mão desconhecida e calejada de São Francisco acendeu um cigarro mordido. Em tinta azul as asas duplas abrangiam as veias, e as duas antenas alcançavam a dobra na base da mão; as marcas eram tão profundas que pareciam ter chegado perigosamente perto de perfurar a pele.

Foi então que Eugene — recuando um passo em seus pensamentos, para onde o velho Bertsinger com sua lupa de joalheiro cambaleava, o mais crítico e mais lento para avaliar os homens, e onde Bertie Junior esperava, sabendo sem ser informado (ninguém mais seguro do que um jovem) — teve certeza absoluta de que nenhuma pessoa conhecida poderia lhe fazer algum bem. Depois do passo que ele deu, da coisa que fez, não poderia parar de jeito nenhum, tinha que prosseguir, prosseguir naquela nova direção. Amigos: nenhuma ajuda ali.

Em pânico — e, ele se deu conta, satisfeito — procure um estranho. *Oi, amigão. Acabo de meter a mão na cara da esposinha.* — *Viva!* — *Foi o que eu fiz.* — *Claro, não é má ideia de vez em quando. Vai com calma.* Estariam empoleirados num bar tomando cerveja juntos. E o outro sujeito teria feito muito pior; de fato, algo precisava ser feito quanto a *ele*.

Uma gata com pelo da cor de casco de tartaruga e deitada sobre maçãs olhou para ele através da vitrine de uma mercearia. Ela fechou os olhinhos redondos como se tivessem sido puxados por pequenos cordões. Eugene lembrou que na rua de trás um buldogue de gesso, cor de cereja e com olheiras azuis, que costumava ficar na janela do andar térreo de um hotel entre a persiana e a vidraça, tinha sido retirado essa manhã. Eugene sentiu falta dele – como se o perdesse devido a alguma falcatrua. Quando a gata voltou a abrir os olhos, ele acreditou por um momento que saberia de qualquer coisa que acontecesse na cidade de São Francisco naquele dia, qualquer coisa que ameaçasse a via moral, ou mesmo a transformasse, como se ele e a cidade estivessem vigiando um ao outro – sem a fé costumeira. Mas com interesse... ousadia... imprudência, quase.

III

Eugene desceu pela Market, seu passo tão rápido, profissional e dissimulado como se já não tivesse deixado a Bertsingers' bem para trás. Uma névoa brilhante banhava aquele final da rua e escondia o topo do Edifício Ferry; mas enquanto caminhava ele avistou, seguindo à frente e na mesma direção, uma figura alta e marcante que reconheceu. Era o espanhol que ele ouvira tocar violão no Aeolian Hall na véspera. Imagine, ele andando por ali! E até onde Eugene podia ver por cima da cabeça das pessoas adiante, ele caminhava sozinho.

Eugene não tinha dúvida quanto à identidade. Na véspera – ainda que agora parecesse tempo suficiente no passado para tornar o reconhecimento algo sagaz – Emma tinha ido com Eugene a uma casa de shows, e por acaso aquele espanhol havia se apresentado, num recital solo. (Não, ela não iria com ele para Half Moon Bay, mas concordava em ouvir um pouco de música numa casa de shows modesta, ela disse, e acrescentou: "Embora você não aprecie música". Ele deu um tapinha no ombro dela; deviam estar pensando na mesma coisa: a falta de respeito dele pela música era coisa do passado, certa noite com a pequena Fan na Sinfônica, convite dela. Quando a música começou, a criança estendeu os bracinhos, dizendo que Pierre Monteaux parecia um personagem de *Babar* e querendo que ele chegasse perto, para bater nele. Emma, sinceramente perplexa, baixou os braços da filha, e Eugene riu alto, não naquele momento, mas no meio da peça seguinte.)... Ele não lembrava o nome do espanhol, mas foi notável a forma como reconheceu o homem àquela distância e de costas, depois de tê-lo visto apenas uma vez e por cima do pássaro no chapéu de uma senhora.

Era sedutor, à frente – o ser perfeito para ser alcançado. Eugene caminhava com firmeza e olhava fixamente para ele, um estranho e ainda assim não estranho, seguindo adiante com moderação e serenidade, a única figura vestida de preto naquela rua da zona oeste, cabeça e ombros acima de todos.

E, no momento seguinte, quase aconteceu algo terrível.

O violonista chegou ao meio-fio e ao entrar no trânsito – na verdade, andava devagar, de um jeito atrevido, por aquela rua da cidade – quase foi parar embaixo das rodas de um automóvel.

Diante do perigo repentino do outro, uma porta se abriu para Eugene. Foi exatamente isso. Ele não teve tempo de pensar, e partiu como se quisesse proteger um ente querido. O jornal voou aos poucos para longe e, enquanto corria, sentiu os dedos dos pés apontando para trás. Isso não o surpreendeu, pois quando menino era conhecido por correr bem, na terra natal; em Morgana, Mississippi, ainda era o pequeno Scooter MacLain.

Agarrou o paletó do espanhol – que o fez pesar, cheirar e nele sentir o sol quente – e puxou. Daí, já sem fôlego, riu e puxou o espanhol grandalhão – que, apesar de todo o peso majestoso, provou ter pés ágeis, como uma mulher corpulenta que se torna graciosa quando está na pista de dança. Por um momento, Eugene o manteve a reboque ali, seguro no meio-fio, inspirando seu leve cheiro de fumaça ou de viagem; mas não conseguia lembrar o nome comprido do espanhol e não disse uma palavra.

Pois bem, o que isso importava, se ele estava tão aliviado, tão contente, por ter alcançado o latagão a tempo – tão contente quanto estaria com a surpresa de um presente? Eugene afastou as duas mãos com delicadeza, como se estivesse expondo algo publicamente, descerrando uma estátua colossal. Mas no momento seguinte, socorrista e socorrido apertaram as mãos, e mesmo naquela saudação acanhada Eugene sentiu algo que lhe deu vontade de virar de costas e dizer "Que se dane!". O espanhol não falava inglês.

Pelo menos ele sorriu e *não falou*. Prova, não era? Eugene ficou atônito, isolado – decepcionado com a própria vida do homem. Sacudiu aquele braço vigoroso, levando um instante a mais para se recompor, para não parecer tão desconcertado, ou tão rejeitado; estava totalmente surpreendido.

Então a ordem das coisas parecia ser que os dois homens caminhassem juntos pela rua. Isso decorreu do próprio desamparo de não poder falar – para agradecer ou reprovar. Enquanto caminhava, Eugene lançava olhares tímidos, ainda respeitosos, olhares de um homem que não tem certeza se seu novo animal de estimação sabe quem é dono de quem. Pensando agora, ele lembrava, o grandalhão tinha entrado na frente do automóvel quase o desafiando a atingi-lo, com toda a desenvoltura de – com certeza, um toureiro. Eis outro tipo de espanhol! Eugene olhou novamente para seu prêmio, bem de perto. O artista, que agora fumava um cigarro, parecia tão imperturbável, senão tão corpulento, quanto no palco do Aeolian Hall na noite anterior.

Na ocasião, ele surgiu carregando um violão à sua frente, majestoso e parecendo em seu andar anos mais velho do que a farta cabeleira negra indicava. Atravessou o palco sem olhar para a plateia – um homenzarrão vestindo um fraque opulento com caudas longas e pesadas. Quando ele chegou ao centro do palco e se virou solenemente – parecia sério como um médico –, a cabeça aparentava ser pesada também, longa e larga, com óculos de aro preto circundando os olhos, e o cabelo penteado para trás pendendo quase até os ombros, como o de um índio, ou de um velho senador interiorano.

Ele se abaixou até a cadeira de espaldar reto, que era o único mobiliário do palco, exceto por um objeto oblongo coberto por um pano preto que havia sido colocado diante dela. Então sentou-se lá que nem uma montanha. Aquele era precisamente o tipo de preliminar de que Emma gostava; Eugene sentiu que ela se contraía com a espécie de indignação corporal que era sua expressão mais instantânea de prazer quando estava em público.

O violonista só começou a tocar depois de ter dedicado atenções ternas e prolongadas ao instrumento. Afinou-o tão baixinho que só ele podia ouvir. Então deu um pouco de atenção ao pé direito estendido, que o objeto oblongo preto estava lá para acomodar em descanso, e mais do que tudo deu atenção aos dedos — flexionando todos os dez, esticando-os com lentidão sobre as coxas, feito uma gata que testa as garras numa almofada.

Na luz do palco, seu rosto de pele morena, lisa, com dois sulcos profundos do nariz até os lados da boca, ficava impassível ou até mesmo afrontado em sua expressão artística. O semblante não se alterava enquanto ele tocava, nem durante os aplausos que vinham após cada canção. Apenas no final dos aplausos após a última peça, um sorriso pôde ser visto em seu rosto — e se divertia ali; era a presença encantada de um sorriso na cara de uma fera. Durou um tempo determinado, como um ato de força, o tempo que um homem forte é capaz de sustentar um peso. No entanto, tinha sido uma mudança tão clara e gradual quanto a passagem da luz no pôr do sol. Insinuava provação, mas o sorriso mostrava que, assim como o público, no fim das contas, ele amava aquela coisa extraordinária. As unhas estavam pintadas de vermelho brilhante.

— Unhas vermelhas — Eugene tinha sussurrado, bem no momento em que Emma virou a cabeça e lhe dirigiu um olhar. Era para ser um olhar significativo por baixo da aba do chapéu azul com o qual naquela noite ela havia emergido do luto oficial.

O azul do chapéu, mesmo na penumbra do salão ("o azul da Emma", a irmã dela dizia), e o brilho vazio dos novos óculos que escondiam seus olhos, e a face com uma pequena lágrima escorrida, mantiveram a cabeça de Eugene voltada para Emma como se ela assim houvesse ordenado, mas não o desviaram de uma profunda calmaria em seu espírito, tão cativante quanto o amor. Ele virou a cabeça lentamente de volta para o palco, onde um bis estava sendo tocado. Um tipo de música por demais surpreendente era arrancado do violão.

Ele sentiu um lapso em relação a todo e qualquer conhecimento de Emma como sua esposa, e à compreensão do futuro, em alguma visita a um vasto tempo presente. O lapso deve ter perdurado por um ou dois minutos inteiros, fato que mais tarde ele foi capaz de lembrar. Era tão marcante e tão delineado nas bordas quanto qualquer mancha ou marca, e o afetou como se fosse um segredo.

Agora ali no cotidiano e ao ar livre, Eugene se deu conta, assim como no pulso acelerado, do rosto moreno junto ao dele, o espanhol seguindo ao seu lado, devendo a vida a ele, Eugene MacLain. Mais uma vez sentiu os próprios pés ágeis, bem no encalço de um segredo naquele dia. Que estranha a maneira como as coisas são lançadas sobre nós, feito as maçãs de Atalanta talvez, quando iniciamos uma corrida, não? Com a mão, que poderia ter arrombado portões, ele tocou o cotovelo do espanhol. O cotovelo respondeu feito um peso pendular, um contrapeso, dentro da manga preta e serena. O toque de Eugene, o empurrão, agora parecia criterioso; e ele empurrou com firmeza para impelir o sujeito até o outro lado da rua na esquina seguinte.

Em dado momento, aguardando que um semáforo mudasse, ficaram ao lado de uma mulher em quem Eugene deixou seu olhar pousar. Havia uma beleza tão estranha nela que ele não percebeu por alguns instantes que a mulher tinha marcas de nascença e podia ser vista como desfigurada pela maioria das pessoas – por ele mesmo, normalmente. Era negra ou polinésia e marcada que nem uma borboleta, em toda a sua pele visível. Curvas, espirais, áreas marrom-escuras sobre marrom-claras eram belamente dispostas em seu corpo, como que por arte, com acúmulos ao redor dos olhos, na nuca, no pulso e nas pernas feito manchas num cervo novo, visíveis através das meias. Parecia alguém à espera, sob uma sombra projetada através de folhas.

Estava vestida de um marrom simplório, mas o chapéu era exótico, com penas reluzentes e torneadas em volta da cabeça. Eugene sentiu na mulher uma aura quase palpável de desgraça ou tristeza que tinha que estar sempre tão presente quanto a pele, algo a ser escondido e ostentado ao mesmo tempo. Era uma aura tão forte que, assobiando baixinho, Eugene fingiu para as pessoas ao redor que a mulher não estava lá, e tentou impedir que o espanhol a visse. Pois talvez ele pulasse em cima dela; algo o fez temer o espanhol naquele momento.

Depois de um tempo, pareceu um favor, um privilégio, não poderem se comunicar mais do que por meio de sorrisos e sinais. Seguiram caminhando juntos. O espanhol aparentava contentamento em caminhar sob o sol fraco e ameno com o homenzinho que se encarregou de tirá-lo do caminho das rodas. Não se opôs. Não se apressou nem revelou nenhum plano.

Três setas de neon rosa piscaram em direção a um bar. Aonde estariam indo, pensou Eugene, ele e seu espanhol? Ainda estavam andando pela Market Street, passando por lojas medíocres e espalhafatosas. E agora se aproximavam de uma espelunca que Eugene conhecia muito bem; tinha que passar por ela todos os dias, já que ficava entre a Bertsingers' e a cafeteria onde almoçava.

Um showzinho barato estreara no estabelecimento deteriorado onde antes algumas ciganas previam o futuro. Havia cartazes nas janelas sujas e um sujeito indolente, entronizado, oferecendo ingressos e entoando o dia inteiro as palavras: "Vocês... já viram... a... Em... ma?", com uma voz tão áspera que produzia o efeito de uma franca ameaça. Bertie Junior achava a maior graça naquilo, pois a esposa de MacLain se chamava Emma. Ele agora acompanhava Eugene no almoço, para poder ouvir o sujeito, e todas as manhãs também perguntava "Vocês... viram... a... Emma?", quando Eugene chegava, e antes que ele passasse.

Uma fotografia ampliada mostrava a atração "Emma" — imensamente gorda, inchada, os traços faciais miúdos amontoados feito um papel estampado com violetas no centro do rosto. Mas no semblante esmagado, contraído, havia um olhar; de acusação, claro. A visão de uma pessoa com a qual outras pessoas foram cruéis pode ser a mais terrível de todas, pensou Eugene, prestes a passar mais uma vez por aquilo. E é tão reconhecível, o olhar que contempla todos os olhares e afirma, como o olhar de uma mãe: eles me fizeram mal.

A fotografia mostrava Emma usando uma calcinha de renda, e diante da foto havia uma calcinha de verdade — vermelha desbotada, sem renda — que pendia fixada por prendedores de roupa, enorme e arqueada, inerte de tanta poeira e viagem. Na infância, lembrou Eugene, havia uma Thelma que ele pagou para ver com o dinheiro que tinha angariado para a Escola Dominical. Thelma era uma ilusão de óptica, a cabeça de uma mulher em cima de uma escada; e tinha cabelo dourado e era jovem, e sorria de um jeito convidativo.

Eugene de repente se sentiu o anfitrião. Será que deveria convidar o espanhol para dar uma olhada na Emma lá dentro? Isso propiciou a ele um momento pavoroso.

Mas o espanhol, inclinando a cabeça para a imagem da Emma de corpo inteiro, simplesmente apontou para sua própria amplitude e arregalou os olhos para Eugene, com uma indagação calorosa e transbordante.

Era meio-dia. Os mendigos da rua sabiam disso, sentavam-se encharcados de luz, o acordeonista cego com os olhos bem abertos e os lábios formando um beijo.

— Vamos. Eu te convido, com certeza. A gente vai comer — disse Eugene, e, encostando o dedo no cotovelo do companheiro, fez com que ele desse meia-volta.

IV

Eugene pensou — como se fosse naquele exato momento — que só um bom restaurante serviria. Além disso, ainda que os preços da cafeteria fossem acessíveis e a comida, saudável, agora começava a ficar infestada por aqueles velhos magricelas e azarados, sempre lendo programas de corrida de cavalo enquanto tomam café; um deles, em particular, com seu berrante suéter verde-ervilha com listras amarelas, parecia alterar toda a atmosfera do lugar simplesmente por ocupar sempre a mesa que qualquer outra pessoa gostaria de ocupar. Com um sorriso que talvez indicasse devidamente aonde estavam indo, Eugene abriu a porta de um restaurante na Maiden Lane.

O espanhol, erguendo minimamente as sobrancelhas negras, entrou fazendo o piso tremer ao redor e subiu a escada, fazendo-a tremer, até a saleta de jantar no andar superior, onde Eugene na verdade nunca tinha estado na vida.

Aquele espanhol parecia sentir-se mais do que em casa, em qualquer lugar. Colocou o chapéu, um chapelão preto e mole, com cuidado, em cima do aquecedor do vestíbulo, não apenas como se estivesse plenamente inteirado, sem comprovar, de que não havia calor nos canos, mas também como se o aquecedor não existisse para aquecer os outros, mas para guardar seu chapéu.

O *maître* não poderia tê-los sentado de forma mais evidente. Foram levados a uma mesa perto da janela com cortina; a luminária sobre a mesa foi acesa imediatamente. Menus enormes foram montados entre eles como tendas num acampamento.

Para Eugene, o recinto era um tanto antiquado e enquadrado, como na cena de um velho filme mudo. Pessoas que gesticulavam, que na verdade pareciam lançar aos dois sorrisos falsos, estavam cercadas por paredes forradas com uma estampa desagradável de bolas e bolhas, por lâmpadas atrás de abajures com desenhos de papoulas. Filipinos usando faixa na cintura faziam uma hora extra silenciosa, contínua, parecendo gêmeos de si mesmos, limpando mesas, estendendo toalhas, sorrindo.

O violonista, que trazia no semblante algo que fazia lembrar uma falsa expressão de pesar, refletia sobre o que ia comer, ou não. Com o dedo acariciava o ar; ele decidiu; e provavelmente foi em francês que respondeu (como um fiel da Igreja Católica) ao garçom.

Quando o almoço foi trazido, e depois serviram mais, Eugene se empertigou, ainda contente, mas até certo ponto espantado com tudo o que o convidado espanhol havia pedido. Ele seria tão excepcional? Quão excepcional seria, quão excepcional achava ser? Quão bem achava que tocava violão? Essas coisas, na verdade, constituíam verdadeiros mistérios.

Eugene, que pediu vitela, começou a contabilizar mentalmente o dinheiro que tinha na carteira, só que se perdeu na conta, recomeçou a contagem e se perdeu de novo. Mastigou com firmeza a vitela, em outro devaneio, no qual se perdeu ainda mais.

Na noite anterior, ele não tinha conseguido deixar de se perguntar, em diversos momentos ao longo da música: o que o artista estaria fazendo se não estivesse se apresentando? Depois que as canções terminassem, ficaria sozinho, por exemplo? Tais questões não eram tão infundadas assim... O fato era, pensou Eugene agora, que ele havia especulado sobre um sujeito no palco exatamente como se soubesse que o veria mais de perto depois. Como se soubesse que pela manhã ele próprio teria dado aquela bofetada na mulher e descoberto algo novo, algo totalmente diferente sobre a vida.

Eugene teve uma grata satisfação: o artista formidável estava livre. Não havia ninguém que ele amasse, para lhe dizer qualquer coisa, para estabelecer a lei.

O espanhol jogou uma concha de molusco para fora do prato e Eugene imediatamente se inclinou na direção dele, cheio de expectativa. Estava feliz por se sentir no papel de companheiro e conselheiro do artista – assim como na noite anterior havia se sentido, daquele modo profético, sua plateia exclusiva. Agora se encarregaria de apresentar uma ou duas ideias – sugerir algo que pudessem fazer juntos.

Eugene ergueu uma das mãos, acariciando vagamente o ar na frente do espanhol. Tentou invocar uma mulher diante dele. Vai ver que o espanhol podia fazer surgir alguma bela amante que ele tinha em algum lugar, de quem gostava e que sempre procurava quando em São Francisco: aquela preta estranhamente marcada não serviria à perfeição? E Eugene imaginou algum filme mudo (e dessa vez estrangeiro) com aquela palavra de amor nunca dita, "aproveite", dançando por um instante sobre o buquê de flores que ele levaria para ela. A mão do próprio Eugene segurava um buquê invisível, mas o espanhol olhava sem enxergá-lo.

Eugene afundou a bochecha na mão e olhou para seu convidado, que cuspia, bem-humorado, uma espinha. Era mais provável que o artista passasse a noite sozinho, sabendo que era demasiado exigente – e praticando violão.

No entanto, aqueles momentos pareciam tão preciosos! Por que desperdiçá-los? Por que não visitar uma casa de jogo? Um jogo de azar seria bem interessante. Com aqueles dedos de unhas vermelhas (só que – e a esperança de Eugene esmoreceu – não estavam vermelhas agora), o espanhol haveria de apostar as fichas nos números sortudos, e, com seu ouvido afiado e poderoso, perceberia o clique delicado e enganador da bola na roleta. Eugene geralmente apenas pressionava os lábios – para em seguida abri-los – diante da ideia de lugares assim – mas com o espanhol junto...! Para eles, tanto quanto para jovens descompromissados e arrojados, ou velhos renegados e ultrapassados, uma roleta a noite inteira em algum salão cheio de fumaça, mas austero... como seria?

Suponhamos que ele, Eugene, se visse em São Francisco por apenas, digamos, um dia e uma noite, e não pelo resto da vida? Suponhamos que ainda estivesse no processo de deixar o Mississippi – não radicado ali, mas simplesmente um artista, em turnê. Ou, se por acaso não tocasse violão ou algo assim, simplesmente ficasse à espreita: não de alguém específico; no encalço, digamos, de seu velho pai? (Deus o livre de encontrar ele! Papai King MacLain era um bode velho, *aquele* tinha o nome sujo.)

Dali mesmo, estabelecido em São Francisco, Eugene poderia ter dito algo ao artista. A cidade... muitas vezes parecia aberta e livre, descendo por suas ruas de se perder de vista, tudo sob uma luz brilhante, inundante. Mas colina e colina, nuvem e nuvem, todas cintilando uma atrás da outra feito canduras ou transparências de clara indolência e fumaça azul, subindo e descendo como as sirenes de bombeiros que por lá sempre circulam, e correndo que nem água reluzente uma por cima da outra – ainda assim eram as paredes de qualquer homem.

E ao mesmo tempo seria apavorante se as paredes, mesmo as paredes do quarto dele e de Emma, as paredes de qualquer cômodo que encerrasse uma pessoa à noite, ficassem moles como cortinas e começassem a oscilar. Se, como as cortinas da aurora boreal, as paredes dos cômodos criassem a ilusão de subir – ameaçassem subir. Isso seria repetir o Incêndio – é claro. Isso poderia acontecer a qualquer momento em São Francisco. Era uma ameaça especial ali. Mas a coisa em que ele pensava não era de fato física...

Eugene passou manteiga devagar no último pedaço de pão. Não havia nada que o fizesse mudar de opinião sobre o espanhol – que o fizesse pensar que aquele homem sereno, instalado no palco iluminado, com o pé sobre um descanso conforme ele gostava de se apresentar, não tivesse o hábito secreto de ir sozinho até algum local escuro e sombrio, e não buscasse como preocupação adicional à sua vida a desgraça ou a necessidade de algum estranho, alguma casa marcada, designada. Pois era natural supor, Eugene supunha, que os artistas mais consolidados fossem camaleões.

Do que aquele espanhol não seria capaz?

Eugene sentiu visões perturbadoras girando, o espanhol com seus grandes joelhos dobrados e chinelos pretos, rodopiando como se estivesse no aro de uma roda, dançando com um jacaré pesado feito chumbo num lugar vermelho e enfumaçado. O espanhol virando de costas, com as volumosas caudas do fraque esvoaçando e os pés fora do chão, flutuando como um pássaro até se tornar um ponto longínquo. O espanhol com o dedo na página de um livro, olhando por cima do ombro, assim como a Sibila emoldurada na parede do escritório do seu pai – não! então, era no "estúdio" de Dona Eckhart –, onde ele era musculoso, mas, de um jeito ficcional, feminino. E o espanhol com chifres na cabeça – aguardando – ou avançando! E sempre aquele rosto moreno, embora em dados momentos escapasse fogo das narinas, com aquele verdadeiro *refugo* de vida!

Eugene, desacostumado com a visão das pessoas como elas não eram, desacostumado também com a própria presença do espanhol, engasgou abruptamente com um pedaço de pão. Tinha até se esquecido de Dona Eckhart lá no Mississippi, e das aulas que ele, e não Ran, teve no piano dela, embora talvez fosse natural que se lembrasse dela agora, com a aura musical. Como tentativa, ele baixou sobre a mesa um por um os dedos sensíveis, ágeis, da mão esquerda, então o mindinho e o polegar se moveram feito uma gangorra. O espanhol, como se estivesse através de uma cortina, ainda parecia prestes a cuspir fogo. Do outro lado da mesa, a fumaça incessante do cigarro saía de suas narinas como se fosse de uma chaminé dupla. Era aquilo que tinha um odor tão adocicado… Eugene teve a sensação de ouvir a cadência estendida de *O cavalinho de pau teimoso*, uma peça de que ele sempre gostou, e que tocava muito bem. Viu a janela e o quintal, com aquela árvore. Os milhares de flores de mimosa, baforadinhas, azuis na base como chamas, pareciam não resistir bem àquele calor e àquela luz. Seu *Cavalinho de pau teimoso* foi transformado em gotas de luz, pingando uma, duas, três, quatro, através do céu e das árvores até a terra, para ali formarem um desenho que contrastava com a sombra da árvore. Ele sentia gotas brotarem em sua testa e o prazer correr feito um sumo pingando de cada dedo gotejante, em tal hora, em tal dia, em tal lugar. Mississippi. Um beija-flor, que nem um peixinho, um peixinho verde no ar quente, pairou por um momento diante do seu olhar, depois deu um tranco, desaparecendo.

Ele estendeu o copo novamente em direção à jarra do filipino. Eugene se viu por um momento como o Homem do Deserto, ajoelhado na ilustração do livro de geografia que pertencia ao seu pai, que golpeou uma vez a Árvore do Viajante, abriu a boca e recebeu a água. Que importância Eugene MacLain dava de fato à vida de um artista, de um estrangeiro ou de um errante, tudo a mesma coisa – para ter tudo isso trazido a ele agora? Aquela ilustração, em si, ele uma vez acreditou, representava seu pai, King MacLain, em carne e osso, aquele que nunca o viu nem quis vê-lo.

Um filipino derrubou uma travessa que se espatifou no chão e espalhou a comida. Eugene sentiu sua fisionomia se tornar incisiva por conta de sons depreciativos, mas de compaixão, de verdadeira compaixão. Ele riu do filipino; e o tempo inteiro, entre todos os que estavam no recinto, vai ver que só ele sabia como provavelmente era excruciante aquele pequeno transtorno.

Mas ele havia contabilizado seu dinheiro mentalmente. Constatou que poderia pagar por aquele encontro, quase no valor exato, com alguns centavos de sobra. Isso fez com que o temor da coisa fosse sustado um pouco e diminuísse.

O espanhol tinha atraído alguma atenção do ambiente, por cuspir as espinhas do seu prato especial, partir e pressionar o pão entre os dentes com um som de bombinhas. Seus olhos negros agora seguiam amigavelmente uma pequena mosca. Travessas, chapéus, nariz de senhoras, cortinas na janela, eram os locais de pouso da mosquinha por ele observada, suas pequenas escolhas. O espanhol parecia estar jogando consigo mesmo o mais inocente dos joguinhos.

Assim era ele quando não estava tocando violão. No entanto – podia ser pior. Quando o garçom trouxe a conta, Eugene pagou pela extravagância com bastante entusiasmo. A visão, a lembrança agora, daquele rosto alheio e faminto diante do seu, escuro na luz perolada da janela, e da boca tristonha devorando a melhor comida até que tudo desaparecesse, exceto uma pilha de espinhas e um resto de papel – aquilo o preencheu com um brilho que começou a aumentar no momento em que meneavam a cabeça, sorridentes, e se levantavam. Como a cauda de um pavão, a parede forrada de papel parecia agora se estender com indolência, a partir da mesa em que estavam sentados. Enquanto caminhavam entre as mesas em direção à saída, o espanhol esticando a mão e pegando com polidez várias caixinhas de fósforos, as mulheres de chapelão, numa brisa sucessiva, se inclinaram umas para as outras, as abas floridas se tocando, murmuraram um nome e olharam. Eugene as encarou e franziu a testa de um modo velado, possessivo.

Eles saíram para a luz chapada e para o barulho do dia, como se fosse um engodo ou uma supressão de raiva, em meio à agitação corriqueira da tarde. Quando pararam durante a caminhada, um bonde não muito longe rugiu por uma rua movimentada. Com uma expressão de tola ou traidora, essa foi a percepção da multidão – havia no ar um sentimento semelhante a uma concussão –, uma mulher miúda e atarracada tropeçou de salto alto na rua, rodou a bolsa feito um chapéu cheio de flores, espalhando tudo, e afundou em meio a um cor-de--rosa ultrajante no caminho do bonde. No instante seguinte o bonde a atingiu. Ela foi jogada de um lado para outro, lançada à frente nos trilhos, depois deixada em paz; não chegou a ser atropelada pelo veículo, mas estava morta. Eugene constatou isso, tanto quanto os demais, pelo andar lento e oscilante da dupla de policiais que havia testemunhado tudo e agora tinha que assumir o comando. A dupla não via a menor necessidade no mundo para agora ter pressa.

— Acidente! – Eugene disse, ou melhor, repetiu. A voz dele deve ter comunicado ao espanhol que aquilo haveria de ser de especial interesse para ele. O grandalhão ficou plantado, o lábio inferior saliente abaixo do cigarro, os olhos semicerrados. Foi, sem dúvida, uma coisa horrenda. Ninguém se apressou.

— Ela está morta, tenho certeza — disse Eugene, mas determinado a manter a voz moderada. Outras vozes próximas falavam. O espanhol balançava a cabeça.

— Por que é que a ambulância não chega logo?

— Olha só o maquinista. Culpa dele.

— Ela tinha cabelo grisalho.

Sacode a cabeça.

— Alguém deve pegar todas essas coisas e colocar de volta na bolsa.

— Eles não vão cobrir?

— Fico me perguntando quem ela era.

— Como é que eles vão saber a quem dar a notícia?

Um balanço de cabeça.

O espanhol meneou a cabeça.

— Vamos embora — duas garotas falaram, se virando. — Eu vou na hora que você quiser.

Mas um grupo interno, um quadrilátero vazio de pessoas, escondeu a vítima. Eles a cercaram e, não o tempo todo, mas em certos momentos, olhavam para ela. Mantiveram as fileiras cerradas, como pessoas honradas. Elas é que estiveram presentes. O grupo, homens de negócios, senhoras fazendo compras e crianças, parecia se considerar flutuando placidamente como os passageiros de uma balsa, um pouco afastada. Um rapaz, com a mão no quadril, contemplava com um olhar profundo, indolente e interior um pardal perto do seu pé, e então, ao lado do pezinho do pardal, estava a bolsa aberta da morta.

— Ora...!

Eles dobraram a esquina, o espanhol ainda sacudindo a cabeça de vez em quando. De relance, ele parecia pensar que aquele lugar na verdade não poderia ser dos bons.

Eugene o levou até um hotel de grande porte. Entraram no esplendor e no perfume do saguão e passaram por todo um labirinto antes que Eugene pudesse descobrir o banheiro masculino, sentindo tal responsabilidade pelo espanhol grandalhão e moreno como se comandasse uma parada.

Enquanto estavam de pé em seus mictórios, com a divisória ecoante entre eles, Eugene meneou e girou a cabeça uma ou duas vezes, ritmadamente...

Pois bem, a música da véspera não tinha sido o que ele pensava que seria. Quando profetizou isso, Emma sabia o que estava dizendo. Não era nada pulsante – e claro que não era música de preto. Não tinha muitos acordes, nunca era alta. As canções do espanhol eram velhas – antigas, dizia o programa; algumas tinham sido compostas para órgãos e alaúdes; e ainda assim, ele, Fulano de Tal, o violonista, as tocou. Seriam as dificuldades e os desafios o que ele mais buscava? Velho vaidoso. Sim, é um *violão* que eu estou tocando. Sim, eu sou um *violonista*. O que vocês pensavam que eu fosse?

Seu grau de intensidade era tão avassalador como se o anunciasse do palco – em inglês –, um velho extremamente cauteloso, um artista extremamente cauteloso.

Eugene de súbito sentiu-se ao mesmo tempo impaciente e ofendido por ele. Sem se preocupar em esconder a própria absorção no que estava tocando, o sujeito tampouco se importava em agradar a ninguém... Não! E Eugene não tinha se deixado levar pela música do espanhol. De jeito nenhum. Só quando o homem enfim tocou com muita delicadeza algumas canções insuportavelmente ligeiras e graciosas do seu próprio país, tão suaves que quase não tinham som, apenas uma batida no ar feito uma asa ágil, então Eugene ficou comovido. Às vezes os sons pareciam sacudidos, não dedilhados, com o tênue estalido sobrenatural de um pandeiro.

Nas canções de amor, tanto quanto nas demais, o artista permanecia distante, como uma nuvem negra e consciensiosa num dia de verão. Apenas pairava. Ele concluiu a apresentação com uma reverência formal – como se até aquele momento já se tivesse como algo certo que a paixão era o que ele tinha em mãos, o amor era seu criado, e mesmo o desespero era um animalzinho domesticado trotando à vista de todos. A reverência tinha sido consumada com elegância e, quando ele se levantou, era tão grande que parecia estar colado aos olhos de todos.

Quando Eugene saiu, o espanhol estava se pesando. A seta oscilava, o espanhol a examinando placidamente, inspirando com um suspiro que a fez estremecer. Eugene franziu a testa diante do número. Apenas 240 libras. Achava que o espanhol pesasse mais que isso — 250 ou 255.

Seu convidado olhou para ele sorridente e revigorado. "Aonde a gente vai agora?", ele queria dizer, era óbvio.

Eugene o conduziu até a rua. No degrau havia uma nesga de sol leve e lisa como o cabelo da pequena Fan quando ela voava diante dele. Os dois começaram a andar, o espanhol com vigor — aquilo seria exercício? O quarteirão reluzia, e a fachada de uma rua íngreme como um grande acordeão cinza estendido sobre um joelho parecia prestes a balbuciar e subir pelo ar.

V

Caminharam pelos quarteirões da cidade ao sol até que um clima meditativo os uniu feito um discurso consentido. Numa esquina, dois velhotes, gêmeos, absurdamente vestidos com paletós idênticos de tecido xadrez, do mesmo porte e ainda juntos, ajudavam um ao outro a subir no estribo lotado de um bonde. Eugene e o espanhol notaram a dupla ao mesmo tempo e, trocando olhares divertidos, também embarcaram quando o bonde deu a partida e viajaram no estribo. Era como surfar sobre ondas. Atrás deles, o limpa-trilhos era um grande cesto cheio de crianças.

Um negro, com o cabelo espanado e tão crespo que parecia granulado, imediatamente enfiou a cabeça entre a de Eugene e a do espanhol. Seus olhos arregalados observavam. O bonde subiu, rolou e desceu, sacolejando pelas ruas quentes e sempre lotadas, e por fim virou direto para o oeste. Eugene, com a cabeça virada na direção oposta da do negro, tentou fechar os ouvidos para os gritos da criançada, e lia para si mesmo as placas de rua estropiadas pelas quais passavam.

A condutora era uma negra alta e gorda que berrava os nomes das ruas com alegria. "Divisadero! Eu falei Divisadero!" Na frente da The Bug, a loja de discos usados, e do salão de massagem podal, e das casas íngremes com fachadas elegantes que pareciam entalhadas por conta da pintura desgastada – semelhantes às casas solitárias vistas outrora em barrancos de ferrovias –, os amigos da condutora gritavam para ela enquanto o bonde passava. Pendurada para fora do bonde, ela gritava de volta. "Saio às duas da manhã!" "Vejo vocês lá no Cat!"

A cabeça negra entre Eugene e o espanhol revirou os olhos. Em dado momento, Eugene viu de relance o espanhol *sorrindo* enquanto viajava. Os negros pensariam que ele compreendia tudo o que era assunto de negro – que ele próprio talvez estivesse no Cat às duas. A cesta de crianças fervilhava.

Eugene conseguiu alcançar a sineta. Tirou o espanhol do bonde, na verdade teve que puxá-lo pela cintura para arrancá-lo de costas. Era demais. Prosseguiram a pé na mesma direção, ainda contra o sol e ainda subindo até a última borda das colinas.

Era oficialmente a hora da soneca, para quem não tinha que trabalhar. A cidade era tão feia de perto e tão bonita de longe. As colinas, uma após a outra, pelas quais caminhavam, o frescor crescente do ar, o calor do sol mais próximo, tudo fez Eugene sentir como se estivesse prestes a cochilar. Visto que o próprio silêncio entre os homens era – por fim – pleno e onírico, as colinas pareciam para Eugene cada vez mais com aquela escada que ele subia nos sonhos.

As colinas com suas casas uniformes e juntas repetiam sem cessar a ladeira de Eugene na Jones Street; as casas eram recorrentes – todas construídas no mesmo dia, todas da mesma idade. Todas com um destino comum. Suponhamos que outro incêndio viesse a flagelar São Francisco e arrasá-la e que ele, Eugene MacLain, do Mississippi, tivesse que montar tudo de novo. Seus olhos semicerraram sobre as montanhas de casas que não eram como muros, conforme as casas em outros lugares, mas inchadas feito colmeias, e uma colmeia sucedendo a outra, subindo por escadarias tremendas – e vivas por dentro, com tramas internas. Como ele poderia voltar a montar um relógio?

Lá vinha uma velha descendo a ladeira – tinha sempre uma velha. Batendo a bengala, elas vinham devagar ao encontro da gente. Às vezes Eugene tinha a impressão de que todas as mulheres de São Francisco passavam a vida inteira andando por aquelas colinas, usando bengala antes que se dessem conta, e quando envelheciam, em vez de morrer, usavam duas bengalas ou muletas. Os pés de Emma eram delicados, mas a carne redonda descia pelas pernas feito calçolas. Ela dizia que aquilo só apareceu depois do nascimento da criança: culpava a pequena Fan por isso. Em meio ao sofrimento, ela era capaz de se levantar e apontar o dedo rosado e incontestável para o Sacrifício da Mulher.

— A tua garotinha — Eugene comentou em voz alta — disse: "Mamãe, a minha garganta está doendo", e três dias depois estava morta. Era de esperar que a mãe dela vigiasse a febre, enquanto o pai estava no escritório, e não fosse bater papo com a Dona Herring. Mas você nunca falou sobre isso, né? Nunca mesmo.

Cada casa arredondada tinha uma escada. Cada forma tinha sua espiral ou sua junção, externa ou oculta. Do lado de fora havia saídas de incêndio. Ele contemplou a complexidade daquelas coisas; gaivotas estavam pousadas no topo. Como haveria de construir uma saída de incêndio se fosse obrigado? Aquelas saídas cheias de degraus, complicadas, a malha de tráfego desregrado, molas helicoidais, roupas femininas de renda, a bagunça nas bolsas — ele pensou como a construção da vida cotidiana confundia um homem, olhos, pernas, escadas, pés, dedos, feito uma trepadeira. Aquilo enroscava um homem, o próprio fazer e fenecer e afrontar do mundo, do mundo urbano. Ele não ia conseguir construir uma saída de incêndio para seu apartamento na Jones Street, nem com todas as peças e o dia inteiro de folga e as ferramentas necessárias, mesmo que Seu Bertsinger e Emma o incentivassem, e que a vida dele dependesse daquilo. Deveria sentir vergonha?

"Abre essa porta, Richard. *Ouvrez la fenêtre, Paul ou Jacques*", a voz demoníaca do comediante entoava no disco, e Eugene esperou para ouvi-la de novo. Lembrou-se de um tempo no passado: tinha um negro idoso e todo mundo em Morgana sabia quando ele se metia em alguma encrenca em casa; ele entrava na loja e pedia que tocassem um disco — *Rocks in My Bed Number Two*, de Blind Boy Fuller. Através de uma janela do porão ele via um piano vertical e um mulherão de cor manuseando as teclas. Ela parecia estar muito longe de casa. Ele não podia ouvi-la, e se deu conta de que havia muito barulho ali fora, nas ruas.

— *Eu* é que não deixo o sol bater nos *meus* olhos – disse um garotinho, olhando para Eugene, que sustentava uma das mãos inclinada como uma viseira sobre o rosto.

— É mesmo, filho? – replicou Eugene com delicadeza. Com a outra mão, removeu a que estava erguida, como se o menino lhe tivesse pedido que parasse de fazer aquilo. O menino lhe dirigiu um sorriso dócil e confiante, que saltou com muitos sóis na visão de Eugene.

Estavam numa avenida numerada não muito longe, agora, do oceano. Banhados de luz feito idosos inválidos, jovens bangalôs contemplavam o oeste. O espanhol avançou inesperadamente, girou o corpo avantajado e olhou para o mundo atrás e abaixo, de onde tinham vindo. Com um gesto terno, ele girou um dos braços. A arena inteira estava iluminada com beleza e com azul naquela hora da tarde; todo o cinza estava azul e o branco estava azul – a cidade estendida parecia aveludada, tocada por uma pluma do céu. Então ele baixou a mão, como se a cidade pudesse ir embora; e de novo a ergueu, como se fosse trazê-la de volta pela segunda vez. Ele estava de fato maravilhoso, com o braço suspenso.

Seguiram caminhando até que o céu à frente se tornou brilhante a ponto de ofuscar a visão. Na colina seguinte, duas freiras num mar de vento pareciam vulneráveis como chaminés num telhado em chamas.

— Vai ver – Eugene recomeçou a falar – que você nem sabia que era capaz de fazer aquilo... de bater em mulher. Você sabia?

O espanhol lançou-lhe um olhar sombrio. Mas era como se Eugene tivesse dito: "Você é violonista" ou "Esta é a Presidio Avenue". Calmamente, ele passou por cima de um velho bebum que ali dormia escarrapachado, longe da sua espécie. Ignorando as pernas que passavam por cima dele, o dorminhoco se estirava para fora de um pequeno jardim, com a cabeça nas anêmonas e a barba grisalha brilhando feito cuspe na cara.

— Você não ia dar a mínima caso estivesse nessa situação — disse Eugene, seguindo os passos exatos do espanhol por cima das pernas estateladas.

E Eugene sentiu de súbito uma emoção que às vezes o visitava inexplicavelmente — um carinho esmagador e secreto por seu gêmeo, Ran MacLain, que ele tinha passado a metade da vida sem ver, um carinho que poderia ter sentido por uma amante. Estaria tudo bem com Ran? Quanta coisa a gente ignora! Pois, considerando que ele talvez tivesse feito algo condenável, então haveria de precisar do mais sério e carinhoso dos tratamentos. Os olhos de Eugene quase se fecharam e ele quase desmaiou no corpo da cidade, nas velhas veias, na pele manchada do calçamento. Talvez a grama fofa em que pequenas margaridas se abriam sustentasse suas têmporas e colasse seus olhinhos nos dele. Ele ouviu a fenda murmurante do trilho do bonde.

O espanhol o segurou pelo braço. Acima, seu carão transbordava empatia e prazer. Como se estivesse dizendo: "Ora, é claro. Foi pra isso que a gente veio!". Era como se Eugene fosse erguido e carregado até o outro lado da rua. Então o espanhol, ainda com um olhar de interesse, fez menção de examiná-lo, deu-lhe um leve safanão e o empertigou, uma sacudidela final, um tapinha.

E a chuva desabou sobre eles. No ar reluzia uma "precipitação" fina e acariciante. Um bebê de olhos abertos em seu carrinho estendeu as mãozinhas com os polegares e os indicadores bem fechados: um agarro na névoa brilhante. Na colina, um bonde deslizou até um poleiro no cume e parou lá, tão em casa como num balanço no gramado, alegre com pernas de meninas e meninos. No alto, acima de um terreno descampado onde ocorriam o corte de árvores e uma escavação no velho cemitério — os túmulos espanhóis —, duas pipas feitas à mão pulavam uma na outra no céu e trocavam meneios de cabeça como fofoqueiras. O vento marinho soprava um aroma de flor de mel vindo de todos os espaços vazios. Ondulava a barba branca e rala de um velho chinês que corria livremente como um colegial em direção ao carro, que o esperava. Aquele vento no topo da colina passou por Eugene com o frescor que às vezes vem do suave desprendimento de um devaneio ou do desejo que leva consigo até sua própria memória. Eugene ergueu os olhos para o seu espanhol e respirou fundo também, talvez não fosse uma respiração muito solidária, mas ele pareceu aumentar de tamanho. Eugene observou aquele tórax grande e paternal se mover e viu de relance os suspensórios, que eram cor-de-rosa, com acabamentos em prata e com carinhas de animais peludos nas fivelas.

O rosto dele com uma expressão que ainda poderia ser de solicitude – e ao mesmo tempo de reflexão, diversão, sonolência ou implacabilidade quando o todo era visto de tão perto, com círculos escuros, bordas em formato de conchas em volta dos olhos – ficou direcionado por um momento marcante para Eugene. Então a cabeça balançou e, com o cabelo comprido e preto sacudido para trás, fez um gesto discreto de assentimento. Ocorreu a Eugene que ele parecia aquele Doutor Caligari dos velhos tempos do cinema mudo, fazendo soar a campainha no palanque de um showzinho barato.

Pois o gesto de assentimento se dirigia à parte não destruída do aterro, onde algumas sepulturas antigas, ainda a serem saqueadas pelas pás, jaziam aqui e acolá embaixo das oliveiras. No primeiro plano havia uma gata. Na relva alta, ela mantinha uma pose imóvel e consagrada pelo tempo.

A cabeça da gata estava três quartos virada para eles. Parecia ter sobrancelhas femininas. Seu olhar escapava do semblante com toda a compreensão animal; fosse ameaça ou alarme o que aqueles olhos arregalados expressavam, o semblante parecia um espelho em chamas. Era como se depois de tanto tempo os olhos fossem capazes de contê-la em seu poder. Estava agachada, rígida, por conta da devoção e da intensidade da visão, e, se tivesse pegado fogo ali, ainda assim ela não poderia, Eugene sentiu, ter saído do transe. Seria consumida duas vezes antes de desconsiderar o que estava olhando ou seu próprio êxtase.

No aterro revirado, algo – o objeto do olhar – logo se revelou, por meio de um movimento no capim. Como se a visão o instasse a se mexer, Eugene correu para pegar um galho pesado de pinheiro com pinhas e o atirou na gata; o galho a atingiu no flanco. Ela pareceu não sentir nada, pois não se alterou.

Ele soltou uma exclamação. E o tempo todo o espanhol ficou ali parado, numa postura relaxada, olhando – era como se estivesse em Paris, contemplando o Sena! E, no entanto, aquele distanciamento, que Eugene não ignorava, e que lhe causou certa amargura, tinha sido o aspecto visível de tanta paixão na música do sujeito na véspera! Eugene observava obstinadamente, e até sentiu sua excitação aumentar, enquanto o tremor de uma asa ou o pulsar de uma língua, o que quer que fosse, ocorria em intervalos menos frequentes. Ainda era demasiado rápido para que os olhos pudessem saber o que causava aquilo. O que estaria acontecendo: o tremor estaria se esgotando, ou a atração, por sua vez, estaria se tornando algo passado, tido como certo? Aquilo tinha um começo e um fim.

— O que tem ali no capim, um pássaro ou uma cobra? No que você apostaria? – Eugene falou baixinho.

Mas o espanhol ficou plantado pacientemente, enquanto o olhar terrível corria ligeiro como um fio sonante entre a gata e a outra criatura. Será que não importava qual vida pobre e ávida captava o olhar e qual o direcionava? Os olhos da gata, grandes feito relógios, brilhavam sem lágrimas. Eugene pensou de imediato: é tudo a mesma coisa – é uma coisa bestial, tudo isso, não quero saber, obrigado.

Mas ele esperou. No minuto seguinte, atirou uma pedra, dessa vez na direção do tremor no capim. Aquilo o excitou; aquilo, de fato, fez a gata cuspir em seco e estremecer.

O espanhol, quando Eugene olhou para ele, fazia uma careta horrorosa ao acender outro cigarro. Os músculos do rosto se contraíram com uma lascívia hedionda, ondularam uma vez, depois relaxaram. Os lábios eram cor de uva, e a fumaça tinha um cheiro doce.

— Vamos – Eugene disse a ele, e puxou-o pelo braço. — Vamos, Dago.

VI

Tinham descido até o fim da praia: grande vazio. A princípio parecia não haver ninguém lá, tão tarde naquele dia improvável.

Então, cruzando a meia distância em direção ao mar, apareceram um estudante com a calça arregaçada, lendo enquanto caminhava, e um homem, que parecia um eremita, carregando lenha, de modo bastante gracioso. Mais ao longe, na vastidão pálida, se materializaram duas senhoras de meia-idade com chapéus sob constante ameaça; consultaram o relógio: esperavam pelo pôr do sol. Um automóvel surrado, cor de areia, estava à vista; tinha sido deixado junto ao portão do quebra-mar, uma das portas estava aberta, a cabeça esbranquiçada de um cavalo em cima do radiador. Um cachorrinho estava sentado lá dentro. Fumaça preta percorria o ar, e desaparecia; as fogueiras casuais do dia ao longo da praia tinham apagado, e um navio despontava no mar. Algumas gaivotas se empoleiravam nas corcovas da montanha-russa, algumas pousavam de pescoço encolhido e imóveis diante das barraquinhas de comida fechadas, e em volta dos seus pés os melros andavam como se fossem senhorinhas, sempre ocupados.

Como é que aquilo podia parecer tão silencioso, por estar deserto? Do mesmo jeito como pareceu deserto, a princípio, porque o barulho não tinha sido assimilado. Na verdade, havia um tilintar constante onde o carrossel girava, sem nenhuma criança, e havia o som animado e ininterrupto de risos preenchendo o caminho. Eugene sabia qual era a fonte do riso e a apontou para o espanhol, que balançou o corpo para um lado e outro, e sorriu de leve. O enorme boneco mecânico de uma mulher, vestida a rigor e com uma pena no chapéu, gritava e chamava da galeria superior da Casa do Riso, produzindo aquela risada tensa. De todas as maneiras, ela chamava atenção; os movimentos da cabeça com o chapéu e a pena, e dos braços e quadris, eram tão estridentes e hilários quanto o som que provinha das suas entranhas. O estrondo do oceano parecia carregar aquele som menor também nas costas, sustentando aquele pesinho extra.

Eugene desceu até a areia, onde o vento surrava e espedaçava as risadas, e o som cortante do seu próprio chapéu lhe enchia os ouvidos. O espanhol já estava à beira-mar, de frente para as ondas, e tão imóvel que as belas damas foram embora. Apenas um casal de amantes se estendia perto do quebra-mar – imóvel também. As pegadas sólidas do espanhol na areia eram a única linha reta na praia, se intrometendo nas pegadas de catadores de madeira, estudantes, senhoras, namorados e de todas as crianças e cachorros que já tinham ido embora. As de Eugene agora contornavam as dele, leves e apontadas para fora. Cebolas-albarrãs cobriam a praia; em que noite tinha ocorrido a tempestade? De vez em quando a rebentação, avançando no último instante com linguinhas puras que delicadamente beijavam e se retiravam, chegava até as pontas europeias dos sapatos do outro homem.

Eugene puxou com delicadeza o braço do espanhol e apontou os penhascos praia acima.

— Land's End! – ele gritou, enquanto o som das ondas abafava sua voz. Puxou com delicadeza.

O espanhol parecia estar de acordo, mas primeiro se desvencilhou e urinou em direção ao mar, erguendo uma muralha, um castelo, na areia.

Daí eles deram meia-volta e a caminhada ainda pôde continuar ao longo da costa, passando pelos buracos negros das fogueiras e pelas cebolas-do-mar, onipresentes, feiosas e peladas, até chegarem às pedras; dali subiram até o paredão de onde se tinha uma vista panorâmica. Um garotinho lá em cima num velocípede, com cabelo louro esvoaçando e espetado, apareceu pedalando e com ar sonhador entre os dois homens, até ele tinha uma cauda de cebola-do-mar que se arrastava por quase 2 metros. O espanhol se inclinou sobriamente e deu uma sacudida tranquila na cauda, como se fosse um laço. O garotinho olhou para trás, olhos e boca redondos, e no instante seguinte gritou com uma indignação alegre, como se alguém tivesse mexido com ele. Atrás da garagem de ônibus ficava um bosque escuro e desgrenhado, e adiante existia uma espécie de estrada que seguia interminavelmente ao longo do penhasco, ou tinha havido.

Pois houve uma ocasião em que Eugene e Emma chegaram até ali e fizeram um piquenique. Tinham bebido várias garrafas de vinho tinto e foram cochilar ao sol em cima das pedras, deitados de costas, joelhos para cima, cabeça com cabeça. A pele clara de Emma tinha ficado rosada. Onde estaria a pequena Fan naquele momento? Isso não os perturbou naquele dia.

Os homens caminharam e subiram pela tal estrada com o mar explodindo em certos momentos diretamente abaixo deles – nenhuma praia agora, apenas as pedras marrons. De vez em quando, mais uma pedra se movia um pouco, ou havia uma chuvinha de som de seixos em algum lugar. Trilhas esporádicas desciam pelas encostas íngremes através do capim ou sobre a pedra nua até os pedregulhos à beira da água. Os pequenos arbustos chicoteavam, e o paletó preto do espanhol saltava e dançava. Eugene sentia a ventania do Pacífico como uma fortaleza, ele podia atacá-la ou nela se apoiar, do mesmo jeito; ela podia tanto impedir sua respiração como impedir que ele caísse.

A ventania soprou as gaivotas de volta. Um bando delas, pontos de luz reunidos a meio caminho do céu, fez uma curva ao mesmo tempo, e exibiu as facetas de seu voo, cristalinas feito um brilhante. Eugene sugou o ar – agora era êxtase. Observou os pássaros voando para longe, sendo soprados de volta.

(Lá embaixo no cais, lá embaixo distante do alto do céu, elas ficavam, sólidas que nem donas de casa, para cada pequeno barco pesqueiro uma grandona e rechonchuda, quase com aspecto moral, prontas para emitir a sentença. Às vezes parecia que as gaivotas não podiam ser todas idênticas, que deviam ser duas espécies de ave, ou que as próprias aves tivessem duas vidas. Seria o sol ou a neblina, ou a hora do dia, que tão frequentemente alterava as coisas, alterando sua aparência? Ele achava que tinha pavor de lugares fechados e de ficar preso, mas num fim de tarde tinha visto Alcatraz tão leve quanto um chapéu de mulher boiando na água, parecendo um lugar convidativo, e quase quis ir ele próprio àquela ilha e dizer às pessoas "Os condenados são Cristo" ou algo semelhante.)

— Você vai na frente ou atrás? – ele perguntou, mas o espanhol já ia na frente.

— Você sabe o que fez – disse Eugene. — Você agrediu a tua esposa. Vai dizer que não sabia que era capaz disso?

O espanhol à frente avançou sem se virar. Àquela altura, a trilha havia se tornado selvagem e estreita; o progresso era lento, ou melhor, o que estabelecia o ritmo era o avanço sem pressa do espanhol pelo penhasco, e não os escorregões e os precários resvalos de Eugene.

O tempo todo, como se pudessem se sustentar independentemente das pernas abaixo, a cabeça dos dois homens se voltava tranquilamente, os olhos percorrendo a paisagem. Mas como que para zombar daquilo também, em dado momento as mãos do espanhol se uniram sobre a cabeça para segurar o chapéu, os cotovelos virados para fora. Era a pose encalombada de um modelo feminino, um "nu reclinado".

O céu cada vez mais profundo estava dividido ao meio, conforme tantas vezes ocorria àquela hora, por uma espécie de nuvem vertebral. À frente, o norte estava claro e o sul atrás exibia um branco denso. Abaixo do trecho claro do céu, o mar corria do escuro ao verde e ao negro, os lábios das ondas lívidos. ("Solha, solha aí no mar", ele ouviu sua mãe ler.) Sob o trecho nublado, o mar ardia em prata e, em alguns momentos, ficava inteiramente branco, e as ondas que chegavam mantinham sua forma até o último instante e pareciam imóveis e infindas feito a neve. A praia e a cidade por onde eles haviam caminhado estavam atravessadas por poeira e neblina, o cenário tremulava como as bandeiras e a areia esvoaçante de uma batalha ao longe ou de um tumulto no passado. À frente, as pedras se estendiam inqualificavelmente nítidas, rígidas e azuis.

A inclinação aumentou, a trilha a partir de determinado ponto parecia totalmente fora de uso. Aqui e acolá um pedregulho rolara recentemente e jazia no caminho, molhado em suas fissuras como se começasse a viver, e a secretar, e eles eram forçados a escalar ao redor, agarrando o mato. Onde não havia pedra era arenoso e relvado e bastante agreste. Uma falha, é claro, percorria toda a região.

Às vezes Eugene tinha ciência de que se sacudia feito um pombo ou gingava feito um marinheiro, quando descia, ou titubeava feito um poodle velho, quando subia; era a mesma coisa. Em dado momento, ele pulou, e quase sem cuidado. Suas inclinações, seus avanços, escorregões, esforços para manter o ritmo, tudo agora era indolor, e um progresso que ele guardava consigo. Quando a dor não doía, e o mundo sim, as coisas ficavam muito esquisitas – diferentes.

O sol estava baixo, e parte do banco de neblina havia se destacado em nuvens estreitas, finas e delicadas como ossos, com a luz vermelha começando a trespassá-las. O espanhol prosseguia sereno como sempre ao longo da borda em que caminhava; também teria estado ali antes? Quando pulava com seus sapatos pretos elegantes, caía com firmeza. Era ele quem escolhia as trilhas, e a escolha era sempre inteligente e difícil. Havia trilhas agora por toda parte, uma rede de fios sobre um vazio de pedras, com arbustos dançantes de barba grisalha em que segurar. Abaixo, os pedregulhos molhados estavam agora levemente cobertos de luz. Banhistas ao longe, ou botos, emergiam e submergiam, da cor do céu; sempre há estranhos que nadam na hora do sol poente.

Eugene ia por onde o espanhol ia, mas nem sempre aonde ele ia. Havia cavernas em que as trilhas desciam até o mar, e o espanhol foi por conta própria inspecioná-las. Eugene parou de gritar instruções, pois isso o fazia se sentir que nem um cordeiro perdido e balindo. O homenzarrão desceu pelas pedras íngremes e, de quatro, espiou as cavernas, como um dentista diante de bocas sedutoras. Ratos corriam pelas superfícies calvas. Eram ratos grandes — não do tamanho que se vê em qualquer casa, em qualquer lugar, mas do tamanho que se vê naquela lonjura, em áreas geográficas não visitadas —, assim como aqueles cães selvagens e cavalos selvagens do mundo que não são vistos e cujo porte é imensurável. O espanhol olhou para os ratos com a cabeça inclinada de lado. Nem mesmo ele era capaz de acender o cigarro naquela ventania.

Enquanto a tarde avançava, os homens prosseguiam e, perfurando o som do vento, os passarinhos escuros que por asseio viviam à beira-mar começaram a encher o ar com gorjeios, como aves prontas para construir ninhos em árvores frondosas num vilarejo durante a primavera. Era evidente que, sem que soubessem, haviam perdido o desejo de voltar. Talvez tal desejo tivesse expirado. Eugene, que uma vez tinha quase se afogado, lembrou que tinha descoberto a morte da vontade de permanecer na superfície da água. Essas coisas eram sempre descobertas sabe-se lá quanto tempo depois de ser tarde demais.

O sol estava baixando. Parecia mais úmido que a água, e então nem tanto um corpo brilhante quanto um corpo vermelho.

Baixou e sumiu na névoa azul que vinha acima do mar. Por um breve período, a água, mais brilhante que o ar, ficou suave e mansa, e a neblina com asas abertas afundou sobre a água e roçou o rosto de Eugene.

— Você me ouviu, o tempo todo — disse ele.

Mas o espanhol se curvou de costas para Eugene e se pôs a estudar uns lírios selvagens e manchados que ali cresciam na relva áspera. Ele encostou a ponta dos dedos deliberadamente embaixo das pétalas pálidas e macias e lhes examinou o coração peludo. Eugene estava esperando logo atrás, quando ele se virou com uma flor na mão. De repente, os olhos espanhóis pareciam bem despertos, e o homem sorriu — como quem acorda de um sonho profundo, um sono de um mês. Ele suspendeu a florzinha e a observou.

— *Mariposa* — disse ele, tornando cada sílaba claramente distinta. Ele ergueu a coisinha selvagem, manchada e ondulante, o lírio-mariposa comum. — *Mariposa?* — ele repetiu a palavra de um jeito animador, mesmo dócil, tornando o som lindo.

— Você agrediu a tua esposa — disse Eugene em voz alta.

O espanhol ainda mantinha os olhos bem abertos. Aquele sorriso que encarava podia até ser uma afronta, mas ao mesmo tempo ele exibia a flor idiota.

— Mas no teu coração — disse Eugene, e então se perdeu. Era um problema vitalício, ele não tinha mesmo a capacidade de se expressar quando chegava a hora. E agora, num penhasco, ao vento, de...

Eugene estendeu as duas mãos e segurou o homem, sem conseguir envolver nem a metade da vasta cintura. Mas ele reconheceu o volume que era tão leve e maleável, e só precisou fazer mais um movimento para desestabilizar aquele peso e fazê-lo ceder. Diante dos seus olhos atentos, a flor saiu da mão frouxa e amolecida do outro: pairou no vento e desceu. Mais um movimento e o homem também iria embora, caindo e sumindo de vista. Cairia e bastaria um toque.

Eugene se agarrou ao espanhol agora, quase como se o esperasse por muito tempo com saudade, quase como se o amasse e tivesse encontrado um refúgio duradouro. Poderia ter acariciado aquele rosto maciço com grandes poros na bochecha flácida e caída. O espanhol fechou os olhos.

Então partiu dele um rugido potente. Ele sacudiu a cabeçorra. Da boca larga saiu algo que pareciam ser declarações do tipo mais selvagem, acompanhado pelo velho bafo do almoço. Eugene meio que esperava mais espinhas. Ele pôde enxergar tudo mais do que claramente. Os olhos do espanhol também estavam abertos ao máximo, e as narinas tinham os pelos eriçados.

Eugene de repente perdeu o equilíbrio e quase caiu, e assim teve que recuar, se agarrando em total desamparo ao grandalhão. E continuou escutando, forçosamente, a voz que não parava.

Era um recital horrível. Eugene retrocedeu o máximo possível e logo começou a encará-lo − um homem se expondo totalmente daquele jeito, sem vergonha, sem respeito... O que ele estaria querendo confessar, dando tal espetáculo? A quem ele achava que rezava pedindo livramento? As mãos de Eugene esperaram sem energia, um momento após o outro, enquanto os ouvidos eram espancados, todo o seu corpo, na verdade.

De modo abrupto − e causando silêncio como se fosse por meio de uma rolha − o chapéu de abas largas do espanhol disparou ao vento e foi levado − para o mar? Em direção à terra. Eugene sentiu-se compelido: largou o espanhol e saiu correndo para catar o chapéu e trazê-lo de volta. Então o chapéu subiu, virou de cabeça para baixo, ficou preso num muro, alçou voo de novo. Eugene teve que escalar um trecho bastante árduo do penhasco. Avistou o chapéu e o alcançou onde ele dançava em volta de um arbusto, e o pegou.

Eugene perdeu o próprio chapéu na perseguição; mas agora a inspiração estava do seu lado, e ele pôs na cabeça o do espanhol. Ajoelhado no cume, a capa de chuva ricocheteando, ele suspendeu a mão e o colocou na cabeça. O chapéu ficou no lugar e, ao mesmo tempo, serviu de sombra. A faixa interna ainda estava morna e perfumada. Uma euforia percorreu todo o seu corpo, como o primeiro corredor a descobrir o caminho até o seu ser. Com as mãos tremendo por conta do extremo zelo, especificamente como se ele pudesse rever a si mesmo no espelho de Emma, com aquele pequeno instantâneo preso no canto, ele ajustou a aba conforme queria.

Voltou por cima das rochas e se posicionou e olhou para trás, para o outro homem, com os olhos protegidos. Foi com toda a confiança que ele o pegou de novo, mas dessa vez – que cruel-dade! – não conseguiu movê-lo. Não foi capaz de deslocá-lo nem mesmo 1 polegada. Ficou lá com as mãos em posição de apelo nos braços silenciosos do espanhol. Mas dessa vez o espanhol o segurou. Era um aperto de dedos rígidos, calejados feito tenazes.

E o espanhol teria parecido miúdo lá embaixo, bem lá em-baixo. Suponhamos que houvesse um violãozinho, não maior do que um relógio. Eugene ficou lá, esperando, como se ouvisse sirenes. Então, em seu íntimo, ele teve uma sensação estranha, estranha em si mesma, mas infelizmente pôde reconhecê-la. Já havia sentido aquilo – sempre que sentia muito cansaço, e sem-pre que estava deitado na cama à noite, com Emma dormindo ao lado. Era como se algo redondo estivesse na sua boca. Mas a estranheza era o tamanho.

Era como se estivesse tentando engolir uma cereja, mas descobrisse que ele próprio era apenas do tamanho do talo da cereja. A boca recebia e era explorada por alguma imensidão. Aquilo ficava cada vez maior enquanto ele esperava. Todo o conhecimento do restante do seu corpo e a sensação corporal o abandonavam; ele não era capaz de descrever sua posição na cama, onde estavam as pernas ou as mãos; apenas a boca sentia, e sentia uma enormidade. Somente o fio mais fino e frágil do seu próprio corpo parecia existir, a fim de suprir a boca. Pa-recia ter o mundo na língua. E não tinha gosto – só tamanho.

Ele se agarrou ao espanhol e mais uma vez, debilmente, com um braço ou uma perna, tentou movê-lo, para se desvencilhar. A névoa fluiu dentro da sua garganta e o fez rir. A risada ecoou, a uma distância incerta. Eugene ouviu, então por acaso viu, um homem e uma garota andando guiados por sua própria luz, uma lanterna, contornando a beira logo acima, antes de a noite cair. Passaram perto. Ele os ouviu rir, e no crepúsculo jogou a cabeça para trás e pôde ver o brilho dos dentes – aquilo seria felicidade? Dentes à mostra que nem os dos ratos, o mesmo que na fome ou na aflição?

Enquanto ele ofegava, o doce e o sal, as flores de mel e o mar o afetavam como se fossem um único perfume. Isso o embalou um pouco, embaçando o momento. O oceano agora amansando, o martelar de mil gentilezas, virou escuridão e obscuridade. Sentiu-se erguido nos braços vigorosos do espanhol, acima da cabeça nua do homem. Agora o segundo chapéu voou para longe dele também. Sentia-se sem nenhum fardo no mundo.

Acolchoado por uma grande força, ele foi virado no ar. Era o maior consolo. Era uma pena que, girando em sua mente, o agouro de um dia inteiro tivesse que voltar, que ele ainda tivesse que abrir a porta e subir a escada até onde estava Emma. Lá, ela esperava no quarto da frente, derramando suas lágrimas de pé, feito uma noiva, com as cortinas brancas da janela de sacada pesando ao seu redor.

Quando o corpo dele foi virado outra vez, o agouro, feito uma bola rolando, foi capturado novamente. Dessa vez a visão – algum nicho de nitidez, algum futuro – era Emma MacLain dando meia-volta e vindo ao encontro dele na escada. Ainda como se fosse um trovejar, com suas passadas leves e joviais, capazes de fazer o corpo inteiro dele estremecer de ternura e mistério, ela cruzava o piso. Suspendia os dois braços nas mangas largas e arregaçadas e os unia em volta dele. Ele teve que afundar na precária cadeira do corredor destinada a casacos e chapéus. E ela afundou em cima dele e em sua boca deu beijos como bofetadas, retribuindo-lhe favores espantosos com todo o vigor, sem o fantasma do sal das lágrimas.

Se ele pudesse ter falado! Seria por conta daquela implacabilidade, não do jorro de lágrimas, que haveria uma criança novamente. Seria viável que tudo agora pudesse esperar? Se ele pudesse ter parado tudo, até que aquele pulso, bem antes, bem lá dentro, bem lá dentro agora, pudesse tremer como o punho pequenino, rígido e vermelho da primeira folha da primavera!

Foi carregado e segurado pelos joelhos na postura de um pássaro, seu corpo quase ereto e os antebraços ligeiramente abertos. Nas narinas e nos olhos relaxados e em volta da cabeça nua, ele sentia o alcance de um borrifo fino ou o sopro da neblina. Era alçado, de braços abertos. Pensava apenas: Meu querido amor vem.

Ouviu um grito, emocional – um berro –, saindo de uma garganta que não a sua, e ouviu o som submergir no mais profundo trovejar. Era o seu espanhol.

E no instante seguinte — Ah, ele vai jogar o outro lá embaixo? – uma voz feminina com alguma ansiedade gritou. Os namorados estavam chegando, por um caminho mais abaixo. — Você não tem vergonha de brincar desse jeito com esse sujeito pequenininho, assustando ele? – a voz da jovem prosseguiu. — Coloca ele no chão e pega alguém do seu tamanho, ou o Billy vai te dar uma lição.

Naquele momento, ou mesmo antes, Eugene foi baixado e devolvido ao solo. Seus calcanhares pendentes, um dos quais tinha ficado dormente, chutaram a superfície da pedra e então os pés nela se firmaram. Na púrpura da noite, um pequeno fósforo de papelão foi aceso. Um casal de namorados, grandões, simplórios, dentuços, estava ali à luz, e no momento seguinte desapareceu na neblina, ambos parecendo mutuamente satisfeitos.

A cara de máscara do espanhol, envolta pelo cabelo, foi deixada brilhando à luz do fósforo. Virou para um lado e para outro, olhou para cima e para baixo. Exalava suor.

VII

Daí, agora, o espanhol segurou Eugene pelo braço e o guiou com cautela sob a luz instantânea de um fósforo após o outro e a luminosidade emergente da lua coroada, veloz. O mundo não estava escuro, mas pálido. A névoa fluía pelos dedos deles e rolava atrás dos calcanhares. Procuraram juntos o fio do caminho de volta. Deram as mãos em lugares perigosos e agarraram por engano galhos de arbustos espinhudos com um coro de protestos. Recuaram em alguns pontos e tentaram outros caminhos. Ambos pularam ao ouvir sons de fuga, embora o espanhol fizesse um barulho espanhol inimitável que talvez, no passado, houvesse espantado ratos. Quando foi que chegaram à parte fácil da trilha e depois à estrada? Em seguida, todo o som do mar desapareceu atrás do quebra-vento formado pelas árvores, que na neblina úmida cheiravam a pimenta-do-reino.

Quando as árvores escassearam e eles chegaram ao calçamento, a alguma esquina urbana e seu poste de luz, estavam com tanto frio que foi inevitável ir até a lanchonete mais próxima tomar um café.

Eugene recuou, penteou o cabelo para trás e seguiu à frente.

— Dois cafés! – ele disse em voz alta para a sala vazia quando se sentaram diante do balcão.

O ambiente estava aquecido. O espanhol começou a fumar e ficou de olhos fechados, mesmo quando a garçonete apareceu.

Avantajada, meia-idade, ossos grandes, ela se aproximou com um andar descontraído, imponente. O rosto era grande. Todas as feições pareciam maiores do que a realidade, por conta da maquiagem, uma boca cor-de-rosa pintada por cima da boca verdadeira, sobrancelhas desenhadas com lápis marrom em traços de meia polegada de largura e curvas perfeitas. Os olhos eram pequenos, de modo que, com o rímel e as sombras pintadas, as pálpebras pareciam borboletas negras e esvoaçantes. O cabelo tinha hena, um tanto oleoso. Usava joias no valor de cerca de 11 dólares e 25 centavos, no total, Eugene constatou – argolas de ouro nas orelhas, um pendente no pescoço, quatro pulseiras e anéis nas duas mãos. Ali naquele corpo todas as ilusões de ouro, prata e brilhantes desapareciam.

— Um café com leite – Eugene disse – e um preto –, e ela virou de costas para ele. A forma de resposta foi dramática – solilóquio e com sotaque.

— Leitche, leitche, tem um que vai querer leitche – disse ela, andando para cima e para baixo atrás do balcão, mas sem se afastar, sem olhar para os clientes e sem fazer nenhuma outra pergunta.

— E um salgado.

— Ah, não. O salgado já acabou – tinha uma voz ressonante, taciturna; havia algo simpático e solidário nela, com seu sotaque marcado. — E também cês vão ter que esperar um tempão se pedir sanduíche – ela balançou a cabeça. — Todo mundo aqui hoje tá esperando, esperando... Se for sanduíche, que tipo de pão vai ser? Eu tenho que saber isso.

— Dois cafés. Um com leite – disse Eugene. E meneou a cabeça em direção a ela.

Quando trouxe os cafés, xícaras nadando nos pires, a garçonete foi embora sem trazer o açúcar. Eugene, lembrando-se dos três cubos que o espanhol usava, olhou para ele.

O espanhol o encarou, as grandes sobrancelhas negras se ergueram devagar e os olhos imploraram feito os olhos de um cachorro. Os óculos de aro de tartaruga, com areia e sujos, ele tirou e segurou na mão por um momento, depois os colocou de volta. Dirigiu outro olhar suplicante. Mas Eugene ficou lá parado. O espanhol tentou trazer a garçonete de volta com seu espanhol, depois com um aceno do braço. E de início ela apenas olhou para ele, com um ar sonhador, sem se mexer, lá no fundo do recinto, com o braço apoiado na cortina. Mas então, balançando os quadris pesadamente, veio. Ele tinha batido palmas; isso a acordou de imediato, como se fosse um aplauso. Ela trouxe um açucareiro que tinha bico.

— Era *açúcar* que cê queria – disse ela ao espanhol, como se falasse com um bebê, além do sotaque, como se fosse açúcar, açúcar havia muito tempo. Ela deu um tapinha na cabeça dele. — Vai te danar – ela disse com a voz ressoante, se dirigindo a Eugene. — Na minha terra eu tenho marido. Ele também é um homenzinho, e quando senta fica pequenininho que nem o senhor. Quando ele se comporta mal, eu pego e boto ele na prateleira da lareira – ela estendeu a palma da mão; Eugene não pôde deixar de espiar. Ele pagou – seu último centavo; restava uma ficha de bonde – uma.

— Pois bem, é só isso – disse Eugene a ninguém.

Havia migalhas, areia, açúcar e cinzas no espanhol. Do lado de fora, de volta à esquina, os dois homens se viraram um para o outro quase formalmente. Eugene só conseguia pensar, no momento da despedida: Suponhamos que ainda tivesse algum salgado, será que o espanhol finalmente se rebaixaria a pagar? Então voou para pegar o bonde.

O espanhol ficou esperando, pelo quê ninguém jamais saberia, sozinho à noite numa esquina escura na periferia da cidade. Vai ver que já não se sentia tão orgulhoso agora! No último olhar, parecia estar procurando no céu a pequena lua.

Eugene subiu correndo a escada até o apartamento e abriu a porta. Pairava um cheiro forte de sopão quente. Emma estava na cozinha, mas havia uma conversinha feminina – sua grande amiga, Dona Herring, da casa ao lado, tinha vindo e ficado para o jantar, era evidente. De imediato ele pensou que poderia muito bem não contar nada a elas.

— Você largou o teu chapéu em algum lugar – Emma disse a ele. — Logo, logo eu vou te enterrar por conta de uma pneumonia.

Em seguida, batendo o pé no chão, ela mostrou a ele – e também a Dona Herring, que obviamente estava vendo aquilo pela segunda ou terceira vez – que, mais cedo naquele dia, a gordura quente havia espirrado em sua mão.

Seu Bertsinger não tinha dado nem um pio, ocorreu a Eugene enquanto tirava a capa de chuva. Vai ver tinha morrido!

Ficaram sentados à mesa depois da baita refeição. Cortando com indolência o queijo e a fim de interromper Dona Herring (em homenagem a Dona Herring, que tinha voltado de viagem, até tomaram um pouco de vinho), Eugene sentiu-se instado a fazer um comentário.

— Eu vi o Cabeludo, o violonista, hoje, vi ele andando pela rua como você ou eu. Qual é o nome dele, afinal? – ele perguntou, como se estivesse se perguntando agora pela primeira vez.

— Bartolomé Montalbano – Emma disse, e colocou uma uva na língua esticada. Ela acrescentou: — Eu tenho a sensação de que ele sofre de indigestão – e tamborilou no peito enquanto engolia. — ... É espanhol.

— Espanhol? Tinha um espanhol lá na igreja hoje de manhã cedo – Dona Herring comentou – que precisava de um corte de cabelo. Estava ao lado de uma mulher, os dois dando gargalhadas... mau gosto, *a gente* pensou. Foi antes do culto começar, é verdade. Ele riu primeiro e depois deu um tapa na perna dela, lá na Pedro e Paulo, bem na minha frente, eu acabando de chegar de viagem.

Eugene se inclinou para trás na cadeira e observou Emma engolir as uvas.

— Então era ele mesmo – disse Emma.

7. Os errantes

— Por que você não veio ontem? – a velha Dona Stark perguntou à empregada, erguendo os olhos do tabuleiro em que jogava paciência – madeira incrustada que produzia estalos semelhantes aos de uma pistola, sob os golpes das cartas embaralhadas. Era setembro e ali no corredor ela achava que já sentia outubro às costas.

— Eu não voltei da casa das minhas irmãs na roça.

— E a coitada da Dona Katie Rainey morta. O que você estava fazendo de tão importante?

— Fui mostrar meus dentes.

Dona Stark levantou a voz.

— A única coisa que eu ainda posso fazer pelas pessoas, na alegria ou na tristeza, é mandar você pra elas. Você sabe que a Dona Jinny e o Seu Ran me largaram, então você cai fora. Agora o dia seguinte vai ser aqui. Prepara o meu café da manhã e o teu e desce lá. Vai até a cozinha e limpa tudo pra Dona Virgie, não dê atenção a ela. Pega aquele presunto que a gente não fatiou. Comece a preparar a comida pro enterro, se é que o pessoal já não passou na tua frente ontem.

— Sim, senhora.

— Lembra de aprender a dar valor à tua cozinha, quando você passar o dia todo na frente de um fogão a lenha.

— Eu ia voltar. A casa da minha irmã é um lugar que depois que a gente entra lá... é difícil de sair.

Dona Stark estalou os dedos.

— Você e o teu bando de irmãs! – ela se levantou e saiu, com seu andar de menina, até a porta da frente, olhando para sua propriedade colina abaixo, a grama queimada, irregular, não melhor do que a de Katie Rainey, e os arbustos sedentos; mas o jasmim-do-imperador, de Morgan, da idade da sua avó, o arbusto da avó, estava florescendo. Ela murmurou por cima do ombro:

— Eu nunca tive motivo na vida pra pisar na casa dos Rainey por mais de cinco minutos. E acho que eles não estão precisando de mim agora. Mas espero que eu saiba o que qualquer velha deve pra outra velha. Não importa se é tarde demais. Você está me ouvindo? Volta lá e bota um avental limpo.

Os Rainey, Dona Katie e a filha Virgie ainda mantinham a casa do outro lado da calçada, na MacLain Road. Lá em cima o telhado de zinco derramava a luz embaixo do resedá e da alfena, grandes feito árvores, que margeavam o alpendre. A cana-da-índia, com seus contornos chamuscados, somada ao poço formava as três ilhotas conhecidas na relva esbranquiçada do quintal. De um lado para outro, com esforço e quase rodopiando, Dona Katie, a sra. Fate Rainey, se movia, com seu vestido de um azul vibrante de ipomeia.

Na velhice, Dona Katie expôs a cabeça ajeitada, estreita, que havia sob aquele cabelo que já não era desgrenhado e esvoaçante. Quando ela saía à rua, a cabeça meticulosamente arrumada e meticulosamente erguida era tão prateada quanto uma caixa de correio novinha. Foi por causa da autocracia do derrame — sofrera "um derramezinho" cinco anos antes, "enquanto separava minhas vacas e meus bezerros", como contava — que ela começou a determinar que as coisas fossem feitas em horários específicos. Quando chegava a hora de Virgie voltar do trabalho, à tarde, Dona Katie ficava ansiosa, com receio de que ela não chegasse a tempo de ordenhar antes de escurecer. Ainda tinha suas duas jérseis prediletas, pastando ali perto. Ficava de pé no jardim da frente, ou se movia da melhor maneira possível de um lado para outro, esperando Virgie.

Um rastro flamejante de sálvia que corria ao redor da casa ficava mais escuro sob a luz chapada. Embora a sombra se alargasse, ela continuava a andar pela trilha estreita, não cedendo nem mesmo ao sol amigável. Mal se aguentava ali, amparada pela velha bengala feita com um galho de espinheiro. Desbotando à beira da estrada havia uma cadeira, uma cadeira velha na qual ela antes se sentava e vendia coisas, à sombra emprestada pelo cinamomo do outro lado da via; mas pelo jeito não queria mais permanecer sentada, nem tão perto do tráfego. Lá em cima onde ficava, ela sentia o mundo tremer; dia e noite os madeireiros passavam, indo e vindo da mata do Morgan. Isso a desgastava também. Enquanto vivesse, ela ia esperar — e esperava mesmo, de pé — até que Virgie, sua filha, já com mais de 40 anos e toda empetecada, voltasse para casa a fim de ordenhar Bossy e Juliette, que era o seu dever. Virgie trabalhava para as mesmas pessoas que estavam acabando com a mata, a empresa de Seu Nesbitt.

Dona Katie não se dava o trabalho de erguer a mão boa e proteger os olhos; no entanto, depois que a pessoa passava, a pessoa a enxergava em tal postura, com a imaginação, se não com a visão. Ela parecia disposta a manter a pessoa longe, caso sentisse pena, ali com seu vestidinho de velhota, tipo camisolão, às vezes usando um velho chapéu de igreja com formato de touca. Olha lá a velha que vigia a curva da estrada, pensavam os conterrâneos idosos, os Sissum e os Sojourner e os Holifield, passando em picapes ou carroças no sábado, voltando para casa, tirando seus chapéus. Jovens enamorados, a turma da Irmãzinha Spights, riam dela, mas as crianças e os negros não; estes aceitavam Dona Katie como a velhota na lata de Old Dutch Cleanser.

Para os idosos de Morgana ela lembrava Snowdie MacLain, sua vizinha no passado, que ficou por tanto tempo espreitando e esperando pelo marido. Eles lembravam vagamente de si mesmos também, agora que tinham idade suficiente para enxergar, ainda espreitando e esperando algo que já não sabiam realmente o que era, nem iam reconhecer se vissem chegar na estrada.

Enquanto olhava do topo da sua colina na sombra rastejante, Dona Katie Rainey até ia gostar de um bate-boca e ser convencida a voltar para dentro de casa; no fim das contas, talvez aguentasse ser contrariada, mas por quem? Não por Virgie.

— Cadê a minha menina? Vocês viram a minha menina?

Dona Katie achou que tivesse gritado na estrada, mas não tinha; a vergonha fez com que ela baixasse a cabeça, pois havia uma coisa que ela ainda podia sentir, mesmo que não sentisse muito mais do que viesse do mundo exterior: falta de educação.

Enquanto esperava, ela ouvia, circulando em seus ouvidos feito andorinhas a alçar voo, conversas sobre namorados. Círculo após círculo, aquilo tagarelava, conversa de igreja, conversa na loja e no correio, conversa de homem vulgar talvez na barbearia. Vinham para o lado dela agora conversas das quais ela nunca ia poder se aproximar.

— Enquanto a velha estiver viva, vai ser tudo pelas costas dela.

— A filha não ia fugir e deixar ela pra trás, ela é velha e está aleijada.

— Deixou uma vez, vai deixar de novo.

— Aquele tal de Mabry sai com a espingarda e deixa pra Virgie um saco de codorna, dia sim, dia não. Qualquer um pode ver ele passar pela porta dos fundos.

— Vou te contar!

— Ele falou pra ela que no dia que ela cansar de codorna é só avisar que ele desiste e vai embora, foi isso que eu ouvi.

— Não me diga.

— E tem mais, eu acho que é possível pra um ser humano, uma mulher, viver à base daquelas aves tão finas até o fim da vida. A mãe pode ajudar ela a comer codorna. A mãe não perdeu o apetite!

— Cala a boca.

— Eu acho que não ia ser educado, pra ela nem pra ele, desistir das codornas. Mesmo que ele ouvisse. Agora tem que continuar.

— Ah, claro. E o Fate Rainey não dá ponto sem nó.

— Mas será que ele não ouviu?

Não Fate Rainey, de jeito nenhum; mas Seu Mabry. Só que a conversa que Dona Katie ouvia era nas vozes da infância, e às vezes elas escapavam.

Então, de um jeito esquisito, pois ela mentia mal, ela mentia quando Virgie chegava.

— Eu perguntei pro povo que passava. E ninguém foi capaz de me dizer onde você estava, por que você demorou tanto tempo na cidade.

Mas é o meu último verão, e ela precisava voltar aqui para ordenhar na hora certa, pensou a velhota, teimosa e ao mesmo tempo piedosa, dos dois jeitos que ela era.

— Olha só onde está o sol – ela gritou, enquanto Virgie subia pelo quintal no velho cupê que Dona Katie sempre esquecia que tinha, a coisa surrada que ela pegou em troca do coitado do bezerro.

— Estou vendo, mamãe.

O cabelo comprido, escuro e pesado demais de Virgie balançava para um lado e para outro enquanto ela se aproximava pela relva barbuda usando seu vestido de voal florido, de salto alto.

— Você tem que ordenhar antes de escurecer, depois de recolher elas, e tem quatro codornizes cheias de chumbo pra você preparar, lá na mesa da minha cozinha.

— Volta pra dentro de casa, mamãe. Entra comigo.

— Eu fiquei sozinha o dia todo.

Virgie se curvou e deu seu beijo noturno na mãe.

Dona Katie já sabia então que Virgie ia recolher, ordenhar e alimentar as vacas, e entregar o leite na estrada, e voltar para cozinhar as codornizes.

"Mas é uma maravilha", pensou ela. "Uma maravilha abençoada ver essa criança cuidar das coisas."

No dia em que Dona Katie morreu, Virgie estava ajoelhada no chão do quarto cortando um vestido de tecido xadrez. Estava costurando em pleno domingo.

"Não tem nada que a Virgie Rainey goste mais do que pelejar com um xadrez duro pra valer", pensou Dona Katie, com uma pontada de dor vinda de algum lugar inesperado. É que agora tinha uma linha boba que descia pelo corpo dela, dividindo-o no meio; devia ter uma no corpo de toda mulher – precisava ser pelo caminho mais longo, não pelo atalho atravessado – isso era fácil demais –, fazendo um lado para sentir e saber, e um lado para a coisa parar, para que seja servido, no fim das contas.

Mas Dona Katie queria cair de joelhos ali onde o xadrez de Virgie se estendia feito um belo tapete. Seu último sentimento evidente enquanto ficou ali, se aguentando, era querer tombar e ser coberta, por incrível que pareça, com o xadrez de Virgie, de difícil combinação. Mas deu meia-volta num ato de força que rasgou ela por dentro e caminhou, batendo com a bengala, por todo o corredor e dois quartos e deitou na própria cama.

— Para com isso aí e me abana um minuto – ela chamou em voz alta. Ela pensou rapidamente consigo mesma, no entanto, que Virgie tivesse falado: "Eu pretendo casar usando o dinheiro que ganho com as mudas".

Virgie, que trabalhava de camisola, entrou com alfinetes na boca e o polegar verde, marcado pela tesoura, e ficou parada acima dela. Balançou um papel para cima e para baixo sobre o rosto da mãe. Abanou com um exemplar do *Market Bulletin*.

Agonizando, Dona Katie reviu depressa a lista ali publicada, a sua lista. Como se seu pé indócil pisasse em cada item, ela fez a contagem, corrigiu, e quase esqueceu as estações e os locais onde as coisas eram cultivadas. Mudas de hibisco-da-síria, buxeiro, quatro cores de cana-da-índia por 15 centavos, semente de boa-noite a granel, zebrina. Rosas: rosa-branca grande, rosa-de-espinho, rosa-silvestre vermelha, minirrosa, rosa-vermelha tradicional, muito perfumada, rosa-bebê. Cinco cores de verbena, lírios-de-candelabro, copos-de-leite, lírios-leopardo, lírios-amarelos, lírios-brancos, lírio-roxo-das-pedras. Semente de trombeta. Amarílis vermelha.

Cada vez mais depressa, Dona Rainey pensou: sálvia vermelha, maravilha, valeriana rosada, mudas de gerânio, samambaia-espada e capim-buffel, agave, palmeirinhas de vaso, resedás rosa-melancia e branco, flor-de-maio, sino-amarelo. Jasmim-estrela. Viburno. Jacinto. Lírio rosa. Branco. Junquilho.

— Me abana. Se você parar de abanar, é pior do que se nunca tivesse começado.

E depois que mamãe se for, já quase se foi, ela refletiu, eu posso incluir no meu anúncio: as colchas de retalhos! Vendem-se Muscadínea Dupla Face, Estrada de Dublin, Céu Estrelado, Teia de Aranha, Todo Geométrico, Dupla Aliança. Mamãe é rica em colchas, menina.

Dona Katie jazia ali, jogada sobre a colcha, pensando: Toalha de mesa de crochê, desenho tipo sol, bem trabalhada. Sabia que Virgie estava de pé acima dela, abanando com movimentos rítmicos. Logo os lábios de Dona Katie selaram.

Estava pensando: Engano. Nunca foi a Virgie, de jeito nenhum. Fui eu, a noiva – com mais do que eles imaginavam. Ora, Virgie, vai embora, fui eu.

Levantou a mão e nunca soube o que aconteceu, seu protesto.

Virgie ajoelhou, agachou ali. Firmou a cabeça, abriu a boca, e os alfinetes, um por um, caíram no chão. Não tinha muito medo da morte, nem do seu atraso, nem da sua surpresa. Por enquanto, nada parecido com medo lhe veio à cabeça; apenas algo sobre seu vestido.

A cama, com a cabeceira escura e insensível feito um espelho velho na parede, para ela, quando criança, um imenso escudo do Rei Arthur que poderia camuflar um lema, lançava sua escura sombra vespertina que nem uva muscadínea até a cintura da mãe. A velha sombra, tão familiar quanto o sono por toda a vida, sempre escorria sobre o travesseiro naquela época do ano, sobre os medalhões vibrantes e nodosos da colcha conhecida – o desenho exagerado, herdado e pessoal – onde os sapatos pretos da mãe agora se projetavam.

Atrás da cama, a janela estava cheia de flores e folhas embaçadas, grudadas, sob uma luz forte, como se fosse um pote de figos em calda segurado no ar. Um beija-flor disparou, sugou, disparou. Todos os dias ele aparecia. Tinha o pescoço rubi. O relógio tiniu debilmente como címbalos batidos embaixo d'água, mas não tocou; não podia. No entanto, uma torrente de riquezas parecia fluir pelo quarto, inundando o ambiente, enchendo o quarto com algo doce demais.

Virgie correu até o alpendre. Esperando por um negro que vinha passando, ela gritou sem demora:

— Vai lá e me chama o dr. Loomis pra fora daquela igreja!

O negro saiu correndo com seu traje domingueiro.

No meio da tarde, a casa já estava enchendo de visitas e de gente para ajudar. Cada um que chegava parecia ser barrado pelo enorme buxeiro morto, feito uma esponja amarela, que ficava junto aos degraus; precisava ser contornado. Tinha café no fogão e chá gelado numa jarra no corredor. Virgie estava pronta, usando o vestido que tinha passado a ferro naquela manhã para segunda-feira, e parada na frente da casa. Andando ao redor dela, uma senhora regava as samambaias e nivelava as venezianas da sala, depois regava e nivelava novamente, como se algumas contas obscuras estivessem sendo refeitas e verificadas. Todos os assentos na sala e no quarto de Virgie estavam ocupados, o alpendre e os degraus rangiam sob o peso dos homens, que ficavam do lado de fora.

Cassie Morrison, cujas pernas com meias pretas pareciam caminhar entre as pernas atravancantes das outras mulheres, atravessou a sala até onde Virgie estava sentada na cadeira diante da máquina de costura fechada. Cassie havia escolhido para si a única xícara de café fina com borda dourada e a equilibrava serenamente.

— O papai te mandou os pêsames. Deixa eu sentar do teu lado, Virgie — ela a beijou. — Você sabe que eu entendo como é.

— Desculpe – Virgie disse. De repente, ela cochilou, direto na cadeira de vime. Quando abriu os olhos, observou e escutou a sala ainda mais cheia, com a atenção, e a desatenção, e a hesitação como se estivesse prestes a ir embora. Através do burburinho, ela se ouviu dando uma volta pela sala para falar com os presentes e ser beijada. Deu os passos da caminhada que eles eram obrigados a observar, cabeça, seios e quadris com sua agitação impotente, feito uma corda com sinos que ela fez soar nos ouvidos deles.

— Ela não sabe o que está fazendo – Cassie Morrison disse à pessoa ao seu lado, no tom suave de um veredicto. — Ainda não entendeu o que aconteceu e nem conhece a gente direito.

A porta, estranhamente fechada, era do quarto de Dona Katie, dava para a sala. Do outro lado, todos sabiam – esperando daquele jeito até que a porta abrisse – que Dona Snowdie MacLain estava preparando o corpo de Dona Katie. Ela mesma a banhou e a vestiu, aceitando apenas ajuda de dois velhos negros dos Loomis, e Dona Snowdie já estava com 70 anos, e tinha viajado 7 milhas desde MacLain. Teve uma coisa de que ninguém gostou, talvez até uma quebra de costume. Dona Lizzie Stark, cuja função eles achavam que fosse tomar conta da casa enquanto a velha Dona Emmy Holifield preparava defuntos, tinha se sentido muito fraca naquele dia, e mandou dizer que precisava ficar deitada. E a velha Emmy já tinha partido.

Era verdade que nenhuma das visitas, a não ser Dona Snowdie, tinha entrado na casa dos Rainey desde o enterro de Fate Rainey. Não era de admirar que Virgie olhasse para eles agora, fixamente, em alguns momentos.

Sempre na casa de alguém que morre, pensou Virgie, todas as histórias ficam expostas, surgem a partir da pessoa, viram parte do domínio público. Não a história do morto, mas dos vivos.

Ela viu Ran MacLain de pé na porta, apertando a mão de Seu Nesbitt, que vinha entrando. E será que não estava escrito na cara de Ran que uma vez ele se aproveitou de uma garota interiorana que se matou? Estava na cara na época da eleição, assim como estava na cara agora, e ele ganhou a eleição para prefeito, em cima de Seu Carmichael, pois tudo foi lembrado quando ele, na meia-idade, subiu no palanque. Ran sorria — segurando a mão de um conterrâneo agora. Votaram nele por conta daquilo — do charme e da história dele, por ser um MacLain e ser o gêmeo mau-caráter, por se casar com uma Stark e depois destruir uma garota e levá-la a fazer o que ela fez. O velho Moody encontrou ela no chão da loja dele — o local onde ela trabalhava — e ganhou a rua com ela nos braços. Eles votaram por causa da revelação; aquilo fez o coração deles desacelerar, e eles confirmaram tudo de novo. Ran sabia disso a cada minuto, ali na porta ele aguentava as pontas.

— Ânimo, vamos, ânimo — Seu Nesbitt disse a ela, parecendo levantá-la, enquanto corria o dedo por baixo do queixo dela. Os olhos dele — tão obstinados, ela pensou — verteram lágrimas e secaram. — Vem cá — ele chamou por cima do ombro.

— Virgie, fala pro Seu Thisbee quem é o teu melhor amigo nesta cidade — ele tinha trazido o novo funcionário da empresa.

— O senhor, Seu Bitts — disse Virgie.

— Todo mundo em Morgana me chama de Seu Bitts, Thisbee; você também pode chamar. Agora espera. Fala pra ele quem te contratou quando ninguém mais estava disposto a contratar, Virgie. Fala pra ele. E quem sempre foi bonzinho com você e te defendeu.

Ela nunca se afastava até que a coisa terminasse; hoje a coisa pareceu de certa forma breve e fácil, um alívio.

— Fala logo, Virgie. Depois tenho que ir ali animar a minha filha.

Nina Carmichael, a sra. Junior Nesbitt, em gravidez avançada, estava sentada onde ele podia vê-la, cabeça altiva e indiferente, um braço branco e inchado estendido ao longo da máquina de costura. Ele piscou para ela do outro lado da sala.

— O senhor, Seu Bitts.

— Fala pra ele há quanto tempo você trabalha pro velho Seu Bitts.

— Tem muito tempo.

— Não, fala pra ele quanto tempo faz… ora, ora, ora, fala pra ele. Eu já tive três negócios diferentes, Thisbee. Quanto tempo?

— Desde 1920, Seu Bitts.

— E quando você cometia algum deslize nas tuas cartas e nos teus números, quem é que te defendia na empresa?

— Sinto muito pela sua perda – disse Seu Thisbee de súbito, soltando a mão dela. Ela quase caiu.

— Mas quem? Quem te defendia?

Seu Nesbitt escancarou os braços, conforme fazia quando a convidava para dançar com ele em Vicksburg. De repente, deu meia-volta e foi embora; estava magoado, decepcionado com ela pela centésima vez. Ela ficou olhando para as costas magoadas e balofas de Seu Nesbitt, enquanto ele errava como se estivesse perdido e se deteve um longo tempo contemplando e animando Nina Carmichael.

Comida – dois bolos de banana e presunto assado, um prato de ovos recheados com aspecto ruim, pãezinhos frescos – e flores não paravam de chegar pelos fundos, e a cozinha se enchia de mulheres enquanto a sala agora se enchia de homens avançando casa adentro. Virgie voltou mais uma vez até a cozinha, mas de novo as mulheres pararam o que estavam fazendo e olharam para ela como se algo – não apenas naquele dia – a impedisse de saber cozinhar – e cozinhar elas sabiam. Ela foi até o fogão, pegou um garfo e virou um ou dois pedaços de frango, e viu Missie Spights olhar para ela com os olhos arregalados, demonstrando algo como espanto e hostilidade.

Então Virgie passou por elas e parou no tranquilo alpendre dos fundos para sentir a brisa do sul. A caixa de gelo, entulhada, envolta num saco de aniagem, com a velha tampa de jornal dourado, escondida e esperando para amanhã, já estava na bacia de lavar louça. As flores cortadas tinham sido mergulhadas pelo caule ou ao contrário em baldes de água à sombra. Virgie teve uma súbita lembrança da noite do recital na casa de Dona Eckhart — o momento em que estava prestes a ser chamada. Tinha 13 anos, esperava do lado de fora, em vigília diante de um grande e sereno espetáculo de agitação, e salvava a noite. Uma pequena gota rolou, ela lembrava agora: a ansiedade quase tinha feito seu estômago revirar, pois lá dentro riam do chapéu da sua mãe.

Ela voltou para a sala. Feito um murmúrio da mata, a conversa durante a espera enchia a sala.

A porta abriu. Dona Snowdie parou na soleira, de lado, sem olhar nem para dentro nem para fora.

De imediato, as senhoras se levantaram e ocuparam o vão da porta; algumas entraram. Apenas a extremidade da cama e os pés de Dona Katie podiam ser vistos da sala. Houve exclamações contidas. "Snowdie!" "Dona Snowdie! Ela está linda!" Então as outras senhoras avançaram na ponta dos pés e puderam ser vistas se curvando sobre a cama como quem se debruça sobre o berço de um bebezinho esperneando. E então saíram.

— Vem só ver a tua mãe.

Precipitando-se, elas puxaram Virgie pelos braços, suas vozes cristalinas.

— Não toquem em mim.

Puxaram com mais força, ainda sorrindo, mas em silêncio, e Virgie resistiu. O cabelo caiu sobre seus olhos. Ela o sacudiu de volta.

— Não toquem em mim.

– Querida, você simplesmente não sabe o que perdeu, só isso.

Era uma gente que nunca tinha tocado nela antes e que agora tentava lutar com ela, os semblantes magoados. Ela estava magoando todas, deixando todas perplexas. Elas se inclinaram sobre Virgie, aflitas, suplicando com o puxão das mãos. Quem puxava com mais força era Dona Flewellyn, que tinha recolhido o último suspiro do marido num balão de festa, por desejo dele, e ainda guardava aquilo em casa – a maior parte, até que um negro roubou.

O rosto corado de Dona Perdita Mayo espiou por cima da parede formada por elas.

— A tua mãe era boa demais pra você, Virgie, boa demais. Esse sempre foi o problema entre vocês.

Diante dessa verdade, Virgie olhou para elas com o coração mais aliviado, e elas a levantaram e a levaram para o quarto e lhe mostraram a mãe.

Ela jazia em cetim preto. Tinha sido retirado, pesado feito um bebê, de dentro do baú, o vestido em que bolinhas de naftalina do tamanho de ervilhas brilharam e rolaram como cristais durante toda a vida de Virgie, esperando, removido duas vezes antes, e agora estendido num triângulo perfeito. A cabeça estava no centro do travesseiro, o lugar da viúva no qual ela própria havia deitado. Dona Snowdie tinha aplicado ruge nas faces dela.

Elas observavam Virgie, mas Virgie agora não dava nenhum sinal. Sentiu as mãos das mulheres alisá-la e deixá-la, se afastando do corpo e depois dando-lhe um empurrãozinho para a frente, sentiu as mãos demonstrando tristeza por um corpo que não caía, que devolvia às mãos o que estava quebrado, para que pudessem pegar, alisar novamente. Pois o mero toque das pessoas antecipava a queda do corpo, do próprio, do corpo único e vigilante.

Mais tarde, de volta à sala de visitas, ela chorou. Elas disseram:

— Ela costumava ir até lá pra vender uva muscadínea, estão vendo lá? Era lá que ela se livrava de tudo que era ameixa, das primeiras e das últimas, das amoras-pretas e das silvestres e daquele amendoim miúdo que a gente cozinha. Agora a estrada vai no sentido errado.

Embora aquilo fosse como uma música triste, não era verdade: a estrada ainda era a mesma, de Morgana a MacLain, de Morgana a Vicksburg e Jackson, é claro. Só que agora as pessoas erradas passavam por lá. Todas seguiam em picapes, muito rápidas ou muito carregadas, e transportavam lâminas e correntes, para cortar e arrastar as grandes árvores até o moinho. Aquelas pessoas não comiam uva muscadínea e não paravam para trocar palavras sobre a estação e o que estava sendo cultivado. E as videiras secaram. Ela chorou porque elas não sabiam contar a coisa direito, e não a pressionavam para conhecer suas razões.

— Chamem o Seu Mabry agora. Ela se descontrolou.

Seu Mabry, recém-saído da barbearia, pegou as mãos de Virgie e as sacudiu, depois as largou. Ela enxugou os olhos imediatamente e se retirou, dando a ele permissão para entrar no outro quarto. Virgie se perguntou quando o tinha visto se afastar na ponta dos pés antes. Velhos roceiros no corredor deram de falar dele agora, com todo o respeito, enquanto com seu rosto rubi, tão elogiado havia pouco, ele olhava para a morta, o rosto que no momento seguinte se encheria de preocupação consigo mesmo.

— Ele quer se chegar lá pro lado de Ives. Onde ele não tem que usar coruja como se fosse galo e raposa como cão de guarda, foi desse jeito que ele me falou.

— Então por que diacho ele não vem pra Morgana? Não tem lugar melhor que aqui, é o que eu acho, se eu quisesse me chegar pra perto.

— Ele prefere Ives.

— Entendi.

Mas na sala prevalecia o sentimento agora de que era de bom-tom considerar Dona Katie o centro da conversa, já que a porta estava aberta.

— A Virgie agora vai poder economizar um pouco com os laticínios, aposto que ela vai gastar com alguma coisa que não tenha a ver com a casa, hein? – uma senhora que Virgie não conseguia identificar disse isso, dirigindo-se mais ou menos a ela, inclinando-se de vez em quando, com todo o seu peso. — Aquelas colchas bonitas, ela não vai mais poder despachar pra feira. Por que é que a Virgie vai se incomodar com limpeza de casa e louça de porcelana sem marido, hein? Eu queria saber o que a Virgie vai fazer com as galinhas, a Katie sempre gostou de um quintal sortido. Eu queria saber pra quem a Virgie vai dar o cervo, se ela não quiser ficar com ele. Aquele quadro do cervo que a mãe da Dona Katie fisgou lá em Tishomingo, com aquela guirlanda na galhada, e as folhas de carvalho, a Dona Katie achava aquilo a coisa mais linda do mundo. A boneca de pano com cabeça e mãos de porcelana, que ela deixava todo mundo brincar...

— A Guinevere! Ah, eu queria ela agora! – Cassie Morrison estendeu as duas mãos enluvadas.

— O suporte de samambaia. A Virgie não vai ficar aqui pra cuidar de samambaia, aposto. Aquela begônia dela, 35 anos. Não muito mais velha que a Virgie, né, Virgie? Ela deixou as receitas pra Igreja Metodista... eu espero.

— Era uma santa viva – disse outra senhora, como se isso corroborasse tudo.

— Vejam só o meu brilhante.

Jinny MacLain, esposa de Ran, estava entrando. Com a mão estendida, ela exibia um anel pelo quarto a caminho de Virgie.

— Eu bem merecia um brilhante – ela disse a Cassie Morrison, torcendo a mão na altura do pulso. — Foi isso que eu falei pro Ran – de um jeito suave, abrupto, ela virou e beijou a face de Virgie, sussurrando: — Eu não tenho que olhar pra ela... tenho, Virgie?

Então todas se levantaram quando Dona Snowdie entrou.

— Eu não tenho que olhar pra ninguém! – cochichou Jinny com ferocidade.

Virgie, ainda segurando uma xícara de café, foi esperar no alpendre, pois sabia que Dona Snowdie sairia ali. Podia ouvir ela na sala agora, parando a fim de receber um punhado de elogios. Então Dona Snowdie saiu, naquele momento e como sempre, uma senhora amável, seu rosto branco e graciosamente sisudo, gentilmente preocupado, mas nada além disso. Ela parou e olhou, de imediato protegendo os olhos, para a casa do outro lado da rua onde morava. Então beijou Virgie, quase de um modo indiferente.

— Eu acho que ela está bem, Virgie.

Suas mãos albinas estavam cruelmente avermelhadas. Mas ela não parecia mais sentir tal vermelhidão. O vestido leve, pontilhado de preto e branco, cheirava a verbena, fresco como sempre.

— Eu cuidei dela do melhor jeito que pude. Se a Emmy Holifield estivesse viva, poderia ter pensado em coisas que eu não pensei.

Mas os olhos dela passaram por Virgie, até o outro lado da rua, onde a antiga casa era agora uma ruína. Entre o local onde as mulheres estavam de pé e a visão da velha casa, no quintal dos Rainey, as crianças que esperavam pelos pais ficaram paradas, quietas, naquele momento e, sem saber para onde olhar todas ao mesmo tempo, escutavam – escutavam os gafanhotos, sem escapatória, cujo som fazia lembrar o ruído do mundo girando em torno delas, depois que de repente todas deram de bater as mãos em concha sobre os ouvidos.

— Virgie? Você sabe que a Lizzie Stark e eu fizemos as pazes faz tempo. Sobre o problema do Ran e da Jinny; acabou, tudo acabado. Mas você acha que, num momento como esse, foram os velhos sentimentos que vieram à tona e mantiveram ela afastada?

Dona Snowdie suspirou, como se tivesse esquecido a pergunta no instante em que foi formulada, como se a resposta fosse uma interrupção. Do outro lado existia um lugar onde ela viveu por muito tempo, um tempo abandonado e antigo, quando Virgie brincava com Ran e Eugene debaixo daquelas árvores, no alpendre, embaixo da casa, ao longo da margem do rio e na mata do Morgan. Ainda havia cedros pernudos revestindo a velha propriedade, os troncos brancos e nodosos que nem ossos de galinha. O velho gazebo ainda estava lá atrás, treliças tombadas para dentro e com as junções desencontradas, à sombra feito um lugar onde algo estivesse guardado por muito tempo e agora pudesse aparecer, e ao sol como um pequeno templo para ele erguido. O frondoso cinamomo havia sido cortado, bem como as demais árvores do gramado, quando a casa pegou fogo, mas muitos brotos esguichavam do toco feito uma fonte. Os negros levaram a maior parte das laterais e do telhado que restaram da casa, mas tiveram muita dificuldade para entrar pela chaminé, o que era surpreendente; a chaminé ainda exibia toda a sua altura, visível dali, rosa-pombo através da poeira e da folhagem. Arbustos de alfarrobeira e pés de mamona da altura de um homem tinham surgido por toda parte, as moitas de hibisco voltaram e viraram árvores, peludas como velhos gigantes segurando no alto florezinhas crepusculares e frágeis. Trepadeiras haviam tomado o quintal e a calçada, a cruz de tijolos da fundação, as árvores e tudo o mais.

Virgie se desvencilhou do braço de Dona Snowdie que estava em volta de sua cintura. As duas mulheres ficaram quietas à luz da tarde.

— Eu disse que gostaria que *ela* preparasse o *meu* corpo — disse a senhora. Ela estremeceu ligeiramente, mas não voltou para dentro de casa. Continuou olhando para fora.

Pelo lado do buxeiro, Seu King MacLain, pisando tão de leve que elas não o ouviram, subiu os degraus.

— Você já conhece a Virgie — Dona Snowdie murmurou, ainda imóvel.

— E a Katie Blazes, é assim que a gente costumava chamar a tua mãe — Seu King meneou a cabeça em direção a Virgie. O tufinho de cabelo embaixo do lábio — nada sedoso, áspero, um branco rosado — balançou de um jeito ruminante. Viola, a negra deles, tinha trazido ele de carro, depois de ter lhe servido o jantar; podia ser vista indo até os fundos agora, para se apresentar na cozinha.

— Senhor?

— Eu tomo esse café aí, se estiver quente e você não for beber. Katie Blazes. Você nunca ouviu a tua mãe contar que ela nunca titubeava na hora de encostar um fósforo nas meias, menina? Uhssst! As chamas subiam até o joelho dela! Às vezes nas duas pernas. Aquelas meias de algodão que as garotas usavam... felpudas, Deus sabe como eram. Nenhuma das outras meninas tacava fogo nas pernas. Ela fez toda a vizinhança ficar com medo de que ela pegasse fogo ainda novinha.

— Você jantou? — Dona Snowdie se virou para ele.

Virgie observou o café preto começar a tremer na xicrinha. Havia algo apavorante naquele velho — ele era velho demais.

— Que pegasse fogo!

Ele as deixou e entrou no corredor dos homens.

— Eu não sei o que fazer com ele — disse Dona Snowdie, num murmúrio tão contido quanto o mundo ao redor delas agora. Ela não sabia que tinha falado. Quando seu marido fujão voltou para casa alguns anos antes, aos 60 e poucos anos, e ficou, o povo disse que ela nunca superou a situação: primeiro a fuga, depois a volta. — Ele não queria voltar de jeito nenhum. Agora ele confunde ela com a Nellie Loomis.

— Virgie, a gente já tem comida pronta pra alimentar um exército – Missie Spights gritou do corredor. Vinha desamarrando o avental que era de Dona Katie, que lhe cobria o vestido, os braços avermelhados e brilhando. — Presunto, galinha, maionese de batata, ovo cozido e recheado, sem falar nos bolos e nas bobajadas que as pessoas mandaram.

— Tem necessidade de tanta coisa? – Virgie perguntou, indo ao encontro dela.

— Você vai ver. Os parentes de fora da cidade estão sempre com fome!

O alvoroço atribuía a Missie um ar de abandono, bastante inabalável. Parnell Moody estava atrás dela, secando meticulosamente cada furo do espremedor de batata. As outras batiam os pratos, empilhando-os, conversando.

— O meu marido está me esperando faz uma hora.

— O Seu King MacLain tirou um belo cochilo, se você quer saber. A Viola teve que gritar no ouvido dele pra ele acordar.

— Nós todas vamos voltar cedo, pro enterro, Virgie... quem me dera que você deixasse a gente ficar – Cassie franziu as sobrancelhas delicadas, examinando a cozinha na qual não tinha nem entrado. — Todo mundo que quisesse ficar comigo eu deixava.

— Foi bom que a gente já cortou todas as flores – Missie gritou, ajustando o espartilho atrás da porta. — Virgie, você não tem nem umazinha.

À exceção de Dona Snowdie, que ficou, ela viu todas entrarem nos carros lá no quintal, ou andarem pela trilha e pegarem a estrada. Enquanto seguiam em frente, pareciam arrastar consigo para longe da visão de Virgie alguns portais e barreiras míticos. Ela contemplou a distância iluminada, o pequeno e último aclive das colinas antes da região campestre e do rio. O mundo resplandecia. Os campos de algodão parecem trabalhar até no domingo; enquanto não há colheita, continuam a florescer do mesmo jeito. As frágeis divisórias de árvores plantadas ainda delimitavam, separavam, dividiam – os Stark dos Loomis dos Spights dos Holifield, e o verão da chuva. Cada árvore como se fosse uma única folha, metade esqueleto fino como um fio de cabelo, metade gaze e verde, admitia o primeiro vento suspeito através da sua forma velha, prensada, seus galhos de verão. O ar surgia cheirando ao que era, fim de setembro.

Descendo a poeira da estrada, apareceu um carro antigo. Haveria de entrar ali. O velho Plez, até morrer, tinha parado nesse local a fim de ordenhar as vacas e alimentar as galinhas para Dona Katie Rainey, na ida para a casa dos Stark e na volta. Os netos dele, ainda gente da roça, viriam hoje. O carro sacolejou colina acima até chegar a ela. Estava rachado feito um quebra-cabeça do globo terrestre montado. As rachaduras não se encontravam, não atravessavam de um lado até o outro, e tudo estava preso com arame de enfardamento, para a viagem de hoje. No dia seguinte, no ano seguinte, o carro ia ficar no jardim da frente, de enfeite, apoiado nos quatro eixos, as quatro rodas desaparecidas e os pneus divididos entre as mulheres e as crianças: dois para canteiros e dois para balanços.

Tinham trazido as flores que enfeitavam a porta da casa, amaranto, flocos-de-neve. Levaram bastante tempo para fazer a manobra e começar a voltar. Um garotinho veio correndo com a panela de feijão-manteiga e quiabo nas mãos.

— Todos venham pro enterro, se conseguirem sair! – ela os chamou, tarde demais.

Virgie também desceu a colina, atravessou a estrada e seguiu pela velha propriedade dos MacLain e pelo pasto e desceu até o rio. Parou na margem do salgueiro. Na vastidão da água, calma e pacífica, estava claro como se fosse o meio da tarde. Ela tirou a roupa e entrou no rio.

Viu a própria cintura desaparecer na água desprovida de reflexo; era como entrar no céu, em alguma impureza dos céus. Era tudo um calor só, ar, água e seu próprio corpo. Parecia tudo um peso só, uma só matéria – até que, quando baixou a cabeça e fechou os olhos e a luz deslizou sob suas pálpebras, ela sentiu a tal matéria translúcida, o rio, ela mesma, o céu, todos os receptáculos preenchidos pelo sol. Começou a nadar no rio, forçando-o docilmente, assim como desejaria docilidade para com seu corpo. Os seios, em torno dos quais sentia a água a girar, estavam tão sensíveis naquele momento quanto a ponta das asas deveria ser para os pássaros, ou as antenas para os insetos. Sentiu a areia, grãos intrincados como pequenas rodas dentadas, conchas minúsculas de mares antigos, e muitas faixas escuras de capim e lama tocarem seu corpo e dele se afastarem, como proposições e revogações de uma servidão que poderia ter sido cara, agora se desmembrando e se perdendo em si mesma. Prosseguia feito uma nuvem nos céus, consciente apenas das bordas nebulosas do seu próprio sentimento e da opacidade evanescente da sua própria vontade, o descuido diante da água do rio por onde seu corpo já havia passado, bem como diante do que estava por vir. A margem era uma coisa só, na qual no mundo desbotado de setembro despontavam ameixinhas quase maduras. A memória a maculava como algo que não passasse de uma luz mais pálida e que em ligeiras agitações atravessava as folhas, sem tornar Virgie sombria por mais de um instante. O gosto de ferro do velho rio lhe era doce, no entanto. Se abria os olhos, via varejeiras, insetos aquáticos patinadores. Se tremia, era por conta da brandura de um peixe ou uma cobra que roçava seus joelhos.

No meio do rio, cujo fluxo subindo ou descendo não podia ser identificado pela correnteza, ela se deitou sobre o braço esticado, sem respirar, flutuando. Virgie tinha chegado ao ponto em que no instante seguinte poderia se transformar em algo sem sentir que isso a escandalizava. Pendeu suspensa no Rio Big Black como saberia pender suspensa na felicidade. Longe, a oeste, uma nuvem correndo que nem um dedo sobre o sol a fez espalhar água. Ela se levantou, caminhou pela lama macia do fundo e saiu da água segurando um galho de salgueiro, que com suas folhas roçou as costas dela feito chuva morna.

Ao longe, dois meninos deitados nus na luz avermelhada do banco de areia olharam para Virgie enquanto ela desaparecia entre as folhas. Não se moveram nem falaram.

A lua, enquanto ela olhava para o alto céu, recolhia sua própria luz entre um momento e outro. Um tordo, que tinha começado a cantar, silenciou por um longo momento e recomeçou. Virgie voltou para suas roupas. Teria dado tudo por um cigarro, sempre desejando um pouco mais do que aquilo que tinha acabado de acontecer.

Ela voltou ao pasto, onde faiscavam os enormes formigueiros, com sombras alongadas, feito pirâmides do outro lado do mundo, e levou as vacas para casa.

O resedá tinha uma derradeira coroa de flores no topo, antes branca, agora levemente noz-moscada. O solo abaixo estava forrado de cascas do próprio resedá, e os galhos brilhavam como membros humanos, ágeis e mornos, rosados.

Ela saiu para ordenhar e voltou para casa.

Do corredor, olhou para o quarto da mãe. A janela e o quarto eram do mesmo azul que o primeiro escurecer. Apenas o vestido preto, a densidade da saia, estava ali estampado, como uma lasca escura agora flutuando no ar em lagos azuis.

Dona Snowdie MacLain havia escolhido "fazer vigília" nas primeiras horas da noite. Dormiu na cadeira de balanço do quarto, no véu luminoso de seu vestido, acima do qual pendia o casulo da cabeça, e o leque caído dos dedos.

II

Virgie acordou e viu a estrela da manhã pairando sobre os campos. O que era mesmo que pretendia fazer tão cedo? Preparou e tomou um pouco de café, ordenhou, levou as vacas até o pasto em meio à neblina, cortou lenha e, por fim, atacou o capim alto no quintal. Ontem, cortar o capim dos Rainey a tempo para o enterro tinha sido considerado um projeto tão inviável que, mesmo se homens se dispusessem a fazer o serviço e recebessem foices, o sucesso não estaria garantido. Virgie pegou a tesoura de costura no pacote de tecido xadrez em seu quarto e saiu porta afora. Agachou na luz cor-de-rosa da manhãzinha, cortando e decepando a ponta do capim — tudo tinha virado semente —, um punhado de cada vez. Ainda sentia Vênus ofuscada e arredondada, pois precisava sentir alguma presença, sempre havia algo, alguém, e Vênus a observando tornava o trabalho imperceptível quase tranquilo, depois novamente feroz. As rosas sufocadas a arranharam, e a surpreenderam, arrancaram gotas de sangue das suas pernas. Precisou entrar quando Dona Snowdie, de cuja presença havia esquecido, saiu no alpendre e a chamou. Como se por muito tempo estivesse bastante zangada e vertesse muitas lágrimas, ela permitiu que Dona Snowdie a levasse para dentro de casa e preparasse sua refeição matinal.

Então chegou Juba, de Dona Lizzie Stark, seguida por uma escadinha de crianças negras carregando suportes para estender cortinas, e Dona Snowdie e Juba começaram a remover todas as cortinas. Em meia hora, estavam todas no quintal, esticadas e armadas feito tendas no grande deserto bíblico de Cades. Logo depois havia senhoras por toda parte, partindo mais uma vez da cozinha.

— Primeiro – Missie Spights disse a Virgie —, você me chamou de Missie Spights ontem. Eu estou casada.

— Ah. Sim, lembrei.

— O meu nome é Missie Spights Littlejohn e tenho três filhos. Eu casei com gente de fora daqui.

— Lembrei, Missie.

Alguns parentes de Dona Katie chegaram por volta do meio--dia, bem a tempo do enterro – uma gente grandalhona e morena de sobrenome Mayhew, homens e mulheres de queixo quadrado, com covinha, e olho azul. Uma pequena fila de crianças de cabelo louro vinha atrás, acabando com umas bananas. Virgie não conseguia se lembrar de cada um dos Mayhew e não sabia quem era quem; todos vieram para cima dela de uma vez, depois de terem batido à porta do alpendre a fim de levá-la para fora da casa, todos beijaram ela com avidez e antes mesmo de atravessar a porta imploraram por água gelada ou chá gelado ou ambos. Tinham vindo em várias picapes, agora estacionadas perto do alpendre, partindo das comunidades de Stockstill e Lastingwell, próximas à divisa com o Tennessee. A primeira coisa que o maior homem dos Mayhew fez, uma vez dentro da casa, foi pegar uma criancinha de Missie Spights que estava caçando mosca e fazer cócegas nela, cutucando com força e falando sobriamente acima dos gritos da pequena:

249

— Espera um minuto: você não sabe quem eu sou.

Da Louisiana só veio o mesmo velho Rainey, que tinha vindo ao funeral de Fate anos atrás e não deu nenhuma notícia desde então. Mais uma vez ele trouxe o próprio café. Mais uma vez se ofereceu para consertar o alpendre da frente e a tempo, e mais uma vez foi impedido. Foi o único Rainey que fez a viagem. Os Rainey tinham quase todos morrido, ou não podiam deixar os campos, ou estavam tão longe que não dava para comprar a passagem. O velho explicou tudo de novo, e contou o que havia acontecido com o nome francês com o passar dos anos.

— Sim, alguns estão faltando – disse Dona Perdita Mayo a Virgie quando esta chegou e viu os parentes lado a lado. — Mas você entrou em contato, ou eu fiz isso por você. Se o enterro é pequeno, a gente não tem por que se recriminar.

Uma algazarra cercou a casa. A criançada dos MacLain e a babá tinham escapado da velha Dona Lizzie, a avó, e ido brincar no quintal dos Rainey. Aos poucos, outras crianças, dos Loomis e dos Maloney, atraídas pelo magnetismo dos MacLain, foram brincar lá também, todas extasiadas com os atrativos de um lugar inexplorado, um lugar sinistro naquele dia. Os pequenos Mayhew, cada vez que eram recolhidos e levados para dentro de casa, choravam. Gaios-azuis ralhavam a manhã inteira de cima do telhado, e os caminhões de madeireiros passavam trovejando, sacudindo suas correntes e ameaçando as cortinas limpas.

Dona Perdita Mayo, que havia entrado no quarto e formado um círculo, contava uma história.

— A Mana não conseguiu calçar o sapato novo depois daquele enterro, porque enquanto ela estava no cemitério...

De repente, Dona Perdita apareceu saindo do quarto, pensando que ainda contava sua história, mas se enganava. Tinha ouvido o caixão chegar e correu ao encontro. Seu Holifield da loja de ferragens tinha enviado os netos, Hughie e Dewey Holifield, com o caixão na picape que entregava hortifrúti. Os rapazes entraram e o aprumaram, os Mayhew assistindo.

— Onde é que esse bando de Mayhew vai dormir? – o velho Seu Rainey, sem nada para fazer, perguntou a Virgie, indicando os Mayhew com o polegar roxo que nem um figo.

— Eles não vão ficar. Vão direto pra Stockstill depois do

enterro, senhor – disse Virgie. — Assim que ajeitarem o almoço para viagem – e levariam a cama, a cama de Katie; dava para acomodar a cama direitinho na picape, eles disseram, vendo a cama já separada da proprietária, que jazia sobre ela; e as crianças podiam voltar para casa nela em vez de viajarem de pé.

Seu Rainey estava sacudindo a cabeça.

— Pena. Nunca tive a chance de conhecer eles – ergueu um dedo miúdo, feito um chifre, e tocou uma corda do velho banjo do pai dela, que pendia de um prego no corredor, a cabeça levemente luminosa à luz da manhã. Mas não tocou a nota. — *Ele* até que viajou um pouco – disse por fim. — E se estabeleceu aqui por conta da aventura.

As flores caseiras chegaram cedo e as flores do florista, tarde. Seu Nesbitt mandou dizer, por intermédio do zelador da barbearia que usava óculos de aro dourado, que precisava se ausentar da cidade na hora do enterro, e o negro então tirou de trás das costas uma grande cruz formada de gladíolos e samambaias num suporte, evidentemente de Vicksburg, com o cartão de Seu Nesbitt amarrado. Os Mayhew se adiantaram e colocaram a cruz na frente de todas as outras flores – que agora eram sistematicamente arrumadas em coroas no alpendre dos fundos –, onde todos pudessem olhar para ela durante o culto, como lembrança. As cadeiras da Escola Dominical chegaram de carroça, e os Mayhew recolheram elas na porta e enfileiraram tudo em diagonal. Se Dona Lizzie Stark pudesse estar ali, o povo disse, a coisa não teria acontecido do mesmo jeito.

O velho Seu King MacLain não parecia satisfeito por ter sido obrigado a ir de novo à casa dos Rainey hoje. Ele bufou e voltou à cozinha.

— Uma conversinha com a tua mãe em 1918, ou por aí – disse ele para Virgie, que dobrava guardanapos com o *S* dos Stark. — Sabe, naquele tempo eu viajava muito, e só via de relance o povo daqui.

Dona Snowdie também veio dobrar guardanapo.

— Eu voltava e ia embora de novo, só que acabei no lado errado, você não acha? — ele sorriu de repente, com ferocidade, mas não era para nenhuma das duas. Usava o terno branco mais engomado e duro que Virgie tinha visto num velho cavalheiro; o terno também parecia feroz — as lapelas alertas feito orelhas. — Eu vi a tua mãe com uma touca rosa. Bochechas rosadas. 'Oi!', 'Vou te contar, King MacLain, você me parece igual a sempre, pra lá e pra cá nessa estrada. Seu pilantra', 'Só por conta disso, o que você quer mais do que qualquer outra coisa? Estou perguntando porque eu vou te dar', 'Uma cadeira giratória. Pra mim poder sentar lá na frente e vender crochê e pêssego, se o meu marido inútil deixar'. Ah, todos nós conhecíamos o velho Fate, tão dócil, era o sujeito dócil entre nós. 'Caramba, isso é muito fácil. Pede outra coisa. Eu posso te dar qualquer coisa que o teu coração desejar', 'Pois bem, já te falei. E você, seu tratante, eu acredito em você'.

"Três pretos que nem vespa-do-barro se aproximam da casa numa carroça, bem ao meio-dia, logo no dia seguinte. Vão até a porta, e batem.

"'Ah, King MacLain! Você trouxe tão depressa!'

"Mas eu! Eu não sei onde eu estava àquela altura. Pensei nela, eu sei, como se não aguentasse esperar pra saber da satisfação dela. De tão resolvido, de tão resolvido que eu estava quanto a tudo que eu tinha que fazer, quanto ao que eu tinha pela frente.

"*Ela* me contou que saiu voando pelo quintal. 'Cuidado, agora, não larguem isso no chão até eu dizer onde é que vai ficar!' Mandou os pretos carregarem pra um lado, carregarem pra outro. Então deixou na beira da estrada, o mais perto que pôde.

"E a cadeira sempre grande demais pra ela, os calcanhares miúdos não encostavam no chão. Era grande o suficiente pra um homem, grande o suficiente pro Drewsie Carmichael, porque era dele. Eu convenci a viúva. Ah, a Katie Rainey era uma figura, eu vi ela girar aquela cadeira muitas vezes, pra me ouvir descendo a estrada ou saindo, acenando pra mim. E você nem imagina quanto ovo ela vendeu. Ah, então, ela pôde ver onde o Fate Rainey tinha fracassado, e olha que ele era um homem adorável; nunca conseguiu pra ela o que ela queria. Eu coloquei ela num trono!"

— Seu King, eu nunca soube que a cadeira tinha vindo do senhor – disse Virgie, sorrindo.

Ele pareceu imediatamente inconsolável, mas Dona Snowdie balançou a cabeça.

— Tome um refresco, senhor. Tem presunto e maionese de batata...

— Ah, tem presunto?

Virgie conduziu ele pelo corredor. Os negros estavam junto à mesa com mata-moscas. Ela colocou um pouco de picles com presunto no prato, que ele segurou enquanto ela o preparava.

Quando Virgie voltou para a sala, Jinny MacLain se adiantou para cumprimentá-la: como se suas posições estivessem invertidas.

Jinny, que na infância parecia tão amadurecida para sua idade, na faixa dos 30 ficou estranhamente infantil; seria a velha crueldade ou outras táticas? Ela também chegou bem perto, olhou para as queimaduras e cicatrizes nas mãos de Virgie, como Missie Spights tinha feito, como se fossem chagas de algo em desacordo com sua feminilidade.

— Escuta. Você agora precisa casar, Virgie. Não adia mais – disse ela, fazendo uma careta, qualquer careta, diante das próprias palavras. Fazia careta com a máscara de ferro da senhora casada. Parecia urgente para ela levar consigo todo mundo, até mesmo Virgie, a quem não dava a mínima importância, ao seu estado de casada. Só então poderia retomar, como Jinny Love Stark, seu verdadeiro eu. Correu os olhos pela sala, como se fosse escolher um marido para Virgie naquele momento, ali mesmo; e os olhos dela pousaram acima da cabeça de Virgie – Virgie sabia disso – em Ran MacLain. Virgie sorriu levemente; agora ela sentia, sem aviso, que duas pessoas apaixonadas estavam naquela sala cheia, de costas e indiferentes uma para a outra.

A aglomeração era grande agora. Tinha gente sentada dentro e fora, ouvindo e não ouvindo. Os jovens se davam as mãos, todos se sentaram sem demora, a fim de garantir a última fila. Então alguns dos Mayhew levaram o caixão até a sala e o apoiaram diante da lareira nas quatro cadeiras retiradas da mesa. As coroas foram arrumadas em pé, para esconder as pernas das cadeiras.

— O que os meus filhos estão fazendo? — Jinny sussurrou depressa, e afastou uma cortina para expor o jardim da frente. — A minha filha escolheu o dia de hoje pra pegar lagartixa. Está usando brinco de lagartixa! Como é que ela aguenta aqueles dentinhos fincados nela! — Jinny riu de satisfação, enquanto se acomodava junto à janela.

— Vem sentar do meu lado, Virgie — disse Cassie Morrison, que deu de levar o lenço aos olhos. — Essa é a pior hora, ou quase.

Mais alguém chegou pouco antes do culto. O irmão Dampeer, de Goodnight, cujo pai era o pregador quando Dona Rainey era criança e a batizou ainda menina em Cold Creek, no norte do Mississippi, não podia deixar que ela se fosse sem que ele desse mais uma olhada, ele disse. Virgie nunca tinha visto o irmão Dampeer; ele olhou para ela, de cima a baixo, e a beijou. Havia um diapasão no bolso da camisa, que apareceu quando ele voltou andando de lado até o caixão e se inclinou para examinar o corpo.

— Venham até a minha igreja lá no entroncamento num belo domingo desses, todos vocês — foi só o que ele disse, se empertigando e falando com os vivos. Por que não tinha nenhum comentário a fazer sobre a morta? A sensação era de um recinto lotado e emudecido; com ele, parecia marcante, como se ele não encontrasse nada notável no corpo que merecesse algo lisonjeiro a dizer. — E eu garanto que ninguém vai morder vocês, se vocês deixarem alguma coisa na hora da coleta pro piano — acrescentou, saindo de lado.

— Que maus modos! Mas é claro, ele não pode ser mandado embora — Dona Snowdie, atrás de Virgie, cochichou. — Vir até aqui é privilégio dele — ela abanou o leque profundamente para a frente e para trás, com a pressão de uma cauda pesada no ar. — Um estranho total, e ainda distribuiu leques das samambaias chifre-de-veado da Katie lá fora, porque era pregador; deu uma folha pra cada pessoa.

— Não está na hora da última olhada — disse Parnell Moody com sua voz costumeira, de escola. Mas os pequenos Mayhew tinham que aparecer logo atrás do irmão Dampeer. Lá veio a voz convidativa de Dona Junie Mayhew:

— Criançada? Querem ver a prima Kate? Vão dar uma olhada, rápido. Foi ela que criou o tio Berry. Deem as mãos e vão agora, enquanto não tem ninguém; daí vocês vão poder lembrar dela — e as crianças entraram, baixando a cabeça e uma puxando a outra. O menino mais velho veio saltitando; alguém se lembrou de que em dado momento naquele dia ele tinha fincado um prego no pé.

— Irmãos e irmãs — o dr. Williams estava de frente para a sala.

Virgie se levantou imediatamente. Dentro da jarra de porcelana cor-de-rosa sobre o console da lareira, alguém tinha colocado o velho bastão da mãe dela — que nem um galho de pessegueiro, como se fosse florir. O irmão Dampeer pigarreou: seu trabalho. Diante dos olhos dele e de todo mundo ela marchou, retirou o bastão da jarra e levou para o corredor, onde o colocou na argola do cabideiro de chapéus. Depois que ela voltou à cadeira, o dr. Williams abriu o livro e conduziu o culto.

De vez em quando, Seu King, a velha cabeça de aparência frágil inclinada para o lado, os calcanhares elevados, a mão direita espetando o ar, descia na ponta dos pés pelo corredor até a mesa para pegar presunto — tudo como se ninguém pudesse vê-lo. Enquanto Mamie C. Loomis, uma criança com roupa cor de pêssego, cantava *O amor que não me deixa partir*, Seu King chupava o tutano de um ossinho e levantava a cabeça trêmula e olhava com arrogância para Virgie através das duas portas abertas do quarto da mãe. Até Weaver Loomis e Irmãzinha Spights, de mãos dadas na última fileira, choravam agora, ouvindo a música, mas Seu King espichava o lábio lambuzado. Então ele fez uma careta medonha para Virgie, como um grito silencioso. Era um grito contra tudo — incluindo a morte, sem deixá-la de fora —, e ele não se importava em descontar sua atual animosidade em Virgie Rainey; de fato, ele a escolheu. Então ele quebrou o ossinho com os dentes. Ela se sentiu revigorada de repente com aquele som ínfimo, mas agudo.

Virgie se empertigou na cadeira e tocou o cabelo, que saltou nos seus dedos, como sempre. Virando a cabeça, olhando pela única janela brilhante através da qual vinham os gritos dos pequenos MacLain brincando no quintal, ela percebeu outro momento de aliança. Era com Ran ou com o próprio King que ela realmente sentia aquilo? Talvez aquela confusão entre eles fosse a grande mágoa no coração de Ran, ela pensava ao mesmo tempo. Mas ela reconhecia o parentesco pelo que era, a despeito de quem fosse, uma coisa indelével que podia ocorrer sem amizade ou mesmo sem uma identidade demasiado precoce, podia ocorrer até com desprezo, com rispidez, se intrometendo no meio da dor. Não fosse uma forma demasiado rarefeita para ela, aquilo carecia tanto de futuro como de passado; mas ela sabia quando até mesmo uma coisa rarefeita se tornava uma questão de lealdade e aliança.

— Menina, você ainda não sabe o que perdeu – disse Dona Hattie Mayo por cima das palavras do culto. Foi a única coisa que Virgie lembrava de ter ouvido Dona Hattie dizer; mas foi uma coisa que outras pessoas disseram antes dela.

Dona Lizzie Stark – afinal, ela conseguiu ir ao enterro – acenou com seu lequinho – chiffon preto, retirado de uma bolsa tiracolo – em direção às faces de Virgie. Dona Lizzie parecia bastante descansada e tinha arrumado um jeito de trocar de lugar com Cassie Morrison. Ela deixou uma das mãos cair abruptamente na coxa de Virgie e não a retirou.

No final do corredor, com o céu azul por trás, Seu King MacLain pediu café, provou e esticou a língua, para esfriar, uma língua rosa e brilhante, balançando feito a de uma criança, enquanto eles cantavam *Mais perto, meu Deus, de Vós.*

— Volta lá – disseram para Virgie enquanto todos saíam da sala. — Fica sozinha com ela antes de vir com a gente.

— Agora só tem você – disse um Mayhew. Os Mayhew tinham pedido para levar Katie de volta até a igreja de Lastingwell para ali enterrá-la, mas reconheceram que Seu Fate, que os Rainey também quiseram levar de volta para casa, foi enterrado em Morgana, e Victor. — E você também vai ser – concluíram eles, falando com Virgie.

Virgie voltou enquanto eles marcavam passo, mas não estava sozinha na sala. Lá estava a pequena Jinny MacLain, sapatos e meias na mão, calmamente curvada sobre o caixão, olhando cheia de coragem. Tinha forçado a tela e penetrado pela janela. Lagartixas verdes pendiam feito molinhas em suas orelhas, com os olhos e as mandíbulas ocupados. Em qualquer outra casa naquele dia, Virgie sabia, todos agiriam com mais atenção; ali, uma criança conseguia penetrar.

Jinny olhou para Virgie; a expressão em seu rosto era de decepção.

— Oi, Jinny.

— Isso nem parece um caixão. Você teve que usar uma gaveta da cômoda?

— Eles não baixaram a tampa, só isso.

— Pois bem, você pode baixar a tampa pra mim?

— Corre. Sai pelos fundos – disse Virgie. — Espera, como é que você consegue pendurar uma lagartixa na orelha?

— Apertando a cabeça delas – Jinny falou, com indolência, por cima do ombro. Saiu batendo um sapato no outro, delicadamente.

Virgie se aproximou e encostou a testa na tela arrombada. Olhou para longe, por cima dos campos, para as árvores baixas e distantes – a antiga visão daquela janela. Era a serpente de papel com as luzes da lanterna por cujo interior fluía o Big Black.

— Então, eis você aí – disse Dona Perdita Mayo.

O cortejo – o caixão passando pelas fileiras e agora seguindo adiante – marchou curvado e desengonçado pelo caminho. Pareciam pessoas acordadas à noite, na tarde cintilante.

Era a liberação das crianças: o que elas esperavam. A pequena Jinny, seu rosto reluzente e solene, estava ao lado do pequeno King, que – cronometrando com exatidão o funeral – chupava uma florzinha de maravilha.

— Anda, Clara – ela dizia à babá.

As crianças adoravam ver, adiante dos aventais esquivos e dos braços negros protetores (é verdade que Clara estava fumando naquele momento), os adultos derramando lágrimas e tendo que ser amparados. Gostavam de ver os caixões carregados porque contemplavam a chance de que o caixão caísse e o morto rolasse para fora. Mas tal risco haveria de perder um pouco de força naquele dia. Nenhum morto tinha rolado enquanto eles vigiavam, assim como nenhum trem de carga tinha se acidentado enquanto eles oravam para que isso acontecesse, a fim de poderem pegar as bananas.

— Mas, acima de tudo, Seu MacLain, o senhor precisa lembrar de ficar longe de comida gordurosa – disse Dona Snowdie, conduzindo o marido por um caminho diferente. Não estavam indo até o cemitério com os demais; ninguém esperava isso deles. A motorista negra aguardava com o carro manobrado na direção contrária. — Em casa a gente tem aquele peixe bom, do Moody, do Lago da Lua.

Virgie observou as costas misteriosas e vulneráveis do velho. Mesmo enquanto Dona Snowdie, sem mistério, o levava embora, ele continuava comendo. Em algum momento hoje ela havia falado:

— Virgie, eu gastei tudo que a mamãe e o papai tinham pra procurar por ele. A Agência de Detetives Júpiter em Jackson. Eu nunca contei. Eles nunca encontraram nem foram atrás da pessoa certa. Mas eu nunca vou me perdoar por ter ido atrás dele.

Virgie queria dizer: "Vai se perdoar, sim", mas não conseguiu pronunciar as palavras. E elas nem teriam tanta importância para Dona Snowdie.

— O vovô tem quase 100 anos – falou o pequeno King com clareza. — Quando a gente chega aos 100 anos, a gente estoura que nem pipoca.

Os velhos não pensaram em se despedir. Seu MacLain foi em frente, uma polegada de cabelo branco na nuca enrolando na brisa.

Virgie foi novamente agarrada pelos dois braços, como se, a céu aberto, fosse tentar fugir. Seu corpo doía por conta da mão firme – no fim das contas – de Dona Lizzie Stark. Foi escoltada até o automóvel dos Stark estacionado na estrada, onde Ran agora aguardava ao volante. A fila de carros e picapes começava a se mover.

— Coitado do Seu Mabry, ele não apareceu – o rosto corado de Dona Perdita Mayo surgiu por um instante na janela. — Ele pegou um resfriado. Foi ontem: eu vi o resfriado chegando.

Tiveram que atravessar Morgana inteira até o cemitério. O interior era amplo e quieto, depois que passaram pelo mata-burro; no entanto, para onde quer que olhasse pela janela do carro dos Stark, Virgie parecia ver as mesmas lápides de sempre, de Seu Comus Stark, do velho Seu Tim Carmichael, de Seu Tertius Morgan, como se fossem as torres idênticas do parque de Vicksburg. Por duas vezes ela pensou ter visto a sepultura de Seu Sissum, a mesma pedra derrubada pelas mesmas trepadeiras – a sepultura na qual Dona Eckhart, a antiga professora de piano que ela odiava, tentou se jogar no dia do enterro dele. E mais de uma vez ela procurou a pedra atarracada, escura, que marcava o túmulo da própria Dona Eckhart; a pedra haveria de se esquivar deles, conforme Virgie tinha visto ela fazer antes, quando se aproximassem e passassem. E um anjo sentado, primeiro visível por trás com o cabelo de pedra caído nos ombros, apareceu depois, de lado, mais adiante, exibindo as asas pontudas.

— Você gosta dele? – Cassie perguntou, do banco da frente, ao lado de Ran (Jinny teve que ir para casa com as outras crianças).

Então aquele era o anjo de Dona Morrison. Depois de ter sido uma pessoa sempre tão alegre e divertida, a mãe de Cassie saiu do quarto certa manhã e se matou.

— Eu tinha orgulho dele – disse Cassie. — Levou todas as minhas economias.

— Por onde anda o Loch hoje em dia? – perguntou Ran.

— Ran, você não lembra que ele está em Nova York? Ele gosta de lá. Escreve pra gente.

Loch era jovem demais, e Virgie não poderia ter conhecido ele bem em Morgana – sempre educado, "bom demais", "jovem demais", as pessoas disseram quando ele foi para a guerra, e ela só se lembrava dele subindo a escada de madeira para o escritório da gráfica do pai. Ele esboçou um meneio enviesado de cabeça, curvado, jovem demais e já arredio demais. "Mas não está morto!", ela pensou – é outra coisa.

— O que foi que você disse, Virgie?

— Nada, Cassie – no entanto, ela deve ter magoado Cassie de algum modo, mesmo tendo apenas imaginado momentaneamente que o que era jovem tinha ido embora, desaparecido de todo.

Virgie se inclinou para procurar um certo cordeiro enegrecido no topo de uma pequena corcova de terra que fazia parte de sua infância. Era o túmulo da criança natimorta de uma senhora (agora ela sabia que devia ser a irmãzinha de Dona Nell Loomis), o cordeiro achatado pela chuva e transformado numa mesinha de fadas. Lá, ela havia recebido numerosos convidados imaginários, com xicrinhas feitas com sementes de carvalho, depois voava para longe na mesa.

— Vai ficar em Morgana, Virgie? – veio o subtom de Dona Nell. Ela continuava falando – tanto num carro em movimento quanto numa sala de visitas.

— Vou embora. De manhã – Virgie disse.

— Vai leiloar tudo?

Virgie não falou mais nada; tinha decidido ir embora no instante em que se ouviu dizer o que disse – decidiu de ouvido.

— Vire à direita e pare, Ran.

Foi a primeira coisa que Dona Lizzie falou; vai ver que se sentia abafada demais em seu próprio carro para romper o silêncio.

Ran parou o carro e içou as senhoras para fora. O grupo de três gordos – Ran com Dona Lizzie e Dona Nell de braços dados – avançou num caminhar coxo. O lote dos Rainey ficava bem ao fundo, embaixo das árvores. Cassie entrelaçou os dedos nos de Virgie. Em volta, as agulhas-de-adão estavam cheias de sininhos, os anjos se erguiam e estavam toscamente manchados. Os cones incandescentes das magnólias e sua sujeira amarronzada ardiam no canto do olho. E também no canto do olho estava Dona Billy Texas Spights: tinham deixado que ela viesse. Estava de roxo – o mesmo traje usado no dia da eleição.

— Graças a Deus a Snowdie não está aqui pra ver isso – disse Dona Perdita adiante, falando com Dona Hattie. — O Ran está aqui, mas nada incomoda o Ran.

Virgie, como se tivesse sido cutucada, sabia que deviam estar perto do túmulo da menininha da roça, com as palavras "Seja Feita a Vossa Vontade" gravadas na pedra. Tinha sido enterrada ali com os Sojourner.

Eu odeio ela, Virgie pensou calmamente, sem virar a cabeça. Odeio o túmulo dela.

Seu Holifield passou, cortando a grama, e tirou o chapéu num gesto pleno de significado. Virgie viu a pedra conhecida do túmulo do seu pai, o nome dele registrado como Lafayette e o buraco vermelho aberto ao lado. Apesar das flores à espera, o lugar ainda cheirava a suor dos coveiros negros e a uma grande raiz de cedro que tinha sido lascada e brilhava úmida no fundo da cova. Victor estava enterrado do outro lado. Talvez não houvesse nada lá. A caixa que tinha voltado na outra guerra – quem sabe o que foi enviado para os Rainey dentro dela? Virgie ouviu a tosse seca e apologética de Seu Mabry soando em algum local atrás. Mas não podia ser ele, é claro; no fim das contas, não deu para ele vir.

O irmão Dampeer ainda estava com eles; com o peso do corpo apoiado num dos quadris, ele ficou na frente de todo mundo, adiante da fileira dos Mayhew, e observou a eficiência da descida do caixão e do enchimento da cova.

Depois da prece feita pelo dr. Williams, pequenos torrões rolaram pelo montículo, embolados; a terra logo se tornou vivaz e selvagem feito uma criatura. Virgie não se mexeu. As pessoas se revezaram chegando e distribuindo as coroas e, aos poucos, fixaram os torrões com cornucópias de papel que continham flores, com espetos para prendê-las. Nenhuma das cornucópias ficou perfeitamente ereta, todas pendiam para um lado ou para outro, contornando o montículo rosado e inchado, monstruoso, mais largo do que comprido até que "assentasse".

Enquanto o grupo se afastava, uma das cornucópias virou e derramou seu conteúdo de zínias vermelhas. Ninguém voltou para endireitar. Um sentimento da atividade decrescente e da prontidão dos elementos havia se instalado nas pessoas e despertado, acima de tudo, sua dignidade; elas não poderiam voltar agora.

Saíram do cemitério sem olhar para nada, e alguns se despediram dos demais no portão. A corrosão era sua sabedoria. Já a chuva do dia seguinte fustigaria a sepultura com ruído, e faria correntes rápidas escorrer pelos lados, que nem uma montanha vermelha com rios, já assentando o trabalho paciente de todos; cairiam todos, não apenas o pequeno porta-flores "fabricado"; e assim haveria de acontecer, ou poderia muito bem já ter acontecido; aquilo agora era o passado.

O irmão Dampeer se despediu e montou na cavalgadura. Tinha viajado 20 milhas no lombo de uma mula até ali; não revelou se, naquele dia, tinha valido a pena.

Os campos do anoitecer ainda se agitavam, as pessoas ocupadas, o sol ausente mas ainda ativo onde o campo desnivelado do algodão se inclinava e caía em direção ao rio a oeste. A maioria dos presentes ao enterro voltou à casa dos Rainey, para um lanche. Virgie, escorregando do braço de Dona Lizzie, que estava cansado, ainda não havia entrado.

Quatro pequenos dos Mayhew esperavam por ela, empoleirados feito passarinhos na velha cadeira giratória. Pularam fora da cadeira, abraçaram os joelhos dela e imploraram para que ela também entrasse em casa naquele momento. Vista da estrada, a casa acesa tinha um telhado cortado e pontudo como uma dobra de papel. As folhas serrilhadas do cinamomo tremiam acima da estrada, os galhos estendidos que nem asas numa brisa que significava mudança. Era o último mês dos lindos céus do anoitecer, do leste adorável, por trás do cintilar dobrado e escuro das andorinhas.

Exalavam aromas de presunto, bolo de banana e angélicas, e as crianças, ávidas, correram ao seu encontro. Samambaias pareciam rastejar nas primeiras alcovas do crepúsculo, ou de repente cair feito quedas-d'água entre as cadeiras do alpendre deserto, e sobre o velho Rainey sentado na beirada do alpendre, os pés balançando. Juba veio correndo, e disse que Dona Lizzie mandou Dona Virgie entrar e lanchar com as visitas.

Virgie tinha em alguns momentos se sentido insensível, opaca; sabia que aquilo acontecia com outras pessoas; não apenas quando a mãe se mexia na cama enquanto ela a abanava. Virgie tinha experimentado um momento na vida após o qual ninguém ia conseguir ver através dela, dentro dela – experimentara-o quando jovem. Mas Seu King MacLain, um velho, tinha batido feito um bode contra uma parede que ele não aceitava nem reconhecia. Que fortaleza, de fato, haveria de tombar, a não ser diante de chifrinhos duros, uma investida e uma debandada do puro desejo de viver?

A sensação de que tinha antes vivido o momento foi intensa, desde o instante em que ela chegou em casa; foi um momento que encontrou Virgie demasiado frágil. Ela vinha precisando de um pouco de tempo, precisava agora. No caminho, seguida de perto pelos presentes ao enterro, que depois a cercaram e passaram por ela e agora se sentavam à mesa sem ela, Virgie lutou contra a sensação do duplo retorno.

— Não tenha pressa, Virge! – disse o velho Rainey com delicadeza. Ele se alçou sobre os pés e entrou na casa sem esperar por ela.

Aos 17 anos, ao voltar, ela havia pulado do degrau mais alto do trem da ferrovia do vale do Mississippi. Ficou deslumbrada ao tocar o solo, no primeiro momento, diante daquela calma inabalável. A relva crescia em tufos, feito as costas de um cachorro que acaba de rolar no chão, resplandecia amarronzada sob a luz nua e espraiada de um mundo exterior ainda em expansão. Ela não ouviu nada além do suspiro do trem que desaparecia e de um único rufar do trovão naquele dia claro de julho. Do outro lado do pátio da estação de trem estava Morgana, os carvalhos da lembrança pareciam continentes enumerados diante do grande azul. Tendo acabado de pular do interior interminável, opressivo, do trem vagaroso que vinha de Memphis, ela havia voltado para alguma coisa – e saiu correndo em direção a tal coisa, com a mala tão leve quanto uma caixa de sapato, tão pouco que tinha para levar embora consigo e trazer de volta agora – a leveza tornava aquilo mais fácil.

— Você voltou bem na hora de ordenhar pra mim – disse sua mãe, quando ela chegou lá, e desamarrou a touca e jogou-a no chão entre as duas, olhando para a filha. Ninguém tinha permissão para chorar mágoas na casa, a menos que fosse a própria Dona Rainey, pois o filho e o marido, seus dois homens, tinham morrido.

Para Virgie, havia mudanças práticas a serem introduzidas imediatamente após a volta – nada de música, nada de trabalho na sala de cinema, nada de piano.

Mas, naquele intervalo entre o trem e a casa, ela caminhou e correu, olhando em volta numa espécie de glória, pelo caminho dos fundos.

Virgie nunca viu a coisa de forma diferente, nunca duvidou que todos os opostos da Terra estivessem próximos, o amor lado a lado com o ódio, a vida com a morte; mas, entre todos, a esperança e o desespero eram os mais consanguíneos – indistinguíveis um do outro às vezes, fazendo os momentos duplicarem, e duplicarem novamente, se corrigindo, mas nunca retrocedendo.

Quanto àquela viagem, a tarde estava madura, e tudo em volta dela era aquela luz na qual a terra parece tomar ciência de si mesma, como se não houvesse mais dias, apenas aquele dia – quando os campos brilham feito lagos profundos e as árvores em expansão na orla parecem quase se abrir, como lírios, dourados ou escuros. Sempre adorou aquela hora do dia, mas agora sozinha, agora intocada, tinha vontade de dançar; ciente de que, na verdade, em sua essência, ainda não estava magoada; e daí feliz. O coro de grilos era tão repetitivo e fora de cadência quanto o piscar de uma estrela.

Os dedos dela enrijeceram, depois da volta, semicerrados; a força nas mãos que ela usava para datilografar no escritório, porém, de modo mais consciente, para puxar os úberes das vacas sucessivas, como se fosse caçar, caçar, caçar diariamente a cegueira que havia dentro do animal, onde ela podia ter uma parede real e viva na qual bater, uma prisão sólida da qual fugir, a mais real estupidez da carne, um corpo descuidado e despreocupado e clamante, ao qual responder carne com carne, angústia com angústia. E se, como havia sonhado numa noite de inverno, um novo piano por ela tocado se transformasse, após um único momento primitivo, numa vaca clamante, seria por seu próprio desejo.

Depois que ela entrou e serviu as visitas e despachou os Mayhew ("Era até melhor você vir morar com a gente. Se não tivesse que deixar uma casa tão boa", eles cochicharam para ela) pela estrada certa (eles tinham vindo lá pelos lados de Greenwood), e depois que o velho Rainey foi para a cama, no antigo quarto lá em cima, embaixo do telhado, Virgie sentou-se na cozinha ainda por arrumar e comeu, enquanto Juba comia ali do lado – um pouco de frango, primeiro, depois presunto, depois ovos com bacon. Bebeu leite. Então mandou Juba para casa e apagou um número fantástico de luzes.

264

Quando ela já estava na cama e de luz apagada, houve uma batida firme na porta do alpendre.

Ela caminhou até a porta da frente aberta, a camisola esvoaçando no vento úmido da noite. Tremia, e acendeu uma luz no corredor.

Por causa da luminosidade que descia pelas vigas atrás, ela pôde ver uma idosa trajando um vestido longo e largo e botas sujas de barro, segurando algo branco num embrulho escuro.

— É você — a idosa falou abruptamente. — Filha, você não me conhece, mas eu te conheço e trouxe uma coisa pra você. Já é bem tarde, né? O meu cacto noturno floresceu agora, e eu não podia deixar de te trazer isso. Toma... desembrulha.

Virgie contemplou a flor nua, luminosa e complexa, grande e lívida feito um rosto no alpendre escuro. Por um momento sentiu mais medo do que antes, quando viera até a porta.

— É pra você. Pode ficar com ela... não vai fazer nada pela morta. E amanhã vai parecer o pescoço torcido de uma galinha. Olha pra ela, enquanto ela sobrevive à noite.

Um cavalo bateu os cascos e relinchou na estrada escura. A velha não quis entrar.

— Não, ah não. Você costumava tocar piano lá no cinema, quando era pequena e eu era moça e estava na cidade, querida — ela disse, virando-se no escuro. — Lamento pela tua mãe. Eu achava que alguém que toca música tão bonito como você *nunca* ia ter nenhum problema... eu te achava a coisinha mais linda que já existiu.

Virgie ainda tremia. A flor a incomodava; atirou no mato.

Sabia que naquele momento, no rio, onde ela havia estado antes em noites enluaradas no outono, bêbada e insone, a névoa cobria a água e preenchia as árvores, e dos olhos até a lua haveria um cone, um chifre longo e silencioso de luz branca. Era uma conexão tão visível quanto o cabelo se torna no ar, entre o eu e a lua, para fazer o eu sentir a criança, uma filha muito, muito tempo atrás. Então a água, mais quente do que o ar noturno ou do que o eu que talvez subitamente esfriasse, como qualquer outro braço, levava o corpo para baixo também, correndo sem visibilidade até a boca. Enquanto ela flutuava no rio, alerta até demais, insolente até demais no íntimo naqueles dias, a névoa poderia diminuir momentaneamente e olhos brilhantes de joias espiariam da linha d'água e da margem. Às vezes, no meio do mato, um vaga-lume piscava, acendendo e apagando, acendendo e apagando, a noite inteira, enquanto ela estivesse lá para ver.

Lá no quintal, dentro do cupê, no bolso de veludo puído ao lado da pistola, ficava seu esconderijo de cigarros. Ela entrou e, tampando a luz do fósforo, por hábito, começou a fumar. Em toda a sua volta, os cães latiam.

III

"Vou vender as vacas pro primeiro branco que encontrar na estrada", pensou Virgie ao acordar.

Depois de ter ordenhado e levado as vacas até o pasto, ela voltou e viu Juba, de Dona Stark, na porta da cozinha.

— Tá indo embora? Tem só uma coisa: eu já vi o fantasma da mãe da senhora – disse Juba. Ela pegou um prato. Enquanto começava a embrulhar a louça em jornal, explicou que os pertences de Virgie precisavam ser embalados com papel e trancados em baús antes que Virgie fosse embora, senão Dona Stark ia considerar aquilo uma afronta à falecida e à partida em si. Virgie precisava ir até a casa e se despedir de Dona Stark – antes do meio-dia.

— Ainda na casa – disse Juba. — O fantasma tá.

— Pois bem, eu não quero saber de fantasma – disse Virgie. Estavam agora agachadas juntas diante de uma prateleira no armário da porcelana.

— Não?

Juba ignorou educadamente quando Virgie bateu um prato no outro. Pertences? Vai ver que Dona Virgie desprezava pertences ainda mais do que as pessoas mais mesquinhas, mais do que qualquer fantasma penado.

— Não. Eu não gosto de fantasma.

— *Ora!* – Juba disse, a título de afirmação. — Mas esse, da mãe da senhora, não tava em dois pedaços nem flutuando de cabeça pra baixo, ainda nada disso. Ela tava deitada num sofá que nem numa vitrine, três, quatro *de nós* abanando ela.

— Mesmo assim eu não quero saber – disse Virgie. — Embrulha e guarda tudo depressa pra Dona Stark, depois pode ir.

— Sim, senhora. O fantasma dela tá descansando. Não tá penando como alguns. Eu vejo fantasma andando e vagando por aí. Mas a mãe da senhora – a fim de imitar o fantasma, Juba levou a mão ao peito e inclinou a cabeça para o lado, batendo as pálpebras com candura e prendendo a respiração. — Sim, senhora. Lá no alto da parede, era lá que ela tava. Eu falei: Juba, conta pra Dona Virgie, ela vai gostar de saber.

— Você veio aqui pra me fazer embrulhar as coisas e depois me atrapalhar? – disse Virgie. — Você sabe que estou com pressa de fechar logo esta casa.

— Vai embora deixando esse monte de cortina limpa aqui?

— Juba, quando eu estava na pior das encrencas, eu assustava todo mundo, você sabia disso? Agora não assusto mais. É como o Ran MacLain; ele não assusta mais – disse Virgie, absorta, enquanto embalavam juntas.

Juba riu com uma alegria misteriosa.

— A senhora vai assustar eles quando for fantasma.

— Depressa.

— Eu já vi mais fantasma que povo vivo por aqui. Preto e branco. Vi muitos dos dois. Dona Virgie, tem gente que consegue ver, tem gente que tenta, mas não consegue. Eu vi a Dona Morrison, aquela do outro lado da estrada, com um camisolão branco, sem cabeça, na entrada da garagem dela no sábado. Reconheci o braço sardento dela. A senhora já viu ela? Eu vi ela aqui. Ela morreu padecendo de dor?

Juba baixou as pálpebras hipocritamente.

— Dor à beça, e eu é que nunca quero ver ela – Virgie se levantou. — Vai, volta lá pra Dona Stark. Fala pra ela que eu posso embalar tudo melhor sem você. Eu tenho que embalar tudo?

— Sim, senhora. É a ideia dela – disse Juba —, embalar tudo muito bem, pro dia que alguém for *des*embalar. E eu curvei e agachei o melhor que pude. Peguei todos os pratos com rabisco sem largar nenhum.

— Fez isso pela Dona Stark.

Juba se levantou. Meneou a cabeça em direção ao armário aberto, a geleia expirada e açucarada, a lata enferrujada com molho tártaro, o pote de folha de louro, o frasco fino e escuro de baunilha, toda aquela velha bagunça. Os olhos dela se fixaram na caixa de palitos de vinte anos atrás, e Virgie, notando, pegou a caixa para ela.

— Juba, leva tudo – ela disse então. — Pratos, facas e garfos, as plantas do alpendre, o que você quiser, leva. E o que está dentro dos baús. Você e a Minerva podem dividir – então ela teve que desabafar e dizer algo para Juba. — E eu vi a Minerva! Eu vi quando ela pegou o cabelo postiço da mamãe... o cabelo dela jovem, que era louro, que eu nunca mais tinha visto, quando ele ainda combinava e ela podia fazer qualquer coisa além de guardar ele naquele baú, eu vi ele sendo enfiado naquele saco de papel. E as roupinhas de bebê do meu irmão e as minhas, encardidas, e toda aquela renda... eu vi tudo sendo roubado e colocado junto do guarda-chuva da Minerva, pra levar pra casa, e deixei. Eu não ligo.

Juba fez que sim e mudou de assunto.

— Obrigada, Dona Virgie, pelas roupas de homem. Aquele paletó salpicado do coitado do Seu Rainey.

— A mamãe guardava tudo – disse Virgie depois de um momento.

— Graças.

— Agora você pode ir.

— Ora, tá chovendo. Detesto chuva.

Juba saiu. Mas voltou.

— É isso – ela disse em voz baixa, reaparecendo com seu chapéu Fedora na porta da cozinha. — Tá certo. Chora. Chora. Chora.

— Vai viajar? Acho que vou contigo – disse o velho Rainey. — Eu sempre quis ver o mundo – ele olhou de perto para ela.

— Por favor, senhor, não venha! Pois é... talvez eu vá pra longe...

Ele a abraçou antes de se voltar para o café.

— O senhor quer levar as nossas vacas no seu caminhão? – ela lhe deu tudo o que lhe vinha à mente, com esperança de que ele aceitasse alguma coisa, alguma coisa pelo menos.

Virgie saiu na manhã chuvosa e entrou no carro. Ela o dirigiu, sacolejando, colina abaixo. Na estrada, o velho cinamomo dos MacLain roçou a janela do carro, desfrutando da chuva feito um pássaro.

Ela atravessou Morgana, e ouviu a buzina de outro carro; era Cassie Morrison. Cassie chamou, dirigindo lado a lado.

— Eu quero que você venha na primavera pra ver o canteiro com o nome da mamãe, Virgie. Hoje de manhã, antes de chover, eu dividi todos os bulbos de novo, e vai ficar mais bonito que nunca!

— Eu sempre vejo o canteiro quando passo pelo seu quintal – Virgie gritou de volta.

— Virgie! Eu sei como você se sente. Você nunca vai superar isso, nunca!

Falavam uma em cada carro, seguindo paralelamente ao longo da estrada, o cascalho solto da parte não pavimentada batendo com força, ricocheteando de um carro para o outro.

— Pois então. Você vem.

— Acho que vai precisar de um monte de narciso pra escrever Catherine – Virgie falou, enquanto Cassie ainda não a ultrapassava.

— Duzentos e trinta e dois bulbos! E mais os jacintos da Dona Katie em volta deles, e eu fiz as bordas com violetas, sabe, pra saber a altura que vai estar no verão! – a voz de Cassie, cada vez mais alta, ficou também cada vez mais ansiosa e reverente. Não estava magoada nem desconfiada, apenas ansiosa. Mas foi por causa de Cassie que Virgie tinha virado o carro em direção à cidade, para que ela não visse. — Agora, você vem. A gente ficou amiga naquele verão… – (Virgie se lembrou de Cassie e de si mesma na tenda do renascer espiritual, tirando vaga-lumes uma do ombro da outra enquanto cantavam *Joguem a corda de salvamento*.) — Você bem que podia vir tocar o meu piano, ninguém toca, só os meus alunos.

Virgie, e Cassie também, contornou o cemitério e voltou a percorrer Morgana. Então:

— Pra onde você está indo? Você está indo pra algum lugar, Virgie?

Virgie diminuiu a velocidade por um minuto enquanto Cassie

desviou para entrar em casa. A casa dos Morrison parecia a mesma de sempre, exceto que, como existia antes na casa dos MacLain — quando Dona Eckhart morava lá —, agora havia na porta uma montoeira de caixas de correio pretas parecendo moscas; a casa tinha sido dividida para alojar operários da estrada e madeireiros. No quarto do canto no andar de cima, onde tentavam acomodar o coitado do Seu Morrison, a cortina ainda estava baixada, mas ela sentiu ele olhando pelo telescópio. De um lado ao outro do jardim da frente, ficava a borda de violetas que ia emoldurar "o nome da mamãe", esperando a chegada da primavera.

Virgie ergueu a mão e elas trocaram um aceno.

— Você vai embora que nem o Loch — Cassie disse dos degraus. — Uma vida só tua, longe... fico muito feliz por conta de gente como você e o Loch, fico mesmo.

Virgie seguiu em frente, as 7 milhas sinuosas até MacLain, e parou o carro em frente ao tribunal.

Tinha feito isso muitas vezes, mesmo que fosse apenas para dar meia-volta e retornar, depois esperar um pouco e beber uma coca-cola, de pé, na lanchonete da drogaria de Billy Hudson. Ela gostava de MacLain — da caixa-d'água isolada, pegando a primeira e a última luz; do velho sino de ferro no pátio da igreja parecendo tão pesado quanto um meteoro caído. Gostava do tribunal — do espaço em si, das colunas afastadas nas quatro fachadas, e das persianas verde-ervilha rentes à parede, e dos degraus que subiam pelo capim-pimenta por cima da cerca de ferro — e com uma codorna naquele instante correndo pelo pátio; e dos carvalhos — troncos escamosos, em preto e branco agora, como se fuligem, e não a chuva, tivesse sobre eles caído do céu, e dos olhos molhados dos galhos podados; e do telhado inteiro iluminado pela chuva de folhas verdes que se moviam feito lábios de crianças falando, lá no alto.

Virgie saiu do carro e, correndo entre as gotas de luz, alcançou a escada e ali se sentou sob o abrigo aberto das árvores. Tocou os degraus, desgastados nem tanto por pés, mas por sua história como assentos ensolarados, amplos. Àquela distância, o soldado confederado no raio de luz parecia uma vela carcomida, como se o velho ranger de dentes o tivesse construído. Para além dele, esmaecidos feito um arco-íris, os antigos cartazes de circo estavam colados nos galpões, não mais os que desfiguravam, mas os desfigurados.

Não havia ninguém na chuva. O terreno em frente ao tribunal costumava ser o parque de Seu Virgil MacLain. Era o pai do velho Seu King; criava cervos. Agora, como uma calosidade, uma catarata ocular que embaçava algo antes transparente e brilhante – pois o parque com cervos correndo era uma ideia estranhamente transparente para Virgie –, havia a fileira de fachadas de lojas e o MacLain Bijou, e o cemitério era visível na Colina dos Cedros.

Ali os MacLain estavam enterrados, e a família de Dona Snowdie, os Hudson. Ali jazia Eugene, o único homem MacLain morto conforme ela se lembrava, depois do próprio velho Seu Virgil. Eugene, por um longo tempo, viveu em outra parte do mundo, aprendendo enquanto esteve fora que não é preciso responder às pessoas só porque querem saber. Nem mesmo da esposa dele se soube ali, e ele não deixou claro se tinha filhos em algum lugar. A esposa nem veio ao enterro, embora um telegrama tivesse sido enviado. Uma estrangeira? "Ora, vai ver que era alguma Dago espanhola, ou italiana, e a gente nem ia saber." O corpo frágil e tuberculoso dele parecia hesitar na rua em Morgana, parecia impedir, evitar perguntas previsíveis. Às vezes ele aparecia na cidade onde tinha sido jovem e falava algo estranhamente maldoso ou ambíguo (nunca se reconciliou com o pai, diziam, era sarcástico com o velho – só gostava de Dona Snowdie e de flores), mas não incomodava ninguém. "Ele nunca incomodou vivalma", disseram ao lado do túmulo naquele dia, esquecendo sua infância. E toda a família de Seu King jazia ali, a Colina dos Cedros era maior que o tribunal; o pai dele, Virgil, no setor Confederado, e a mãe, o avô – quem se lembrava do nome e do que ele fazia na vida? O nome estava na lápide.

Não foi ele que matou um homem, ou teve que matar, e qual foi mesmo a longa história por trás da coisa, a altivez e as distorções?

E Dona Eckhart jazia lá. Quando Dona Eckhart morreu, em Jackson, Dona Snowdie mandou trazer o corpo dela para cá e o enterrou no lote dela. O túmulo ficava próximo ao de Eugene. Lá estava a pedra escura e atarracada que Virgie tinha procurado no dia anterior, quando se confundiu em relação aos mortos.

Diante dela, se estendiam folhas de zinco e tijolos vermelhos tingidos pela chuva, portas desgastadas e da cor da água do rio. A trepadeira acima da cadeia pública tinha a profundidade de uma cama com folhas marrons. No MacLain Bijou, bem em frente à escada onde Virgie estava, havia um brilho azul enrugado de chuva nos dois pôsteres e, mais abaixo, o quadrado de cartolina amarelo ("Depósito Necessário se For Entrar para Conversar") pendia sempre como uma luz acesa na janela em meio à penumbra de um viajante. Ela às vezes ia sozinha ao MacLain Bijou depois que Seu Nesbitt a liberava à tarde.

Passos soaram na calçada, de homem branco. Era Seu Nesbitt, ela pensou de início, mas depois viu que era outro homem parecido com ele – apressado, resoluto, zangado por estar na chuva, calado. Estava sozinho ali. O rosto redondo, agora contraído, desviando de outros rostos, parecia curiosamente profundo, feminino, dedicado. O gêmeo de Seu Nesbitt passou perto dela e, descendo a rua, girou de um jeito exuberante e abriu o que decerto seria sua própria porta, chapinhando freneticamente numa poça.

Virgie, colhendo o irresistível mastruço, viu Seu Mabry também. Era ele mesmo, olhando por baixo do guarda-chuva, procurando alguém. Como parecia infeliz e digno, e nada assustado apesar disso, e como durava seu resfriado! Seu Mabry imaginou que haveria de ir até ela, no fim das contas, mas teria sido por ele que ela havia voltado, para se proteger? Teria que voltar, não podia simplesmente ficar parada, a fim de escapar do espírito selvagem de Bucky Moffitt (e onde estaria ele? Não embaixo da terra! Ela sorriu, mordendo a semente de mastruço), passando pelo bêbado Simon Sojourner, que por ela não se interessava, e se aproximando do encabulado Seu Mabry, atrás de quem esperava o falastrão, inofensivo, apavorante Seu Nesbitt, que queria defendê-la. Chegou perto de Seu Mabry, mas passou por ele e a direção em que ela seguia não importava, porque lá estava ela. Ficou sentada no degrau, ereta, sentindo que ele iria olhar para ela sem ver – Virgie Rainey na escada, enlutada, sem chapéu, agora exposta, na chuva – e ele olhou. Ela o viu passar. Então ficou sozinha.

Ela seria isso? Poderia chegar, chegaria, até onde estava indo? Dona Eckhart tinha entre os quadros da Europa em suas paredes um que era apavorante. Pendia acima do dicionário, tão sombrio quanto o livro. Estampava Perseu com a cabeça da Medusa. "A mesma coisa que Siegfried e o Dragão", Dona Eckhart costumava dizer, como uma explicação de segunda categoria. Ao redor do quadro – que em sua penumbra às vezes refletia cegamente a janela e – havia uma moldura esmaltada com flores, que sempre se destacava – o orgulho de Dona Eckhart. Virgie tinha despojado o quadro da moldura.

A altivez, era disso que ela se lembrava, aquele braço erguido.

Cortar a cabeça da Medusa foi o ato heroico, talvez, que evidenciou um horror na vida, que foi ao mesmo tempo o horror no amor, pensou Virgie – o isolamento. Talvez ela visse o heroísmo sob uma perspectiva profética quando era jovem e tinha medo de Dona Eckhart. Talvez fosse capaz de vê-lo sob uma perspectiva profética agora, mas nunca tinha sido profeta. Porque via as coisas em seu tempo, assim como as ouvia – e talvez porque precisasse acreditar na Medusa tanto quanto Perseu –, Virgie via o golpe da espada em três momentos, não somente um. Nos três estava a condenação – não, apenas o segredo, ileso, já que pouco se importava –, além da beleza e do golpe da espada e do terror ficavam situadas sua existência no tempo – distante e sem fim, uma constelação que o coração poderia ler ao longo de muitas noites.

Dona Eckhart, que Virgie, no fim das contas, não detestava – que tinha chegado perto de amar, pois tinha absorvido o ódio de Dona Eckhart, e depois seu amor, e os depurado, o espinho e depois o que sobrou –, havia pendurado o quadro na parede para si mesma. Tinha absorvido o herói e a vítima e então, corajosamente, pôde sentar-se ao piano com todos os Beethoven à sua frente. Com seu ódio, com seu amor e com os desprezíveis sentimentos corrosivos que os devoravam, ela ofereceu a Virgie seu Beethoven. Ofereceu, ofereceu, ofereceu – e quando Virgie era jovem, na estranha sabedoria da juventude que aceita mais do que é dado, ela aceitou *o* Beethoven, conforme acontece com o sangue do dragão. Essa foi a dádiva que ela tocou com os dedos e que tinha ficado à deriva e se afastado dela.

No alcance da memória de Virgie, uma melodia se elevou suavemente, se elevou a partir de si mesma. Toda vez que Perseu cortava a cabeça da Medusa, havia a batida do tempo e a melodia. Sem fim a Medusa, e Perseu sem fim.

Uma velha negra toda embrulhada e com uma galinha ruiva embaixo do braço veio e sentou-se no degrau abaixo de Virgie.

— Bão dia.

Gotas esporádicas de chuva escorriam pelo cabelo e pela face de Virgie, ou rolavam pelo braço, feito um dedo frio; só que não era, como se nunca tivesse sido, um dedo, sendo a chuva vinda do céu. Chuva de outubro nos campos do Mississippi. Chuva de outono, talvez em todo o Sul, pelo que ela sabia, em tudo que era lugar. Ela contemplou a magnitude da chuva. Não era só o que expulsava a sombra de Seu Bitts e pressionava o coitado do Seu Mabry a vasculhar a rua – era o sopro fumegante do ar e da terra, que podia ir e vir. Como se sua própria modéstia também pudesse agora cair sobre ela, livre e fria, fora dela e em toda parte, ela ficou sentada um pouco mais tempo na escada.

Ela sorriu uma vez, vendo diante de si, como numa tela, a cara horrenda e deliciosa que Seu King MacLain tinha feito no enterro, e quando todos sabiam que ele seria o seguinte – até ele. Então ela e a velha mendiga, a velha ladra negra, ficaram lá sozinhas e juntas sob o abrigo da grande árvore pública, ouvindo a percussão mágica, o mundo batendo em seus ouvidos. Através da chuva que caía ouviram o correr do cavalo e do urso, o golpe do leopardo, o rastejar áspero do dragão e o lampejo e o clarim do cisne.

Posfácio: Eudora Welty e suas maçãs douradas
JOSÉ ROBERTO O'SHEA

> "Falemos do Sul. Como é lá.
> O que se faz lá. Por que se vive lá.
> Por que diacho há de se viver lá."
>
> – William Faulkner,
> *Absalão, Absalão!*

VIDA E OBRA

Eudora Alice Welty (1909-2001) nasceu na cidade de Jackson, no estado do Mississippi, situado no sul dos Estados Unidos. Filha de Christian Webb Welty e Mary Chestina Welty, Eudora, depois de ter concluído o ensino médio em Jackson, cursou por dois anos o Mississippi State College for Women e dois anos a University of Wisconsin, onde se graduou, em 1929, em letras (inglês). Depois de ter estudado publicidade durante um ano no curso de administração de empresas da Columbia University e experienciado o que chamou de "meu ano em Nova York", Welty voltou à cidade natal, onde iniciou carreira de escritora e desenvolveu interesse em fotografia. Eudora Welty continuou residindo na casa em que viveu com os pais, sempre em Jackson, até sua morte, por causas naturais, em 23 de julho de 2001.

Publicou mais de quarenta contos, cinco romances, três obras de não ficção e um livro infantojuvenil. É fato que sua obra ficcional não costuma tratar de modo direto a história reconhecidamente épica do sul dos Estados Unidos. A arte da escritora decorre menos de grandiosos embates trágicos levados a termo por protagonistas que enfrentam situações épicas e mais de confrontos empreendidos por indivíduos comuns que se veem em situações cotidianas, aparentemente corriqueiras, mas invariavelmente líricas. Aliás, Welty é a mestra do "ordinário" transmutado em "extraordinário" por meio de uma visão autoral capaz de emprestar intensos sentimentos de humanidade a seus personagens. E mais, perpassam sua obra o ambiente sulista e a crucial preocupação com a vida em família e em comunidade. Desde as primeiras histórias, que costumam topicalizar a questão de indivíduos incapazes de superar situações de isolamento, até as ficções posteriores, a obra de Welty é marcada pela representação das complexidades da vida em família.

Conforme apontado por consenso pela crítica especializada, e pela própria escritora – sobretudo no célebre ensaio *Place in Fiction* –, fatores como "local/cor local" e "voz" caracterizam sua ficção. Na verdade, tais fatores tipificam grande parte da ficção sulista, não apenas na práxis de autores como William Faulkner (1897-1962) e Thomas Wolfe (1900-1938), mas de outras escritoras, tais como Katherine Anne Porter (1890-1980), Zora Neale Hurston (1891-1960), Carson McCullers (1917--1967) e Flannery O'Connor (1925-1964). A importância da identificação geográfica e cultural é tamanha que alguns críticos classificaram Welty como "regionalista", mas ela rejeitava o termo de modo contumaz, considerando-o "complacente". Em Welty, "local" é valorizado não apenas no sentido geográfico, histórico, filosófico ou ideológico, mas também na conotação sensorial, no mundo concreto da visão, da audição, do olfato, em sensações propiciadas pela terra, pela água e pelo céu. Para a escritora, "local" é o que faz uma história parecer autêntica, porque na esteira de "local" vêm "voz", costumes, sentimentos e associações. Sem dúvida, tais sensações atribuem uma dimensão de concretude e credibilidade às histórias criadas por Welty.

A escritora inicia a carreira literária como contista. O ano de 1936 marca a primeira publicação de um conto de Welty: *Death of a Travelling Salesman* [Morte de um caixeiro-viajante]. Em 1937, são publicados *A Memory* [Uma lembrança] e *A Piece of News* [Uma notícia] e, em 1941, com Welty em seus 32 anos, aparece a primeira coletânea de contos, *A Curtain of Green* [Uma cortina verde], incluindo o célebre *Why I Live at the P. O.* [Por que moro na agência do correio], talvez o conto mais conhecido da autora. A antologia vale-se de um prefácio assinado por ninguém menos do que Katherine Anne Porter, autora aclamada à época e que, como uma espécie de mentora, elogia o "olho", o "ouvido", a objetividade, a espirituosidade e a ausência de sentimentalismo constatados nas obras da jovem contista, que, por seu turno, agradece a "generosidade cintilante" da veterana.

O primeiro romance – *The Robber Bridegroom* (1942) [O noivo ladrão] –, posteriormente transformado em musical, narra a conquista amorosa de Rosamund, filha de um fazendeiro do Mississippi, por Jamie Lockhart, chefe de um bando criminoso. Em carta a Welty, Faulkner elogia a mescla de "história, mito, humor e crítica cultural" empreendida. Esse primeiro romance e a segunda coletânea de histórias, *The Wide Net* (1943) [A grande rede], contam com um ambiente de fantasia e sonho, mas não deixam de enfatizar "local/cor local", bem como a outra característica ubíqua – "voz". Ainda em 1942, Welty ingressa na equipe de articulistas do importante periódico *The New York Times Book Review* e, sob pseudônimo masculino – Michael Ravenna –, assina resenhas de relatórios enviados dos campos de batalha da Segunda Guerra Mundial. No mesmo ano, a escritora foi contemplada com a primeira de duas bolsas Guggenheim (1942 e 1949), que lhe ensejaram viagens a França, Irlanda, Alemanha e Inglaterra, tendo sido conferencista convidada das universidades de Oxford e Cambridge.

Em 1949, é levada a público a terceira coleção de contos, *As maçãs douradas*. Seu terceiro romance, *The Ponder Heart* (1953) [O coração Ponder], publicado a princípio na revista *The New Yorker* e posteriormente adaptado com sucesso e encenado na Broadway, é uma espirituosa fantasia sobre o cotidiano de um vilarejo no interior do Mississippi. Mais uma vez explorando "voz", a narrativa ilustra a rica tradição meridional norte-americana da "contação de causos".

Grandes famílias ficcionais sulistas aparecem sobretudo no segundo romance, *Delta Wedding* (1946) [Casamento no Delta], e no quarto, *Losing Battles* (1970) [Batalhas vãs]. Sejam, respectivamente, constituídas por membros da próspera "aristocracia" do delta do Rio Mississippi, que preparam o casamento da jovem Dabney Fairchild, em 1923, ou por roceiros empobrecidos, que tentam preservar seu modo de vida na década de 1930, tais famílias conhecem de perto tanto os triunfos como os fracassos de seus integrantes. *Losing Battles* é considerado pela crítica um romance extremamente ambicioso. A obra, cuja ação se concentra em um dia, durante um encontro de uma família da zona rural, talvez seja aquela em que mais se destacam as questões precípuas de "local/cor local" e "voz". Isso decorre tanto da contumaz noção de "lugar" defendida pelos Beecham e pelos Renfro como da polifonia e do coloquialismo das "vozes" narradoras das diversas histórias que tanto atraem o leitor, que insidiosamente "penetra" na reunião da família.

Em 1955, Welty publica a quarta coletânea, *The Bride of Innisfallen* [A noiva de Innisfallen], com algumas histórias ambientadas no Mississippi e outras na Itália, na Irlanda e até na mitológica Eana, a ilha onde vivia a feiticeira Circe, filha do Sol. Em 1964, lança o livro infantojuvenil *The Shoe Bird* [O pássaro do sapato], que conta a prosaica história de um papagaio que, em uma sapataria, conversa sobre sapatos com outras aves.

Na obra não ficcional intitulada *One Time, One Place: Mississippi in the Depression* (1971) [Um tempo, um lugar: o Mississippi durante a Depressão], a observação atenta e a noção concreta de "local" aparecem refletidas, enfática e pessoalmente, em fotografias tiradas pela própria Welty durante a Grande Depressão nos Estados Unidos (1929-1939).

Contemplado com o prêmio Pulitzer, *A filha do otimista* (1972) é considerado o seu melhor romance. Uma mulher de meia-idade viaja de Chicago ao Mississippi para ficar junto ao pai moribundo e resolver questões finais relacionadas ao cotidiano doméstico. A narrativa é rica em detalhes que refletem a vida da própria escritora e de sua mãe, e apresenta Laurel McKelva Hand, a filha referida no título, que adquire algum grau de autoconhecimento ao compreender a trama de amor e alienação que envolveu o casamento de seus pais.

Em 1972, Welty publica *The Eye of the Story: Selected Essays and Reviews* [O olho da história: ensaios e resenhas selecionadas], que reúne grande parte dos escritos não ficcionais, abrangendo um período de quase quarenta anos. Em 1980, a compilação *The Collected Short Stories of Eudora Welty* [Os contos reunidos de Eudora Welty] demonstra, mais uma vez, a preocupação da autora não apenas com "local", mas também com "voz", por meio dos ambientes e dos pitorescos e marcantes falares sulistas. Na ocasião, o êxito literário da escritora foi amplamente reconhecido, e a coletânea foi contemplada com inúmeras resenhas elogiosas nos Estados Unidos e no exterior.

Em *One Writer's Beginnings* (1984) [Os primórdios de uma escritora], com material baseado em aulas ministradas na Harvard University, Welty explora, em três ensaios autobiográficos, suas experiências durante a juventude no Mississippi e sua formação de artista. E, em 2002, é lançado postumamente *On Writing* [Sobre a escrita]. Nos quatro ensaios aqui coligidos, ao discorrer sobre como se tornou escritora, Welty reitera os interesses em "família", "local/cor local" e "voz" que informam toda a sua ficção.

Reconhecida como uma das escritoras norte-americanas mais importantes do século XX, Welty teve sua obra agraciada com prêmios importantes. Além do Pulitzer, seu trabalho mereceu, entre outras distinções, o O. Henry Memorial Award (quatro vezes), o American Academy of Arts and Letters Award, o American Book Awards e a Presidential Medal of Freedom.

AS MAÇÃS DOURADAS

A coletânea *As maçãs douradas*, que reúne sete contos relacionados entre si, a exemplo do que ocorre com obras congêneres, como *Winesburg, Ohio* (1919), de Sherwood Anderson (1876--1941), e *Go Down, Moses* (1942), de William Faulkner, é vista por alguns leitores como romance. Isso ocorre graças à unidade de "local" — à exceção de uma história, ambientada em São Francisco, as demais situam-se em Morgana, cidade ficcional, mítica, supostamente localizada a pouco mais de 30 quilômetros de Vicksburg, no Mississippi — bem como à recorrência de determinados personagens, temas e símbolos mitológicos. Seja coletânea de contos, conforme definida pela maioria dos críticos, seja romance, conforme lida por outros, o fato é que a obra contém, sem sombra de dúvida, o que há de melhor na ficção da escritora.

É certo que alguns críticos consideram *As maçãs douradas* o experimento mais bem-sucedido de Eudora Welty na fusão de materiais provenientes de lendas clássicas e folclóricas com vozes brancas e negras, e também com lugares reais no sul dos

Estados Unidos e ações ali ocorridas na primeira metade do século XX. Os eventos narrados abrangem cerca de quarenta anos, destacando a citada Morgana, onde indivíduos nascem, crescem, casam-se, procriam, envelhecem, morrem. A maioria dos protagonistas dos contos aqui reunidos está empenhada, advertida ou inadvertidamente, em uma busca perene e análoga àquela do velho Aengus, personagem criado pelo poeta irlandês William Butler Yeats (1865-1939) no poema *The Song of the Wandering Aengus* (1897) [A canção do Aengus errante]. O poema de Yeats, citado diretamente no conto *Recital de junho*, é conhecido sobretudo pelos dois últimos versos, em que o velho errante afirma sua determinação de encontrar a amada desaparecida, e então, "colher até o fim dos tempos/ As maçãs prateadas da lua,/ As maçãs douradas do sol". A fonte de inspiração do título criado por Welty para sua coletânea é sabidamente esse célebre verso de Yeats.

Um desses protagonistas é o "errante" King MacLain, um vendedor itinerante que está presente tanto no primeiro conto, *Chuva de ouro*, como no último, *Os errantes*. King é pai legítimo dos gêmeos Ran e Eugene, mas, em Morgana, a exemplo de Zeus, gera uma prole ilegítima, e tal prole herda do progenitor a constante busca por algo não explicitado. Aliás, "chuva de ouro" alude ao mito de Zeus e à princesa virgem Dânae, que, apesar de supostamente protegida, é fecundada pelo pai dos deuses metamorfoseado em chuva de ouro. A simbologia mitológica é igualmente rica no que concerne à "maçã dourada", elemento que aparece em várias lendas folclóricas ou em contos de fadas como prêmio oferecido a vencedores de competições — lendas essas que retratam um herói (por exemplo, Hércules) resgatando maçãs de ouro escondidas ou roubadas por um antagonista monstruoso. E "maçãs douradas" surgem em alusão direta às maçãs de Atalanta no conto *Música da Espanha*, que, a exemplo de outros relatos insólitos criados por Welty no final da década de 1940, contém trechos de extraordinária beleza e riqueza de detalhes descritivos.

Entre os herdeiros de King MacLain, merece destaque Virgie Rainey, pianista presente em *Chuva de ouro* e *Os errantes*. Aliás, errantes estão presentes em toda a obra de Eudora Welty, e a autora se vale deles para apresentar e desenvolver a alienação e o isolamento, temas que aparecem em *Why I Live at P.O.* Nesse conto, a protagonista, Mana, uma solteirona geniosa, narra a um transeunte em China Grove por que se isolou na agência dos correios, seu local de trabalho, a fim de escapar de uma família intolerável — adotando para isso um discurso inadvertidamente cômico. Alienação e isolamento constam também de *As maçãs douradas*, sobretudo em *Chuva de ouro*, na personagem enigmática e resiliente de Snowdie McLain, e em *Recital de junho*, nas figuras da misteriosa professora de piano, a inesquecível Dona Eckhart, e sua mãe, a velha Dona Eckhart.

O livro termina onde começa, com o relacionamento entre Snowdie MacLain e sua vizinha Katie Rainey. Desde *Chuva de ouro*, em que as duas mulheres, ainda jovens mães, compartilham pela primeira vez conversas e costuras em tímida camaradagem, até *Os errantes*, em que quarenta anos depois Snowdie encarrega-se de preparar para sepultamento o cadáver da vizinha Katie. Desde a malfadada casa dos MacLain até a velha casa dos Rainey, esses contos de Welty completam um círculo abrangendo temas, personagens e cenários recorrentes.

Em *As maçãs douradas*, Welty segue explorando profundamente o tema da família e das relações de consanguinidade. Tais relações caracterizam qualquer organismo vivo, em metamorfose contínua, suscetível às contingências, às vicissitudes da vida, embora as famílias que habitam esses contos — os MacLain, os Rainey e os Morrison — nem sempre pareçam ter ciência das dinâmicas que as subjugam.

A recepção crítica de *As maçãs douradas* foi das mais positivas. Críticos importantes, sobretudo Louis D. Rubin Jr. (1923-2013), responsável pela consolidação da subárea literatura do Sul no âmbito da literatura norte-americana, elogiaram a coletânea como resultante de um trabalho universal e virtuoso. Em 1968, no influente ensaio *A Southern Mode of Imagination* [Um modo sulista de imaginação], o grande poeta e crítico Allen Tate (1899-1979) afirma que o talento de Eudora Welty é comparável ao de William Faulkner, uma das pedras de toque da literatura norte-americana e o parâmetro mais formidável da literatura do sul dos Estados Unidos.

A TRADUÇÃO

É sabido que a rica tradição literária oral do sul dos Estados Unidos parece "viver" na palavra escrita. Como vimos, "local/cor local" e "voz" constituem características basilares que "vivem" nos escritos de Welty e estão presentes em todos os contos que integram esta coletânea. A preservação e a transposição de tais elementos, somadas à complexidade do estilo personalíssimo da escritora, configuram o maior desafio imposto à tradução.

Cabe, decerto, uma palavra sobre o estilo marcante de Welty, que impõe dificuldades à tradução. É cediço que o estilo literário da escritora está longe de ser simples, e tal fato tem sido apontado por críticos importantes. Lionel Trilling (1905-1975), um dos maiores críticos literários norte-americanos do século XX, ressaltou a complexidade e o "obscurantismo" (palavra que ele usou) da prosa ficcional de Welty. E Robert Penn Warren (1905-1989), poeta, romancista e crítico norte-americano, um dos fundadores da Nova Crítica, e uma espécie de árbitro da literatura do sul dos Estados Unidos, destacou as sofisticadas inovações estilísticas da autora.

Tal complexidade torna-se evidente de diversas maneiras. Está presente no fluxo de consciência, técnica empregada, por exemplo, na narrativa "autobiográfica" de Dona Katie Rainey, em *Chuva de ouro*, e na hora da morte da própria Katie, idosa, em *Os errantes*. Aparece também na pontuação peculiar; na verdade, na ausência de qualquer pontuação opcional e, portanto, supérflua. E aparece ainda, de modo recorrente e sistemático, em uma prosa lírica, expressa por meio de linguagem figurada, poética, elíptica, uma linguagem em que o não dito, o não explicitado, é capaz de reticenciar com nítida contumácia. Ademais, tal linguagem mescla magistralmente o coloquialismo à dicção culta, característica que é privilégio da arte de grandes poetas.

O notório "obscurantismo" de Welty é, de fato, marca pessoal, impressão digital de um estilo artisticamente idiossincrático, que surpreende o leitor. Na prosa ficcional de Welty, sempre se sabe o que ela *escreve*, mas nem sempre se sabe ao certo o que ela *quer dizer*. Sem dúvida, a tradução precisa não apenas levar em conta tal complexidade estilística, mas também valorizá-la e buscar preservá-la. Isso significa que esforços de simplificação, regularização e, no extremo, até mesmo de interpretação (quiçá reducionista) podem resultar em trivialização e empobrecimento. Afinal, se nem sempre é possível saber o que Welty *quer dizer*, felizmente, é sempre possível traduzir o que ela *escreve*.

Por fim, aduzo aqui uma nota pessoal – talvez autoindulgente. Em setembro de 1985, Eudora Welty foi convidada a proferir uma palestra e ler trechos de sua obra no campus da University of North Carolina-Chapel Hill (UNC), Estados Unidos. Com 76 anos, a autora foi conduzida ao palco do repleto Memorial Hall por Elizabeth Spencer, docente do Departamento de Inglês da universidade, ela também escritora premiada e marcada pela obra de Welty. A visitante demonstrava debilidade física, e aparentemente precisava ser amparada pela colega mais jovem. No entanto, para surpresa dos presentes – ou melhor, dos presentes que jamais a tinham ouvido falar –, a "frágil" e idosa palestrante fez rimbombar seu vozeirão pelos quatro cantos do auditório.

Era o auge do "desconstrucionismo literário" e, depois que a convidada discorreu sobre seus escritos e leu trechos, precisamente, de *As maçãs douradas*, um estudante perguntou o que ela diria da crítica recente que visava à desconstrução – e não à construção – de significados em sua obra. Welty, então, ofereceu uma resposta serena, mas sem perder seu estentóreo e aveludado contralto: "Eu diria aos desconstrucionistas que a vida humana é o único tema da ficção". Era também meu primeiro semestre na UNC, como aluno do programa de ph.D. em literatura inglesa e norte-americana, e o anfitrião da noite foi o prof. Louis D. Rubin Jr., meu orientador. Tive o privilégio de conhecer e ouvir Eudora Welty naquela noite e tenho agora o privilégio de verter *As maçãs douradas* para a variante brasileira da língua portuguesa.

No prefácio ao volume *The Collected Stories of Eudora Welty*, a própria escritora, referindo-se ao modo como "incorpora" a personalidade e a voz de suas criaturas, declara: "O que eu faço ao compor qualquer personagem é tentar entrar na mente, no coração e na pele de um ser humano que não sou eu [...] seja homem ou mulher, idoso ou jovem, de pele negra ou branca". E referindo-se mais uma vez à importância da noção de "local", ela afirma que suas histórias "decorrem de viver aqui – fazem *parte* de viver aqui, da minha familiaridade com os pensamentos e sentimentos das pessoas que me cercam, com suas tantas nuanças, variações e contradições". Se as histórias "decorrem de viver" no Sul e "fazem parte de viver" no sul dos Estados Unidos, Welty responde à arguta indagação de Faulkner que serve de epígrafe a este posfácio. A lápide tumular de Eudora Welty contém a seguinte citação do romance *A filha do otimista*: "Para ela, a vida, qualquer vida, ela precisava crer, não era nada além da continuidade do amor". Isso explica definitivamente "por que diacho" há de se viver lá no Sul.

Florianópolis, janeiro de 2023

JOSÉ ROBERTO O'SHEA é bacharel pela Universidade do Texas--El Paso, mestre em Literatura pela American University, D. C. e ph.D. em Literatura Inglesa e Norte Americana pela Universidade da Carolina do Norte-Chapel Hill. Foi professor da Universidade Federal de Santa Catarina entre 1990 e 2016, e segue atuando no Programa de Pós-Graduação em Inglês da universidade. Tem cerca de setenta traduções publicadas, incluindo obras de Harold Bloom, Daniel Defoe, Robert Louis Stevenson, Mark Twain, Joseph Conrad, William Shakespeare, James Joyce, W. H. Auden, Christopher Isherwood, Flannery O'Connor, Philippa Gregory e Kathleen McCracken.

O tradutor agradece a Heidi e David Perry, pela elucidação de coloquialismos típicos do sul dos Estados Unidos, e a Marta Chiarelli, pela revisão.

PREPARAÇÃO Cristina Yamazaki
REVISÃO Ricardo Jensen de Oliveira, Valquíria Della Pozza e Tamara Sender
CAPA Beatriz Dórea e Isabela Vdd (estúdio Anna's)
PROJETO GRÁFICO DE MIOLO Bloco Gráfico

DIRETOR-EXECUTIVO Fabiano Curi

EDITORIAL
Graziella Beting (diretora editorial)
Livia Deorsola e Julia Bussius (editoras)
Laura Lotufo (editora de arte)
Kaio Cassio (editor-assistente)
Lilia Góes (produtora gráfica)

RELAÇÕES INSTITUCIONAIS E IMPRENSA Clara Dias
COMUNICAÇÃO Ronaldo Vitor
COMERCIAL Fábio Igaki
ADMINISTRATIVO Lilian Périgo
EXPEDIÇÃO Nelson Figueiredo
ATENDIMENTO AO CLIENTE Meire David
DIVULGAÇÃO/LIVRARIAS E ESCOLAS Rosália Meirelles

EDITORA CARAMBAIA
Av. São Luís, 86, cj. 182
01046-000 São Paulo SP
contato@carambaia.com.br
www.carambaia.com.br

copyright desta edição © Editora Carambaia, 2023
copyright © 1949, 1948, 1947 by Eudora Welty
copyright renewed 1977, 1976, 1975 by Eudora Welty

Título original *The Golden Apples* [Nova York, 1949]

CIP-BRASIL. CATALOGAÇÃO NA PUBLICAÇÃO
SINDICATO NACIONAL DOS EDITORES DE LIVROS, RJ

W487m
Welty, Eudora, 1909-2001
As maçãs douradas / Eudora Welty;
tradução e posfácio José Roberto O'Shea.
1. ed. – São Paulo: Carambaia, 2023.
288 p. ; 23 cm

Tradução de: *The Golden Apples*.
ISBN 978-65-5461-016-2

1. Ficção americana. I. O'Shea, José Roberto. II. Título.

23-83726   CDD: 813   CDU: 82-3(73)
Meri Gleice Rodrigues de Souza – Bibliotecária CRB-7/6439

ilimitada

FONTE

Antwerp

PAPEL

Pólen Bold 70 g/m²

IMPRESSÃO

Ipsis